HEYNE <

ANDREA
BARTZ

PERFECT WOMAN

WAS WEISST DU WIRKLICH ÜBER SIE?

THRILLER

Aus dem Amerikanischen
von Frank Dabrock

WILHELM HEYNE VERLAG
MÜNCHEN

Die Originalausgabe *The Herd* erschien erstmals 2020
bei Ballantine Books, New York.

FSC
www.fsc.org
MIX
Papier aus verantwortungsvollen Quellen
FSC® C014496

Penguin Random House Verlagsgruppe FSC® N001967

Deutsche Erstausgabe 07/2021

Redaktion: Anita Hirtreiter
Printed in Germany
Umschlaggestaltung: zero-media.net, München,
unter Verwendung von FinePic®, München
Satz: Leingärtner, Nabburg
Druck und Bindung: GGP Media GmbH, Pößneck
ISBN: 978-3-453-42544-6

www.heyne.de

Für Tom und Cathy

Prolog

Die Kälte kroch zunächst in die äußeren Körperteile, ließ die wasserhaltigen Zellen gefrieren und arbeitete sich Millimeter für Millimeter weiter ins Innere vor. In die spitze Nase. Die mit einer dicken Schicht Wimperntusche bedeckten Augenlider. Und die Ohrläppchen mit den kleinen Silberohrringen. Im Nu verwandelten sich die Fingerspitzen in Kristalle, und über die Knöchel breitete sich ein weißer Flaum aus, bis die mit schwarzem Lack und weißen Sternchen verzierten Nägel senkrecht abstanden. Das Blut wurde erst zähflüssig und dann fest und hart, bis es schließlich aufhörte, unermüdlich Sauerstoff, weiße Blutkörperchen und Nährstoffe durch den Körper zu schleusen.

Und das Gehirn – es war ein Jammer. Es handelte sich um ein ganz außergewöhnliches Exemplar, eine gewundene Masse voller Möglichkeiten, voller großartiger Ideen und verblüffender Erkenntnisse, die darin schlummerten. Eine Nervenzelle nach der anderen verwandelte sich das Gewebe in Eis, und die winzigen Synapsen, die gerade noch Funken gesprüht hatten, waren jetzt nichts weiter als ein kalter, toter Raum dazwischen.

In gewisser Hinsicht war das allerdings ein Segen. Es heißt, dass alles Gefrorene, zumindest theoretisch, ewig überdauern kann. Schönheit ist vergänglich; die weiche Haut und das glänzende Haar der Jugend weichen irgendwann Falten, Furchen und dünnen, stumpfen Strähnen. Die straffen Oberschenkel setzen Fett an oder werden kraftlos und dürr. Nicht so bei diesem Körper. Die eisige Luft, die jetzt seine gesamte Oberfläche umhüllte, sorgte dafür, dass er vollständig konserviert wurde. Dass die Zeit stehen blieb.

Es war fast Mitternacht, und der Körper wurde in helles unvorteilhaftes Kunstlicht getaucht. Mit einem dumpfen Schlag schloss sich eine Tür, Dunkelheit senkte sich herab, und der Körper blieb zurück, um in aller Stille zu gefrieren.

ERSTER TEIL

Kapitel 1

KATIE

MONTAG, 9. DEZEMBER, 10:48 Uhr

Mein Körper verkrampfte bereits, bevor ich die rot-blauen Blinklichter überhaupt bewusst wahrnahm. Jenes universelle Signal für einen Notfall. Ich blieb stehen und spähte zu dem Streifenwagen auf der anderen Straßenseite hinüber, dessen Blinklichter ohne eingeschaltete Sirene noch unheimlicher wirkten. Ich holte tief Luft und befahl meinem Brustkorb, sich zu entspannen. Seit zwei Wochen war ich zurück in New York, und trotz all der Warnungen machten mir die Geräusche, Gerüche, Menschenmassen und emporragenden Wände aus Glas und Stahl nichts aus, sodass ich mich nicht erst wieder daran gewöhnen musste. Aber als ich jetzt zum ersten Mal die hektisch blinkenden Lichter eines Polizeiautos sah, spannte sich wie bei einem pawlowschen Reflex jeder meiner Muskeln an.

Während ich die Straße überquerte, stellte ich fest, dass die beiden Cops, die gelangweilt auf der Fahrbahn standen und mir den Weg versperrten, sich vor *The Herd* mit einer zierlichen Frau unterhielten, die einen todschicken Anorak trug. Ich beugte mich zu ihnen vor und setzte mein breitestes Lächeln auf.

»Entschuldigen Sie die Störung.« Die anderen drehten die Köpfe genervt in meine Richtung. »Ist es okay, wenn ich reingehe?« Ich deutete auf die Tür hinter ihnen.

»Bist du Mitglied?«, fragte die Frau.

»Ich habe einen Termin mit Eleanor.«

Sie runzelte die Stirn und seufzte.

»Ich bin Hanas Schwester.«

Die Frau trat einen halben Schritt zurück. »Ach so, geh ruhig rauf. Der *Gleam* Room ist geschlossen, aber sonst ist, äh, alles wie immer.«

Ich bedankte mich bei ihr und eilte aus der Kälte ins Gebäude, wo ich auf den einzigen Aufzug wartete. Der *Gleam* Room? Was zum Henker war der *Gleam* Room?

Im neunten Stock öffneten sich die Türen, und ich trat in den sonnenbeschienenen Eingangsbereich. Überwältigt blieb ich einen Moment stehen. Kurz nachdem Eleanor die Etage angemietet hatte, war ich schon einmal hier gewesen. Unmittelbar vor meiner Abreise aus der Stadt hatte ich – ausgerüstet mit Schutzhelm und festen Schuhen – eine Führung bekommen. Aber das Durcheinander aus Staub, Gipskarton und schwitzenden Bauarbeitern hatte mit dem Raum vor mir kaum noch etwas gemeinsam. Er verströmte den weiblichen Schick einer Zeitschriftenreaktion, nur ohne den ganzen Plunder und die geschäftige Betriebsamkeit – hier herrschte Stille. Durch die Fenster fiel Tageslicht; es war warm, aber nicht stickig, und in der Luft hing der zarte Blütenduft von Frangipani. Im Empfang saß eine Frau mit glänzenden Zöpfen und einer schicken Brille, die mich freundlich anlächelte. An der Wand hinter dem Marmortresen prangte das inzwischen berühmte Logo: *THE HERD*, das H-E-R in Pflaumenblau, die anderen Buchstaben in Grau.

Die Rezeptionistin notierte meinen Namen, worauf ich mit dem Finger auf ein iPad meine krakelige Unterschrift kritzelte, und sie deutete auf den nächstgelegenen Aufenthaltsraum. »Eleanor wird benachrichtigt, dass du hier bist«, sagte sie gut gelaunt, und ich jubilierte innerlich. »Nimm doch Platz.«

Ich bedankte mich bei ihr und betrat den von dunkelgrünen Sitznischen gesäumten Raum, in dessen Mitte mehrere Sofas und Sessel standen. Dort streifte ich meine Jacke ab und schickte eine SMS: »Bist du da?«

Ich konnte Hana bereits hören, bevor ich sie sah, als ihre Stöckelschuhe über das Parkett klapperten. Sie betrat jedes Zimmer wie Lily Tomlin in einer Bürokomödie aus den Achtzigern. »Katie!«, rief sie mit ausgebreiteten Armen.

»Ich nehme alles zurück, was ich gesagt habe«, murmelte ich, gegen ihre Schulter gepresst. »Dieser Ort ist nicht von dieser Welt. Ich habe das Gefühl, als wäre ich im Bürohimmel.«

Mit einem lauten Lachen ließ sie von mir ab, trat einen Schritt zurück und musterte mich. »Das ist die Katie, die ich kenne«, sagte sie und klopfte mir auf die Schulter. »Du warst in den letzten zwei Wochen etwas neben der Spur. Ich hatte schon Angst, der Aufenthalt in Kalamazoo hätte dir endgültig den Sinn für Humor geraubt.«

Es war ja klar, dass Hana sofort wieder an mir herumnörgeln würde. »Gib nicht Michigan die Schuld daran. Ich musste mich erst wieder ein wenig zurechtfinden.« Ich warf einen Blick hinter sie. »Ist Mikki da? Ach ja, und weißt du, was bei euch los ist? Vor der Tür stehen die Cops.«

Sie machte ein finsteres Gesicht. »Gestern Nacht wurde eingebrochen, und man hat den *Gleam* Room mit irgendwelchen Obszönitäten vollgesprüht.«

Ich hob den Zeigefinger in die Höhe. »Ist das ein extravaganter Ausdruck für die Toilette? Denn ich werde ihn sicher nicht benutzen.«

Sie lachte. »Das ist ein Schminkzimmer mit Spiegeln. Man kann sich dort gegen Bezahlung frisieren oder schminken lassen oder auch einfach nur die Produkte verwenden, wenn man ein Meeting, ein Vorsprechen oder ein Date hat.«

Inzwischen waren ein paar der Mitglieder an uns vorbeigeschwebt, allesamt modisch frisiert und schick gekleidet. »Gut so, denn die Leute hier sehen echt beschissen aus«, erwiderte ich.

Eine Frau mit einem Dutt in der Größe und Form eines Bagels blieb hinter Hana stehen und beugte sich fragend zu uns vor. Als Hana sie bemerkte, zuckte sie zusammen.

»Katie, das hier ist Aurelia«, sagte sie. »Sie ist unsere Mitgliederbetreuerin.«

Sie war jünger als ich, Anfang zwanzig, und gab in ihrem maßgeschneiderten Overall eine todschicke Figur ab. Sie hatte ein strahlendes Lächeln, und ihre Zähne funkelten wie Perlen. »Du bist also Hanas Schwester!«

Plötzlich wurde mir klar, dass sie die Frau war, die ich vor dem Gebäude gesehen hatte. Ich schüttelte ihr eifrig die Hand, und im Gegensatz zu den meisten Leuten, die die lästige Angewohnheit hatten, zweimal hinzuschauen, wenn sie erfuhren, dass wir Schwestern waren, verzichtete sie darauf, ihren Blick zwischen uns hin und her wandern zu lassen, zwischen Hana mit ihrem dichten schwarzen Haar, den goldbraunen Augen und der dunklen Haut und meinem nichtssagenden Äußeren.

»Eleanor hat erwähnt, dass du vorbeikommst«, sagte sie. »Du bist gerade erst wieder hergezogen, oder?«

»Sie hat in Michigan für ein Buch recherchiert«, warf Hana ein. »Sie ist Journalistin.«

»Wow! Worum geht es in dem Buch?«

Auf der U-Bahn-Fahrt hierher hatte ich mir meine Antwort auf diese Frage genau zurechtgelegt: »Es gibt da dieses kleine Technologieunternehmen, das mehr oder weniger zufällig in das lukrative Geschäft mit der Manipulation der Realität eingestiegen ist: Fake News, glaubwürdige Bots, solche Sachen eben. Ich habe für *Wired* einen Artikel über die Firma geschrieben und mache jetzt ein Buch daraus.«

»Das ist echt interessant.« Irgendetwas an ihrem Blick beunruhigte mich, ein heftiges Funkeln. »Ich habe mich vorhin mit Eleanor über die Verlogenheit des Internets unterhalten und darüber, dass sich alle nach echter Kommunikation sehnen. Sie meinte …«

»Tut mir leid, aber sie hat ein Vorstellungsgespräch!« Mit einem strahlenden Lächeln schickte Hana Aurelia fort und zuckte mit den Achseln. »Sie ist ja wirklich reizend, aber sie kaut dir ein Ohr ab. Ich möchte, dass du vor deinem großen Bewerbungsgespräch durch nichts abgelenkt wirst.«

»Hoffentlich ist Eleanor nicht zu streng mit mir.« Ich ließ meinen Blick umherschweifen. »Ich glaube, man starrt uns an. Mikki und du, seid ihr beide so etwas wie Berühmtheiten?«

Hana verdrehte die Augen, aber ich spürte, dass sie stolz darauf war. Sie hatte bei *The Herd* eine Teilzeitstelle als Presseagentin, und Mikki, eine weitere ihrer Freundinnen aus Harvard, arbeitete hier als freiberufliche Grafikdesignerin. Doch vor allem waren die beiden Eleanors engste Vertraute. Inzwischen taten alle im Raum so, als würden sie uns nicht beachten; statt Hana direkt anzustarren, senkten sie ihre hohlwangigen Gesichter und tippten zügig auf ihren Tastaturen.

»Also, mach es dir bequem. Ich werde mal nach Mikki Ausschau halten.« Mit klappernden Absätzen eilte sie davon.

Ich marschierte hinter ihr her und spähte in das nächste Zimmer, in dem sie soeben verschwunden war. Darin erstreckten sich von einer Ecke zur anderen weiße Regale, in denen Bücher nach Farben sortiert waren. Sie waren so akkurat aufgereiht, dass ich am liebsten eines davon schräg herausgezogen und einige auf den Boden geworfen hätte, nur um zu sehen, was passieren würde. Weiter hinten befanden sich ein geräumiger, sonnendurchfluteter Raum und auf einer Seite ein kurzer Flur mit einer schicken Tapete, deren Muster aus grinsenden Mündern bestand, die die Zunge herausstreckten. Der Flur war mit Klebeband abgesperrt, und auf einem Post-it in der Mitte stand: VORÜBERGEHEND GESCHLOSSEN! Das war also der *Gleam* Room. Ich fragte mich, was man dort an die Wände geschmiert hatte – was den Streifenwagen vor dem Gebäude rechtfertigen könnte.

In diesem Moment kamen Hana und Mikki aus dem sonnenbeschienenen Zimmer zu der Tür herübermarschiert, neben der ich stand. Als Mikki mich umarmte, roch sie genau so, wie ich es in Erinnerung hatte – süßlich und ein wenig nach Moschus. Obwohl es Winter war, trug sie ein gehäkeltes schulterfreies Oberteil und eine weite Hose mit Elefantenmuster, und ihre lange Haarmähne im Seventies Style fiel in krausen Locken an ihrem ungeschminkten Gesicht herunter.

»Verdammt noch mal, Hana, warum hast du ihr nicht die Jacke abgenommen?« Mikki zog an der Lederjacke, die über meinem Unterarm hing. »Los, ich werde dich herumführen, und dann will ich wissen, wie es in Minnesota war.«

»Michigan.«

»Stimmt. Du musst mich wirklich dringend auf den neuesten Stand bringen.« Sie grinste, sodass sich die Sommersprossen auf ihren Wangen kräuselten, und drehte sich zu der sonnenbeschienenen Stelle am hinteren Ende des Raums um. Eigentlich hatte ich Mikki bereits vor ein paar Wochen treffen wollen; sie hatte in ihrer günstigen, heruntergekommenen Wohnung für all ihre Freunde, die sonst keine Anlaufstelle hatten, ein Thanksgiving-Essen veranstaltet. Aber ich war zu müde und durcheinander gewesen, um ihre Einladung anzunehmen.

Hana erklärte, dass sie einige Mails beantworten müsse, und verschwand, während Mikki auf einen schicken Kaffeetresen an der Wand deutete, auf dem altmodische Teller mit Avocadotoasts standen: »Der Kaffee ist umsonst, aber alles andere hier ist ziemlich teuer.« Sie tänzelte fröhlich lächelnd durch den Raum, ohne die verstohlenen Blicke zu bemerken, die die anderen Mitglieder in unsere Richtung warfen, während wir an ihnen vorbeigingen.

Mikkis Superkraft war, dass sie selten etwas wichtig nahm – eigentlich gar nichts. Als ich auf Facebook den Abschluss meines Buchvertrags bekannt gab – mein Post mit den bisher meisten Likes –, meinte sie in ihrem Kommentar bloß, dass der Geschäftsführer der Firma, über die ich schrieb, ziemlich sexy sei. Das hatte die ganze Zeit an mir genagt, aber jetzt war ihr heiteres Desinteresse eine Erleichterung: eine Person weniger, die mich über meine Recherchen ausquetschte und über die Monate, die alle miteinander verschmolzen waren und mit einem Krankenwagen und Sirenengeheul geendet hatten.

Wir bogen nach rechts und steuerten auf die letzten drei Türen zu; eine führte zur Toilette, und auf einer stand das Wort MOVE, mit einem blassen, großen L unter dem M. Doch Mikki führte mich durch die dritte Tür, in ein kleines Zimmer mit Schließfächern aus Birkenholz und Kleiderständern, an denen Mäntel in allen möglichen Farben hingen.

»Du kannst ein Schließfach mieten, wenn du deine Sachen über Nacht hierlassen willst«, sagte Mikki und hängte meine Jacke auf einen Kleiderbügel, »aber eigentlich wird hier nichts gestohlen. Ich habe gerade meinen Laptop auf dem Tisch stehen lassen.« Sie deutete in den sonnendurchfluteten Raum, zu den mit blauem Samt überzogenen Arbeitsplätzen und den glänzenden Acrylstühlen, die an einem langen, mittelalterlich aussehenden Tisch standen. »Alle Mitglieder wurden gründlich überprüft.«

»Aber gestern Nacht ist hier jemand eingebrochen, oder? Irgend so ein Vandale.« Ich folgte ihr zurück ins helle Licht. »Haben die Frauen hier nicht schreckliche Angst?«

Mikki beugte sich zu mir vor und senkte die Stimme. »Schätzchen, die meisten wissen nichts davon. Aber das Ganze ist echt merkwürdig, denn man braucht eine Reihe verschiedener Schlüssel, um hier reinzukommen. Nicht mal ich habe sie alle. Und im Aufzug gibt es eine Kamera mit Bewegungssensor – allerdings hat sie letzte Nacht nichts aufgenommen.« Sie blieb vor der Wand mit der extravaganten Tapete und dem provisorischen Absperrband stehen, duckte sich und stürzte wie ein Slapstick-Ninja darunter hindurch. Ich unterdrückte ein Kichern und folgte ihr.

»Eleanor würde ausrasten, wenn sie uns jetzt sehen könnte«, zischte sie, während sie mich in einen Raum führte und nach dem Lichtschalter tastete.

»Meine Schwester auch«, erwiderte ich. Inzwischen gingen die Lichter an – Hunderte altmodisch aussehende Glühbirnen, die sechs ovale Spiegel säumten; vor jedem stand ein violetter Hocker, und die Ablage war mit *Gleam*-Pflegeprodukten bestückt. Ich wusste, dass Mikki das Design für die Verpackungen entworfen hatte, den jadegrünen Schriftzug auf taubengrauem Untergrund. Gerade wollte ich – diebisch wie eine Elster, die einen glänzenden Gegenstand entdeckt hatte – nach einem der Lippenstifte greifen, als ich im Spiegel eine Bewegung bemerkte und mich umdrehte.

Mikki starrte, die Arme vor der Brust verschränkt, auf die Rückwand. Ich folgte ihrem Blick zu einer Stelle an der malvenfarben und weiß gestreiften Wand unterhalb der Decke. Dort stand mit schwarzer Sprühfarbe in akkuraten, bauchigen Buchstaben:

BLÖDE FOTZEN

»Da ist es echt jemandem schwergefallen, etwas Aufmunterndes zu schreiben«, sagte ich nach einem Moment.

Mikki fuhr herum und lächelte. »Irgendein neidischer Idiot. Wahrscheinlich ein Typ, der stinksauer ist, dass es auf diesem Planeten vierhundertfünfzig Quadratmeter gibt, wo er nichts zu melden hat. Vielleicht jemand von The Antiherd.«

»The Antiherd?«

Sie verdrehte die Augen. »Das ist eine geheime Hassgruppe im Internet, die es auf Eleanor und *The Herd* abgesehen hat. Zumindest gibt es Gerüchte darüber – ich bin noch nicht in ihrem Forum gewesen. Hast du eigentlich mitbekommen, dass uns dieses Jahr mehrere Typen verklagen wollten, weil wir gegen das Antidiskriminierungsgesetz verstoßen? Angeblich steckte The Antiherd dahinter.«

»Wie krass.« Und interessant. Meine journalistische Neugier war geweckt – das war Stoff für einen Artikel. Aber dann verwarf ich den Gedanken gleich wieder: Eleanor und Hana würden mich unter keinen Umständen darüber schreiben lassen. Ich sah mich erneut im Raum um. »Gibt es hier keine Kameras?«

»Nein. Aber deswegen musst du Hana fragen.« Sie fuchtelte mit der Hand. »Eleanor hat gesagt, dass heute Abend jemand die Stelle neu tapezieren wird. Sie war so entsetzt darüber, dass sie mir nicht mal erzählt hat, was dort steht. Sie hasst dieses Wort.«

»Was, ›Fotze‹? Komisch, dass man es benutzt hat.« Ich neigte den Kopf zur Seite. »Das heißt, es ist wohl doch nicht so komisch. Das ist die schlimmste Beleidigung für eine Frau.«

»Ihr dürft euch hier nicht aufhalten.« Ich zuckte zusammen, und als wir uns beide umdrehten, sahen wir Aurelia, die ge schwätzige Mitgliederbetreuerin, mit finsterem Blick im Türrahmen stehen. Bei Mikkis Anblick jedoch wurde sie kreidebleich im Gesicht. »Ich meine – der *Gleam* Room ist heute geschlossen.«

»Ich hab nur etwas *Gleam*-Creme gesucht.« Mikki schlenderte in den Flur.

»Tut mir leid, dass du das sehen musstest«, sagte Aurelia zu mir, während wir in den Hauptraum zurückmarschierten und sie das Klebeband wieder an der Wand hinter uns befestigte. »Und sag Bescheid, falls du irgendwas brauchst.«

Ich winkte dankend ab, worauf sie uns allein ließ.

»Bleibst du heute hier, oder triffst du dich nur mit Eleanor?«, fragte Mikki.

»Ich würde gerne hierbleiben.« Ich folgte ihr in die Ecke des Raums, wo auf einem kleinen Sofa ihr MacBook und ihr Rucksack lagen. Der Rucksack war geöffnet, und ich konnte ein wildes Durcheinander von allen möglichen Gegenständen erkennen: mehrere Tampons und Lutscher, eine E-Zigarette, ein Set

Bastelmesser, ein Klebestift sowie etwas, das aussah wie eine kleine Dose Pfefferspray. »Also, wenn Eleanor es erlaubt.«

»Wenn ich was tue?«, ertönte eine rauchige Stimme, und ich fuhr mit einem strahlenden Lächeln herum. »Katie!«, rief sie und nahm mich in den Arm. Ich schloss die Augen und spürte, wie sich unsere Hälse und Haare berührten, als wir uns herzlich umarmten.

Eleanor trat zurück und ließ ihre Hände auf meinen Schultern liegen. »Schön, dich zu sehen, meine Liebe. Du siehst fantastisch aus.«

»Du auch«, entgegnete ich. Das tat sie wirklich, wie eine Barbie-Unternehmerin in Brünett: mit ihren glänzenden braunen Locken, dem frischen Teint und den leuchtenden Augen. Als ich einen Blick über Eleanors Schulter warf, sah ich, dass Hana zurückgekehrt war; sie und Mikki strahlten übers ganze Gesicht.

Ich hatte Eleanor und Mikki kennengelernt, als ich Hana in Harvard besucht hatte. Damals war ich ein schlaksiges Schulmädchen und bewunderte die intelligenten, selbstbewussten Frauen, mit denen sich meine Schwester im Studentenwohnheim angefreundet hatte. Alle paar Monate flog ich nach Boston, und jedes Mal wenn ich mir allein meinen Weg durch das Terminal bahnte, kam ich mir unglaublich erwachsen vor. Die anderen behandelten mich immer wie ihre gemeinsame kleine Schwester – anfangs nahmen sie mich mit ins Kino und es gab Eis von Ben & Jerry's, und später, sobald ich etwas älter war, durfte ich sie zu den Verbindungspartys begleiten. Als ich dann nach New York zog, um dort aufs College zu gehen, hielt Eleanor gerade in Manhattan Einzug, und ein paar Monate später folgte Mikki ihr nach. (Hana hingegen kehrte nach ihrem Abschluss unverständlicherweise nach L.A. zurück, was mir überhaupt nicht passte – aber vor etwa drei Jahren überredete Eleanor sie, nach New York zu ziehen. Und jetzt waren wir alle dort, wo wir hingehörten.)

Im Jahr 2010 – ich hatte gerade mein Studium an der NYU aufgenommen, und meine Schwester und ihre Freundinnen waren inzwischen frischgebackene Harvardabsolventinnen – begann Eleanor, Investoren für ihr erstes Projekt anzuwerben: *Gleam*, ein Sortiment mit fair gehandelten Kosmetikartikeln. Zur damaligen Zeit war das etwas völlig Innovatives, denn die Branche für natürliche Pflegeprodukte brachte immer noch Hautcreme mit Patchouliduft unter die Leute. Da Eleanor eine geborene Geschäftsfrau war, machte sie mit ihrem neu gegründeten Kosmetikunternehmen alles richtig: Sie richtete einen frechen, witzigen Lifestyle-Blog ein, der in Kürze Hunderttausende von Followern hatte, investierte in Pop-up-Stores statt in Verkaufsflächen und legte sich ein öffentliches Image zu, das sympathisch und authentisch wirkte, ohne dabei zu viel von sich preiszugeben oder sich anzubiedern.

Und ich bekam das alles hautnah mit. Auf Hanas Drängen hin setzte ich mich zögerlich mit Eleanor in Verbindung, um mich während meiner Orientierungswoche an der NYU mit ihr zum Abendessen zu treffen. Ich bewunderte Eleanor, aber ich war von ihr immer noch eingeschüchtert, und ich hoffte, dass ich sie im günstigsten Fall zu meiner Kontaktliste hinzufügen durfte, als eine der coolen »Erwachsenen«, die ich im Notfall anrufen konnte. Stattdessen wurde Eleanor zu meiner Familie – und Mikki ebenfalls. Ich war überwältigt und begeistert, von diesen großartigen Frauen Einladungen und Anrufe zu bekommen und mit ihnen bei einer Flasche Wein vertrauliche Gespräche zu führen. Über Skype telefonierten wir von Eleanors Sofa aus regelmäßig mit Hana, tauschten Klatsch und

Neuigkeiten aus und hatten das Gefühl, als würde durch die Internetverbindung das warme Sonnenlicht von der Westküste in Eleanors heruntergekommene Wohnung an der Lower East Side strömen. Während ich für die Zwischenprüfung lernte und Mikki die Verpackungen für abstruse Start-up-Unternehmen (wie einen Versandhandel für Hundekronen) gestaltete, erlebte ich, wie Eleanor ihre Kosmetikmarke etablierte und einer breiten Öffentlichkeit bekannt wurde und dennoch sie selbst, meine Eleanor, blieb.

»Wie geht es deiner Mom?«, fragte sie jetzt, und Hana, die hinter ihr stand, erstarrte.

»Momentan geht es ihr supergut«, erwiderte ich und spürte, wie mein Handy zu vibrieren begann, zwang mich jedoch, nicht dranzugehen – denn ich ahnte, wer am anderen Ende der Leitung war. »Sie erholt sich langsam wieder, und auf den Scans ist nichts mehr zu sehen. Hana und ich werden sie zu Weihnachten besuchen.«

»Da bin ich aber froh. Ich finde es so toll, dass du dich um sie gekümmert hast. Das kann ich dir gar nicht oft genug sagen.«

Ich räusperte mich. »Ich bin auch froh. Zum Glück war ich flexibel genug. Ich bin zwar erst vor ein paar Wochen zurückgekehrt, aber diesmal fühlt sich New York … anders an. Ich bin anders.«

»Jedenfalls ist es schön, dass du wieder hier bist.« Sie lächelte und sah mich mit ihren eindringlichen Augen an, die einem stets das Gefühl gaben, die einzige Person im Raum zu sein.

Hinter ihr verlagerte Hana ihr Gewicht und steckte eine Hand in die Hosentasche. Wir hatten die Angelegenheit mit Mom bisher nicht offen angesprochen – Hana redete nie über unsere Gefühle –, doch ich hatte ihr im letzten Jahr und danach bereits mehrfach versichert, dass sie kein schlechtes Gewissen haben musste, weil sie während der Behandlung unserer Mutter in New York geblieben war. Das Geschäft ihres PR-Büros hatte floriert, und ich war arbeitslos gewesen, weil *Rocket*, die Tech-News-Seite, für die ich als Journalistin tätig gewesen war, den Betrieb eingestellt hatte. Außerdem hätte Hanas Anwesenheit zu Hause für sie und Mom nur Stress bedeutet. Also hatte ich fast das ganze Jahr 2019 ohne Kontakt zur Außenwelt in Michigan verbracht, für mein Buch recherchiert und Mom zu ihren Behandlungsterminen gefahren. Es war ein günstiger Zeitpunkt gewesen, um im Mittleren Westen als freie Korrespondentin zu arbeiten: Die Politiker verkündeten ihre Kandidatur für die Wahl 2020, der Kulturkampf spitzte sich weiter zu, und die Zeitungen an den Küsten rissen sich um Statements aus dem Mittleren Westen, von Angehörigen der »Arbeiterklasse«, von den »verängstigten« weißen Leuten aus dem sogenannten Hinterland. Pflichtbewusst nahm ich an Kundgebungen teil, führte Interviews, notierte mir Zitate und setzte ein höfliches Lächeln auf, während die Menschenmenge meinen Berufsstand verunglimpfte. Anschließend tippte ich wie in Trance meine Artikel und begann jedes Mal zu schluchzen, nachdem ich sie an die Redaktion geschickt hatte. In gewisser Weise erschien mir das passend; niemand erwartete von einem, gut gelaunt zu sein, wenn die eigene Mutter an Brustkrebs erkrankt war.

»Gut, ich werde dich jetzt einen Moment entführen«, erklärte Eleanor und wandte sich ihren Freundinnen zu. »Aber es wird nicht lange dauern.«

Mein Puls begann zu rasen, während wir in Richtung Aufzüge liefen. Gestern Nacht hatte ich einen Albtraum gehabt, in dem ich zu spät zu meinem Termin erschienen war und dann mit wachsender Panik feststellte, dass ich mich noch in meinem Kinderzimmer in Kalamazoo befand und es nicht schaffte, die Tür zu öffnen.

»Oh, du musst unbedingt Stephanie kennenlernen«, sagte Eleanor. Plötzlich blieb sie stehen und schaute sich um, dann führte sie mich zu einer groß gewachsenen Frau in roter Zigarettenhose und Seidenbluse. Ich erkannte ihr kantiges Kinn und ihr kurz geschorenes Haar von ihrem Foto auf der *The-Herd*-Website wieder. »Stephanie, das hier ist Katie! Weißt du noch, wie ich dir erzählt habe, dass Hanas Schwester wieder nach New York zieht?«

»Aber klar. Freut mich, dich kennenzulernen.«

»Mich ebenfalls! Du bist die … operative Geschäftsführerin, oder?« Gott sei Dank hatte ich gestern Abend noch ein paar Recherchen angestellt. Eleanor hatte Stephanie als ihre erste Vollzeitkraft von WeWork abgeworben.

»Genau, Eleanors Stellvertreterin.« Die beiden lächelten einander an.

»Du hast Glück, Stephanie heute anzutreffen – ab nächster Woche ist sie bis Neujahr nicht in der Firma.«

Stephanie strahlte übers ganze Gesicht. »Ich mache auf Goa eine Ausbildung zur Yogalehrerin. Das war immer ein Traum von mir.«

»Toll. Wo wirst du dann unterrichten?«

»Hoffentlich hier!« Sie deutete in den Raum, und ich begriff, dass das Zimmer mit der Aufschrift MOVE ein Fitnessstudio war.

»Ganz bestimmt«, sagte Eleanor.

Stephanie und ich tauschten erneut Höflichkeiten aus, und als Eleanor mit mir hinter dem Empfangstresen in einen kleinen Flur bog, verschlug es mir beim Anblick eines weiteren perfekt eingerichteten Zimmers den Atem: Es gab dort Tapeten mit Palmwedelmuster, Grünlilien in goldenen Hängetöpfen und einen Sitzbereich mit weißen Polsterstühlen und goldenen Regalen.

»Ich hoffe, ihr habt hier überall Defibrillatoren«, sagte ich und klopfte mir gegen die Brust, »denn ich glaube, dass mein Herz nicht noch mehr davon verkraftet. Es ist umwerfend, Eleanor. Jeder einzelne Raum. Es sieht sogar noch besser aus als auf Instagram. Was so gut wie nie der Fall ist.«

»Wow, danke.« Sie nahm ein gerahmtes Foto aus dem Regal und reichte es mir. Es zeigte Hana, Mikki und Eleanor mit leuchtenden Augen, während ihre dünnen Ärmchen aus paillettenbesetzten Oberteilen hervorragten. Die dilettantische, überbelichtete Aufnahme war in einem Zimmer des Studentenwohnheims gemacht worden; im Blitzlicht schimmerte die Haut von Mikki und Eleanor kalkweiß und die von Hana kupferrot.

»Darauf seid ihr ja noch blutjung!«, rief ich.

»Ich weiß. Es stammt aus dem ersten Studienjahr. Das Einzige, was auf dem Foto fehlt, bist du.«

»Mit meiner Zahnspange und meinen Pickeln hätte ich es nur ruiniert.« Ich gab ihr das Foto zurück. »Unglaublich, dass ihr alle so eng in Kontakt geblieben seid. Ich habe zwar auch Freundinnen vom College, aber das ist was anderes.«

»Ich weiß. Es ist wirklich ein großes Glück.« Eleanor stellte das gerahmte Foto wieder ins Regal, neben einen Stapel Notizbücher mit Ledereinbänden und einen Ständer, auf dem ein Messer mit geschnitztem Griff lag. Auf dem Brett darüber stand ein hübsches Foto von Eleanor und ihrem Freund – nein, inzwischen war er ihr Ehemann, die Hochzeit hatte ich verpasst. Es war im Urlaub an einem warmen Ort aufgenommen worden. Wahrscheinlich in Mexiko, der kunstvoll bestickten Tunika nach zu urteilen, die Eleanor trug, und dem Drink in Daniels Hand, der aussah wie eine riesige Margarita. Eleanor sprach fließend Spanisch und hatte das Land immer geliebt. Sie griff nach einem Notizblock auf ihrem Schreibtisch und nahm mir gegenüber Platz. »Seit wann bist du wieder in der Stadt?«

»Gestern waren es zwei Wochen.«

»Nachdem du ein ganzes Jahr in Michigan gewesen bist, oder?«

»Ja, etwa ein Jahr.« Ich ertappte mich dabei, wie ich an einem eingerissenen Fingernagel knibbelte, und faltete die Hände.

Eleanor lehnte sich zurück und lächelte. »Katie Bradley, und jetzt bist du also hier! Du bist tatsächlich hier.«

»Ja! Tut mir leid, dass es so lange gedauert hat – ich hätte mich direkt nach der Ankunft melden sollen. Aber ich hatte wahnsinnig viel um die Ohren, mit dem Umzug, den Telefonaten mit meinen alten Redakteuren und …«

»Das verstehe ich.« Sie hob die Hände, um mich zum Schweigen zu bringen, sodass ihre blau-silbernen Nägel aufblitzten. »Ich dachte mir schon, dass du etwas Zeit brauchtest, um dich wieder einzugewöhnen. Schließlich hast du dich um deine Mutter gekümmert und schreibst gerade ein Buch. Du bist echt eine Superwoman.«

»Ich bitte dich. Das sagst ausgerechnet du.«

»Jede glaubt, sie könnte ein Buch schreiben, aber du machst es tatsächlich. Erzähl mir alles darüber.«

Ich verspürte ein Zwicken in der Brust, als würde man mich mit einer Zange kneifen, und ratterte meinen üblichen Spruch über das Technologieunternehmen herunter, das auf Fake News spezialisiert war.

»Das ist toll. Außerdem hast du bereits einen Verlag.«

»Ja, also – ich muss mit meiner Agentin noch ein paar Dinge klären«, murmelte ich.

Eleanor lehnte sich in ihren Stuhl zurück. »Einige unserer Mitglieder arbeiten für Verlage. Die Leute sind aus den unterschiedlichsten Gründen hier. Einige wollen Kontakte knüpfen, und andere haben sich wegen eines Arbeitsplatzes im Co-Working-Space angemeldet. Aber – und damit haben wir überhaupt nicht gerechnet – etwa ein Drittel unserer Mitglieder hat schon einen Bürojob in Vollzeit. Was, warum lachst du denn?«

Mein unterdrücktes Kichern ging in ein breites Grinsen über. »Du hast dich gerade in Television Eleanor verwandelt. In Teleanor. Das war echt unheimlich.«

Sie rieb sich mit den Fingerknöcheln über die Stirn. »Mein Gott, wirklich? Tut mir leid – ich hatte in letzter Zeit so viele Pressetermine, weil bald der Standort in Fort Greene eröffnet wird. Es war nicht meine Absicht, dir einen Vortrag über Timesharing zu halten.«

»Nein, das meinte ich nicht. Du bist nur zu hundert Prozent bei der Sache. Pass auf, ich werde mich besser fühlen, wenn ich dich befrage.« Ich umklammerte ein imaginäres Mikrofon, worauf Eleanor die Augenbrauen hochzog. »Nun, Eleanor, zu meiner Verwunderung habe ich erfahren, dass sich einige Frauen für einen Platz im Co-Working-Space angemeldet haben, ohne Interesse an einer Zusammenarbeit zu haben. Lohnt es sich wirklich, dreihundert Dollar im Monat auszugeben, nur um am Feierabendprogramm von *The Herd* teilnehmen zu dürfen? Ich habe gesehen, dass es Veranstaltungen zum Afrofuturismus oder weltweiten Einfluss des Feminismus gibt, oder dazu, wie man sich um ein öffentliches Amt bewirbt.«

Eleanor verzog spöttisch das Gesicht und tat so, als wäre sie entsetzt. »Der Veranstaltungskalender geht nur die Mitglieder etwas an.«

»Vielleicht habe ich einen Maulwurf bei euch. Einen engen Familienangehörigen.« Wir mussten beide kichern.

Eleanor setzte ein vollkommen symmetrisches Lächeln auf, wie ich es aus den Kurzbiografien in der *New York Times*, im *New Yorker* usw. kannte. »Es geht nicht nur um das Veranstaltungsprogramm. Die Leute bezeichnen *The Herd* zwar als Verein, aber wir betrachten uns lieber als Community. Das hier ist ein geschützter Ort, der es unseren Mitgliedern ermöglichen soll, ein ausgeglicheneres, erfüllteres und kommunikativeres Leben zu führen.«

»Das ist ein verdammt guter Slogan.« Ich nickte anerkennend. »Aber ehrlich, ich habe diese Atmosphäre direkt beim Betreten gespürt. Ich finde es toll, wie die Raumaufteilung die Zusammenarbeit fördert.« Ich nahm die Hände zusammen und tippte die Fingerspitzen aneinander. »Das hier sind nicht bloß ein paar Arbeitsnischen zum Mieten. Offensichtlich kommen die Frauen auch wegen der anderen Frauen her.«

Eleanor hatte immer noch ihr Kameragesicht aufgesetzt. »Das stimmt. Es passieren wunderbare Dinge, wenn leidenschaftliche Frauen und marginalisierte Geschlechter zusammenkommen.«

»›Frauen und marginalisierte Geschlechter.‹ Mein Gott, wenn man in Michigan ist, vergisst man ganz, wie die ›liberale Elite‹ so redet.«

»Nur Leute, die sich der sozialen Missstände bewusst sind, sind bei uns willkommen.«

Obwohl das zweifellos ein Witz war, verspürte ich einen Anflug von Unbehagen. Während ich letztes Jahr in Kalamazoo langsam vor die Hunde gegangen war, hatten Eleanor,

Hana und Mikki sich hier etwas aufgebaut und waren nicht so wie ich auf der Stelle getreten. Ich wünschte, ich könnte ins Jahr 2018 zurückreisen und von Anfang an bei *The Herd* dabei sein.

Eleanor lehnte sich zurück. »Und wie willst du *The Herd* für dich nutzen?«

Ich griff nach meiner Halskette. »Ich werde natürlich an meinem Buch schreiben«, sagte ich. »Außerdem möchte ich wieder als Freiberuflerin arbeiten. Ich werde meine alten Redakteure kontaktieren und Akquise betreiben.«

»Du hast ein paar viel beachtete Artikel veröffentlicht, oder?«

Ich war überrascht, dass sie mich im Auge behalten hatte. Mit stolzgeschwellter Brust ratterte ich die Zeitschriften herunter, für die ich geschrieben hatte: *Vogue, New York Mag, People, Vanity Fair* und *Vice*.

»Und du hast einen Artikel für *The Atlantic* über dieses sprachgesteuerte Ding von Titan geschrieben, oder?«

»Ja, den Zeus.« Wow, sie hatte meine Aktivitäten wirklich aufmerksam verfolgt. Mein Artikel über den bahnbrechenden Sprachassistenten des Technologieriesen – und die damit verbundenen Datenschutzverletzungen – war eines meiner Herzensprojekte aus diesem Jahr gewesen, auch wenn er nicht oft aufgerufen worden war. »Das war eine einmalige Angelegenheit.«

»Verstehe. Schreibst du auch noch deine Satiren? Dieser Beitrag über Steve Jobs, den du für den Blog verfasst hast, war in dem Jahr einer unserer meistgeteilten Artikel.«

Ich grinste. »Es war toll, für euch zu arbeiten. Aber eigentlich schreibe ich solche Sachen nicht mehr. Vielleicht werde ich es mal wieder versuchen.« Ich zuckte mit den Schultern. »Die meiste Zeit ist man als Freiberuflerin damit beschäftigt,

Kontakte zu knüpfen – das ist einer der Gründe, warum ich mich um einen Platz bewerbe. Außerdem … gefällt es mir hier.«

Eleanor lächelte bedächtig. »Wir müssen uns auch bei dir an die übliche Prozedur halten. Es gibt eine Warteliste – wir wollen nicht unseriös erscheinen.«

Ich gab mir große Mühe, mir meine Enttäuschung nicht anmerken zu lassen. »Ja, ich habe ein paar heftige Sachen über das Bewerbungsverfahren von *The Herd* gelesen!« Es gab ganze Foren zur Aufnahmeprozedur, in denen die Teilnehmerinnen auf der Suche nach bestimmten Kriterien ihre Unterlagen analysierten.

»Das tut mir leid. Dank des Standorts in Fort Greene können wir bald noch mehr Mitglieder aufnehmen – er ist riesig. Aber natürlich brauchen die Handwerker ewig.« Sie schloss die Augen. »Ich wünschte, jemand würde eine Baufirma nur mit weiblichen Mitarbeitern gründen. Die könnten sich vor Aufträgen nicht retten! Am Freitag war ich auf der Baustelle in Brooklyn und habe mit dem Bauleiter über die Dielenbretter diskutiert, und dann ist der Monteur aufgekreuzt und hat buchstäblich über meinen Kopf hinweg mit ihm gesprochen. Er konnte von Glück sagen, dass er einen Werkzeuggürtel trug, sonst hätte ich ihm einen Tritt in die Eier verpasst.«

Es entstand eine Pause. Da ich nichts zu verlieren hatte, ging ich aufs Ganze.

»Eleanor, du hast mir gefehlt. Ich habe überall Artikel über dich gelesen. Ich kann nicht glauben, dass du das hier alles auf die Beine gestellt hast. Du bist meine Heldin.«

»Es ist schon erstaunlich, dass wir ohne deine Sprachkünste überhaupt irgendwelches Werbematerial veröffentlicht haben.«

»Ihr braucht mich!« Ich bedrängte sie zu sehr, und in meine scherzhafte Bemerkung mischte sich ein Anflug von Verzweiflung, doch ich konnte nicht aufhören. »Obwohl ich das vor einer Stunde noch nicht wusste – ich brauche diesen Ort. Ich möchte das hier zu meinem zweiten Zuhause machen, bis ich so altersschwach bin, dass man mich mit einem Rollstuhl in ein Seniorenheim verfrachten muss.«

»Das freut mich. Nun fügt sich alles, nicht wahr? Ich bin so …« Sie machte eine winzige Pause und schlug einen leicht veränderten Tonfall an. »Ich bin so glücklich.«

Meine Alarmglocken begannen zu läuten. Sie waren besonders empfindsam, nachdem ich elf Monate lang lächelnde, wortkarge Mittelwestler interviewt hatte, die mich für einen arroganten Eindringling hielten. Aber schließlich streckte Eleanor sich und grinste, sodass ich dachte, ich hätte mir das vielleicht nur eingebildet.

»Es ist bestimmt toll, wenn wir uns jeden Tag sehen können«, sagte ich.

»O ja, Katie«, entgegnete sie. »Das wäre toll.«

Nachdem ich Eleanor in ihrem Büro alleingelassen hatte, eilte ich auf der Suche nach Mikki und Hana durch die miteinander verbundenen Räume. Ich spürte ein Kribbeln in der Brust, und plötzlich wurde mir klar, dass dieser Ort und dieser Moment fast schon zu perfekt waren, aber dann verflog meine Beunruhigung wieder. Immerhin hatte ich anders als sonst nicht den ganzen Tag gegen meine Tränen ankämpfen müssen und seit fast drei Stunden nicht an Chris gedacht. Ein neuer Rekord. Irgendwann hatte ich begonnen, die Traurigkeit, die mein Gehirn und meinen Brustkorb wie eine Schicht aus schwarzem Schimmel umhüllte, als Dauerzustand zu betrachten, der für den Rest meines Lebens anhalten würde. Mikki winkte mich zu sich hinüber, und während ich aufs Sofa glitt, zog ich mein Handy hervor und erstarrte. Ich hatte eine SMS von Mom bekommen: Viel Glück für heute! xoxo

Außerdem hatte ich auf der Mailbox vier Nachrichten, alle von einer mir bekannten New Yorker Nummer. Ich warf einen Blick auf die Liste: Die erste war zweiundvierzig Sekunden lang, und sie wurden immer kürzer; die letzte dauerte nur noch zwölf Sekunden. Ich musste schlucken und spürte im Nacken das Pulsieren meines Herzschlags. Schließlich streckte ich die Hand aus und wischte mit dem Finger der Reihe nach über die Nachrichten: löschen, löschen, löschen, löschen.

Kapitel 2

HANA

MONTAG, 9. DEZEMBER, 11:06 Uhr

Ich beobachtete, wie Eleanor vergnügt plaudernd mit Katie in ihrem Büro verschwand. Katie trug Lederstiefel, die mit Salzflecken übersät waren, obwohl ich sie gebeten hatte, Pumps anzuziehen. Gestern Abend hatte ich mit dem Gedanken gespielt, ihr eine SMS zu schicken, um mich zu vergewissern, ob sie noch ein paar letzte Fragen hatte, und die Sorgen zu zerstreuen, die sie vielleicht umtrieben. Aber ich hatte der Versuchung widerstanden, während mir die ganze Zeit Mikkis Worte durch den Kopf gegangen waren: *Sie ist erwachsen. Du bist nicht ihre Mutter. Du bist nicht für sie verantwortlich.* Sie hatte recht, und das sagte ich mir jedes Mal stets aufs Neue, wenn Katie eine Reihe Tweets mit vulgären Witzen oder plötzlich eine Schimpftirade über die Rolle der Frau in der Gesellschaft vom Stapel ließ. Deine Worte haben eine starke Wirkung, hatte ich ihr einmal in einem SMS-Austausch mitgeteilt, der rasch zu einem Streit ausgeartet war. Deine Worte haben Einfluss auf das, was andere über dich denken. Eigentlich sollte ihr das als Journalistin klar sein.

Immerhin war sie heute Morgen pünktlich erschienen und sah bezaubernd aus, wenn ihre Kleidung auch ein wenig zu wünschen übrig ließ. Zum ersten Mal seit dem Umzug wirkte sie munter und aufgeweckt. Wochenlang hatte sie ihren Zustand mit schläfriger Stimme auf ihre Erschöpfung und eine Winterdepression geschoben, wenn ich sie um elf Uhr vormittags oder manchmal sogar erst um eins anrief. Es war offensichtlich, dass sie irgendetwas anderes bedrückte – ich tippte auf Liebeskummer –, aber ich hatte nicht weiter nachgefragt.

Katies Umzug war wirklich merkwürdig gewesen. Sie hatte über Freunde ein Zimmer in einer Zweier-WG in Bed-Stuy gefunden. Das Jahr über, das sie in Michigan verbracht hatte, waren ihre Möbel bei einem Unternehmen in Queens eingelagert gewesen. Als sie die Sachen letzten Monat dort abgeholt hatte, waren sie ihr wie die Teile eines 3-D-Puzzles entgegengekommen, und sie hatte mit großen Augen und aufgerissenem Mund dagestanden. Als hätte das Unternehmen ihr die Sachen einer anderen Person ausgehändigt.

Bisher hatte sie mich noch nicht in ihr neues Zuhause eingeladen, weshalb ich nicht wusste, wie das Auspacken gelaufen war. Sie war allerdings ein paar Mal bei mir gewesen, angeblich um Neuigkeiten auszutauschen. Doch in Wirklichkeit aßen wir zu Abend und schauten uns einen Film an, während meine Katze Cosmo zu einer pelzigen Kugel zusammengerollt zwischen uns lag. Katie erzählte nicht viel über Kalamazoo, über die letzten paar Wochen, in denen sie nichts mehr von sich hatte hören lassen, bevor sie dann ihre Rückkehr nach New York verkündet hatte. Aber ich versuchte nicht, sie zu bedrängen. Ich wollte, dass es diesmal anders – besser – lief, und Katie mochte es nicht, wenn man ihr ständig in den Ohren lag.

Katie würde *The Herd* lieben, sie war bereits schwer beeindruckt – das konnte ich spüren. Sie hatte ihre Vorbehalte gehabt, aber als dann beim Gang durch die Räumlichkeiten ihr

Gesicht zu strahlen begann … Es war eine Genugtuung, wie ich zugeben musste.

Neben mir zog Mikki jetzt eine lange Strickjacke aus ihrem Rucksack hervor und warf sie sich über die Schultern. Sie schien sich in ihrer weiten Hose und der zeltartigen Strickjacke unglaublich wohlzufühlen; ich hingegen spürte jetzt, wie sich meine Kunstlederleggings über meiner Taille spannten.

»Eleanor und Katie haben sich also gerade zum ersten Mal gesehen?«, fragte sie. »Seit sie wieder hier ist, meine ich.«

»Ja.« Leider – denn wenn sie sich früher getroffen hätten, irgendwo privat, hätte Eleanor vielleicht die unvermeidliche Frage nach dem Wohlbefinden unserer Mutter stellen können, ohne dass ich vor Scham zusammengezuckt und rot angelaufen wäre. Das war nicht Eleanors Schuld, es war nett von ihr, sich zu erkundigen … Tja, und das war das Problem: Es war ganz allein meine Schuld. Ich war die ältere Schwester, verdiente gut und hatte als freiberufliche Presseagentin flexible Arbeitszeiten – es wäre also naheliegend gewesen, wenn ich wieder zu meiner Mutter nach Hause gezogen wäre. Trotzdem hatte ich die Sache hinausgeschoben, voller Panik bei der Aussicht, so viel Zeit mit Mom zu verbringen. Als Katie schließlich verkündet hatte, dass sie nach Michigan gehen würde, hatte ich vor Erleichterung und Scham geweint.

Ich räusperte mich. »Ich schätze, sie brauchte etwas Zeit, um sich wieder zurechtzufinden.«

»Na ja, außerdem ist Eleanor seit Katies Wegzug sehr viel erfolgreicher geworden. Vielleicht war sie auch eingeschüchtert.«

»Kann schon sein.«

Zwar war ich diejenige, die Psychologie studiert hatte, aber Mikki (mit einem Bachelor in Bildender Kunst) war ebenfalls eine scharfe Beobachterin. Darum war sie wahrscheinlich eine so gute Künstlerin: Sie beobachtete die Menschen und hatte ein Auge für winzige Details, aus denen sie dann ihre Schlussfolgerungen zog. Der protzige Verlobungsring, der unter einem ausgefransten Jackenärmel hervorlugte. Eine Uhr mit Goldarmband, die an einem dünnen Handgelenk baumelte. Andererseits entgingen ihr oft Dinge, die allgemeines Gesprächsthema waren: ein Meme, das sich im Internet verbreitete, eine wichtige Nachrichtenmeldung.

Eleanor und Mikki waren während des ersten Studienjahrs im Wohnheim zufällig Zimmergenossinnen gewesen – und weil es das Schicksal manchmal gut mit einem meinte, wohnte ich zufällig nur zwei Zimmer weiter. Eleanor und ich lernten uns am Tag des Einzugs kennen, und wir lächelten einander an in der fiebrigen Gewissheit, uns anzufreunden. Bald schon verbrachte Eleanor viel Zeit mit Mikki, einer künstlerisch interessierten, aber unprätentiösen Hipsterin aus Asheville und die Erste aus ihrer Familie, die ein College besucht hatte. In der Orientierungswoche, als die anderen Studienanfänger in verängstigten Gruppen über den Campus schlichen, bildeten wir bereits ein Trio.

In einer Ecke des Zimmers ertönte jetzt plötzlich lautes Stimmengewirr; eine Gruppe Frauen hatte zwei andere Frauen entdeckt, nach denen sie Ausschau gehalten hatten, und man nahm sich unter großem Hallo in die Arme. Einige von ihnen kannte ich: Sie hatten eine gemeinnützige Organisation gegründet, um die Katastrophenhilfe mit Kommunikationstechnologie zu unterstützen. Ringsum drehten weitere Mitglieder die Köpfe in ihre Richtung und bewegten sich wie ein Fischschwarm auf sie zu.

»Ich kann es kaum erwarten, bis der Standort in Fort

Greene eröffnet wird«, sagte Mikki. »Hier geht es zu wie im Hühnerstall.«

»Ich vermisse es, draußen sitzen zu können. Du hast es dort als Letzte von uns ausgehalten.«

»Immerhin hatte ich da das ganze Dach für mich allein. Auch wenn ich mir einen abgefroren habe und mit fingerlosen Handschuhen in meine Tastatur hämmern musste.« Sie machte eine entsprechende Geste und wackelte mit den Fingern.

Die Schließung des Dachgartens hatte sich wie ein kleiner Tod angefühlt. Der Winter machte mir stets zu schaffen, wenn der Frost in meine Lunge kroch und sich dort niederließ und ein Gefühl tiefer Melancholie erzeugte, gegen die selbst eine teure Infrarotlampe nichts ausrichten konnte. Das war einer der Gründe, weshalb ich nach dem Abschluss nach L.A. gezogen war. Allerdings nicht der Hauptgrund – jener Vorfall, den ich in den hintersten Winkel meines Gehirns verbannt hatte.

Mikki nahm eine E-Zigarette aus ihrem Rucksack und zog daran.

»Hat Eleanor dich deswegen noch nicht angeschnauzt?«

Sie grinste süffisant. »Das ist Cannabidiol. Ich muss schließlich dafür sorgen, dass mein Körper entspannt bleibt. Jetzt komm schon, du weißt doch, dass wir hier tun und lassen können, was wir wollen.« Mikkis Lieblingsbeschäftigung war es, mich in Verlegenheit zu bringen. »Hey, bleibst du noch auf eine Runde Mocktails? Heute Abend ist die Barkeeperin aus dem Bamboo da.«

»Ist das die neue Tiki-Bar in SoHo?« Ich neigte den Kopf zur Seite. »Wundert mich, dass Eleanor das nicht für kulturelle Ausbeutung hält.«

»Wenn das *New York Mag* deinen Cocktails drei Seiten widmet, hast du offensichtlich einen Freibrief. Ich glaube, die Bar bezeichnet ihren Stil selbst als ›Pazifik-Kitsch‹ oder so was in der Art.«

»Das passt.« Ich trommelte mit den Fingernägeln auf meinen Computer. »Um vier habe ich ein Treffen mit einem Kunden, darum muss ich die Mocktails heute ausfallen lassen. Aber du solltest Katie fragen. Es wäre schön, wenn sie sich mit ein paar der Frauen hier ein wenig anfreundet.«

»Du solltest dir ihretwegen keine Gedanken machen.« Mikki deutete mit dem Kopf auf die anderen Räume, auf Eleanors Büro hinter dem *Gleam* Room, in den ich mich heute Morgen in einem unbeobachteten Moment geschlichen hatte: BLÖDE FOTZEN. »Sie hat ja eine einflussreiche Freundin.«

»Hana!«

Ich eilte gerade auf die Fahrstühle zu und beantwortete auf meinem Handy eine Mail, als ich jemanden rufen hörte. Ich drehte mich um und sah, dass Eleanor sich aus ihrem Büro lehnte und wie in einer albernen Sitcom lediglich ihr Kopf und ihre Schultern herausragten. Sie hatte ein gezwungenes Lächeln aufgesetzt, aber ihre Augen straften sie Lügen.

Ich ging zu ihr. »Was kann ich für dich tun?«

»Setz dich.« Sie lehnte sich zurück, als wäre es an mir, das Gespräch zu beginnen. Das Telefon in meinem Schoß leuchtete auf, und ich drehte es herum.

»Und, wie ist es mit Katie gelaufen?«, fragte ich munter.

»Sie macht ziemlich Karriere. Das ist wirklich toll.«

»Ich weiß. Ich bin unglaublich stolz auf sie.«

Sie verschränkte die Finger. »Du weißt, dass mir viel an Katie liegt.«

»Ich höre da ein ›aber‹.«

»Ich würde gerne deine Meinung hören. Falls du Zeit hast.«

»Sicher doch.« Mein Handy hatte gerade 15:30 Uhr angezeigt – wenn ich nicht rasch hier wegkam, würde ich zu spät zu meinem Treffen erscheinen. Hin und wieder schlug Eleanor selbst mir oder Mikki gegenüber einen geschäftsmäßigen Tonfall an. Das war unerlässlich und der Grund dafür, dass wir sowohl beste Freundinnen als auch Kolleginnen sein konnten, ohne uns gegenseitig die Köpfe einzuschlagen. Aber deshalb war es nicht weniger lästig.

Ihr Blick wanderte zur Seite, als würde sie sich ihre Worte sorgfältig überlegen. »Ich bin mir nicht ganz sicher, ob wir jemanden wie sie normalerweise aufnehmen würden«, sagte sie schließlich. »Sie ist talentiert, keine Frage. Aber sie ist jung.«

Ich sah sie von unten an. »Eleanor, deine Mitgliederbetreuerin ist gerade alt genug, um Alkohol kaufen zu dürfen.«

»Ich meine unreif. Wir wählen unsere Mitglieder sehr gründlich aus, und wir sind eine äußerst … verschwiegene Gemeinschaft. Katies Umgang mit den sozialen Medien ist manchmal etwas unbedacht, sie ist zu mitteilsam, und ich finde, dass sie mitunter redet, ohne nachzudenken …«

Ich seufzte. Eleanor hatte natürlich recht, aber mir war nicht klar, was sie von mir wollte.

»Hana, du weißt, dass einige unserer Mitglieder ziemlich prominent sind, und ein Grund, weshalb sie *The Herd* so sehr schätzen, ist die vertrauliche Atmosphäre – das hier ist ein sicherer Ort, an dem sie vor der Öffentlichkeit geschützt sind.«

Ich konnte es mir nicht verkneifen, die Augen zu verdrehen. »Komm schon, Eleanor, du weißt, dass Katie diskret und verantwortungsbewusst ist. Außerdem solltest du das nicht mit mir besprechen. Katie ist siebenundzwanzig; ich bin nicht ihre Aufpasserin.«

»Das ist mir schon klar, und das wollte ich auch gar nicht andeuten.« Ich kannte Eleanors Pokerface gut genug, um die Verärgerung hinter ihrer gelassenen Miene zu bemerken – und ich war ebenfalls gereizt. »Ich dachte nur, dass du vielleicht weißt, wie sie sich in diesem Umfeld machen würde. Zumal du selbst so viele prominente Kunden hast. Ich möchte, dass sich hier alle wohlfühlen.« Sie gestikulierte mit den Händen vor ihrer Brust, als würde sie ein paar unsichtbare Messer jonglieren.

»Also, ich weiß das wirklich zu schätzen«, log ich. Ich begann, meine Sachen zusammenzupacken, und steckte mein Smartphone wieder in die Handtasche. »Ich glaube, dass Katie ein wunderbarer Neuzugang für *The Herd* wäre, und ich hoffe, dass du aufgrund ihrer Verdienste genauso denkst. Hör zu, es tut mir leid, aber ich habe um vier ein Treffen in der Fourteenth Street. Willst du sonst noch irgendwas von mir? Wegen der Veranstaltung nächste Woche?«

»Nein, es läuft alles bestens, danke.«

Wir lächelten einander an. Das Thema war ein weiterer Streitpunkt zwischen uns: Eleanor hatte mich gebeten, für nächsten Dienstag eine Veranstaltung zu organisieren, ohne mir zu sagen, worum es bei dieser verdammten Bekanntmachung ging.

»Jedenfalls danke, dass du Zeit für mich hattest.« Sie strich sich eine Haarlocke von der Wange. »Übrigens, tolles Kleid.«

»Danke!«, trällerte ich, und erst als ich fast die Aufzüge erreicht hatte, wich das Lächeln in meinem Gesicht einem finsteren Blick.

Ich umklammerte das Messer noch fester und starrte mit zusammengekniffenen Augen auf das Fleisch vor mir, das in einer Lache rosaroter Flüssigkeit lag. Das Rezept für gefüllte

Hähnchenbrust hatte sich nicht besonders kompliziert angehört, aber als ich nun in meiner kleinen Küche stand, stellte ich fest, dass viele Angaben fehlten.

»Wie läuft es mit dem Spinat?«, rief ich.

»Gut, glaube ich?« Katies Stimme nahm einen fragenden Tonfall an. »Ich hoffe, das ist fein genug. Im Rezept steht nur ›gehackter frischer Spinat‹.«

Ich drehte mich um und warf einen Blick auf die Rezeptkarte auf der Arbeitsfläche, während ich meine Hände wie ein Chirurg weiter in die Höhe hielt. »Ich glaube, er muss feiner gehackt werden.«

»Sei nicht so streng«, murmelte sie und spähte auf die Karte. »Findest du nicht, es sieht genauso aus?«

»Ist schon okay. Schneidest du jetzt die Zwiebeln?«

Ich gab eine schreckliche Küchenchefin ab, aber Katie bestand darauf, dass ich in der Küche das Kommando übernahm. Jahrelang hatten wir angenommen, dass wir beide nicht gerne kochten, weil unsere Mutter es hasste, Essen zuzubereiten. Jedes Mal wenn sie im Fernsehen zufällig auf eine Kochsendung stieß, deutete sie mit der Fernbedienung auf den Bildschirm und rief: »Leute, ihr schaut gerade jemandem bei der Hausarbeit zu!«

Doch zu meiner Überraschung hatte sich Katie nach ihrer Rückkehr aus Michigan ein neues Ziel gesetzt: Sie wollte kochen lernen. Außerdem wusste ich, wie ungesund meine Angewohnheit war, mir abends irgendwo etwas zu essen zu holen. Da standen wir nun also in meiner voll ausgestatteten Küche über eine Kochbox gebeugt.

Als wir jedoch kurz darauf das Gericht aus dem Ofen holten, starrten wir es stumm vor Entsetzen an.

»Wir haben einen schrecklichen Fehler gemacht«, flüsterte

Katie. Käse und Spinat waren überall herausgelaufen und verkohlt.

Ich konnte nicht anders und stieß ein Lachen hervor, das ich mit dem Geschirrtuch, das ich immer noch in der Hand hielt, unterdrückte. Katie musste ebenfalls kichern, und dann krümmten wir uns beide hemmungslos vor Lachen. In diesem Moment kam Cosmo hereinspaziert, setzte sich kurz hin, hob ein Bein und putzte sich, bevor er schließlich wieder davontrottete, worauf wir erneut in hysterisches Gelächter ausbrachen.

Ich schnappte mir die Rezeptkarte von der Arbeitsfläche und rieb mir die Augen trocken, um einen Blick darauf zu werfen. »Wir hätten die Hähnchenbrust mit Zahnstochern verschließen müssen!«, stieß ich kichernd hervor.

»Das hast du vergessen?«, brachte Katie mit erstickter Stimme hervor. Schließlich beruhigte sie sich wieder und stieß einen hohen, fröhlichen Seufzer aus, als wäre ihr Lachanfall nur noch eine ferne Erinnerung. »Ich schätze, dass wir wohl keine staatliche Zulassung als Geflügelchirurgen bekommen werden.«

Erneut brach ich in Gelächter aus, und sie stimmte mit ein, sodass ihr Kopf rot anlief. Plötzlich regte sich in meinem Brustkorb etwas, und mir wurde klar: Zum ersten Mal seit ihrem Umzug hatte ich das Gefühl, dass Katie ganz sie selbst war.

Nachdem wir unser kulinarisches Desaster aufgegessen hatten, schlug Katie vor, einen Spaziergang zu machen. Sie hatte das bereits häufiger getan, aber mir war nicht ganz klar, warum: Ob sie auch schon in Michigan lange, ausgiebige Spaziergänge unternommen hatte, um in ihrer Einsamkeit für ein wenig

Abwechslung zu sorgen, oder ob sie versuchte, sich in New York wieder zurechtzufinden, einer Stadt, die sich selbst in den elf Monaten ihrer Abwesenheit so sehr verändert hatte. Ich genoss unsere Spaziergänge – sie erinnerten mich an die Nachmittage in Kalamazoo, wenn wir mit unserem tollpatschigen Golden Retriever Gassi gegangen waren. Als ich die Mittelstufe und Katie die Grundschule besuchte, streiften wir durch unser Viertel, und ich erzählte Katie alles über Popularität, Make-up, Jungs und Mode, obwohl ich von diesen Themen selbst kaum Ahnung hatte.

Wir traten jetzt hinaus in die Kälte, und unser Atem bildete im Schein der Straßenlaternen Wölkchen. Ich lief mit Katie aus meiner Straße, die von Boutiquen und Cafés gesäumt wurde, die gerade Feierabend machten, in eine Wohnstraße, auf der sich zu beiden Seiten Reihenhäuser mit stilvoller Weihnachtsdekoration erstreckten.

»Mom lässt dich grüßen«, sagte Katie und steckte ihr Telefon in die Jackentasche. »Ich habe ihr ein Foto von unserem malträtierten Vogel geschickt.«

Ich prustete los. »Er sah aus wie etwas, das Mom gekocht haben könnte.«

»Nur dass es besser geschmeckt hat.« Schweigend liefen wir weiter, und ich wartete ab, ob sie noch mehr von Mom erzählen und so unbeabsichtigt mein Unbehagen weiter verstärken würde. Als sie das jedoch nicht tat, wechselte ich das Thema: »Und wie war die Mocktailrunde?« Wir hatten uns während des Essens die meiste Zeit über ihr Vorstellungsgespräch unterhalten. Soweit ich das sagen konnte, hatte Katie keine Ahnung, dass Eleanor Zweifel an ihrer Eignung für *The Herd* hegte.

»Alle haben bloß über die Schmiererei gesprochen«, sagte

sie. »Falls man die Sache geheim halten wollte, ist das gründlich misslungen. Warum hat man nicht sofort jemanden kommen lassen, der das beseitigt?«

»Das habe ich auch gesagt. Aber Eleanor besteht darauf, dass sich einer ihrer Freunde um so was kümmert. Und er hat erst nach Feierabend Zeit.«

Katie zog ihre Mütze ins Gesicht. »Ich fand es nur nervig, dass ich mich um drei Uhr nachmittags nicht nachschminken konnte. Welches Arschloch verwehrt Frauen einfach ihre *Gleam* Cream?« Ich versetzte ihr einen Stupser, und sie wankte grinsend zur Seite. »Aber mal im Ernst, sie sollte es stehen lassen. Es zur Kunst erklären. Fotzen sind großartig – sie bringen kleine Menschen zur Welt. Das ist nicht bloß eine Schmiererei, das ist ein Slogan.«

»Eleanor verabscheut das Wort. Es ist zwar nicht das erste Mal, dass es irgendein Frauenhasser auf sie abgesehen hat, aber ich habe gemerkt, dass sie diese Aktion geärgert hat. Dabei hat sie normalerweise ein ziemlich dickes Fell.«

Wir brachten beide unser Missfallen über die Sache zum Ausdruck, indem wir die Nase rümpften und die Mundwinkel nach unten zogen. Die Leute fanden, dass wir eine ähnliche Mimik hatten, obwohl wir keine gemeinsamen Gene teilten – laut einem teuren DNA-Test, den ich während meiner Collegezeit in Auftrag gegeben hatte, kamen meine Vorfahren aus dem Nahen Osten, Osteuropa und Südasien, und Katie war eine Weiße.

»›Auf sie abgesehen‹? Was ist passiert?«

Ich seufzte. »Es tauchen immer irgendwelche Idioten auf, sobald man in der Öffentlichkeit steht, zumal als Frau, und erst recht als Frau, die gegen die Vorherrschaft der Männer ankämpft, indem sie ein Umfeld schafft, das andere Frauen fördert.« Wir liefen nach rechts, vorbei an einem Sammelsurium aus Mülltüten und alten Bürostühlen, die wie zu einer Skulptur aufgetürmt waren. »Sie redet nicht über diese Sache, so wie Filmstars auch nicht über ihre Stalker sprechen. Das Schlimmste, was man tun kann, ist, einer Person, die Aufmerksamkeit sucht, diese Aufmerksamkeit entgegenzubringen. Aber sie ist eine Berühmtheit. Die Leute sind regelrecht besessen von ihr. Und sie bekommt Morddrohungen und dergleichen.«

»Tatsächlich?« Katie drehte sich in meine Richtung und sah mich erstaunt an.

»Sicher.« Wir waren an einen kleinen Gemeinschaftsgarten gekommen, in dessen Mitte ein Weihnachtsbaum mit blauen Lichtern stand. Ich blieb am Tor stehen, und Katie betrat den Garten. »Ich meine, es gibt eine Menge wütender Männer auf der Welt«, fügte ich hinzu und folgte ihr. »Aber Eleanor lässt sich von ihnen nicht mundtot machen.«

Statt etwas zu erwidern, marschierte Katie zum Sockel des Baums und betrachtete ihn, während ihr elfenhaftes Gesicht mit den großen Augen in einen kobaltblauen Lichtschein getaucht wurde. »Eine Menge«, sagte sie leise.

»Was?« Ich trat zu ihr, und das vertrocknete Gras knirschte unter meinen Füßen.

»Es gibt eine Menge wütender Männer.« Sie wandte sich in meine Richtung. »Auf der Welt.«

Ich neigte den Kopf und musterte sie eingehend, als hinter uns ein Scheppern ertönte. Katie wich zurück, als hätte man ihr einen Schlag verpasst, und als ich mich umdrehte, sah ich, wie das Metalltor zugefallen war. Wir eilten zurück und stellten fest, dass es jedoch nicht eingerastet war. Katie trat auf den Gehweg.

»Alles okay?«, fragte ich, während wir weiterliefen.

»Sicher. Ich bin nur – Mikki meinte, dass ihr keine Ahnung habt, wie der Sprayer reingekommen ist. Außerdem hat er nichts verwüstet oder so, er hat nur diese Botschaft hinterlassen. Das ist doch seltsam, oder?«

»Total seltsam. Aber das ist kein Grund, sich Sorgen zu machen. Eleanor meinte heute, dass sie die Sicherheitsmaßnahmen verstärken würden. Mit Kameras am Eingang und so weiter.«

Katie nahm ihre Mütze ab und stopfte sie in die Tasche. »Mikki sagte, ich soll dich fragen, warum im *Gleam* Room keine Kamera angebracht war?«

Ich zog die Augenbrauen hoch. »Willst du etwa dabei gefilmt werden, wie du den *Gleam* Room benutzt?«

»Und warum gibt es in den anderen Räumen keine?«

Ich zuckte mit den Achseln. »Als wir *The Herd* geplant haben, gab ich zu bedenken, dass laut verschiedenen Studien Frauen in Büros mit Überwachungskameras weniger produktiv sind und sich nicht wohlfühlen. Das trifft vor allem auf einen Kundenkreis wie unseren zu – was, wenn sich jemand ins System hackt und zum Beispiel Aufnahmen davon in die Hände bekommt, wie Myla Robin eine Schüssel Pitayas über sich ausschüttet?«

»Was zum Henker sind Pitayas?«

»Ach, Katie. Du hast wirklich eine Menge verpasst.« Ich klopfte ihr auf die Schulter.

»Aber offensichtlich haben die Forscher nur Arbeitsplätze für beide Geschlechter untersucht.« Sie trat über einen Zigarettenstummel hinweg. »Denn auch wenn die Studien ergeben haben, dass sich Frauen wie auf dem Präsentierteller fühlen, trifft das auf *The Herd* wohl nicht zu. Man ist dort keinen männlichen Blicken ausgesetzt.«

»Aber dieses Verhalten ist anerzogen – eine unbewusste Reaktion darauf, dass wir unser ganzes Leben lang beobachtet werden«, sagte ich. »Allerdings war das keine Frage von lebenswichtiger Bedeutung für mich. Ich dachte bloß, das sei vielleicht nicht ganz unerheblich, und darauf beschloss Eleanor, lediglich im Aufzug eine Kamera installieren zu lassen.«

In diesem Augenblick kam ein Motorrad um die Ecke gerast, und Katie zuckte zusammen.

»Alles okay?« Ich legte ihr den Arm um die Schultern. »Was war das denn? Ist das die Reizüberflutung nach deiner Zeit in Kalamazoo?«

Sie wandte sich langsam in meine Richtung und drehte dann den Kopf weg. »Alles okay.«

Wir hatten meine Wohnung fast erreicht und liefen jetzt im Gleichmarsch, als Katie in ihre Tasche griff und ihr Handy herauszog. Erst nach ein paar Schritten merkte ich, dass sie nicht mehr neben mir war, und ich drehte mich um und sah, dass sie mit gerunzelter Stirn wie reglos auf dem Gehweg stand.

»Was ist los?«, rief ich.

Ihr Blick wanderte noch ein paarmal über das Display, bevor sie schließlich den Kopf hob. »Nichts. Also, ich werde –«

In diesem Moment nährte sich ein Taxi mit eingeschaltetem Leuchtschild, Katie streckte den Arm aus – selbstbewusst wie eine alteingesessene New Yorkerin –, und der Wagen kam quietschend zum Stehen.

»Wir sehen uns morgen!«, rief sie, nahm mich kurz in den Arm und hüpfte auf die Rückbank. Ich warf einen Blick durch das Fenster, um zu sehen, ob sie mir zuwinkte, doch sie hatte die Augen bereits wieder auf das Handy gerichtet.

Als ich meine Haustür erreichte, begann mein eigenes Handy zu vibrieren, und ich zog es hervor. Ich hatte von Katie eine SMS erhalten: Ich habe meinen Laptop in deiner Wohnung liegen lassen. Kannst du ihn morgen mit ins Büro bringen?

Katie vergaß ständig irgendwo irgendwelche Dinge. Nicht dass sie sie verlor, sie bekam sie jedes Mal zurück – das Glück ließ sie nie im Stich. Erneut schickte sie eine Nachricht: Tut mir leid, dass ich so plötzlich aufgebrochen bin. xo

Auf einmal merkte ich, dass meine Nase und meine Fingerspitzen eiskalt waren, und suchte nach den Schlüsseln in meiner Handtasche.

»Hi, Hana!«, rief der Portier, als ich an ihm vorbeilief. »Warten Sie, ich habe ein Paket für Sie!«

»Klasse, danke!« Schlitternd kam ich an seinem Tresen zum Stehen. Als er sich mir vor ein paar Monaten vorgestellt hatte, hatte er so stark genuschelt, dass ich trotz zweimaliger Nachfrage seinen Namen nicht verstanden hatte, und nun konnte ich mich nicht mehr danach erkundigen. Das verschaffte ihm einen unfairen Vorteil – jedes Mal wenn ich eine Postsendung abholte, erhaschte er einen Blick auf den Adressaufkleber mit meinem Namen, der Frau aus 4C.

Während ich im Paketraum zugange war, rief ich meinen Instagram-Account auf und sah, dass Katie ein Foto von der Mocktailrunde gepostet hatte: Mikki, Eleanor und sie hielten darauf Drinks in die Höhe, die mit Blumen, Kirschen und Papierschirmchen drapiert waren. Plötzlich stieg wieder die alte Unsicherheit in mir auf: Die drei ergänzten sich perfekt, und manchmal fragten Fremde, ob sie Schwestern seien. Katie war ihnen genau in dem Moment nähergekommen, als ich 2010 an die Westküste gezogen war, und obwohl das meine eigene Entscheidung gewesen war, obwohl ich sie alle ermuntert hatte, auch ohne mich Zeit miteinander zu verbringen, obwohl Eleanor vorhin in Erwägung gezogen hatte, Katie nicht bei *The Herd* aufzunehmen, hatte ich die leise Befürchtung, dass sie mich jetzt, wo Katie wieder da war, ersetzen könnten.

Während ich mit dem Aufzug nach oben fuhr, begann das Handy in meiner Hand zu vibrieren. Ein Audioanruf über FaceTime von Eleanor. Wie bitte?

»Hallo?«, meldete ich mich, aber der Aufzug war wie eine Gruft, und von ihrer Stimme war nur ein Knistern zu hören. Als ich den Flur hinunterstapfte, drückte ich die Rückruftaste.

»Hana?«, sagte sie, und ich blieb vor der Tür stehen. Ihre Stimme klang merkwürdig – beinahe gepresst.

»Ja. Was gibt's?«

»Kannst du zu mir in die Wohnung kommen?«

Ich verharrte mit dem Schlüssel in der Luft. »Jetzt sofort?«

»Ja.«

»Ist alles okay?«

Für zwei, drei Sekunden war nur Rauschen zu hören. »Komm einfach.«

Es piepte zweimal – sie hatte aufgelegt.

Kapitel 3

KATIE

MONTAG, 9. DEZEMBER, 21:36 Uhr

An dem Anhänger, den meine neue Mitbewohnerin mir gegeben hatte, hingen drei Schlüssel – einer für den Türriegel, einer für das Schloss und einer, nach dessen Zweck ich sie schon die ganze Zeit hatte fragen wollen –, aber an diesem Abend passte keiner von ihnen.

Mit umständlichen, hektischen Bewegungen stocherte ich unbeholfen am Schlüsselloch herum, bis sich die Tür schließlich klickend öffnete. Plötzlich blieb ich wie angewurzelt stehen, denn erneut geisterte mir die SMS durch den Kopf. Ich bin in deiner Wohnung. Ich gehe erst wieder, wenn wir miteinander gesprochen haben. Dann drückte ich die Tür auf.

Ich trat ein, hielt die Luft an und atmete wieder aus, als ich Samantha bemerkte, die in der Spüle den Abwasch machte. Vielleicht war sie wieder gegangen.

»Hi!«, rief eine Stimme aus dem Wohnzimmer. Ich riss den Kopf herum und entdeckte meine Literaturagentin, die mit ihrem Handy in der Hand auf dem Sofa saß.

»Hey, Erin«, sagte ich möglichst beiläufig.

Ich warf meine Schlüssel auf die Arbeitsfläche, und jetzt

schaute auch Samantha endlich vom laufenden Wasserhahn auf und grinste. »Katie, deine Freundin ist hier!«

»Das sehe ich!« Ich rang mir ein Lächeln ab, und Samantha widmete sich wieder dem Abwasch.

Erin erhob sich, und ich ging zum Sofa hinüber, um sie in den Arm zu nehmen. Erneut wurden mein Gehirn und mein Brustkorb von einer Schicht von schwarzem Schimmel überzogen, diesmal vermischt mit einem Spritzer Panik. »Schön, dich zu sehen, meine Liebe«, sagte ich.

»Freut mich auch. Ich dachte schon, du wärst immer noch in Michigan.«

Ich wurde von einem Gefühl des Unbehagens durchzuckt. »Erin, es tut mir wirklich leid, dass ich nicht erreichbar war. Ich hatte mit dem Umzug alle Hände voll zu tun …«

»Du fragst dich bestimmt, wie ich dich gefunden habe«, unterbrach sie mich.

Ich öffnete den Mund und schloss ihn dann wieder.

»Mein Nachbar Josh hat erwähnt, dass du bei einer Kommilitonin seiner Schwester zur Untermiete wohnst, und ich habe ihn nach der Adresse gefragt.« Sie rieb sich das Handgelenk. »Ich hoffe, das ist nicht irgendwie unheimlich. Denn während ich hier saß und darüber nachdachte, fand ich, dass meine SMS ziemlich gruselig war.«

»Nein, es ist – ich verstehe schon. Sollen wir …?« Ich warf über die Schulter einen Blick zu Samantha, die mit demonstrativer Hingabe das Besteck spülte. »Vielleicht sollten wir in meinem Zimmer weiterreden.«

Erin nickte und folgte mir; ich bot ihr einen kleinen Stuhl in der Ecke an, der von Kisten umgeben war, und setzte mich auf meine zerknautschte Bettdecke.

Sie holte tief Luft. »Katie, ich weiß, dass mein Verhalten

nicht gerade superprofessionell ist. Tut mir leid, wenn ich zu weit gegangen bin, aber … ich mache mir Sorgen um dich. Ich habe keine Ahnung, was verdammt noch mal in Michigan passiert ist oder warum du auf meine Anrufe nicht reagierst, aber wir müssen reden.«

Heiße Tränen füllten meine Augen. Seit meiner Rückkehr waren alle so neugierig und interessiert, so neidisch auf meinen tollen Buchvertrag und mein Recherchejahr gewesen, dass ich mir selbst kaum eingestanden hatte, wie erschöpft ich war.

»Katie, rede mit mir. Es bringt nichts, mir aus dem Weg zu gehen. Du wirst mich nicht mehr los. Ich bin wie ein … Floh.«

Ich lachte und wischte mir über die Augen.

»Nein, wie ein Egel, denn ich werde erst bezahlt, wenn du dein Geld bekommst«, fuhr sie fort. »Agenten sind echte Blutsauger, weißt du?«

Ich musste erneut lachen und ließ mich von ihr umarmen. Wir waren seit dem dritten Studienjahr miteinander befreundet, seit wir in einem brechend vollen Seminar über russische Literatur zufällig nebeneinander gesessen hatten. Als sie vor zwei Jahren schließlich von ihrem Posten als Assistentin zur Literaturagentin befördert worden war, hatte sie mich als eine ihrer ersten Autoren unter ihre Fittiche genommen. Und nachdem mein Artikel über Northern Sky Labs für Furore gesorgt hatte, half sie mir, ein Exposé auszuarbeiten, und überzeugte eine intelligente Juniorlektorin bei einem namhaften Verlag, mir einen Buchvertrag anzubieten. Ich verdankte Erin sehr viel und hasste es, ihr in den Rücken zu fallen.

»Du wirst mich umbringen«, erklärte ich und krümmte mich.

»Das werde ich nicht.« Sie tätschelte mein Knie. »Lass mich raten: Du glaubst nicht, dass du das Buch schreiben kannst.«

Ich nickte, und an meinen Wangen liefen Tränen herunter.

»So geht es jedem Autor, der einen Berg Rechercheergebnisse vor sich hat, aber noch keine einzige Zeile geschrieben hat, obwohl der Abgabetermin immer näher rückt. Wir können eine Lösung dafür finden. Was brauchst du? Einen Transkriptionsservice? Einen wissenschaftlichen Mitarbeiter?«

»Das ist es nicht«, sagte ich. »Ich weiß, das hört sich nach einer Schreibblockade oder was auch immer an, aber das ist es nicht. Ich kann dieses Buch einfach nicht schreiben.«

Ihre Augen funkelten, doch sie schloss die Lider und erwiderte beschwichtigend: »Sag mir, was du brauchst, Katie. Ich unterstütze dich.«

»Ich muss das Projekt absagen.«

»Aber warum?«

Blinklichter: rot, blau, rot, blau. »Du musst mir vertrauen. Ich kann es nicht schreiben. Den Vorschuss werde ich natürlich zurückzahlen.« Ich warf ihr einen verstohlenen Blick zu. »Es tut mir so leid.«

Sie schüttelte den Kopf. »Ich begreife das nicht. Seit dem Exposé hast du ein Jahr in die Recherche investiert. Und jetzt willst du das alles einfach wegwerfen? Ist irgendetwas vorgefallen?«

Vor meinem geistigen Auge sah ich, wie ich auf der fünfzigminütigen Fahrt von Kalamazoo nach Iron River rechts ranfuhr, meinen Kopf auf das Lenkrad legte und zu schluchzen begann. »Ich kann einfach nicht.« Ich schüttelte schniefend den Kopf. »Ich kann nicht, ich kann nicht, ich kann nicht.«

»Du benimmst dich wirklich kindisch.« Nun schien sie es mit einer anderen Taktik zu versuchen. »Du hast einen Vertrag unterschrieben, Katie. Das könnte sich äußerst nachteilig auf deine Karriere auswirken. Welcher Verlag will schon mit einer

Autorin zusammenarbeiten, die einen Buchvertrag bekommt, den Scheck einlöst und dann aussteigt?«

»Ich weiß«, sagte ich, und meine Stimme schwoll zu einem Jammern an. »Ich … bitte.«

»Kann ich dem Verlag eine andere Sichtweise auf das Thema präsentieren? Eine allgemeinere Sichtweise … abstruse Start-up-Unternehmen im Mittleren Westen? Der Rust Belt trifft Silicon Valley? ›Rust Valley‹ – das ist ein guter Titel.«

Ich dachte darüber nach und verspürte einen heftigen Brechreiz. »Nein.«

»Katie, was soll das, verdammt noch mal? Du triffst diese weitreichende Entscheidung und nennst mir nicht mal den Grund dafür.«

Vor mir zuckte ein Bild auf: Blinklichter, die durch den Wald flackerten. Begleitet vom Sirenengeheul, das zwischen den Bäumen hindurchhallte. Erneut schüttelte ich den Kopf.

Darauf hob Erin das Kinn und schloss die Augen. »Ich kann's nicht fassen. Du weißt doch, dass ich immer noch dabei bin, mir als Agentin einen Namen zu machen.«

»Ich weiß«, flüsterte ich.

»Du bist die erste Autorin, die ich bei einem Verlag untergebracht habe. Ich habe mich für dich schwer ins Zeug gelegt.«

»Tut mir leid.«

Ich spähte zu ihr hoch und sah, dass sie ein paar Tränen aus ihren Augen blinzelte.

»Was sollen wir jetzt machen?«, sagte ich.

Sie warf die Hände in die Höhe. »Wenn es nicht ein anderes brillantes Scheißbuch gibt, das du stattdessen schreiben willst, teilen wir dem Verlag mit, dass du aussteigst. Und zahlen den Vorschuss zurück.« Sie legte sich die Hände auf den Bauch. »Ich glaube, mir wird schlecht.«

Ich klammerte mich an ihre Bemerkung – *ein anderes brillantes Scheißbuch* – und ging die Artikel durch, die ich in den letzten Jahren geschrieben hatte. Über müde Trump-Unterstützer, die in der Hoffnung auf einen Aufschwung acht Jahre zuvor Obama gewählt hatten. Über erschöpfte Rentner, die die Wahlberechtigten registrierten, weniger aus Interesse am demokratischen Prozess, sondern weil sie 9,50 Dollar Stundenlohn dafür bekamen. Über rotgesichtige Männer auf lokalen Kundgebungen, die T-Shirts mit frauenfeindlichen Sprüchen trugen und eine feuchte Aussprache hatten: »Sie sehen viel zu gut aus, um Fake News zu verbreiten. Sie sind echt verdammt sexy.«

Dann sah ich vor mir die Worte BLÖDE FOTZEN auf der hübschen gestreiften Tapete, bei deren Anblick mein journalistischer Spürsinn erwacht war.

Es gibt eine Menge wütender Männer auf der Welt.

Das hatte Hana erst vor einer Stunde gesagt. Und kurz davor …

Ohne nachzudenken, sprach ich es aus, der Gedanke platzte förmlich aus mir heraus. »Eleanor Walsh.«

Erin zog eine Augenbraue hoch. »Die Gründerin von *The Herd*?«

»Und Produzentin von Pflegeprodukten. Sie ist eine faszinierende Persönlichkeit, oder? Und überaus verschwiegen.«

Sie ist eine Berühmtheit. Die Leute sind regelrecht besessen von ihr. Das hatte Hana ebenfalls gesagt.

Erin stützte sich mit den Ellbogen auf den Knien ab. »Was ist mit ihr?«

»Ich kenne sie ziemlich gut. Schon seit der Highschool. Außerdem hat man mich bei *The Herd* aufgenommen – ich habe gerade erst den Vertrag unterschrieben.« Das war zwar etwas übertrieben, passte mir aber gut ins Konzept.

Erin neigte den Kopf zur Seite. »Was willst du damit sagen?« Sie sah mich mit großen Augen an. »Willst du eine autorisierte Biografie über Eleanor Walsh schreiben? Wäre sie damit einverstanden?«

»Ich denke eigentlich eher an so etwas wie die Geschichte von *The Herd* mit Interviews der Beteiligten.« Ermutigt durch Erins Interesse beugte ich mich zu ihr vor. »Ich könnte mit Eleanor und den Mitbegründerinnen reden. Mit Leuten, die von ihr fasziniert sind. Und mit Leuten von *The Herd.* Es gibt Onlineforen, in denen Strategien diskutiert werden, wie man dort aufgenommen wird, und in denen aufgrund von Eleanors Instagram-Beiträgen und anderen Quellen über ihr Privatleben spekuliert wird. Und es gibt Leute, die Eleanor und *The Herd* hassen.« Ich ballte die Hände zu Fäusten. »Es existiert eine Onlinecommunity namens *The Antiherd*, und Eleanor bekommt von Männern offensichtlich Morddrohungen und dergleichen. Ach ja, und heute hat man in einem der Räume die Worte BLÖDE FOTZEN an die Wand gesprüht. Keiner weiß, wer dort eingebrochen ist, oder wie. Das Buch könnte eine Mischung aus Memoiren, Reportage und unautorisierten Interviews werden, ausgehend von diesem bizarren hasserfüllten Graffiti, das ich dort an meinem ersten Tag gesehen habe – ich könnte versuchen herauszufinden, wer dahintersteckt, und die Geschichte von *The Herd* zu ihren Anfängen zurückverfolgen. Sie in allen Einzelheiten niederschreiben.«

Erin nickte, zunächst noch langsam, dann voller Begeisterung. »Das könnte ich beim Verlag unterbringen, Katie«, erklärte sie. »So was würde man mir aus den Händen reißen. Aber bist du sicher, dass du dir das Buch nicht autorisieren lassen willst? Ich meine, ich ziehe die Schilderung pikanter Details einer bereinigten, werbewirksamen Darstellung zwar jederzeit vor, aber wir wollen auch nicht, dass du eine Unterlassungsaufforderung erhältst.«

»Du hast recht. Wir sollten nichts überstürzen.« Plötzlich wurde ich von Schuldgefühlen geplagt. Das Letzte, was ich wollte, war, Eleanor ans Bein zu pinkeln … genauso wenig Hana, Mikki oder sonst irgendjemandem. Doch als Erin mich jetzt so anschaute, mit diesem begeisterten Blick – dies war meine Chance, der Ausweg aus dem Schlamassel, den ich angerichtet hatte. Und ich konnte Eleanor deswegen jetzt nicht fragen, an meinem ersten Tag als Mitglied von *The Herd*, äh, als Bewerberin.

»Ich möchte mich dort mal ein wenig umsehen«, sagte ich. »Ich bin erst einen Tag dort gewesen – ich werde ein paar Nachforschungen und Hintergrundrecherchen anstellen und mir überlegen, wie ich die Sache angehen soll.«

»Ich finde es einen guten Ansatz, den Drohungen gegen sie nachzugehen«, entgegnete Erin. »Der Frage, was passiert, wenn du bei den Frauen so beliebt bist, dass die Männer dich hassen oder sogar umbringen wollen.«

Ich nickte und erinnerte mich mit einem stechenden Gefühl der Scham daran, wie Hana erzählt hatte, dass Eleanor ihre Feinde bewusst ignorierte. Sie hatte gesagt, es sei das Schlimmste, Leuten, die Aufmerksamkeit suchen, diese Aufmerksamkeit entgegenzubringen, und nun wollte ich mein Augenmerk auf diese Feinde richten. Hana und Eleanor würden das doch verstehen, oder? Ich war verzweifelt. »Sie ist ziemlich zugeknöpft, darum will ich die Sache vorsichtig angehen.« Teleanor – das war die einzige Seite ihrer Persönlichkeit, die die Medien zu sehen bekamen. Damit mein Vorhaben gelingen konnte, musste ich einen Blick hinter die glänzende Fassade werfen.

»Könnte es nützlich sein, wenn du sagst, dass ein großer Verlag Interesse bekundet hat? Ich kann morgen gleich Faith anrufen. Das ist dann natürlich noch nicht offiziell.«

»Schon möglich. Solange die Sache absolut inoffiziell bleibt.« Faith, die Lektorin, die mein Exposé gelesen und den Titel dann eingekauft hatte, machte mir Angst. Aber die Vorstellung, dass Erin ihr voller Begeisterung das Buch über die Manipulation der Realität (Arbeitstitel: *Infopocalypse*) ausredete, vertrieb meine Panik, auch wenn ich jetzt erneut von Schuldgefühlen geplagt wurde. »Ich werde ein paar Recherchen anstellen, und sobald ich weiß, wie ich die Sache angehen will, werde ich mit meiner Schwester reden. Sie ist für die Öffentlichkeitsarbeit zuständig und eine enge Freundin von Eleanor. Sie wird wissen, wie wir das Ganze handhaben sollen.« Sie hatte bestimmt eine Idee, wie man Eleanor das Vorhaben als Chance und nicht als Affront verkaufen konnte. Ganz sicher. Eleanor war zuvorkommend und verständnisvoll.

Diese Sache musste einfach klappen.

»Wunderbar«, sagte Erin und richtete sich auf. »Gut, dass ich dir nachspioniert habe. Ich habe dir heute drei Nachrichten auf die Mailbox gesprochen, Katie.«

»Vier«, erwiderte ich und erhob mich, um sie nach draußen zu begleiten.

Sobald Erin die Wohnung verlassen hatte, kramte ich einen Notizblock hervor, fest entschlossen, mich an die Arbeit zu machen, bevor der fiese kleine Engel auf meiner Schulter mir ins Ohr flüsterte, dass das keine gute Idee wäre.

Das Buch könnten wir *Die ganze Wahrheit über* The Herd nennen. Oder einfach The Herd *hautnah* – das war noch besser. Oder vielleicht *Die ganze Wahrheit über Eleanor*? Ich nahm einen Stift, klappte ein zur Hälfte beschriebenes Notizbuch auf und suchte nach einer leeren Seite.

Es war eines der Bücher, die ich vergangenes Jahr in Michigan mit Interviewnotizen und hingekritzelten Informationen gefüllt hatte. Aber meine Gedanken wanderten jetzt zu jenen Einzelheiten, die ich für mich behalten hatte: Chris' Gesicht mit den dichten, widerspenstigen Augenbrauen und den Sommersprossen, die Fingerspitzen, die mir flüchtig über Nacken, Taille und Kniekehlen strichen. Dann ein plötzlicher Szenenwechsel: das heftige Schamgefühl, als die Rettungssanitäter ins Zimmer gestürmt kamen. Ich spürte ein Wehklagen in mir aufsteigen und kämpfte dagegen an, presste meine Fingerknöchel gegen die Lippen. Nein. Ich musste mich an die Arbeit machen.

Ich googelte Eleanors Namen und druckte die Steckbriefe aus, die über sie geschrieben worden waren – eine ausführliche Biografie im *New Yorker*, die unfassbar sexistisch war, und ein paar oberflächlichere Porträts aus *Goop*, *Time*, *Cosmopolitan* und *The Cut*. Auf einigen der Fotos waren Mikki und Hana mit ihr zusammen zu sehen, was ich ein wenig merkwürdig fand, da keiner der beiden eine Vollzeitstelle bei *The Herd* hatte. Was durchaus zu ihrem Vorteil war: Hana hatte kein Interesse, ihre anderen Kunden aufzugeben, und die unangepasste Mikki wollte sich nicht binden – verdammt, sie war Künstlerin und keine Verpackungsdesignerin mit einer Vierzigstundenwoche. Dennoch betonte Eleanor stets, dass sie ihre Partnerinnen und engsten Vertrauten waren und mit ihr zusammen die drei Eckpfeiler der Führungsriege bildeten. Die Verkörperung dessen, was sie heute Morgen in unserem Gespräch gesagt hatte: *Es passieren wunderbare Dinge, wenn leidenschaftliche Frauen und marginalisierte Geschlechter zusammenkommen.*

Mit etwas Glück würden diese wunderbaren Dinge auch einer neugierigen Journalistin widerfahren, die der Wahrheit verpflichtet war. Ich verstaute meine Ausdrucke in einem Hefter, und zum ersten Mal seit Monaten keimte in mir ein Gefühl der Hoffnung auf.

Kapitel 4

HANA

MONTAG, 9. DEZEMBER, 21:41 Uhr

Komm einfach. Eleanors blecherne Stimme aus dem Telefon hallte mir nach wie vor in den Ohren, während ich zu ihrer Wohnung fuhr. Sie war zwar autoritär, anmaßend und überlebensgroß, aber keineswegs hysterisch. Im Gegenteil: Sie war ruhig und beherrscht und wusste um die Wirkung der Gelassenheit. Warum auch immer sie mich so spät nach Feierabend in ihr Apartment bestellt hatte – irgendetwas musste sie gehörig aus der Fassung gebracht haben.

Ich war bereits seit ein paar Wochen nicht mehr dort gewesen, und als ich im West Village die Treppe zu dem Reihenhaus aus orangefarbenen Backsteinen hinaufstieg, fiel mir erneut auf, wie schön es war. Dieses schmale Gebäude mit Spitzdach, an dessen Tür ein geschmackvoller Kranz aus Eukalyptuszweigen und hell leuchtenden Beeren hing. Eleanor öffnete die Tür und ließ mich herein. Sie schien verärgert.

Mit dem ausladendenden grünen Kiefernzweig, der in der Diele zwischen den verspiegelten Schranktüren und dem Wandspiegel stand, wirkte die Wohnung noch makelloser als sonst. Es gab nichts, was Eleanor nicht konnte – sie war eine ausgezeichnete Raumausstatterin, Stylistin, Maskenbildnerin, Geschäftsfrau …

Sie ließ sich aufs Sofa fallen; auf dem Couchtisch stand ihr eingeschalteter Laptop.

»Was ist los?« Ich zog meinen Mantel aus.

Eleanor seufzte. »Man hat mir mein Handy gestohlen.«

»Das tut mir leid.« Ich wartete, dass sie fortfuhr, und runzelte dann die Stirn. »Hast – hast du die Polizei verständigt?«

»Es ist einfach verschwunden – ich weiß nicht mal genau, wann. Irgendwann im Laufe des Tages. Ich bin heute Nachmittag mit der U-Bahn zur Baustelle in Fort Greene gefahren, vielleicht ist es da passiert.«

Aus diesem Grund hat sie mich also über FaceTime angerufen, wahrscheinlich mit ihrem MacBook. Aus diesem Grund war ich mit einem Lyft für elf Dollar hierhergefahren?

Ich nickte geduldig. »Das ist echt schlimm, tut mir leid. Ich nehme an, dass du es schon mit Find My iPhone versucht hast?«

»Natürlich. Man hat es sofort ausgeschaltet.«

»Darum glaubst du also, dass es gestohlen wurde?«

»Nein. Deshalb glaube ich, dass es gestohlen wurde.« Sie schob ihren Laptop in meine Richtung, und ich spähte auf den Bildschirm: BLÖDE FOTZEN stand dort. Ich scrollte durch vier Fotos der Schmiererei, die Eleanor heute Morgen entdeckt hatte, und dann –

»Was ist das?« Dieselben zwei Wörter waren in ähnlich bauchigen Buchstaben, diesmal mit oranger Farbe, auf eine festgenagelte Gipskartonplatte gesprüht. Ein weiteres Foto zeigte sie auf einer Tapete mit einem Muster aus Handspiegeln und Kämmen. »Das ist in den zwei anderen Standorten«, sagte sie und rieb sich die Augen. »Die ersten paar Bilder habe ich heute

Morgen gemacht, um sie der Polizei zu zeigen. Aber ich hatte sie noch nicht verschickt – sie waren nur auf meinem Handy. Und die beiden anderen wurden in Fort Greene und San Francisco aufgenommen. Irgendjemand hat letzte Nacht auch in unseren anderen Standorten zugeschlagen. Das war eine konzertierte Aktion.«

Meine Arme und mein Nacken überzogen sich mit Gänsehaut. Diese Angelegenheit war persönlich – seit ich Eleanor kannte, grenzte ihre Abscheu für dieses eine Schimpfwort an Besessenheit. Vor ein paar Monaten hatte eine ihrer Lieblingsautorinnen für den *Gleam On*-Blog ihr einen Betrag mit dem Titel »Umdeutung des F-Worts« vorgeschlagen, und Eleanor hatte das rigoros abgelehnt.

»Du hättest mir davon erzählen sollen«, sagte ich. »Haben die Leute in San Francisco es alle gesehen?«

Sie schüttelte den Kopf. »Wir haben Glück gehabt – die Mitgliederbetreuerin ist früh da gewesen und hat es noch vor Arbeitsbeginn entdeckt. Sie hat mir Fotos davon geschickt und mich sofort angerufen. Es stand auf einer Stofftapete, und ich habe sie angewiesen, sie runterzureißen, bevor das Büro öffnet. Die Polizei war nicht gerade begeistert, aber ... also, ich bin froh darüber.« Eleanor zupfte am Ärmel ihres Pullis.

»Und in Fort Greene?«

»Der Bauleiter hat es heute Morgen entdeckt. Er hat mir ebenfalls Fotos geschickt und es dann übermalt.«

»Okay.« Ich warf erneut einen Blick auf den Bildschirm. »Und was hat das mit deinem Telefon zu tun?«

Sie deutete auf ihren Laptop. »Das ist eine E-Mail von Joanna. Meiner Freundin bei *The Gaze*.«

»Je mehr du mir darüber erzählst, desto weniger Sinn ergibt das Ganze. Worum geht es?«

»Okay. Wer auch immer mein Handy gestohlen hat, hat diese Fotos darauf gefunden und an *The Gaze* geschickt. Anonym versteht sich – sie haben überall diese Sicherheitsbriefkästen stehen. *The Gaze* will die Bilder veröffentlichen, und meine Freundin Joanna hat mich freundlicherweise vorab darüber informiert.« Sie zog ein graues Kopfkissen vor ihren Bauch. »Sie hat versucht, mich den ganzen Tag über zu erreichen. Allerdings nur telefonisch, um keine Hinweise darauf zu hinterlassen, dass sie ihren Arbeitgeber hintergeht. Schließlich wurde ihr Anruf vom Empfang zu mir durchgestellt, als sie es direkt bei *The Herd* versucht hat. Ich hätte wirklich gerne mein Handy gehabt.«

Jetzt begriff ich: Eleanor hatte mich angerufen, weil sie ihre Presseagentin brauchte. »Verstehe. Nun, wir können überlegen, wie wir den Schaden möglichst gering halten. Allerdings glaube ich nicht, dass das hohe Wellen schlagen wird. Wir können für deinen Blog eine Stellungnahme verfassen und auf unserer Website veröffentlichen: ›Dieser Vorfall zeigt einmal mehr, dass Frauen einen Ort benötigen, wie nur wir ihn bieten können, und wer den Zorn der Leute auf sich zieht, weiß, dass er etwas richtig gemacht hat‹, so was in der Art.« Ich zuckte mit den Schultern. »Das könnte den Leuten gefallen. Mit ihrer Diskriminierungsklage haben diese Männer ein jämmerliches Bild abgegeben. Und uns einen Bewerberansturm beschert.«

Sie schüttelte den Kopf. »Die Fotos dürfen nicht veröffentlicht werden.«

Ich stieß ein ungläubiges Lachen aus. »Wie bitte?«

»*The Herd* kann momentan keine schlechte Presse brauchen«, sagte Eleanor. »Wegen der wichtigen Bekanntmachung nächste Woche. Das wirft ein schlechtes Licht auf uns. Es zeigt, dass wir nicht in der Lage sind, unsere Räumlichkeiten vor Kriminellen zu schützen.« Sie befingerte den Verschluss ihres Ohrrings. »Außerdem bringt es uns mit dem F-Wort in Verbindung. In dicken, fetten Buchstaben. Das Timing könnte nicht schlechter sein.«

»Schätzchen, für eine Skandalgeschichte ist nie der richtige Zeitpunkt.« Ich schlug die Füße übereinander. »Wegen dieser Bekanntmachung solltest du mich bis Freitag ins Bild setzen, damit ich genug Zeit habe, die Presseerklärung vorzubereiten.«

»Das kann ich nicht. Von Rechts wegen darf ich niemandem davon erzählen.«

Ich verdrehte die Augen. »Ich werde niemandem sagen, dass du mich heute eingeweiht hast. Schließlich bin ich Presseagentin, verkäufliche Geheimnisse sind bei mir sicher.«

»Konzentrieren wir uns darauf, wie wir diesen Artikel verhindern können.« Eleanor warf mir einen flehenden Blick zu. »Joanna hat gesagt, dass er um elf veröffentlicht werden soll.«

Ich kaute auf meiner Lippe. »Könnte es in Fort Greene einer der Handwerker gewesen sein, der womöglich dort Zugang hatte?«

»Das ist eine Baustelle – jeder hat dort Zugang.« Sie beruhigte sich wieder. »Die Polizei hat inzwischen die Ermittlungen aufgenommen. Ich verlange von dir nicht, dass du den Fall löst. Es geht jetzt um den Artikel in *The Gaze*.«

Ich nickte und dachte nach. »Erzähl mir von der Bekanntmachung. Ganz inoffiziell. Ich glaube, ich weiß, wie wir die Sache aus der Welt schaffen können.«

Eleanor starrte für einen Moment zu Boden, dann seufzte sie schließlich. »Titan Industries wird *The Herd* übernehmen.« Sie lächelte. »Damit sind sie in ihrer Branche die Ersten. Das ist für die Firma eine Riesensache – für uns alle. Das größte Technologieunternehmen der Welt wird unsere Firma kaufen, aber uns weiterhin die Leitung überlassen. Denk nur an die Mittel, die uns zur Verfügung stehen werden, und die Möglichkeit, weltweit zu expandieren …« Sie verstummte und sah mich erwartungsvoll an.

Ich blinzelte sie an. »Wow. Wann hast du das beschlossen?«

»Sie sind im Frühjahr zum ersten Mal an mich herangetreten.«

Warum hast du mir das nicht erzählt?, lag mir auf der Zunge, doch ich schluckte meine Frage herunter. »Weiß Mikki davon?«

»Keiner weiß davon.« Sie gestikulierte mit der Hand. »Wegen der Verträge.«

Ich wandte den Blick ab und nickte langsam. »Nun, das können wir für unsere Zwecke nutzen. Das sind spektakuläre Neuigkeiten.«

»So was hat es noch nie gegeben. Das ist was für die Titelseite der *Times*.«

»Für die Titelseite des Wirtschaftsteils«, korrigierte ich sie. Ich schob den Laptop auf dem Couchtisch wieder zurück. »Wir werden *The Gaze* über die Bekanntmachung am Dienstag exklusiv berichten lassen. Sie dürfen die Neuigkeit verbreiten, sobald die Veranstaltung beginnt. Es kann allerdings sein, dass sie auch schon vierundzwanzig Stunden vorher exklusiv darüber berichten wollen, was den anderen Medienvertretern nicht gefallen wird. Vielleicht werden dann einige Journalisten ihre Teilnahme absagen.«

Sie nickte. »Das ist okay. Ich darf nicht zulassen, dass man *The Herd* vor der Bekanntmachung am Dienstag in den Dreck zieht.«

»Und ich kann ihnen dafür anbieten, was ich will? Exklusivinterviews, zukünftige Fragerunden und womöglich private Fotos? Eleanor, bevor sie berühmt war?«

Das war die Nagelprobe – selbst ich hatte kaum Kindheitsfotos von ihr gesehen, obwohl ich unzählige Male in ihrem Elternhaus gewesen war. Sie rümpfte die Nase. »Ja. Aber biete ihnen das nicht gleich als Erstes an.«

»Sicher. Okay, ich brauche die Nummer deiner Freundin bei *The Gaze*.« Ich zog mein Telefon aus der Handtasche. »Und ich berechne dir das Anderthalbfache meines Stundenhonorars.«

Das war der Fluch von Krisen-PR: Wenn man seinen Job gut machte, erfuhr niemand davon. Ich war wie eine Torhüterin, die man erst zur Kenntnis nahm, wenn sie es gründlich vermasselte. Ich musste sämtliche Überredungskünste aufbringen, um Joanna, eine nervös klingende Frau mit glockenheller Stimme, davon zu überzeugen, ihrer Redakteurin mein Angebot zu unterbreiten. Aber schließlich willigte sie wie erwartet ein, und um 22:43 Uhr am Montagabend hielt ich unsere Vereinbarung schriftlich fest.

»Na bitte«, rief ich Cosmo zu, der mit unanständig gespreizten Beinen zwischen meinen Füßen auf dem Teppich lag. »Das wäre erledigt.« Ich streckte die Hand nach seinem pelzigen Hinterteil aus, und er zappelte wie ein Fisch. Das *The Gaze*-Interview würde glatt über die Bühne gehen, wie alle Interviews mit Eleanor. Sie war die Art von Kundin, die sich jeder Presseagent wünschte, denn sie war wortgewandt und hübsch, formulierte prägnante Sätze und wusste genau, wie man für die Kamera posierte und lächelte. Nur wenige von uns bekamen mit, wie viel Energie sie das manchmal kostete, wenn nach einem Termin das Leuchten in ihrem Gesicht wie eine Kerze erlosch. Wir konnten das verstehen und fühlten mit ihr – welche Frau, die stets einen freundlichen Umgang pflegte und in ihre Mails lauter Ausrufezeichen einstreute, um nicht anzuecken, würde das nicht? Aber ich beneidete Eleanor nicht um diesen Teil des Jobs.

Cosmo machte einen Buckel und streckte seine samtweichen Beine, und ich stand auf und suchte nach einem Katzenspielzeug. Zugegeben: Joanna zu überzeugen und ihr in aller Ruhe zuzuhören und wie eine erfahrene Unterhändlerin bei einer Geiselnahme auf sie einzugehen, während ich das Gespräch in die richtigen Bahnen lenkte … das war ein fantastisches Gefühl gewesen. Und Eleanors wichtige Bekanntmachung wäre für die Medien ein gefundenes Fressen. Ich fragte mich bloß, wie die Mitglieder von *The Herd* darauf reagieren würden. Es war zwar toll, über so viele Ressourcen zu verfügen, aber ein kleines Privatunternehmen hatte auch etwas Beschauliches.

Während ich vor Cosmo eine Kugel aus Federn auf und ab hüpfen ließ, erinnerte ich mich daran, wie ich 2012 aus L.A. hergeflogen war, um bei der Markteinführung von *Gleam* zu helfen. Wir hockten zu dritt in Mikkis Apartment in Greenpoint, das sie immer noch hatte: eine günstige Zweizimmerwohnung in einem heruntergekommenen Vorkriegsgebäude, deren Ecken und Kanten durch Dutzende Schichten billiger weißer Farbe ein wenig gemildert wurden. Schließlich verharrten unsere Finger über den Laptops, die von den redigierten Pressemitteilungen und Ankündigungen für die Webseiten und sozialen Medien förmlich zum Vibrieren gebracht wurden. Sobald Eleanor uns das Zeichen gab, würde *Gleam* Realität werden. Eleanors erstes eigenes Unternehmen, eine Firma für Pflegeprodukte, die unser Leben verändern sollte. Wir hoben die Köpfe und sahen uns mit funkelnden Augen an – wir waren zu jung, um in unserer Begeisterung auch nur den geringsten Anflug von Zweifel zu verspüren. Oder daran zu denken, was vielleicht schiefgehen könnte. Oder bereits schiefgegangen war.

Los!, flüsterte Eleanor, und unsere Hände sausten hinab. *Gleam* hatte das Licht der Welt erblickt. Ein, zwei erregende Sekunden verstrichen. Dann ergriff Eleanor mit ehrfürchtiger Stimme erneut das Wort: *Es ist vollbracht.*

Für einen Moment strahlten wir übers ganze Gesicht. Dann spielte Mikki einen Song von Skrillex ab, der blechern aus ihren Computerlautsprechern dröhnte, und wir sprangen auf und tanzten durch ihr Wohnzimmer, während uns die Welt zu Füßen lag.

Kapitel 5

KATIE

MITTWOCH, 11. DEZEMBER, 15:32 Uhr

Schmerzen – heftige Schmerzen, die in den ganzen Körper ausstrahlten und durch Mark und Bein gingen, sodass ihr Ausgangspunkt zu zittern begann und verkrampfte.

»Und fünf … und vier … die Hüften immer schön gerade, nicht rausdrücken! Und drei … weiter, weiter …«

Ich bin zwar keine Mathematikerin, aber seit die forsche Trainerin fünf gerufen hatte, hatten wir etwa vierzehnmal die Fersen gehoben. Stephanie, die hübsche Yogaanhängerin, stand direkt vor mir und bewegte sich wie eine Tänzerin, und Mikki, die ihre wilde Haarmähne mit einem silbergrauen Gummi zusammengebunden hatte, kam neben mir mächtig ins Schwitzen. Ich schaute erneut auf meine Matte hinunter, während von meiner Nasenspitze Schweiß tropfte.

Mittwochs bot *The Herd* ein Work-out-Programm an, von dem ich nicht gewusst hatte, da Hana nicht daran teilnahm. (Donnerstags gab es eine weitere Veranstaltung, bei der sich die Frauen zum Mittagessen trafen, um sich über ihre Traumprojekte und Nebenjobs auszutauschen.)

Man hatte mir immer noch nicht die Mitgliedschaft angeboten, was mich jedoch keineswegs beunruhigte.

Mikki hatte mich zum Training eingeladen, als sie gehört hatte, dass Sabine, ihre Lieblingstrainerin für eine Mischung aus Krav Maga und Barre-Work-out, diese Woche den Kurs abhielt. Ich hatte herausgefunden, dass ich mich für eines der Trainingsangebote entscheiden musste, um mich hier einzufügen, so wie man bei einem Gesellschaftsspiel eine bestimmte Farbe auswählte: Eleanor ging joggen, Hana machte in einem nach Eukalyptus duftenden Studio Reformer-Pilates und Mikki hatte sich für diese Tortur angemeldet.

»Ich weiß, dass ihr es noch weiter runter schafft! Das Einzige, was euch daran hindert, seid ihr selbst!«, rief Sabine.

Im Geiste stieß ich eine wilde Abfolge von Flüchen hervor, während wir eine weitere Runde Liegestütze absolvierten. Und dann war es vorbei. Ich ließ mich auf den Rücken fallen und blieb einfach liegen; der Schweiß lief mir in die Augen, und das Blut pochte in meinen Ohren.

»Alles okay?« Über mir erschien Mikki und tupfte sich mit einem Handtuch ihren leicht feuchten Haaransatz ab. »Nach der ersten Stunde bin ich auch völlig am Ende gewesen.«

»Ich glaube, das verstößt gegen die Genfer Konventionen.« Meine Brust hob sich. »Das ist Waterboarding mit meinem eigenen Schweiß.«

Ich folgte ihr durch die Tür mit dem Schriftzug MOVE ins Badezimmer. Vor den Duschkabinen am Ende des Raums warteten in einer kurzen Schlange mehrere Frauen. Einige hatten sich ausgezogen und ein Handtuch um den Körper gewickelt, und eine von ihnen hatte ihres um die Taille geschlungen und zeigte ungeniert ihre Brüste. Mikki hatte für den Kurs einen unmöglichen hellgrünen Gymnastikanzug getragen, der ihr halb über die Oberschenkel reichte, und jetzt rollte sie das

Oberteil herunter, während ein Handtuch wie ein Schal ihren kleinen Busen bedeckte.

Damals in Harvard war Mikki die Provokateurin vom Dienst gewesen und hatte mir mit einem verschmitzten Grinsen Rum in die Diät-Cola gekippt. Sie war unangepasst und durchgeknallt, brüstete sich mit ihren sexuellen Abenteuern und erklärte mir vergnügt irgendwelche obszönen Ausdrücke, während ich mit großen Augen auf dem Fußboden hockte. (*Zu meiner Enttäuschung musste ich feststellen, dass ich nicht darauf stehe, Muschis zu lecken, obwohl ich Austern ja liebe*, ist ein Spruch von Mikki, den ich nie vergessen werde.) Sie hat mir meinen ersten gefälschten Ausweis besorgt und rasierte sich weder Beine noch Achseln, was ich als Highschoolschülerin unglaublich cool und gewagt fand. Inzwischen war sie allerdings ruhiger geworden und verströmte die Unbekümmertheit einer Künstlerin, die andere in ihrer Verklemmtheit verunsicherte. Alles, was sie tat, zeichnete sich durch eine gewisse Leichtigkeit aus, als würde sie wie in einem Mumblecore Movie unbefangen durch den Wald tanzen.

Als sie sich jetzt an den Nacken fasste, sah ich, dass ihre Achselhöhle glatt und unbehaart war. Aus irgendeinem Grund machte mich das traurig. Als hätten die Männer doch noch gewonnen.

»Ich verstehe, warum man lernt, sich selbst zu verteidigen«, sagte ich und tätschelte das Handtuch über meinem Schlüsselbein. »Ich habe im College mal einen eintägigen Kurs besucht, aber offensichtlich ist davon nichts hängen geblieben. Im Notfall würde ich wahrscheinlich so reagieren: *Keine Bewegung, Sir – wenn Sie mich mit dem Messer bedrohen, muss ich es mit dieser Hand wegstoßen, während mein Knie dorthin wandert …*« Ich spielte es vor und zappelte unbeholfen hin und her.

»Ja, du musst die Abläufe so oft wiederholen, bis sie dir in Fleisch und Blut übergegangen sind. Ich mag das, weil es dir das Gefühl gibt, dass du dir nichts gefallen lassen musst. Wenn mir jemand blöd kommt, muss ich nicht mal nachdenken – dann übernimmt mein Körper das Kommando.«

Hana hatte irgendwann mal erwähnt, dass Mikki als Kind missbraucht worden war – ihr besoffener Dad hatte seine Frau und seine Kinder verprügelt, wann immer ihm danach war. Mikki erzählte nie davon und tat so, als hätte ihr Leben erst begonnen, nachdem sie aus North Carolina weggezogen war. Vor diesem Hintergrund war es umso beeindruckender, wie sie als coole Künstlerin in New York erfolgreich ihren Weg ging.

»Wie auch immer. Woran arbeitest du heute?« Mikki beugte sich zum Spiegel vor und wischte sich ein Staubkorn aus dem Auge.

»Ich werde Tausende von E-Mails verschicken«, erwiderte ich. Seit Montag trieb ich mich mit meinem befristeten Gästeausweis hier herum und befürchtete, Eleanor, Hana und alle anderen würden mich irgendwann anschauen und brüllen: »Verräterin! Lebenslanges Zutrittsverbot! Buuuuuh!« Aber komischerweise hatten mich alle völlig normal behandelt und weitergemacht wie bisher, ohne zu ahnen, dass ich insgeheim hoffte, über sie zu schreiben. Im Gegenteil: Gestern schienen mich Hana und Eleanor dann irgendwie vergessen zu haben – immer wieder waren sie geistesabwesend an mir vorbeigeeilt und hatten mir kaum Beachtung geschenkt. Meine Erleichterung darüber überwog bei Weitem das vage Gefühl, nicht dazuzugehören. »Und was ist mit dir?«

»Ich habe demnächst ein Gespräch in einer Galerie in Brunswick wegen einer Ausstellung«, erwiderte sie. »Nur Collagen, keine Skulpturen. Ich werde dafür einen kurzen Text über meine künstlerische Arbeit verfassen. Würdest du später vielleicht mal einen Blick darauf werfen? Das Schreiben liegt mir nicht besonders.«

»Sicher! Und irgendwann würde ich auch gerne deine Collagen sehen. Als ich letztes Jahr nach Michigan gegangen bin, hast du hauptsächlich diese Metallskulpturen gemacht.«

»Ja, mit dem Lötkolben. Aber um ehrlich zu sein, halte ich die Collagen für meine besten Arbeiten. Jede Einzelne hat eine große Bedeutung für mich. Ich fertige diese großformatigen Arbeiten an, mache dann Fotos davon und füge diese in meine Collagen ein.«

»Großformatige Arbeiten? Bespritzt du riesige Leinwände mit Farbe?«

»So in der Art. Und dann schneide ich mit dem Bastelmesser aus den Fotos diese merkwürdig geformten filigranen Teile aus. Ich hoffe wirklich, dass das mit der Ausstellung klappt. Es ist echt frustrierend: Ich habe so hart gearbeitet, aber die Leute kennen nur mein langweiliges Grafikzeug.« Sie wandte den Blick ab. »Niemand nimmt meine eigentliche Kunst ernst, und dabei will ich nichts anderes machen.«

Überrascht von ihrer plötzlichen Aufrichtigkeit wollte ich etwas erwidern, als eine Frau, die auf eine offene Duschkabine zulief, in einer Wasserlache ausrutschte und mit den Armen zu rudern begann. Mikki stürzte vorwärts und packte sie mit beiden Händen am Unterarm, wobei ihr eigenes Handtuch zu Boden fiel.

Die Frau richtete sich wieder auf und brach in Gelächter aus. »Du hast mir gerade das Leben gerettet«, sagte sie und nahm Mikki, indem sie ihre entblößten knackigen Brüste gegen ihren Körper drückte, halb in den Arm. Die Frau hüpfte in die Dusche, und Mikki hob grinsend ihre Sachen auf.

Sie blickte mir in die Augen und deutete mit dem Kopf Richtung *Gleam* Room. »So ist das mit diesen blöden Fotzen«, sagte sie. »Wenn du hinfällst, fangen wir dich auf.«

Obwohl *The Herd* ein Co-Working-Space war, konnte man dort nicht gut arbeiten – die Gruppentische waren zu hoch und die persönlichen Arbeitsplätze zu niedrig; der Spaß hatte Vorrang vor Funktionalität. Ich leerte meinen Kaffeebecher und stellte ihn auf dem kleinen Marmortisch ab, den ich an meine Knie herangezogen hatte. Es war mein fünfter Arbeitstag bei *The Herd*, mein erster Freitag. Ich hatte gedacht, dass heute vielleicht weniger los wäre, dass die Freiberufler früh ins Wochenende aufbrechen würden, aber es war noch voller und lauter als sonst, und der Raum mit den Bogenhanfpflanzen und Salzlampen war von Gekicher und Kreischen erfüllt.

Draußen war es dunkel, und die Fenster, die mit Frost überzogen waren, hatten sich in trübe Spiegel verwandelt. Freitags machte das Büro um fünf Uhr zu. Eleanor hatte erklärt, dass auf diese Weise eine vernünftige Work-Life-Balance gewährleistet werden sollte, was allerdings keinen Sinn ergab, da der Co-Working-Space auch am Wochenende geöffnet hatte, wenngleich mit begrenzten Öffnungszeiten und kleinerer Besetzung.

»Ich werde mich mal auf den Weg machen«, verkündete Hana. »Bleibst du bis zum Schluss hier?« Sie sah heute besonders hübsch aus; sie hatte ihre dunklen Locken nach oben gesteckt, und ihre goldbraunen Augen wurden von akkurat aufgetragenem Lidstrich umrandet. Ständig bekam sie Komplimente für ihr tolles Aussehen, während der Typ, an den ich auf dem College meine Unschuld verloren hatte, einmal zu mir meinte: *Du erinnerst mich irgendwie an ein Frettchen … aber ein niedliches Frettchen.* Nicht mal an ein scharfes Frettchen. Ich war dann noch drei weitere Wochen mit ihm zusammen.

»Weiß nicht.« Ich legte meine Hand auf den Kopf und knackte mit dem Hals. »Das WLAN funktioniert immer noch nicht richtig. Seit einer Stunde versuche ich, diese Fotos zu verschicken.«

Sie spähte auf meinen Bildschirm. »Offensichtlich verweigert es immer nur dann den Dienst, wenn du gerade im Netzwerk bist. Sie werden den Router heute Abend zurücksetzen.«

»Ich weiß, ich stehe mit dem WLAN auf Kriegsfuß.« Ich klappte meinen Laptop zu. »Wir sehen uns doch morgen, oder?«

»Sicher.« Es war Tradition, dass wir jedes Jahr von der riesigen Schneeflocke, die über der Fifth Avenue hing, an den anderen atemberaubenden Weihnachtsdekorationen vorbeischlenderten. Ich hatte mir vorgenommen, währenddessen das Buch zur Sprache zu bringen. Mit meinen Recherchen kam ich gut voran – ich stand in Kontakt mit dem Mann, der die Diskriminierungsklage eingereicht hatte, und ihm war offensichtlich nicht klar, dass ich nur Verachtung für ihn übrig hatte. Außerdem hatte ich mich in mehreren Fanforen angemeldet, deren Mitglieder sich für den Personenkult bei *The Herd* begeisterten. Und dank eines glücklichen Zufalls hatte Eleanor für Dienstag eine spektakuläre, geheimnisvolle Veranstaltung mit Reportern, Influencern und B-Promis auf der Gästeliste angesetzt und eine wichtige, überraschende Ankündigung versprochen. Worum es dabei auch gehen mochte, Eleanor würde jede Menge Aufmerksamkeit erregen. Meine Absicht, Hana von meiner Buchidee zu erzählen – natürlich ganz schonend: *Ist nur so eine Idee, ich werde äußerst einfühlsam vorgehen und es bloß mit ihrer Zustimmung tun* – kam mir wie ein logischer Schritt vor, wie eine Hürde, die ich auf dem Weg zu meinem Glück nicht einfach umschiffen konnte, ohne dass man mich beim Verlag dafür hassen würde.

»Gut, ich werde die Hufe schwingen.« Hana schnappte sich ihre Handtasche und nahm mich zum Abschied halb in den Arm.

Ich tippte auf meinen Computer, um ihn herunterzufahren – endlich waren die verdammten Fotos verschickt worden. In diesem Moment rauschte Aurelia, die Mitgliederbetreuerin, durch den Raum und schaltete die Lichter aus, und ich versprach ihr, ebenfalls aufzubrechen, sobald ich kurz noch etwas erledigt und mich von Eleanor verabschiedet hätte. Aurelia hatte in den anderen Räumen bereits das Licht gelöscht – in der Bibliothek und im Wintergarten, wie sie genannt wurden –, und erst nachdem die Aufzugtür sich mit einem dumpfen Schlag geschlossen hatte, fiel mir auf, wie geräumig und unheimlich das Büro bei Nacht wirkte.

Die Stockwerkanzeige des Fahrstuhls flackerte auf und warf trübe Schatten in den Eingangsbereich; der Wind drückte gegen die Fenster, und eine einzelne Efeupflanze in einem Hängetopf schwankte hin und her. Ich beugte mich auf meinem Stuhl weit nach vorne – die Tür zu Eleanors Büro stand einen Spalt offen. Ich schaute mich um und wartete ab, ob sich irgendwo etwas regte.

Weiter hinten im Raum ertönte ein Krachen, und ich stieß einen kurzen Schrei aus. Darauf kam Eleanor aus ihrem Büro gestürzt und sah sich um, bis sie mich schließlich entdeckte.

»Hast du gerade geschrien? Was ist los?«

»Ich habe ein Geräusch gehört. Eine Art Knacken oder einen Schlag.« Ich deutete in die Dunkelheit der beiden Nachbarzimmer. Eleanor trat hinter den Empfangstresen, worauf plötzlich alle Lichter wieder angingen, und wir blinzelten.

»Vielleicht ist etwas aus einem Bücherregal gefallen. Oder vom Fensterbrett.« Ungeachtet meiner Angst packte sie mich am Arm und marschierte los.

Wir schauten unter, hinter und in den Bücherregalen nach, auf den Fensterbrettern vor den breiten Fenstern und auf sämtlichen Tischen. Alles war an seinem Platz.

»Bestimmt war das ein Vogel, der gegen das Fenster geflogen ist«, sagte Eleanor schließlich leicht verunsichert.

»Können wir auch da hinten nachsehen?«, fragte ich.

Sie runzelte die Stirn und öffnete den Mund, um zu antworten, als wir beide mit den Köpfen zum Eingangsbereich herumfuhren: Dort klingelte ein Telefon, immer lauter.

»Mist.« Mit klappernden Schritten lief sie zum Empfangstresen, und ich stürzte ihr mit pochendem Herzen hinterher.

»Was ist?«

»Ich habe ganz vergessen, dass er heute Abend vorbeikommen wollte«, erwiderte sie, als sie die Rezeption erreichte und das altmodisch aussehende Telefon dort abnahm. »Hier Eleanor.« Sie lauschte einen Moment, nickte dann und sagte: »Genau, der Router.« Sie hob den Kopf. »Katie, das WLAN hat bei dir doch nicht funktioniert, oder? Wie bitte?« Sie wandte sich ab und lauschte erneut. »Wunderbar. Ich drücke dir die Tür auf.« Sie legte auf und tastete nach einem Knopf unterm Tresen. Dann ließ sie sich auf einen Stuhl sinken; es schien, als würde sie die verwirrte, nervöse Frau neben sich gar nicht mehr wahrnehmen. »Ted kommt hoch – hast du ihn mal kennengelernt? Bei einem deiner Besuche in Harvard?«

»Ich glaub nicht. Aber sein Name kommt mir bekannt vor.«

»Wir sind seit dem Sandkasten befreundet. Er ist hier unser

Mädchen für alles. Außerdem kennt er sich mit IT-Geräten aus.«

Ich fing an zu lachen. »Ich dachte, euer Mädchen für alles wäre eine Frau!«

Ihre Schultern spannten sich an, worauf ich meine Bemerkung sofort wieder bereute.

»Es gibt in sämtlichen IT-Bereichen großartige Frauen, aber ich hatte nicht die Energie, nach einer zu suchen und sie anzustellen, vor allem, wo Ted doch so tolle Arbeit leistet. Er ist jederzeit verfügbar, weißt du?«

»Verfügbar, ach ja?« Wir hatten beide nicht gehört, wie sich die Aufzugtüren geöffnet hatten, und jetzt stand ein groß gewachsener, schlaksiger Mann mit dichtem braunem Bart davor. Er hatte eine Baseballkappe keck in den Nacken geschoben und lächelte uns an. »Erzähl ruhig weiter, Eleanor.«

»Ich habe mich gerade mit dem einzigen männlichen Mitarbeiter gebrüstet, den ich heimlich beschäftige!« Sie eilte zu ihm, und er nahm sie ungestüm in den Arm. So ungestüm, dass ich mir meinen Teil gedacht hätte, wenn Eleanor nicht verheiratet gewesen wäre.

»Übrigens, sie hat von meinen geschickten Händen gesprochen. Ich komme nicht von einem Escortservice.«

»Na ja, *geschickte Hände* hört sich schon ein bisschen nach *Handjob* an«, platzte es aus mir heraus, und ich lief knallrot an. Wieso konnte ich nicht meine Klappe halten?

Der Ausdruck auf Eleanors Stirn wechselte von Irritation zu Verwunderung, während Ted in schallendes Gelächter ausbrach.

»Darf ich dich auch umarmen?« Er ging durch den Raum und drückte mich. Es fühlte sich an, als würde ich einen alten Freund umarmen. Er roch nach Weichspüler und Zederduft.

»Ted, Katie. Katie, Ted«, rief Eleanor. »Sie schreibt gerade ein Buch über ein merkwürdiges Techunternehmen, und du hast ein Händchen für merkwürdige Technikprobleme – ihr werdet euch prima verstehen.«

Erneut schilderte sie das Problem mit dem Router, und Ted machte sich gut gelaunt an die Arbeit, während er irgendwas von Firmware, Caching und Packet Overload murmelte, was jedenfalls auch ein bisschen schmutzig klang. Danach versammelten wir uns alle um meinen Laptop, während ich die WLAN-Verbindung aus- und einschaltete und hoffte, dass nichts Peinliches auf meinem Bildschirm erscheinen würde. Als schließlich die Website von CNN angezeigt wurde, brachen wir in Jubel aus.

»Sollen wir das nicht mit einem Drink feiern?«, fragte ich. Ted schaute mir in die Augen und erklärte, dass er keine Zeit habe, obwohl er gerne mitgekommen wäre.

Eleanor warf einen Blick auf die Uhr. »Aber ich könnte einen Drink auf die Schnelle vertragen«, sagte sie. »Daniel und ich haben für halb acht einen Tisch reserviert, in einem Restaurant direkt um die Ecke. Im vorderen Bereich gibt es eine Bar – lass uns dorthin gehen.«

In der schummrig beleuchteten Bar nahm Eleanor routiniert zwei Hocker in Beschlag. Da unter dem Tresen mehrere Haken angebracht waren, musste ich meine Laptoptasche zwischen die Beine klemmen, außerdem war die untere Querstange des Hockers zu hoch für meine Absätze. Ich zappelte darauf herum, während Eleanor wie eine verdammte Königin auf ihrem Sitz thronte und lächelnd wartete, dass der Barkeeper zu uns trat. Sie bestellte einen Prosecco, ich folgte ihrem Beispiel, und man servierte uns in hübschen Sektschalen die Getränke.

»Auf deine triumphale Rückkehr nach New York!«, rief Eleanor. Sie schaute mir in die Augen, und wir stießen an, aber als ich ihren Blick erwiderte, verschüttete ich etwas von dem Prosecco über ihr Knie.

»Schon okay, ist nicht schlimm.« Sie kicherte und nahm von einem Stapel mehrere Servietten.

»Tja, jetzt werde ich garantiert nicht bei *The Herd* aufgenommen«, scherzte ich.

Sie blickte von ihrem Schoß auf und zog bedauernd die Mundwinkel nach unten. »Tut mir leid! Es ist mir unangenehm, dass du bei uns immer noch Gast bist. Ich bin diese Woche einfach nicht dazu gekommen, den Papierkram zu erledigen – am Dienstag findet diese Veranstaltung statt. Du kommst doch auch, oder?«

»Natürlich! Wir können es alle gar nicht erwarten, die Neuigkeiten zu erfahren. Willst du mir nicht einen Tipp geben?«

Sie zog die Augenbrauen hoch. »Ich bin zu Verschwiegenheit verpflichtet.«

»Gibt es eine Vertraulichkeitsvereinbarung? Eine Nachrichtensperre? Ich kann ein Geheimnis gut für mich behalten, weißt du?«

Sie lachte. »Ich würde es dir ja sagen, wenn ich könnte. Aber das sind für alle gute Neuigkeiten.« Sie schob ihre Haare über die Schulter und wechselte das Thema: »Hey. Ich bin froh, dass wir endlich mal unter vier Augen reden. Wie geht es deiner Mom? Falls du darüber sprechen willst.«

Normalerweise hatte ich keine Lust dazu, doch da Eleanor ehrliches Interesse zeigte … dazu ihr aufrichtiger Blick, der wie der Prosecco in meiner Brust kribbelte. »Es geht ihr gut. Darum fällt es mir inzwischen sehr viel leichter, darüber zu reden.«

»Das freut mich. Hana hat nicht viel erzählt, aber ich habe gemerkt, dass sie die Sache ziemlich mitgenommen hat.«

»Ach ja?«

»Aber sicher.«

»Sie hat mit mir nicht darüber geredet. Weißt du, sie kommt mit unserer Mutter nicht gut zurecht. Die beiden sind grundverschieden.«

Wann hatte ich das eigentlich zum ersten Mal gemerkt? In der zweiten oder dritten Klasse, wenn einem klar wurde, dass die eigenen Eltern keine Superhelden waren? Daran, wie Hana und Mom jedes Mal verkrampften, wenn sie zusammen in einem Zimmer waren; sie zogen dann beide die Schultern hoch, wurden schnippisch und vermieden jeden Blickkontakt. Sie stritten sich zwar nicht, jedenfalls brüllten sie nicht – Wutausbrüche wurden in unserem Haus nicht geduldet –, aber trotz meines jungen Alters spürte ich die Spannung in der Luft. Ich fand das verwirrend: In meiner Gegenwart war Mom nett und gut gelaunt und Hana ebenfalls, doch wenn die beiden zusammen waren, standen sie völlig unter Strom.

»Und wie geht es deinen Eltern?«, fragte ich. Ich hatte sie während Eleanors Collegezeit ein- oder zweimal gesehen, und sie waren bei allen beliebt – sie waren gesellig, sympathisch, gastfreundlich und witzig. Das war einer der vielen Gründe, weswegen ich es bedauerte, dass ich nicht zu Eleanors Hochzeit hatte kommen können: Ich hatte die Gelegenheit verpasst, ihre Eltern zu sehen.

»Gary und Karen sind einfach klasse. Mein Dad ist im September in Rente gegangen, und sie müssen sich erst noch daran gewöhnen, dass sie jetzt beide zu Hause sind. Sie denken daran, sich einen Wohnwagen zu kaufen und ein paar

Nationalparks zu besuchen. Aber ich habe ihnen gesagt, dass ich mir das nicht vorstellen kann.«

»Gary und Karen in einem Wohnwagen?« Obwohl die beiden katholisch waren, wirkten sie mit ihren grauen Haaren und dem gepflegten Äußeren wie Vertreter der weißen protestantischen Oberschicht. »Sie sollten sich von einem Dokumentarfilmteam begleiten lassen.«

»Allerdings.« Sie kicherte. »Aber keine Sorge, sie haben einen Luxuswohnwagen ins Auge gefasst. Sie haben sich dafür einen Pick-up gekauft. Im Ernst.« Sie schüttelte grinsend den Kopf. »So nach dem Motto: ›Wir dachten, dass ein kleineres Modell ausreicht, aber dann sind wir zu einer Fahrzeugmesse gefahren und haben festgestellt, dass wir das Vierzig-Quadratmeter-Modell brauchen, um uns wohlzufühlen.‹ Es ist größer als meine erste Wohnung. Weißt du noch, die in der Ludlow Street?«

»Mit der streunenden Katze auf der Feuerleiter und den Heizungen, die wie ein Schlagzeug gerumpelt haben? Aber natürlich.«

Wir hatten in dieser Wohnung so viel Spaß gehabt – einmal saßen wir dort, die Münder mit billigem Rotwein verschmiert, und Mikki und Eleanor gaben mir vertrauliche Tipps, wie ich den süßen Typen aus meinem Statistikkurs um ein Date bitten sollte. An einem Abend war ein Vogel durch das offene Fenster geflogen, worauf wir mit Handtüchern kreischend wild um uns geschlagen hatten, und an einem anderen Abend hatte Mikki darauf bestanden, dass der Zwei-Dollar-Wein von Trader Joe's nicht so schlimm sei, wie Eleanor behauptete, und sie hatte eine Blindverkostung durchgeführt, mit klassischer Musik und einer Auswahl edler Käsesorten. (Eleanor hatte den billigen Wein sofort erkannt.)

»Wir waren so bescheuert«, sagte sie. »Wie hieß noch mal dein Freund, in den du damals verliebt warst? Wir haben ihm den ganzen Abend eine SMS nach der anderen geschickt und so getan, als kämen sie von dir.«

»Genau – Devin! Ich habe gehört, dass er inzwischen verlobt ist. Er ist wieder nach Chicago zurückgezogen.« Ich betrachtete in meinem Glas die aufsteigenden Bläschen, die wie winzige Perlen glitzerten.

»Du warst viel cooler als er.« Sie nahm erneut ein Schlückchen Prosecco. »Hattest du seit deiner Rückkehr bereits ein Date? Nutzt du all diese Apps?«

Ich erstarrte und dachte an die Zeit vor ein paar Monaten zurück – an diesen schwindelerregenden Zustand, als ich nicht Herrin meiner Sinne gewesen war, als jeder Anblick, jedes Geräusch oder jedes Gespräch mich an Chris erinnert hatte. *Chris würde das saukomisch finden. Chris kennt eine verrückte Geschichte über Geländewagen.* Dieses himmlische Verlangen, diese fiebrige Sehnsucht. Doch jetzt verspürte ich in meiner Brust einen Schmerz, der mir Übelkeit verursachte. *Chris wird nie wieder mit dir reden. Chris ist der Grund dafür, warum du weißt, wie die zwischen gewundenen Landstraßen aufblitzenden Lichter eines Krankenwagens aussehen.*

»Ich habe eigentlich keine Zeit, mich mit jemandem zu verabreden«, sagte ich, wie jeder Single das behauptete.

»Das kann ich absolut verstehen. Außerdem hast du gerade sehr viel interessantere Dinge am Start, um dir Gedanken über irgendwelche idiotischen Männer zu machen.«

»Allerdings.« Wie meine geheime Buchidee. Es gab da etwas, was ich schon die ganze Zeit ansprechen wollte, und ich verzichtete schließlich darauf, elegant zu dem Thema überzuleiten: »Hey, kann ich dich was fragen?«

»Nur zu.«

»Ich weiß nicht, wie ich es sagen soll.« Ich stützte das Glas auf meinem Knie ab. »In Michigan habe ich ein paar Kolumnen über meine Beobachtungen auf politischen Kundgebungen verfasst. Und, na ja … als Journalistin, die über technische Themen schreibt, bin ich sexistische Kommentare ja gewohnt. Aber dieses Ausmaß an Bösartigkeit … den Aufwand, den die Leute betreiben, um mich zu kontaktieren, damit sie mir mitteilen können, was für eine miese Schlampe ich bin – das hat mich wirklich fassungslos gemacht. Natürlich habe ich die Leute ständig blockiert, aber das war trotzdem heftig – es macht mich immer noch ziemlich fertig, wenn ich diese ganzen Hasskommentare lese, weißt du?«

Eleanor nickte mitfühlend und sah mich mit ernster Miene an. Ich hielt inne, und sie legte ihre Hand auf meine.

»Ich frage mich einfach, wie du damit klarkommst«, fuhr ich fort. »Ich habe nur einen kleinen Geschmack davon bekommen, als ich diese zwei Kolumnen geschrieben habe, jeweils für vierundzwanzig Stunden vielleicht. Aber du musst das rund um die Uhr ertragen, oder?«

Sie nickte und wandte den Blick ab. »Es ist so anstrengend, weil es keine Anleitung dafür gibt, wie man sich verhalten soll. Obwohl dich das psychisch völlig fertigmacht, darfst du nicht darüber reden, weil das weitere Provokationen nach sich ziehen könnte. Darum wissen die meisten Leute nichts davon.«

»Sie wären völlig überrascht darüber, wie ein Mann, dem du erzählst, dass du Angst hast, nachts alleine durch die Straßen zu laufen.«

»Genau.« Sie seufzte. »Es ist echt schlimm. Im Laufe der Zeit legt man sich ein dickes Fell zu, und ich kenne ein paar

Firmenchefinnen, denen es genauso geht – wir haben eine WhatsApp-Gruppe gegründet. Aber die meiste Zeit gibst du dir einfach nur größte Mühe, das alles zu ignorieren. Manchmal stelle ich mir allerdings vor, wie es wäre, damit an die Öffentlichkeit zu gehen, all die schlimmen Kommentare, die ich bekomme, ins Netz zu stellen. Oder den Männern auf einer Veranstaltung zu zeigen, wie sich so was anfühlt, damit sie es mal am eigenen Leib erfahren …« Ihr Handy, das auf dem Tresen lag, begann zu vibrieren, und sie warf einen Blick darauf.

»Tut mir leid. Daniel ist auf dem Weg hierher.«

»Ich freue mich, ihn zu sehen.« Ich versuchte, auf unser Thema zurückzukommen. »Eine Veranstaltung, um den Männern zu zeigen, wie sich das wirklich anfühlt – das ist eine verrückte Idee.«

»Ich weiß. Aber ich glaube, das würde mit einem Blutbad enden.« Sie grinste süffisant. »Wenn die Typen mit dem ganzen Mist zurechtkommen müssten, den wir tagtäglich erleben …«

»Entschuldigen Sie die Störung.« Vor uns standen zwei Frauen mit blonden Strähnen und sahen uns verlegen an. Die größere kicherte verschämt. »Sind Sie … Sie sind doch nicht etwa Eleanor Walsh, oder?«

Eleanor setzte ein strahlendes, freundliches Lächeln auf und richtete ihren gebündelten Teleanor-Charme wie einen Laserstrahl auf die zwei fremden Frauen. »Die bin ich! Freut mich, euch kennenzulernen!«

»Ich bin Jocelyn. Und das hier ist Nicole.« Sie schüttelten Eleanor überschwänglich die Hand. »Wir sind aus Missouri zu Besuch hier, und wir haben uns gerade gefragt, ob Sie es tatsächlich sind! Wir stehen beide total auf *Gleam*.«

»Nett, dass ihr Hallo sagt! Das hier ist Katie Bradley, eine unglaublich talentierte Journalistin und angehende Buchautorin.« Mein Gesicht war zu einem Grinsen gefroren, während ich darauf wartete, dass wir wieder ungestört waren und uns den wirklich wichtigen Dingen des Lebens zuwenden konnten. Ob so was oft passierte?

»Wir sind zum ersten Mal in New York«, fuhr Jocelyn fort. »Und halten Ausschau nach Promis.«

»Ich habe Sie in *Today* gesehen«, sagte die andere. »Wie Sie von ihrem Frauenverein erzählt haben. Sie waren echt toll.«

»Vielen Dank! Hey, wenn ihr am Wochenende noch hier seid, solltet ihr unbedingt bei *The Herd* vorbeikommen und euch dort mal umschauen. Hier ist meine Karte – ruft einfach am Empfang an, und sagt Bescheid, dass ich euch eingeladen habe.«

Die beiden quietschten und kreischten und baten mich, ein Foto von ihnen zu machen; wie stets wirkte Eleanor dabei wie eine strahlende, übermenschliche Erscheinung inmitten von Normalsterblichen. Die Frauen bedankten sich bei ihr und eilten mit leuchtenden Augen davon.

»Das war echt nett von dir!«, sagte ich beeindruckt und beunruhigt zugleich.

Eleanor leerte ihren Prosecco. »Einige Leute beklagen sich, dass *The Herd* zu elitär sei – zu snobistisch. Ständig wird in irgendwelchen Kolumnen behauptet, wir würden ›Diskussionen über Feminismus und Macht‹ anheizen.« Sie machte die Geste für Anführungszeichen und verdrehte die Augen. »Ich möchte, dass *The Herd* für die Menschen zugänglich ist. Die beiden wirkten harmlos, und wenn sie in den Süden zurückkehren, werden sie allen erzählen, wie toll es bei uns ist.«

»In den Mittleren Westen.«

»Stimmt.« Sie runzelte die Stirn und zuckte mit den Achseln. »Aber man bewegt sich da auf einem schmalen Grat. Natürlich will ich nicht, dass im Büro fremde Leute aufkreuzen und heimlich Fotos von unseren prominenten Kunden machen. Apropos, ich wollte dich fragen …«

Plötzlich trat hinter meinem Rücken ein Mann hervor und beugte sich dicht zu Eleanors Gesicht hinunter. Ich zuckte zusammen, doch es war Daniel, und sie erwiderte sein Lächeln und gab ihm einen Kuss. Auf einmal verspürte ich ihm gegenüber einen Anflug von Eifersucht – weil Eleanor ihm jetzt ihre Aufmerksamkeit und Liebe schenkte. Er arbeitete in der Verwaltung eines Krankenhauses – allerdings wusste ich nicht, was seine Aufgabe dort war, denn jedes Mal, wenn er mir davon erzählen wollte, schaltete ich auf Durchzug. Die beiden hatten sich im Jahr, bevor ich nach Kalamazoo gezogen war, auf einer Party kennengelernt. Er sah ganz passabel aus und war freundlich, aber soweit ich das sagen konnte, spielte er nicht annähernd in Eleanors Liga. Als sie mir damals in einer SMS mitteilte, dass sie sich verlobt habe, kam mir das wie Fake News vor, wie die Nachricht aus einem Paralleluniversum – denn ich suchte im Badezimmer meiner Mom gerade fieberhaft nach den Papierhandtüchern, um eine Lache Erbrochenes vom Boden aufzuwischen. Eleanor lud mich zur Verlobungsfeier ein, doch ich wollte Mom nicht allein lassen (worauf mir Hana vorwarf, die Märtyrerin zu spielen), und als ein paar Monate später die Hochzeit stattfand, steckte ich mitten in der Recherche für mein Buch. (Innerhalb von sechs Monaten stellte Eleanor eine großartige Hochzeitsfeier auf die Beine – über die natürlich in *People* berichtet wurde.)

Daniel wandte sich mit einem Lächeln in meine Richtung. Er war attraktiver, als ich ihn in Erinnerung hatte – und besser gekleidet, als hätte Eleanors Stilgefühl auf ihn abgefärbt. Er war groß gewachsen und hatte ausgeprägte Wangenknochen und dichtes schwarzes Haar.

»Daniel, du erinnerst dich …«, begann Eleanor, aber er hatte bereits seine Hand ausgestreckt, um sich vorzustellen. »Du kennst Katie doch!«, schimpfte sie, und im Nu hatte er mindestens die Hälfte meiner Sympathien verspielt.

»Ich bin Hanas kleine Schwester, wir haben uns kennengelernt, als ihr gerade frisch zusammen wart, aber es ist schon okay!« Ich strahlte übers ganze Gesicht, während er rot anlief und seine Hand wegzog, um mich steif zu umarmen.

»Tut mir leid, Eleanor hat mir zwar erzählt, dass Hanas Schwester wieder hierherzieht, aber ich wusste nicht – ihr beiden seht euch gar nicht ähnlich!«, entschuldigte er sich, worauf ihn Eleanor peinlich berührt am Arm packte.

Da die Situation sowieso nicht mehr zu retten war, beugte ich mich zu ihm vor und sagte: »Ach nein? Die meisten Leute halten uns für Zwillinge.« Ich machte ein ernstes Gesicht, während sein Blick zwischen Eleanor und mir hin- und herwanderte.

»Herrgott noch mal, sie verarscht dich«, prustete Eleanor los, und er lachte verunsichert.

Ich fuchtelte mit den Armen. »Sie wurde adoptiert! Das ist kein Geheimnis! Alles in Ordnung!«

Nachdem wir uns wieder beruhigt hatten, fragte Eleanor Daniel, ob ihr Tisch schon frei sei. Er nickte und bot mir an, ihnen Gesellschaft zu leisten, doch ich lehnte ab. Er schien immer noch durcheinander zu sein, als ich die beiden zum Abschied umarmte, und während die Bedienung sie in den Speiseraum brachte, winkte ich ihnen erneut zu. Sie gaben ein hübsches Paar ab. Es war nicht besonders klug gewesen, ihn in

Verlegenheit zu bringen – er würde sich in meiner Gegenwart jetzt vielleicht mehr zurückhalten und weniger entgegenkommend sein, wenn ich ihn für das Buch interviewen wollte. Allerdings hatte er es nicht anders verdient.

Kapitel 6

HANA

SAMSTAG, 14. DEZEMBER, 11:00 Uhr

Als ich an einem der Südeingänge des Central Park Katie entdeckte, die sich gerade ein Paar fingerlose Handschuhe überstreifte, verspürte ich einen Anflug von Stolz: Meine unerschrockene kleine Schwester fiel zwischen all den New Yorkern um sie herum gar nicht auf. Zwar ging sie mir oft auf die Nerven (und hin und wieder schlug dieses Gefühl in Feindseligkeit um), aber heute empfand ich für sie ausschließlich Zuneigung. Als sie mich bemerkte, winkte sie mir zu. Mit ihrem welligen Bob, den großen Augen, der frechen Stupsnase und dem wohlgeformten Kinn entsprach sie dem allgemeingültigen Schönheitsideal.

Es war überraschend amüsant gewesen, mit ihr die ganze Woche im Büro zu verbringen. Ich hatte befürchtet, dass sie mir vor ihrem Bewerbungsgespräch mit ihrer kindischen Art zur Last fallen könnte, dass sie die unausgesprochenen Regeln hinsichtlich Geräuschpegel und angemessener Ausdrucksweise missachten würde, doch bisher waren meine Sorgen unbegründet gewesen. Wie eine neue, eifrige Kollegin war sie jeden Morgen zu mir gekommen und hatte ihre Taschen abgestellt, bevor sie davongehüpft war, um ihre Jacke aufzuhängen. Sie lernte auch die anderen Frauen kennen, was ich wie eine stolze Glucke zur Kenntnis nahm: Sie unterhielt sich mit den Programmiererinnen, Designerinnen und Kleinunternehmerinnen, die neben ihr saßen, fragte sie am Ende des Tages schüchtern nach ihren E-Mail-Adressen oder Instagram-Namen. Sie wirkte zwar immer noch angespannt, aber konzentrierter als sonst. Allerdings hatte sie nur vage angedeutet, woran sie gerade arbeitete, doch ich hakte nicht weiter nach; ich konnte mich noch erinnern, dass ich nach meinem Umzug hierher bei meinen Bemühungen, diverse Dinge anzuleiern, das Gefühl hatte, ich müsste unzählige kleine Aufgaben bewältigen, statt mein Ziel direkt in Angriff zu nehmen.

Sie eilte über die Straße und nahm mich kurz in den Arm, dann tastete sie ihre Taschen ab. »Ich habe meine Mütze entweder zu Hause oder in der U-Bahn liegen lassen.«

»Klingt logisch«, hänselte ich sie.

Sie zuckte mit den Schultern und deutete auf die riesige Schneeflocke, die an Drähten über der Fifty-seventh Street hing. »Wie groß die wohl ist?« Als ich nach meinem Handy griff, um die Antwort auf ihre Frage zu suchen, sagte sie: »Lass uns raten! Nach den Regeln von *Der Preis ist heiß*.«

Sie wartete, bis ich einen Tipp angegeben hatte (»sechs Meter breit«), und schätzte sie auf 6,30 Meter, was typisch für Katie war. Während sie aufgeregt hin und her hüpfte, las ich in einem dramatischen Tonfall die tatsächlichen Maße vor: 9,30 Meter hoch und 7,60 Meter breit.

Sie stieß einen Pfiff aus und drehte sich wieder zu den funkelnden Lichtern um. »Ich würde mit einem Cabrio lieber nicht da drunter herfahren.« Sie stopfte die Hände in ihre Taschen. »Hey, kennst du eigentlich Eleanors Freund Ted?«

Ich runzelte die Stirn. »Ja, er ist ein alter Freund der Familie. Warum fragst du?«

»Ich habe ihn gestern kennengelernt. Er kam vorbei, um das WLAN-Gerät zu reparieren.«

Ich nickte. Sie schaute mit geneigtem Kopf zu mir hoch und bemerkte meinen gesenkten Blick.

»Was ist mit ihm?«, fragte sie.

»Oh, er ist okay. Er hat an der Binghamton University studiert, manchmal hat er uns auf Partys oder sonst wohin begleitet.« Sie zuckte mit den Achseln. »Er ist nur … Ich bin nie richtig schlau aus ihm geworden.«

Wir kamen ans Bergdorf Goodman, wo die Leute in dicht gedrängten Grüppchen in die Schaufenster starrten. Das diesjährige Thema war das Gilded Age, und im Fenster war ein Modell der Gatsby-Villa während einer winterlichen Abendgesellschaft zu sehen; sie hatte breite rote Fensterrahmen, und an der Fassade hingen geflochtene Blumenkränze. Katie trat näher und presste ihre behandschuhten Hände gegen die Scheibe.

»Ist es nicht wunderschön?« Ich schob mich neben sie.

»Es ist umwerfend. Ich habe das Buch immer geliebt. Hey, erinnerst du dich noch an meine Freundin Holly Janssen? Aus der Schulzeit? Sie ist in East Grand Rapids gerade erst in so ein Haus gezogen.« Sie deutete mit dem Kopf auf das Fenster. »Ihr Mann besitzt mehrere Brauereien. All meine Freundinnen von der Highschool kaufen diese billigen Neubauvillen und bekommen Babys.«

Zu meiner großen Erleichterung redete sie nicht mehr von Ted. Katie war sehr aufmerksam und registrierte die kleinsten Anzeichen von Anspannung.

»Das ist das Tolle an New York – wenn du hier schwanger

wirst, bist du der Exot.« Ich blieb vor dem nächsten Modell stehen. Es war der transkontinentalen Eisenbahn gewidmet: Auf Gleisen fuhren kleine Waggons ohne Seitenwände, sodass man die elegante Inneneinrichtung sehen konnte.

»Ist es nicht komisch, dass Eleanor verheiratet ist?«, fragte Katie. Eine Horde Teenager trat zu uns und streckte die Arme über uns hinweg, um das Modell zu fotografieren. »Hast du das Gefühl, dass ihr euch nicht mehr so nahesteht wie früher?«

»Sie achtet sehr darauf, sich Zeit für ihre Freunde zu nehmen. Außerdem ist es hilfreich, dass sie meine Kundin ist.«

Katie folgte mit dem Blick dem Modellzug. »Hat Daniel keine coolen Freunde, mit denen er dich verkuppeln kann?«

Dates, Beziehungen, Ehe – das waren für Katie und mich heikle Themen. Sie war zwar momentan Single, aber ich wusste, dass sich das bald ändern würde. Katie hatte eine anziehende Wirkung auf Männer; die Typen waren begeistert von ihrem losen Mundwerk und ihren anmutigen Gesichtszügen. Ich hingegen hatte die meiste Zeit des Jahrzehnts immer wieder verschiedene Datingseiten besucht. »Einschüchternd« war das Wort, das Männer im Zusammenhang mit mir oft benutzten – und jedes Mal versetzte es mir einen Stich ins Herz, der jedes Mal tiefer ging, während ich verzweifelt versuchte, sanfter, freundlicher, weiblicher und liebenswürdiger zu wirken. Einige Männer fanden noch eine andere tolle Möglichkeit, mich nicht als Menschen wahrnehmen zu müssen: »Du siehst so exotisch aus«, oder »Wo kommst du her?«, oder »Nein, ich meine, aus welchem Land kommst du?« oder der endgültige K.o.-Schlag: »Welche Nationalität hast du?«

»Leider nein«, sagte ich. »Wie jeder andere Heteromann, den ich kenne, sagt Daniel, dass seine Freunde entweder verheiratet oder ›Idioten‹ sind. Seine Worte.«

»Neun Millionen New Yorker und keiner, der ein Date wert ist.«

Obwohl sie das in einem spielerischen Tonfall sagte, stöhnte ich auf. »Wenn du mal eine der Apps benutzen würdest, wirst du feststellen, wie viel Zeit und Arbeit man investieren muss, um ein einziges Date zu bekommen – für so was verschwende ich nicht meine Energie.«

»Hey, es ist mir völlig egal, ob du dich mit jemandem triffst oder nicht.« Sie tätschelte mir die Schulter, und wir liefen zum nächsten Fenster. »Dann kann ich mehr Zeit mit meiner Schwester verbringen.«

Sie hatte einen wunden Punkt berührt: Als ich vor ein paar Wochen nach der Mocktailrunde mit Mikki in einer Happy Hour Bar die Straße runter noch was trinken gewesen war, hatte sie mir angeheitert von Eleanors Bemerkung erzählt, dass ich bloß deshalb noch Single sei, weil ich zu wählerisch sei. *Aber ich habe dich verteidigt! Ich habe gesagt, dass du nur auf den Richtigen wartest!*, hatte Mikki gelallt und ihre dritte Margarita geleert. Darauf hatte ich das Thema gewechselt, doch ihre Worte hatten mich verletzt.

»Ist es nicht ein gutes Gefühl, wieder in der Stadt zu sein?«, sagte ich. Wir kamen an eine Straßenecke, wo eine Frau von der Heilsarmee mit einer Sammelbüchse eine Glocke schwenkte. »Ich meine, während ich in L.A. war und du auf der NYU warst, hast du mir zwar gefehlt, aber erst als du letztes Jahr nach Michigan gegangen bist, ist mir so richtig klar geworden, dass New York mit dir sehr viel mehr Spaß macht.«

»Ich verstehe immer noch nicht, warum du damals nach L.A. gezogen bist – als du deinen Abschluss gemacht hast und ich kurz davor war, nach New York zu gehen.« Sie wühlte in ihrer Handtasche herum und steckte ein paar Münzen in die

Büchse. »Obwohl ich dich das schon so oft gefragt habe, ist mir das nach wie vor ein Rätsel. Eleanor und Mikki waren bereits hier, und es schien eigentlich alles klar. Aber dann aus heiterem Himmel, in letzter Minute …«

Ich hatte sicher nicht vor, dieses Thema zur Sprache zu bringen. Jene Nacht, über die ich niemals redete – die Tatsache, dass ich dreitausend Meilen geflogen war, um diese Nacht hinter mir zu lassen, weil ich nicht ungeschehen machen konnte, was ich getan hatte. Mein Herz begann zu rasen, und ich schüttelte den Kopf. »Ich fand, dass ich für New York noch nicht bereit war. Ich musste erst noch ein paar Erfahrungen sammeln. Aber hey, jetzt sind wir ja beide hier.«

»Ich weiß, und jetzt bin ich so was wie deine nervige Kollegin, die dich den ganzen Tag zutextet.« Sie tippte wie ein selbstgefälliger Bösewicht die Finger aneinander. »Ich kann es gar nicht abwarten, bis ich ein vollwertiges Mitglied bin und keinen wöchentlichen Gästeausweis mehr benötige.«

Ich senkte den Blick. Seit ihrem merkwürdigen Anruf am Montag hatte Eleanor sich zum aktuellen Stand von Katies Bewerbung nicht mehr geäußert. Allerdings hatte sie mir einen seltsamen Blick zugeworfen, als ich mich nach den Ermittlungen wegen der Schmiererei erkundigt hatte. *Die Polizei meinte, dass die Person, die die Fotos verschickt hat, womöglich regelmäßig mit der Presse zusammenarbeitet.* Ich hatte darauf meine Verärgerung nicht verbergen können; wenn Katie nicht Eleanors Telefon entwendet hatte, um ihre einflussreiche Freundin zu hintergehen, und damit ihre beste Fürsprecherin gegen sich aufzubringen, dann war sie auch nicht der anonyme Hinweisgeber. Natürlich nicht.

»Ich kann es auch kaum abwarten, bis die Sache offiziell ist!«, sagte ich. »Ich bin mir sicher, dass es bald so weit sein wird. Eleanor ist nur gerade mit den Vorbereitungen für nächsten Dienstag beschäftigt.«

»Das hat sie gestern Abend auch gesagt.« Katie hielt ihr Handy von sich fort und winkte mich für ein Selfie zu sich, und wir strahlten beide in die Kamera. »Hey, weißt du, worum es bei der Ankündigung am Dienstag geht?«

»Das kann ich dir nicht sagen. Was vermeldet denn die Gerüchteküche?«

»Es gibt nur Spekulationen. Über die Partnerschaft mit einer großen Firma. Über die Eröffnung eines Standorts im Ausland. Aurelia meinte, dass *The Gaze* exklusiv über die Sache berichten wird.«

»Das stimmt. Obwohl das nicht meine erst Wahl gewesen wäre.« Ich fischte eine Wasserflasche aus meiner Handtasche und schraubte sie auf.

»Warum *The Gaze*?«

Ich nahm einen kräftigen Schluck, um mir etwas Zeit zu verschaffen. »Eleanor ist mit einer der Reporterinnen dort befreundet«, sagte ich. »Joanna Chen. Sie wollte einfach, dass sie darüber berichtet.« Ich hielt die Nase in der Luft. »Oooh, ich kann einen Maronenstand riechen. Sollen wir uns welche holen?«

Katie schüttelte den Kopf. »Sie riechen besser als sie schmecken. Du hast gesagt, die Reporterin heißt Joanna Chen?« Sie hielt inne, als würde sie sich den Namen einprägen. »Ich werde Eleanor deswegen am Montag fragen. Ich finde das ziemlich seltsam.«

Ich blickte sie prüfend an und runzelte die Stirn.

Darauf fuhr sie rasch fort: »Weil *The Gaze* ziemlich unbedeutend ist. Aber ich wollte mich sowieso mit ihnen in Verbindung setzen. Wenn die beiden befreundet sind, kann Eleanor mich ihr bei der Veranstaltung ja vorstellen.« Sie warf mir einen Seitenblick zu. »Was ist?«

Wir blieben vor Tiffany's stehen; die Diamanten im Fenster funkelten wie Sterne. »Aber sei vorsichtig, Katie.«

Sie schüttelte den Kopf. »Ich dachte, bei *The Herd* geht es vor allem darum, Kontakte zu knüpfen.«

»Sicher, und das ist eine tolle Sache.« Plötzlich ging am Gebäude die Weihnachtsbeleuchtung an, blinkend wanderte das Licht von den großen Ovalen durch die anmutig geschwungenen Bögen nach außen. »Jetzt ist nur nicht der richtige Zeitpunkt, um bei Eleanor den Eindruck zu erwecken, dass du auf eine Enthüllungsgeschichte aus bist. Sie ist recht … verschwiegen. Soweit ihr das möglich ist.«

»Das nennt man *medienscheu*«, sagte sie. Wir schlenderten zum nächsten Schaufenster hinüber. »Deshalb war ich so neugierig wegen des Exklusivberichts in *The Gaze*. Das ist alles.«

»Du willst doch nicht darüber schreiben, was bei *The Herd* so abgeht, oder?«

Ich glaubte zu bemerken, wie Katie die Schultern hochzog. *Hana, du weißt, dass einige unserer Mitglieder ziemlich prominent sind*, hatte Eleanor mit einem Räuspern gesagt.

»Wovon redest du?«, sagte Katie schließlich.

»Das wäre ziemlich … schräg. Dann hättest du einen Interessenkonflikt. Ich erzähle dir irgendwelche vertraulichen Dinge, und ich bin ihre verdammte Presseagentin. Tu bloß nichts Unüberlegtes.«

»Ich weiß. Ich bin doch nicht blöd, Hana.« Sie beugte sich zum Fenster vor. Es beunruhigte mich, dass sie so verärgert reagierte. Ich hatte erwartet, sie wäre bei diesem Gedanken, der mir bisher noch gar nicht in den Sinn gekommen war, überrascht und entsetzt gewesen. Aber stattdessen brachen wir vor einem Schaufenster von Tiffany's mit saphirbesetzten Uhren für sechsundzwanzigtausend Dollar einen Streit vom Zaun.

»Ich weiß, dass du nicht blöd bist. Aber du solltest ruhig meine Hilfe in Anspruch nehmen, während du als Freiberuflerin wieder Fuß fasst. Ich kenne eine Menge Leute.« Inzwischen hatte es angefangen zu schneien, winzige Flocken wirbelten wie Pusteblumensamen durch die Luft. Wir hatten uns den letzten etwas wärmeren Tag für unseren Spaziergang ausgesucht; morgen sollten die Temperaturen für eine Woche auf unter minus zehn Grad sinken. »Du darfst nicht, na ja … zu stolz sein, mich um Hilfe zu bitten.«

»Mein Gott, Hana. Wann ist das hier zu einem Hilfsprogramm für Katie Bradley ausgeartet?« Sie machte auf dem Absatz kehrt und lief die Straße hinunter.

»Tut mir leid. Reden wir nicht mehr darüber. Ich weiß, dass du allein klarkommst.« Für eine Weile gingen wir schweigend weiter, bis wir vor der Radio City Music Hall auf eine Menschenansammlung trafen; die Schrift auf dem Vordach kündigte das Rockettes' Christmas Spectacular an, eine Show mit unzähligen Tänzerinnen in High Heels, die darin ihre makellos geformten Beine in die Höhe warfen. Katie bog um eine Ecke, und der Gehweg war wieder frei.

Ich räusperte mich. »Hör zu, es tut mir leid. Ich weiß, dass du niemals irgendwelche Geheimnisse an *Page Six* oder sonst wen verkaufen würdest. Ich bin nur eine Presseagentin, die ein wenig paranoid ist.« Ich sah meine Chance, den Streit zu beenden: »Das liegt nur an dieser wichtigen Bekanntmachung.«

»Verstehe. Mach dir keine Gedanken.« Sie lief zu einem Verkaufsstand und bestellte zwei Kakao. »Für alles, was du für mich getan hast«, sagte sie und stieß mit ihrem Styroporbecher mit mir an. Wir marschierten den Block zum Baum am Rockefeller Center hinunter. Er war unfassbar hoch, und, umgeben von anderen Leuten, schauten wir staunend zu ihm empor.

Im Raum herrschte eine aufgekratzte Stimmung. Wie bei jeder Veranstaltung von *The Herd* war die Luft von fiebriger Erwartung erfüllt: All diese intelligenten, ehrgeizigen Frauen in ihren eleganten Kleidern verzichteten auf die unzähligen anderen Dinge, die New York an diesem Dienstagabend zu bieten hatte. Sie liebten *The Herd*, wussten sein außergewöhnliches Angebot zu schätzen und twitterten Sachen wie: Wenn du glaubst, dass *The Herd* nichts für dich ist, weil es zu versnobt/weiß/nervig/was auch immer ist, dann komm vorbei, und überzeug dich selbst, wie aufgeschlossen, hilfsbereit und wunderbar die Menschen dort sind.

Das Publikum, hauptsächlich Medienvertreter und ein paar Promis, durchstreifte das Separee des Hielo, einer Tapasbar neben einer Hotellobby. Die Bekanntmachung war für zwanzig Uhr angesetzt, und das Interview mit Joanna von *The Gaze* sollte um halb acht stattfinden, aber bereits um kurz nach sieben strömten die Gäste in die Bar und Fotografinnen überprüften die Lichtverhältnisse und bezogen an den besten Standpunkten Position. Ich hatte Eleanor den ganzen Tag über nicht gesehen, was alles umso geheimnisvoller machte. Gestern hatte sie mir mitgeteilt, dass sie vor der Veranstaltung wahrscheinlich von zu Hause aus arbeiten würde – vermutlich um sich dort zwischendurch frisieren und schminken zu lassen –, doch ich konnte es kaum abwarten, dass sie endlich hereinstolziert kam.

»Bist du bald da?«, schrieb ich ihr. Ich hatte ihr heute Morgen eine Mail mit der Nummer des Zimmers geschickt, das für ihr Interview reserviert war, und sie hatte mit einem Daumenhoch-Emoji geantwortet. Seitdem hatte ich nichts mehr von ihr gehört. Aber vermutlich war sie noch mit letzten Vorbereitungen beschäftigt.

In diesem Moment entdeckte ich Mikki, die sich in einem Overall mit Pfauenfedermuster und weiten Ärmeln ihren Weg in meine Richtung bahnte; eine der Fotografinnen hielt sie an der Tür an, worauf sie ihre Hüfte rausstreckte und grinste. Als sie jedoch zu mir herübergeeilt kam, erstarb das Lächeln auf ihren Lippen.

»Du siehst toll aus«, sagte ich zu ihr. »Alles okay?«

»Hast du Eleanor gesehen?«

Ich schüttelte den Kopf. »Ich nehme an, du auch nicht.«

»Ted hat ihr gesagt, dass sie um Viertel vor sieben für den Soundcheck hier sein soll. Er hat mir gerade eine SMS geschickt, um zu hören, ob ich sie gesehen habe, aber niemand weiß, wo sie ist.«

»Hast du sie angerufen?« Ich hob mein Telefon ans Ohr.

»Natürlich.«

»Sie war heute zu Hause. Bestimmt steckt sie irgendwo im Stau.« Ich wandte mich ein wenig ab, als Eleanors Stimme aus dem Handy drang, doch es war nur ihre Mailbox.

Eine zierliche Frau mit federnden schwarzen Haaren tippte mir auf die Schulter. »Hana, nicht wahr?«

Ich erkannte sie von meiner früheren Suchanfrage bei Google wieder. »Joanna. Schön, dich kennenzulernen.«

Sie schüttelte mir kraftlos die Hand. »Ich dachte, Eleanor würde schon mal die Gäste begrüßen. Wollt ihr sie etwa bis zu unserem Interview verstecken?«

Ich lächelte und warf erneut einen Blick auf mein Telefon;

bis zum geplanten Interview waren es weniger als zwanzig Minuten.

»Ich werde dich gleich nach oben bringen. Ich habe dort einen Konferenzraum reserviert. Hast du Mikki schon kennengelernt? Sie ist für das Erscheinungsbild von *The Herd* zuständig.«

Ich entschuldigte mich und rief bei der Rezeption an. »Sie ist heute nicht hier gewesen«, sagte die Empfangsdame verwirrt. »Hat sie nicht von zu Hause aus gearbeitet?«

Ich biss mir auf die Lippe. »Kannst du die Nummer ihrer Stylistin herausfinden? Annika oder Anya. Oder Aria? Überprüf, ob sie heute bei ihr gewesen ist.«

Was diese Sache betraf, war Eleanor ein wenig sprunghaft; manchmal engagierte sie einen Profi, manchmal machte sie sich selbst zurecht – schließlich war sie Kosmetikunternehmerin. Sie hatte auch keine Assistentin, die sich um ihre Termine kümmerte und wusste, wo sie sich aufhielt. Diese Marotte war typisch für Eleanor.

Nervös ließ ich meinen Blick durch den Raum wandern, wo Ted inmitten der Gäste an einem Dreibeinstativ herumhantierte. Ich schrieb Katie eine SMS und sah dann, wie sie sich von der Bar aus mit einem Rotweinglas in der Hand ihren Weg zu mir herüber bahnte. Schließlich nahm ich Mikki erneut zur Seite und schob sie in einen schmalen Flur, der für die Servicekräfte bestimmt war.

»Hat irgendjemand was von Eleanor gehört?«

Wir schauten einander an.

»Sie ist inzwischen bestimmt unterwegs, oder?« Katie leerte ihr Weinglas.

»Hat irgendjemand mit ihr gesprochen?«, hakte ich nach.

Katie stieß ein spöttisches Lachen hervor. »Atme tief

durch, Hana. Wenn die Leute jedes Mal so reagieren würden, weil ich zwanzig Minuten zu spät komme …«

»Das sieht ihr gar nicht ähnlich. Wer hat zuletzt etwas von ihr gehört?«

»Ich glaube, ich habe heute Morgen eine Mail von ihr bekommen«, erklärte Mikki und zog ihr Handy hervor. Wir gingen die Nachrichten der Reihe nach durch. »Eine E-Mail um 10:54 Uhr. Da hat sie nur geschrieben: Lass uns das morgen besprechen.«

»Sie hat mir kurz davor eine SMS geschickt. Sie lautet: Okay«, sagte ich.

»Ich habe zwar nichts von ihr gehört, aber« – Katie zuckte mit den Schultern – »sie war doch mit den Vorbereitungen für den heutigen Abend beschäftigt, oder?«

»Was, glaubt ihr, ist passiert? Hatte sie einen Unfall?«, sagte Mikki und sprach aus, was ich gerade dachte. Das war die einzige plausible Erklärung, die mir einfiel. Aber warum hatte man sich nicht mit einem von uns in Verbindung gesetzt? Hatte sie keinen Ausweis dabei? War es gerade erst passiert – mein Gott, war sie lebensgefährlich verletzt, bis zur Unkenntlichkeit entstellt?

In diesem Moment klingelte mein Telefon, und ich hätte über mein hysterisches Verhalten beinahe lachen müssen – das war bestimmt Eleanor, die die Sixth Avenue hinunterrannte, weil sie im Verkehr stecken geblieben war …

Doch es war erneut die Empfangsdame. »Ich habe gerade mit Aria gesprochen. Eleanor hatte um vier einen Termin, aber sie war nicht da. Sie hat ihn auch nicht abgesagt.«

»Okay. Wo wollten sie sich treffen?«

»In Eleanors Wohnung. Aria meinte, es sei allerdings auch früher schon vorgekommen, dass Eleanor umdisponiert habe, ohne Bescheid zu sagen. Aber sie zahlt dann trotzdem den vollen Betrag. Darum hat Aria sich keine Gedanken gemacht.«

»Sie hat also bei ihr geklingelt, und es hat niemand aufgemacht?«

»Genau, das hat sie gesagt.«

Ich bedankte mich bei der Empfangsdame und erzählte den anderen von den Neuigkeiten. Erneut blitzte vor meinem geistigen Auge ein Bild auf: Wie Eleanor mit blau angelaufenem Körper verkrampft auf dem Küchenboden lag, nachdem sie an einer Weintraube erstickt war, oder ihr Körper war blutüberströmt, weil sie plötzlich gestürzt war, oder äußerlich unversehrt, da man die Blutung in ihrem Gehirn von außen nicht sehen konnte …

»Okay, sie hat also gesagt, dass Eleanor auch schon früher unzuverlässig gewesen ist.« Katie verschränkte ungerührt die Arme vor der Brust.

»Wer hat Daniels Nummer?«, fragte Mikki.

Ich hob den Zeigefinger in die Höhe und schaltete den Lautsprecher meines Handys ein, während ich seine Nummer wählte.

»Hallo? Hana?«

»Daniel, ich stehe hier mit Mikki zusammen. Ist Eleanor bei dir?«

»Was? Nein, ich bin gerade auf dem Weg zum Hielo. Von der Arbeit.« Im Hintergrund heulte eine Sirene auf. »Ihr habt doch noch nicht schon angefangen, oder?«

»Hast du heute irgendwann mit Eleanor gesprochen?«, meldete sich Katie zu Wort. Schweigen. »Hier ist Katie.«

»Nein, ich wollte mich mit ihr auf der Veranstaltung treffen.«

»Weißt du, wo sie steckt?«, erkundigte ich mich.

»Ist sie nicht bei euch?« Und dann dämmerte es ihm: »Moment mal, wo ist sie dann?«

»Daniel, kannst du ihr Handy orten?«, fragte Katie. »Mit dem Ortungsdienst?«

»Das wird nicht klappen«, unterbrach ich. »Sie hat mir letzte Woche erzählt, dass sie bei ihrem neuen Handy den Ortungsdienst nicht aktiviert hat. Um ihre Privatsphäre zu schützen. Außerdem meinte sie, diese Funktion habe ihr bei ihrem letzten Telefon nichts genutzt.«

Katie war verwirrt, und Mikki sagte: »Was?«, während Daniel fragte: »Wie sollen wir sie dann finden?«

Verdammt – Katie und Mikki wussten nichts von dem gestohlenen Telefon und der anschließenden Katastrophe mit den Fotos. Ich tat so, als hätte ich die beiden nicht gehört. »Fahr mit dem Taxi nach Hause, und sieh nach, ob sie eine Nachricht oder irgendwas hinterlassen hat. Und sag uns dann Bescheid.«

Ich spürte, wie mir die Kontrolle über den Abend allmählich entglitt, wie ich immer mehr ins Schwimmen geriet. Erneut zuckte ein Bild vor mir auf, von Eleanors am Straßenrand liegendem Körper. »Ihr Interview für *The Gaze* sollte jetzt eigentlich beginnen«, erklärte ich.

Mikki runzelte die Stirn. »Wir müssen es absagen, oder?«

Ich schloss fest die Augen und überlegte, was Eleanor nun tun würde. »Der Zeitpunkt ist … Wir müssen heute diese Bekanntgabe machen, weil das Jahr bald zu Ende geht. Das hat irgendwas mit der Börse zu tun, mit dem Handelskalender.«

Mikki richtete ihre Schultern auf. »Verdammt noch mal, Hana, ich schwöre dir, wenn du uns nicht sagst, worum es bei dieser Bekanntmachung geht …«

»Titan wird *The Herd* übernehmen.«

Die beiden sahen mich mit ausdruckslosen Blicken an.

»Das ist eine Riesensache«, fügte ich zur Erklärung hinzu. »So etwas ist bisher nicht da gewesen. Das größte Technologieunternehmen der Welt kauft *The Herd*.«

Zwei Sekunden verstrichen, dann drei. Katie runzelte die Stirn. »Moment mal, was bitte? Eleanor gibt die Firma auf?«

»Nein, sie wird sie weiterhin leiten. Aber das bedeutet, dass das Unternehmen in einem unvorstellbaren Ausmaß expandieren kann. Wir …«

»Hör auf, Hana.« Mikki streckte mir ihre geöffnete Hand entgegen. »Wir haben keine Ahnung, wo Eleanor steckt. Das ist – das ist jetzt nicht von Belang.«

»Ich versuche bloß nachzudenken. Denn das ist ihr wichtig. Das weiß ich.« Ich biss mir auf die Lippe. »Eleanor hat gesagt, dass wir wegen der Meldefristen heute die Bekanntgabe machen müssen, damit die Firma vor Ablauf des Jahres lange genug an der Börse notiert ist. Der Termin ist sowieso schon knapp, außerdem hat sie Angst, dass die Presse schlecht über uns berichtet.« Wegen des Graffitis – BLÖDE FOTZEN –, das ich den Aasgeiern von den Medien auf wundersame Weise verheimlicht hatte. »Sie wäre nicht glücklich darüber, wenn die *New York Times* mit der Schlagzeile ›*The Herd* sagt mit Spannung erwartete Veranstaltung in letzter Minute ab‹ aufwarten würde.«

»Weißt du, was auch keinen guten Eindruck machen würde?«, blaffte Katie. »›*The-Herd*-Gründerin spurlos verschwunden, Veranstaltung findet trotzdem statt.‹« Mikki nickte und deutete zustimmend auf Katie.

Die beiden starrten mich an wie zwei Kinder, die ihre Mom anflehten, alles wieder in Ordnung zu bringen. Schade, dass

Eleanor das nicht sehen konnte, sie hätte sich totgelacht. Aber … aber ihr durfte einfach nichts passiert sein. Ich holte tief Luft und riss mich zusammen, schob alle überflüssigen Gedanken beiseite.

»Ich bin mir sicher, dass es Eleanor gut geht«, sagte ich mit tiefer Stimme. Das wollten sie hören – dass sich alles aufklären würde. »Aber du hast recht. Wir können die Bekanntgabe nicht machen, solange wir nicht wissen, wo sie abgeblieben ist.«

Ich musste Joanna Chen verständigen. Sie würde alles andere als erfreut sein.

»Okay. Ich muss das Interview absagen, die Pressemitteilung zurückziehen, die in zwanzig Minuten rausgehen sollte, und eine Ansage an die Gäste machen. Oh Gott.« Ich spürte einen stechenden Kopfschmerz hinter dem rechten Auge.

»Können wir dir helfen?«, fragte Mikki, und Katie nickte eifrig.

Schön wär's. »Danke, aber ich schaff das schon. Vielleicht könnt ihr herausfinden, ob der Eventmanager etwas von ihr gehört hat. Das ist der Glatzkopf im Anzug.« Die beiden marschierten los, und ich folgte ihnen.

Joanna, die im Speiseraum wartete, wirkte genervt, und ich schlug einen geschäftsmäßigen Tonfall an. Ich überbrachte ihr die schlechte Botschaft und bat vielmals um Entschuldigung, während das Blut aus ihrem Gesicht wich. Danach stürzte ich völlig verängstigt zu meinem Laptop, um die Pressemitteilung zurückzuziehen und der erwartungsvollen Menge die enttäuschende Nachricht zu verkünden. Ich lief in den vorderen Bereich des Raums und fummelte unbeholfen am Mikrofon herum, worauf Ted mir zur Hilfe eilte, dann stieß ich, um Fassung ringend, meine Ankündigung hervor: »Eleanor möchte sich aufrichtig bei euch entschuldigen, doch aufgrund einer dringenden Familienangelegenheit muss die Bekanntmachung verschoben werden. Es wird um acht Uhr auch keine Pressemitteilung herausgegeben, aber ich verspreche, dass ich euch persönlich benachrichtigen werde, sobald wir weitere Informationen haben.« Die Gäste machten ihrer Verwirrung und ihrem Unmut lautstark Luft. Mikki und Katie beobachteten mich aus der Ecke des Raums, und ihren Gesichtern konnte man deutlich ansehen, dass etwas nicht stimmte. Trotzdem lächelte ich. »Nochmals, es tut uns wirklich leid. Aber uns steht der Raum bis zehn Uhr zur Verfügung, also genießt bis dahin das Essen und die Drinks. Vielen Dank.«

Ich eilte zu den Aufzügen und rief dabei den Leuten, die versuchten, mich aufzuhalten, Entschuldigungen zu, und stürmte in das Konferenzzimmer, das ich für Eleanors Interview mit Joanna reserviert hatte. Ohne meinem vibrierenden Handy Beachtung zu schenken, hämmerte ich in die Tasten meines Laptops, bis genau – 19:58 Uhr. Es waren noch zwei Minuten übrig, und ich lehnte mich zurück. Die Pressemitteilung würde nicht rausgehen.

Ich blickte auf mein Telefon. Ted und der Eventmanager wissen nichts, hatte Mikki geschrieben. Immer noch keine Nachricht von E?

Ich wollte ihr gerade antworten, als ich eine weitere Mitteilung bekam, diesmal von Eleanors Mann. Bin gerade zu Hause eingetroffen. Eleanor ist nicht hier.

Verdammt. Ich rieb mir mit einem Finger über den Nasenrücken, während Tränen in meinen Augen brannten. Wenn sie nicht in ihrer Wohnung war … wo zum Teufel steckte sie dann?

Ich begann, Daniel zurückzuschreiben, als ich sah, dass er erneut etwas tippte. Dann erschien seine SMS, und ich musste sie mehrmals durchlesen, bevor ich ihren Sinn erfasste.

Meine Eingeweide verwandelten sich zu Eis, und meine Hände begannen zu zittern.

Daniel hatte geschrieben: Irgendwas stimmt da nicht. Sie ist überhaupt nicht zu Hause gewesen.

Kapitel 7

KATIE

DIENSTAG, 17. DEZEMBER, 19:55 Uhr

Zunächst fand ich, dass alle völlig übertrieben reagiert hatten, genauso wie wegen des Graffitis im *Gleam* Room, weil sie diese kindische und leicht spaßige Aktion für eine Bedrohung gehalten hatten. Aber nachdem wir sämtliche Informationen ausgewertet hatten – Eleanors mysteriöse Nachrichten, den versäumten Termin mit der Stylistin sowie die Tatsache, dass niemand, nicht mal ihr Mann, etwas von ihr gehört hatte –, begann ich, mir ebenfalls Sorgen zu machen. Das sah Eleanor gar nicht ähnlich. Es war nicht ihre Art, Panik zu verbreiten, sondern jede Form von Stress zu zerstreuen. Gestern Abend bei der Mocktailrunde hatte sie völlig normal gewirkt, oder? Entspannt und charmant wie immer.

Beinahe hätte ich die Mocktails sausen lassen und wäre deprimiert nach Hause gefahren. Bei der Erinnerung daran verkrampfte sich mein Magen … Hatte ich Eleanor irgendwie in Gefahr gebracht, dafür gesorgt, dass einer ihrer Neider wieder in ihr Leben getreten war? Am Montagnachmittag hatte ich in meinem Viertel allein in der Sitznische eines Diners gesessen, einem Diner mit rissigen, fettverschmierten Speisekarten und rissigen, fettverschmierten Tischen, hinter dessen

Tresen Kannen mit schlechtem Kaffee vor sich hin blubberten. Ich hatte mich für dieses Diner entschieden, weil ich meinen Interviewpartner – aus naheliegenden Gründen – an einem öffentlichen Ort treffen wollte, ohne dass mir dort eines der *The-Herd*-Mitglieder über den Weg lief.

Aber Carl Berkowski, ein überraschend umgänglich wir kender Mann und der Hauptverantwortliche hinter der Klage gegen *The Herd* (und höchstwahrscheinlich ein Mitglied von The Antiherd), war nicht gekommen. Gegen 15:30 Uhr blickte ich zum vierten Mal innerhalb von vier Minuten auf mein Handy, und nachdem ich eine halbe Stunde gewartet und keine Antwort auf meine E-Mails und SMS erhalten hatte, beschloss ich, die Segel zu streichen.

Dies hatte mein erstes richtiges Interview werden sollen, seit Erin sich Zugang zu meinem Wohnzimmer verschafft und ich Eleanors Namen wie eine Zauberformel ausgerufen hatte, um aus dem von mir selbst verschuldeten Schlamassel wieder rauszukommen. Ich war froh, meine Bemühungen auf etwas anderes als *Infopocalypse* zu richten, doch Hanas plötzliche Warnung, auch nur den geringsten Gedanken an ein Buch über *The Herd* zu verschwenden … hatte mich zutiefst verunsichert.

Aber ich konnte jetzt nicht aufhören. Ich hatte Erin für Mitte der Woche einen Zwischenbericht versprochen, sobald im Internet und anderswo die Titelseiten die großen Neuigkeiten zu *The Herd* verkündeten. Ich dachte, dass ich ihr bis dahin ein paar Geschichten präsentieren könnte, mit interessanten Hintergrundinformationen und schillernden Persönlichkeiten. Wie diesen Streiter für die Rechte der Männer namens Carl.

Doch Carl hatte mich versetzt, sodass ich den Montag freigehabt hatte. Ich hatte meinen Laptop zugeklappt, die Rechnung bezahlt und anschließend in einem Waggon der Linie C meinen Tagträumen über den ungezwungenen Zauber von *The Herd* nachgehangen. Die zweite Mocktailrunde, an der ich teilgenommen hatte, war spektakulär gewesen. Die Barkeeperin kam aus dem Elm Grove und war bekannt für ihre kreative Verwendung von Kräutertinkturen, fermentierten Tees und Trinkessigen, und als ich irgendwann die anderen Teilnehmerinnen betrachtete, all diese coolen Frauen, die so respektvoll miteinander umgingen, wunderte es mich nicht, dass Carl dazugehören wollte.

Und jetzt war Eleanor … verschwunden. Ich konnte an nichts anderes mehr denken. Nach Hanas irritierend souveräner Ansage war die Hälfte der Gäste sofort aufgebrochen, und der verwirrte Ted war mit einem Rollköfferchen voller Equipment zu uns gekommen und hatte sich verabschiedet.

»Es geht ihr doch gut, oder?«, hatte er immer wieder gefragt, und Mikki und ich hatten mit ausdruckslosen Mienen genickt. Inzwischen hatten wir uns in eine Ecke verkrochen, und ich schirmte Mikki vom Rest des Raums ab, damit man ihr keine Fragen stellte. Obwohl es ein völlig alberner Gedanke war, ärgerte es mich, dass Mikki eine kleine Berühmtheit war und ich bloß ein Gesicht in der Menge.

Ich bekam eine SMS von Hana: Wo steckt ihr? Als wollte sie – jetzt, wo jemand vermisst wurde – alle anderen unbedingt im Auge behalten. Wir treffen uns im Flur.

Kurz darauf kam Hana mit klappernden Schritten auf uns zumarschiert, während sie – sicher auf ihren endlos hohen Absätzen balancierend – Brust, Bauch und ihre muskulösen Schultern in Trotzpose geworfen hatte.

»Ich denke, wir sollten zu ihrer Wohnung fahren«, erklärte sie.

»Ist sie dort?«, fragte Mikki hoffnungsvoll.

Hana schüttelte den Kopf. »Daniel ist inzwischen dort. Er meinte, dass sie den ganzen Tag über anscheinend nicht dort gewesen ist. Das letzte Mal hat er sie gestern Morgen gesehen.«

»Was?« Ich lehnte mich gegen die Wand. »Wo hat er gesteckt?«

»Er hat gesagt, er habe gestern lange gearbeitet und die Nacht im Büro verbracht.«

Wir zogen alle drei gleichzeitig die Augenbrauen hoch.

»Er vögelt also eine andere«, sagte Mikki mit gelangweilter Stimme, als würde sie einen öden Glückkeksspruch vorlesen.

»Wer weiß. Aber wenn er keine Ahnung hat, wonach er in der Wohnung überhaupt sucht, sollten wir besser hinfahren.«

»Sollten wir nicht die Cops verständigen?«, fragte ich und befingerte den Riemen meiner Handtasche.

»Daniel meinte, das wollte er gerade tun. Außerdem können wir sie auch von unterwegs anrufen. Mein Bauchgefühl sagt mir, dass wir zu ihrer Wohnung fahren müssen. Und zwar sofort.«

»Was ist mit … der Veranstaltung?«, fragte Mikki mit schwacher Stimme.

Hana starrte sie an, als würde sie Chinesisch sprechen. »Was?«

»Das hier alles.« Mikki deutete auf den Speiseraum. »Sollen wir einfach abhauen?«

Hana zuckte mit den Achseln. »Aurelia ist hier irgendwo. Wenn jemand ein Problem damit hat, dass wir nach unserer Freundin suchen, kann er sich ins Knie ficken.«

Hana fluchte nur selten – und wenn, dann klang das unangebracht, so als würden die eigenen Eltern irgendwelche Slangausdrücke benutzen.

»Daniel weiß nicht, dass wir kommen«, sagte Hana. »Lasst uns gehen.«

Während unser Fahrer die Seventh Avenue hinunterbrauste, trat er jedes Mal, wenn zu seiner großen Überraschung vor uns ein Wagen auftauchte, heftig auf die Bremse. Hana, die eigentlich ein geduldiger Mensch war, stieß immer wieder einen frustrierten Seufzer aus. Nach ein paar Minuten stöhnte sie plötzlich auf und sah sich hektisch um, dann rief sie Aurelia an und bat sie, die Tragetasche an sich zu nehmen, die sie hinter der Bar vergessen hatte.

»Darin sind mehrere Mappen, nicht wahr?«, fragte sie und atmete erleichtert aus. »Gut. Bring sie morgen einfach mit.«

Hana legte auf und telefonierte dann mit Eleanors Eltern in Beverly, Massachusetts, die keine Ahnung hatten, warum sie sich bei ihnen meldete oder wo Eleanor stecken könnte. Als sie darauf die Notrufzentrale anrief, hörten Mikki und ich ihr besorgt zu; der Beamte erklärte ihr, dass sie erst die Berichte mit den Rettungseinsätzen und Verhaftungen (!) vom Nachmittag durchsehen würden, bevor sie zwei Detectives zu Eleanors Adresse schicken würden. Auf den Straßenschildern hinter dem Wagenfenster wurden die Zahlen nach und nach immer niedriger: Sixteenth Street, Fifteenth, Fourteenth. Von meinem Bauch breitete sich in meinem Körper ein Gefühl der Furcht aus.

»Glaubst du immer noch, dass es Eleanor gut geht?«, fragte Mikki.

»Es geht ihr bestimmt gut. Das muss es einfach.« Hana ließ

den Kopf hängen. »Eleanor muss irgendwo sein. Wir wissen nur noch nicht, wo.«

Der Wagen kam ruckelnd zum Stehen, der Fahrer schaltete die Warnblinker an, und wir lauschten dem rhythmischen Klicken: ticktack, ticktack, ticktack. Währenddessen starrten wir zu dem Reihenhaus von Eleanor und Daniel hinüber. Durch die zugezogenen Vorhänge am Erkerfenster fiel ein schmaler gelber Lichtstreifen. Sie hatten die Wohnung kurz vor ihrer Hochzeit gekauft, und obwohl das Gebäude an einem normalen Abend wahrscheinlich bezaubernd aussah, wirkte es mit seinen Kanten und Zacken jetzt wie ein Geisterhaus.

Hana betätigte die Klingel, die laut durch die Wohnung hallte, und wir warteten und lauschten, während die Luft ringsum von Autohupen, Motorengeräuschen und dem entfernten Dröhnen von Bassläufen erzitterte. Im Erkerfenster tauchte eine Hand auf und zog den Vorhang zur Seite. Mikki zuckte zusammen.

Daniel hielt sich die Hände an die Stirn und beugte sich zum Fenster vor, um hinauszuspähen, und Hana winkte ihm zu. Mit einer unheilvollen Bewegung schwang die Haustür auf, und es schien, als würden die Geräusche der Stadt plötzlich anschwellen, während Daniel mit seinen 1,90 Metern vor uns stand; sein dichtes schwarzes Haar, der maßgeschneiderte Anzug und sein jungenhaftes Gesicht waren alle gleichermaßen zerzaust.

Er hielt mit einem Fuß die Tür auf und machte mit dem anderen einen Schritt nach vorne, worauf ich instinktiv zurücktrat – doch er streckte nur die Hände aus, um Hana zu umarmen. Sie ging an ihm vorbei, und Miki und ich nahmen ihn wie bei einer offiziellen Begrüßung in den Arm. Mir wurde klar, dass ich so gut wie nichts über ihn wusste.

Wir standen einen Moment in der Diele, umgeben von verspiegelten Schranktüren und Wänden mit goldenen und weißen Streifen. Gegenüber einer der Schranktüren lehnte ein Standspiegel, sodass wir millionenfach zu sehen waren, während wir unsere Mäntel und Handschuhe auszogen und Daniel hastig unsere Sachen aufhängte. Beim Anblick der silbrigen Spiegelwelt, die unzählige identische Versionen unserer selbst in sämtliche Richtungen reflektierte, lief mir ein Schauer über den Rücken. *Vielleicht steckt Eleanor dort irgendwo*, schoss es mir durch den Kopf.

»Du hast also keine Neuigkeiten?«, sagte Hana, ging ins Wohnzimmer und setzte sich. »Du hast immer noch nichts von ihr gehört?«

Er schüttelte den Kopf. Seine braunen Augen wirkten glasig. »Nein. Ich habe heute den ganzen Tag nichts von ihr gehört, aber ich fand das nicht weiter ungewöhnlich. Ich habe auch nicht versucht, sie zu erreichen.«

»Ist es normal, dass ihr vierundzwanzig Stunden lang nicht miteinander redet?«, fragte ich. Das hier war mein Fachgebiet, nicht Hanas – auch wenn sie offensichtlich das Sagen hatte. Ich war Reporterin und versiert darin, hinter lauter Lügen die Wahrheit zutage zu fördern.

Er nickte. »Eigentlich schon. Meistens schicken wir uns irgendwann im Laufe des Tages eine SMS, aber ich wusste, dass sie mit den Vorbereitungen für die heutige Veranstaltung beschäftigt war, und sie wusste, dass ich ebenfalls … zu tun hatte. In der Arbeit.« Seine Augen huschten zwischen uns hin und her, ein wenig zu hektisch.

»Wo warst du?«, fragte ich, während Hana sagte: »Warum glaubst du, dass sie nicht nach Hause gekommen ist?« Er wirkte überfordert, und sie wiederholte ihre Frage.

Daniel richtete den Blick auf Hana. »Eleanor hat bestimmte Rituale. Sie lässt das Geschirr vom Frühstück einfach in der Spüle stehen und räumt es erst nach der Arbeit in die Spülmaschine. Sie hat sich gestern Haferflocken gemacht und kaum etwas davon gegessen – ich habe sie noch darauf angesprochen, bevor ich zur Arbeit gegangen bin. Als ich dann vorhin nach Hause gekommen bin, standen die Haferflocken immer noch da.«

Er deutete in die offene Küche, und erneut blitzte diese eine Frage wie eine Leuchtschrift vor mir auf: *Wo warst du?*

»Außerdem hat sie für die Veranstaltung was zum Anziehen herausgesucht«, fuhr er fort. »Aber die Sachen hängen immer noch auf dem Kleiderbügel am Schrank.« Er zeigte zu der Treppe, die nach oben führte – direkt in ihr großes helles Schlaf- und das Arbeitszimmer dahinter.

»Daniel, wo warst du gestern Nacht?« Mikki beugte sich vor, die Ellbogen auf die Knie gestützt. »Du kannst uns die Wahrheit sagen.«

Er lief rot an. »Wie gesagt, ich habe in meinem Büro geschlafen.«

»Schwachsinn.« Mikki verschränkte die Arme vor der Brust. »Wir alle wissen, dass das eine Umschreibung für eine Affäre ist.«

»So ist das nicht!« Daniel schien kurz davor, in Tränen auszubrechen. »Ich würde niemals – ich liebe Eleanor.«

»Die Cops sind inzwischen unterwegs«, fuhr Mikki fort. »Wir werden ihnen das erzählen, und sie werden dich fragen, wo du warst.«

»Nein, sie … Es war ihre Idee.«

»Was?« Hana verzog beunruhigt das Gesicht.

»Es ist …« Seine Körperhaltung änderte sich; er hatte eine

Entscheidung getroffen. »Schön, ich werde es euch zeigen. Einen Moment.« Daniel erhob sich und stürzte die Treppe hinauf, sodass seine Schritte durch die Wohnung hallten. Eine Sekunde später stand ich ebenfalls auf und rannte ihm hinterher. Hana und Mikki folgten mir.

Daniel hockte, die langen Beine seltsam verrenkt, im Arbeitszimmer und versuchte unbeholfen, einen Schlüssel in die unterste Schublade von Eleanors Schreibtisch zu stecken. Schließlich zerrte er sie geräuschvoll heraus, wühlte darin herum und hielt uns ein zerknittertes gelbes Blatt entgegen.

»Hier«, sagte er. »Da steht alles drauf.«

Ich stürzte zu ihm und riss es ihm aus der Hand, und Mikki und Hana drückten sich gegen meine Schultern, um einen Blick darauf zu werfen. Es war mit Eleanors unverkennbarer verschnörkelter Handschrift beschrieben:

REGELN:

— Ankündigung eines Dates 24 Stunden im Voraus

— vor einem One-Night-Stand muss um Erlaubnis gefragt werden ⟶ kein Kontakt vor 15 Uhr am darauffolgenden Tag

— niemand, den wir beide kennen

— Offenheit bezüglich: Ehepartner/reines Interesse am Experiment

— KEINE Erwähnung von Eleanor/*Gleam*/*The Herd*

— nur Sex/keine Gefühle

– SAFER SEX/regelmäßige Tests

– alle zwei Wochen Erfahrungsaustausch/oberste Priorität EHRLICHKEIT

gezeichnet: Eleanor Walsh 25.10.2019
Daniel Kim 25.10.2019

»Mein Gott«, sagte Hana.

Mikki schaute auf und schüttelte den Kopf. »Ihr beide führt eine offene Ehe?«

»Das war ihre Idee.« Er hielt sich mit den Händen den Bauch und krümmte sich, als müsste er sich übergeben. »Es war das erste Mal, dass ich mich mit jemandem getroffen habe.«

Mikki sah ihn vorwurfsvoll an. »Ihr seid erst seit sechs Monaten verheiratet.«

»Und sie ist die Liebe meines Lebens. Darum habe ich zugestimmt. Sie meinte, dass … irgendwas davon, dass man sich mit einer Ehe dauerhaft bindet. Ich schätze, sie fühlte sich eingeengt. Bei der Vorstellung, dass wir die nächsten sechzig Jahre miteinander verbringen würden … und ihr wisst ja, dass sie was mit ein paar Frauen hatte. Es hat sie fertiggemacht, dass sie nie wieder … so was tun konnte.« Erneut liefen seine Wangen rot an, und er räusperte sich und hustete. Hana und ich tauschten verwirrte Blicke aus, aber Mikki nickte.

»Sie hat nie ernsthaft was mit einer Frau gehabt«, sagte Hana, als könnte sie ihm das beweisen.

»Also, nein.« Er fuhr sich mit der Hand durchs Haar, sodass es in wirren Büscheln abstand. »Aber hierbei … hierbei geht es nur um Sex.«

»Sie hatte mal was mit einem Paar«, erklärte Mikki und nickte in unsere Richtung. »Für ein, zwei Monate. Daran kann ich mich erinnern.«

Zwar hatte mir niemand davon erzählt, doch das passte zu meinem Bild von Eleanor als superprogressiver Frau. »Also hast du dich sofort mit jemand anderem getroffen?« Ich verschränkte die Arme vor der Brust. »Warum geht ihr nicht zusammen auf Sexpartys? Oder versucht es mal mit einem flotten Dreier?«

»Hör auf, Katie – das tut jetzt nichts zur Sache.« Hana schüttelte vehement den Kopf. »Dieser Vertrag hier. Ihr habt ihn beide unterschrieben. Das heißt, dass ihr beide mit anderen Leuten geschlafen habt, nicht wahr?«

»Letzte Nacht war für mich das erste Mal«, sagte Daniel.

Ich warf Hana einen Blick zu: *Glauben wir ihm?* Dann fragte ich ihn: »Und du weißt nicht, mit wem sie sich so getroffen hat?«

Daniel schüttelte den Kopf. »Das kam nicht oft vor. Erst dreimal, seit wir das hier unterschrieben haben.«

Es war typisch für Eleanor, dass sie einen präzise formulierten Vertrag verfasst hatte. »Du musst genau überlegen, wann sie diese Affären hatte und was du über ihre Partner weißt«, sagte ich. Genauso typisch für sie war, dass sie ihre Spuren gründlich verwischt hatte.

»Glaubst du, dass einer der Partner für ihr Verschwinden verantwortlich ist?« Daniel riss den Kopf herum, und seine Haare wippten auf und ab.

»Nun, es ist nicht gerade toll, dass sie heimliche Liebhaber hatte.« Mikki lehnte sich gegen ein Bücherregal.

Wenn dies ein Film noir wäre, würden sich für uns jetzt eine ganze Reihe möglicher Motive und Vorkommnisse ergeben:

Eleanor war mit einem ihrer Liebhaber durchgebrannt. Oder sie hatte sich mit einem üblen Typen getroffen, der sie entführt oder noch schlimmere Dinge getan hatte. Wir konnten die Sache jedoch auch von einer anderen Seite betrachten und Daniels Behauptung ignorieren, dass das Ganze Eleanors Idee gewesen war: Vielleicht hatte er sich in jemand anders verliebt und beschlossen, seine Frau loszuwerden. Oder seine Liebhaberin hatte sich in ihn verknallt und seine lästige Ehefrau beseitigt. Oder niemand hatte sich in irgendjemand verliebt, und Daniel hatte sich nach einem Leben als Single gesehnt und seine Frau dazu überredet, eine offene Ehe zu führen, und sich in ihrer eigenen verdammten Handschrift ihre Erlaubnis dafür eingeholt …

»Du warst also gestern Nacht mit jemandem zusammen«, sagte Hana.

Er nickte. »Ich habe lange gearbeitet und mich dann mit ihr in einer Bar in der Gegend getroffen. Ich hätte es komisch gefunden, na ja, vorher noch nach Hause zu gehen, Eleanor dort zu sehen und wieder zu verschwinden. Und dann … am nächsten Morgen nicht darüber zu reden. Denn sie wollte nicht, dass wir irgendwelche Einzelheiten austauschen. Sie wollte beides vollkommen trennen.« Er breitete die Hände aus. »Es war nur eine Frau, mit der ich gechattet habe. Ich hatte mich vorher noch nie mit ihr getroffen. Wir hatten bloß Sex.«

»Die Cops werden dein Alibi überprüfen«, sagte Hana.

»Ich weiß.« Er nickte. »Die ganze Welt wird von meinem Sexleben erfahren. Aber das ist mir scheißegal. Ich will einfach nur Eleanor wieder zurückhaben.«

In diesem Moment hallte die Türglocke die Treppe herauf, und wir drehten uns alle Richtung Haustür um. Daniel marschierte ins Schlafzimmer, und die anderen folgten ihm.

Mein Blick fiel auf die Schublade, die immer noch offen stand. Rasch kniete ich mich hin und steckte meine Hand hinein. Darin befanden sich diverse Bankunterlagen. Da ich keine Zeit hatte, sie zu lesen, zückte ich mein Handy und fotografierte eine Seite nach der anderen. Außerdem lag in der Schublade ein Block mit unbeschrifteten Post-its. Ich zog die obersten Zettel davon ab und steckte sie in die Tasche, bevor ich ebenfalls nach unten ging.

Auf dem Sofa im Wohnzimmer saßen zwei Cops, ein Mann und eine Frau, und auf den Sesseln Daniel und Mikki. Der Polizeibeamte notierte sich gerade offensichtlich die Personalien von Daniels Führerschein. Hana stand ein paar Schritte hinter Mikki und hatte sich über ihr Handy gebeugt.

»Die Sache mit Titan ist inzwischen durchgesickert«, murmelte Mikki und deutete mit dem Kopf auf Hana.

»Was? Ich dachte, Hana hätte die Pressemitteilung zurückgezogen?«, flüsterte ich. Ich holte mein Telefon hervor; auf der Homepage von *The Gaze* stand ein Artikel von Joanna Chen. Ein Flammen-Emoji zeigte an, dass die Zahl der Zugriffe rasant anstieg, und unter dem Artikel waren bereits siebenundzwanzig Kommentare aufgelistet. Dann begriff ich: die Tragetasche mit den Pressemappen, die Hana hinter der Bar versteckt und vergessen hatte. Hatte eine neugierige Reporterin sie etwa dort gefunden?

»Und Sie sind?«, sagte die Polizistin und reckte den Hals, um zu sehen, wo ich hergekommen war.

»Katie Bradley.« Ich deutete auf Hana. »Ihre Schwester. Und eine von Eleanors besten Freundinnen.«

»Ich bin Detective Ratliff. Und das hier ist Detective Herrera.«

»Sind noch mehr Leute hier?« Herrera, der kräftige Arme

und einen fülligen Oberkörper hatte, sprach mit einem New Yorker Akzent.

»Nein. Ich … ich wurde auf dem Weg nach unten aufgehalten, weil ich wegen des Artikels, der gerade online gegangen ist, ein paar Nachrichten bekommen habe.« Ich entsperrte mein Handy und hielt es ihm hin. »Darin wird auch Eleanor erwähnt.«

Ratliff – sie sah gut aus, hatte volle Lippen und weit auseinanderstehende Augen – riss es mir aus der Hand und ließ ihren Blick darüber wandern.

»Es geht um die Veranstaltung, zu der Eleanor nicht erschienen ist. Allerdings sollten die Neuigkeiten heute Abend noch nicht rausgehen. Unsere Freundin hier ist dafür zuständig – sie ist die Presseagentin der Firma.« Mikki drehte ihren Kopf in Hanas Richtung und blickte mir dann in die Augen. »Die beiden haben noch nie von *The Herd* gehört.« Ohne eine Miene zu verziehen, sahen wir uns einen Moment lang an. Es war nicht zu fassen.

Ratliff hielt mir mein Handy hin und wandte demonstrativ den Blick ab. »Sie haben eine neue SMS bekommen.«

Sie war von Mom: Ich habe gerade von den großen Neuigkeiten bezüglich *The Herd* erfahren!!! Eine wirklich interessante Entscheidung, sich mit Titan zusammenzutun. xo

Hana kam herüber, lehnte sich gegen Mikkis Sessel und murmelte eine Entschuldigung. Sie sah aus, als würde sie sich gleich übergeben. Ich formte mit den Lippen die Worte: Alles okay? Sie nickte mir kurz zu, was mich jedoch kaum überzeugte.

»Also schön, darf ich jetzt um Ihre Aufmerksamkeit bitten?« Ratliff wirkte eher gelangweilt als genervt. Wir nickten alle heftig. »Momentan versuchen wir einzuschätzen, wie groß die Gefahr ist, in der die vermisste Person schwebt. Ms. … Walsh. Das hängt von einer Reihe von Umständen ab und hilft uns bei der Entscheidung, ob wir umgehend Ermittlungen einleiten müssen oder ein paar Tage abwarten sollten, bevor wir weitere Maßnahmen ergreifen.« Sie zog einen Stift aus ihrer Tasche und klickte damit. »Die meisten Leute, die als vermisst gemeldet werden, tauchen innerhalb von achtundvierzig Stunden wieder auf. Wenn also keine unmittelbare Gefahr für sie besteht, werden wir das berücksichtigen.«

»Natürlich ist sie in Gefahr«, stieß Daniel hervor. »Sie hat sich in Luft aufgelöst. Sie wurde heute Abend zu einer Veranstaltung erwartet. Es muss irgendwas passiert sein.«

»Wie werden sämtliche Möglichkeiten in Betracht ziehen«, erwiderte Ratliff mechanisch und reichte ihrem Partner den zusammengefalteten gelben Zettel. Den Vertrag über ihre offene Beziehung. Bestimmt glaubte sie, Eleanor habe sich aus dem Staub gemacht.

»Officer, wir kennen sie sehr gut«, sagte Hana. »Das sieht ihr absolut nicht ähnlich.«

»Nimmt sie Medikamente?«, fragte Ratliff und suchte in einem kleinen Notizbuch nach einer freien Seite.

»Was?«, fragte Daniel.

»Ob sie Medikamente oder eine ärztliche Behandlung benötigt, hat einen großen Einfluss auf die Einschätzung der Gefahrenlage.« Sie sah Daniel fragend an, als wären wir anderen überhaupt nicht anwesend.

»Äh … Ich weiß nicht, Verhütungsmittel, Antidepressiva und etwas gegen ihre Allergien, aber das wahrscheinlich nur im Frühling und im Herbst. Ihre Medikamente sind in der Nachttischschublade – ich kann sie holen.« Er begann, sich zu erheben, doch die Beamtin schüttelte den Kopf. Herrera scharrte wie ein Pferd ungeduldig mit den Füßen.

»Ist sie früher schon mal vermisst worden?«, fragte sie.

Daniel schüttelte energisch den Kopf. »Nein.«

Ich schaute zu Hana hinüber – hatten Mikki und sie etwa gerade Blicke ausgetauscht, oder spielten meine Augen mir einen Streich?

»Okay.« Ratliff machte sich eine Notiz. »Denken wir weiter nach. Sie haben diese geschäftliche Bekanntmachung heute Abend erwähnt. Würde irgendjemand davon profitieren, dass sie nicht stattgefunden hat? Oder könnte jemand ein Interesse daran haben, Ms. Walsh aus dem Weg zu räumen?«

Wir runzelten alle die Stirn.

»Wir haben gerade erst von der Sache erfahren«, sagte Hana schließlich. »Darum wüsste ich nicht, wer von uns dazu irgendwas sagen könnte. Ich denke, Sie sollten sich mit Titan in Verbindung setzen.«

Ratliff nickte. »Gibt es sonst noch jemanden, an den wir denken sollten? Ex-Freunde?«

»Eleanor hat zwischen ihrem Freund auf der Highschool – sie ist im letzten Jahr auf dem College dann wieder mit ihm zusammen gewesen – und Daniel keinen festen Freund gehabt.« Hana deutete mit dem Kopf in Daniels Richtung, und er zuckte zusammen. Ich hatte ihren Freund auf der Highschool, mit dem sie für kurze Zeit wieder zusammengekommen war, nie kennengelernt, aber ich konnte mich vage an Fotos von ihm erinnern. Er hatte blonde Haare, war attraktiv und wirkte wie eine Mischung aus Surfer, Kiffer und Skilehrer.

»Und steht sie mit ihrem Freund von der Highschool noch in Kontakt?«

»Nur sporadisch. Er wohnt nicht hier.« Hana hatte den Kopf zur Seite geneigt, während ihre Antworten daraus hervorpurzelten. »Aber wir haben heute Abend mit seinem Bruder gesprochen. Er war auch auf der Veranstaltung.«

»Wie bitte?« Ratliff schüttelte den Kopf. »Der Bruder ihres Ex war heute Abend auf der Veranstaltung?«

»Wovon redest du?«, fragte ich.

»Er war dort«, klärte mich Mikki auf und runzelte die Stirn, als wäre das klar. »Ted ist sein Bruder.«

Ratliff notierte sich unsere Kontaktdaten und gab uns ihre Visitenkarte. Sie müsse noch ein paar Dinge mit Daniel besprechen, erklärte sie und sah uns eindringlich an, worauf wir uns erhoben und Richtung Haustür marschierten. Hana ging als Letzte und gab Ratliff ihre eigene Visitenkarte, während Mikki und ich in unsere Jacken schlüpften. Draußen wollte ich noch einmal die Lage rekapitulieren – die offene Beziehung und unsere Einschätzung der Cops –, aber dann brach Mikki in Tränen aus. Hana nahm sie in den Arm und begann ebenfalls zu weinen, und ich hätte auch am liebsten losgeheult. Doch das Stechen hinter meinen Augen waren keine Tränen; das kam von der Panik, die ich verspürte. Schließlich traf Hanas Taxi ein, und Mikkis direkt dahinter, und dann stand ich allein auf der kalten Eingangstreppe. Während sich die Bedrohlichkeit der Nacht wie Nebelschwaden die Stufen hinunter auf die Straße ergoss, wusste ich plötzlich, was ich zu tun hatte.

Auf der Autofahrt nach Hause scrollte ich meine Kontaktliste durch und betete, dass ich die Nummer noch gespeichert hatte. Mit einem Anflug von Erleichterung stellte ich fest, dass sie noch da war, und verschickte, bevor ich allzu sehr darüber nachdenken konnte, eine verschlüsselte Nachricht: Ich bin wieder in der Stadt und brauche dich. Ruf mich so bald wie möglich an.

Während der Wagen die Delancey Street entlangrollte, verspürte ich einen vertrauten Drang, wie ein Jucken, wie ein schwarzes Loch in meinem Unterleib: *Finde die Wahrheit heraus!* Dieses Gefühl überkam mich jedes Mal, wenn ein Redakteur mich auf eine Geschichte ansetzte und mit unzusammenhängenden Informationen fütterte, damit ich die Witterung aufnahm und einer Spur nachjagte.

Das Telefon in meiner Hand begann zu vibrieren, und ich las die SMS, die Erin mir geschickt hatte: Gerade habe ich die Ankündigung gesehen, dass Titan *The Herd* übernimmt. WAHNSINN!! Keine Ahnung, entweder hast du extrem viel positives Karma angesammelt oder dem Teufel deine Seele verkauft, aber als deine Agentin bin ich VOLL UND GANZ DABEI. Ich bin mir sicher, dass du zwar gerade wie verrückt feierst/recherchierst, aber ruf mich an, sobald du kannst, damit wir alles besprechen können.

Natürlich hatte Erin ebenfalls die Schlagzeilen gelesen. Arme Hana – meine Schwester baut nie Mist, aber jetzt hatte sie jemand in die Pfanne gehauen. Wenn die Dinge nicht nach Plan laufen, wird sie stinksauer. Dann ist sie genervt, weil sie sich darum kümmern muss, lässt sich aber trotzdem von niemandem helfen.

Wenigstens hatte die Nachricht von Eleanors Verschwinden noch nicht die Runde gemacht. Ich rief meinen Fotoordner auf und stellte beim Durchblättern fest, dass meine heimlichen Aufnahmen von den Dokumenten aus Eleanors Schreibtisch tatsächlich lesbar waren. Ich fuhr mit den Fingern über die Haftnotizen in meiner Handtasche. Allmählich nahm in meinem Brustkorb ein Entschluss Gestalt an.

Erin, du hast ja keine Ahnung. Ich rufe dich in einer halben Stunde an, schrieb ich zurück, dann lehnte ich den Kopf gegen die Rückenlehne und starrte aus dem Fenster. Die gezackten Umrisse Manhattans funkelten in der Dunkelheit, während der Wagen über die Brücke Richtung Brooklyn raste.

ZWEITER TEIL

Kapitel 8

ICH HABE AUFREGENDE, TOLLE NEUIGKEITEN FÜR EUCH!

Von Eleanor Walsh Veröffentlicht in *Gleam On*, 6. Dezember 2017

Guten Morgen, liebes Gleam-Team! Ich bin heute mit einem breiten Grinsen im Gesicht aufgewacht, weil ich es nicht abwarten konnte, euch von dem geheimen Vorhaben zu erzählen, dass ich den größten Teil des Jahres mit mir herumgetragen habe. Meine hochgeschätzte PR-Managerin Hana hat mich zwar bedrängt, die Sache bei einem großen Medienunternehmen bekannt zu geben, doch ich bin standhaft geblieben: Ich wollte die Sache in diesem Blog verkünden. Ihr, meine Lieben, begleitet mich jetzt seit unserem ersten Tag, ihr seid meine Inspiration, ihr seid der Grund dafür, dass die Leitung von Gleam ein wahr gewordener Traum ist.

Zunächst aber eine Geschichte aus meiner Kindheit. Ich habe in der Nähe von Boston die Mittelstufe besucht, und jeden Sommer, vor Beginn des neuen Schuljahrs, haben alle Schüler etwa eine Autostunde von unserer Heimatstadt entfernt an einem sogenannten Abenteuercamp teilgenommen. Der zweitägige Ausflug mit Aktivitäten wie Seilgartenparcours, Geländespielen, Klettertouren und anderen Aktionen diente dazu, das Zusammengehörigkeitsgefühl, die Teamarbeit und die Fähigkeit zur Problemlösung zu fördern. Hört sich nach jeder Menge Spaß an, nicht wahr?

IRRTUM. Meine Lieben, ich habe mich buchstäblich den ganzen Sommer über vor dem Abenteuercamp gefürchtet. Jedes Mal, wenn ich daran dachte, hatte ich schreckliche Bauchschmerzen. Obwohl ich dort nie etwas Schlimmes erlebt habe, war ich in den Monaten davor und erst recht während des Aufenthalts im Camp furchtbar nervös und fühlte mich total minderwertig. Ihr könnt euch nicht vorstellen, wie unglücklich ich war! Mein einziges Ziel war es, das Camp zu überstehen, ohne mich zu blamieren, ohne dass die anderen mich auslachten oder auch nur schlecht über mich dachten. Habt ihr eine Ahnung, wie absurd das ist – zu versuchen, die Gedanken anderer Menschen zu kontrollieren?!
Jedenfalls habe ich die beiden Ausflüge unbeschadet überstanden (offensichtlich!) und die Erinnerungen an das Abenteuercamp verdrängt. Dann erwähnte vor ein paar Jahren eine Freundin, dass ihre neunjährige Nichte bald ebenfalls in ein Abenteuercamp fahren würde. Sie erzählte, sie würde sich jedes Mal darauf freuen. Sie schickte mir einen Link zu einem Artikel über das Programm, und, meine Lieben, ich kam aus dem Staunen nicht mehr heraus.
Es handelte sich um ein Abenteuercamp nur für Mädchen. Auf den ersten Blick glich es dem Camp, an dem auch ich teilgenommen hatte, mit Seilgartenparcours, Bogenschießen, Bootsfahrten, was auch immer. Aber das Programm basierte auf Forschungsergebnissen zu der Frage, wie Mädchen ihre Wider-

standsfähigkeit verbessern können. In dem Artikel stand, dass leistungsstarke Mädchen oft extrem gestresst sind und unter Versagensängsten leiden. In diesem Camp wurden sie (gefahrlosen!) Stresssituationen ausgesetzt und lernten, gestärkt daraus hervorzugehen.

Während ich das las, dachte ich: Warum nur sind meine Erfahrungen so anders als die dieser Mädchen gewesen? Die Antwort war offensichtlich und auch ein wenig erschreckend: An meinem Abenteuercamp hatten sowohl Jungen als auch Mädchen teilgenommen. Ich brauchte keine Unmenge von Studien, die belegten, dass viele Frauen in einem ausschließlich weiblichen Umfeld unbefangener, kreativer und entspannter sind und eher imstande, sich ehrgeizige Ziele zu setzen und ihre Zurückhaltung zu überwinden (aber natürlich gibt es Forscher, die sich genau mit diesem Thema beschäftigen). Schließlich stellte ich mir die Frage: Wie würde ein Mädchencamp für Erwachsene aussehen?

Und dann hatte ich mein zweites Aha-Erlebnis. Nach der Gründung von Gleam konnte sich unser zusammengewürfeltes kleines Team keine eigenen Büroräume leisten, also mieteten wir ein paar Arbeitsplätze in einem Co-Working-Space. Das war zwar äußerst zweckdienlich, aber jedes Büro, das ich mir angesehen hatte, wurde von Männern betrieben und mehrheitlich auch von Männern geleitet. Irgendwann lag ich dann abends in meinem Bett und dachte: Moment mal … was wäre, wenn …

Ganz genau, liebes Gleam-Team: Ich freue mich so sehr, euch mitteilen zu können, dass wir den weltweit ersten Co-Working-Space ausschließlich für Frauen eröffnen werden. Wir werden ihn THE **HERD** nennen, denn das seid ihr – mein Team, meine Herde, meine Familie. Wir sind gerade dabei, eine tolle Räumlichkeit in

New York liebevoll einzurichten. Ich werde euch bald mehr dazu sagen können und wollte, dass ihr, meine Lieben, als Erste davon erfahrt.

XX

Eleanor

Kapitel 9

HANA

DIENSTAG, 17. DEZEMBER, 20:48 Uhr

Als ich den Flur hinunterlief, kam mir eine Frau in den Zwanzigern mit einem Dackel an der Leine entgegen, und die beiden musterten mich im Vorbeigehen neugierig. Sofort musste ich an meine laufende Nase denken, an meine blutunterlaufenen Augen und die schwarzen Streifen auf meinen Wangen. Ich hatte auf der ganzen Fahrt hierher geweint. Nachdem ich es schließlich in meine Wohnung geschafft hatte, streifte ich nach ein paar Schritten meine High Heels ab und sank zu Boden. Gegen die Kücheninsel gelehnt, holte ich tief Luft und riss mich zusammen.

Schritt für Schritt ging ich noch einmal die Ereignisse durch: Wann hatte Joanna die Pressemitteilung gestohlen? Sie war stinksauer gewesen, als ich ihr erklärt hatte, dass das Interview nicht stattfinden würde. Immer wieder hatte sie gesagt: *Wir haben für euch eine Story gekillt*, so als hätte die *The Gaze*-Redaktion die Fotos von den Graffitis in einem Hinterhof von einem Erschießungskommando exekutieren lassen. Meine Güte. Ich hatte ihr zwar ein Exklusivinterview versprochen, aber in meinem gestressten Zustand hatte ich angenommen, dass sie meine Entschuldigung akzeptieren und weitere Mitteilungen abwarten würde.

Was für ein Schlamassel. Aurelia hatte inzwischen die Pressemappen gezählt und bestätigt, dass lediglich eine fehlte, und Joanna hatte die Nachricht als Erste verbreitet; ein paar Reporterinnen, die ebenfalls im Hielo gewesen waren, hatten natürlich zunächst versucht, eine Bestätigung dafür zu bekommen, dass die Nachrichtensperre aufgehoben worden war, doch sobald weitere Medienunternehmen über die Sache berichtet hatten, war ein wildes Gerangel um Klicks, Shares und Eyeball-Provider entbrannt.

Aus dem dunklen Flur kam Cosmo mit wedelndem Schwanz auf mich zugetrottet. Natürlich kreisten all meine Gedanken nur deshalb um Joanna Chen, weil ich mich nicht mit dem weitaus schlimmeren Ereignis des heutigen Abends beschäftigen wollte. Eleanor würde nicht ihre eigene Veranstaltung sabotieren. Ihre eigene Firma. Ich könnte mir zwar einreden, dass sie aus irgendeinem unerfindlichen Grund, ohne jede Vorankündigung oder Erklärung, den Termin hatte sausen lassen, aber ich wusste, dass das Schwachsinn war.

Doch eins nach dem anderen: Ich nahm mein Telefon aus der Tasche und führte, ohne den SMS-Benachrichtigungen Beachtung zu schenken, wie alle paar Monate eine Personensuche durch – auf Google und mit einer Handvoll Apps und mehreren Benutzernamen, die ich mir gemerkt hatte; und um auf Nummer sicher zu gehen, gab ich noch ein paar getaggte Orte ein. Sie war nirgendwo in New York. Stöhnend legte ich mein Handy wieder hin.

Mein Blick fiel auf meine Tasche, die direkt vor der Tür zerknautscht auf dem Boden lag. Ich betrachtete sie blinzelnd und hatte das unheimliche Gefühl, dass die Gegenstände darin mich anstarrten. Dass sie wie eine entsicherte Granate kurz davor waren zu explodieren.

Ich krabbelte zu der Umhängetasche hinüber, setzte mich hin und zog sie auf meinen Schoß. Es war vorhin alles so schnell gegangen. Die Türglocke hatte geläutet, und die anderen waren nach unten gerannt. Allein im Zimmer, stürzte ich, einer inneren Eingebung folgend, zu Eleanors Bett, zu der Seite, auf der sie schlief, wie ich aufgrund der La-Mer-Handcreme und des abgegriffenen bell-hooks-Buch dort annahm. Als ich meine Hand unter die weiße Decke steckte, kam ich mir schmutzig vor und verspürte augenblicklich das Verlangen, mich bei dem Bett dafür zu entschuldigen. Ich zwängte meine Hand in die Ritze zwischen Untergestell und Matratze, und dort konnte ich es fühlen: eine feste Ecke, etwas Hartes zwischen dem weichen Stoff. Mein ganzer Arm vibrierte, als ich den Gegenstand herauszog und in meine Handtasche stopfte, während gleichzeitig mein Telefon zu klingeln begann. Ich nahm den Anruf entgegen und stapfte die Treppe hinunter, froh darüber, eine Ausrede für mein verspätetes Erscheinen zu haben.

Jetzt betrachtete ich mit pochendem Herzen den Umschlag in meinen Händen: Er war unbeschriftet und die Ränder ein wenig abgewetzt. Ich schob einen Finger unter die Lasche und hielt dann inne.

Eleanor und ich hatten uns irgendwann mal über Hausarbeit unterhalten, die wir beide hassten. Wann war das gewesen? Vor zwei, drei Monaten vielleicht. Es war ein ganz normales Gespräch gewesen, über alltägliche Dinge, als wir uns im Café von *The Herd* über den Weg gelaufen waren. Ich erwähnte, dass ich mit dem Gedanken spielen würde, eine Putzfrau zu engagieren, worauf sie mir von der Frau erzählte, die bei ihr sauber machte; allerdings benutzte sie den genderneutralen Begriff »Haushaltshilfe«, was mich ziemlich in

Verlegenheit brachte. Eleanor sagte, dass sie mit ihr sehr zufrieden sei, sie jedoch gebeten habe, die Wäsche nicht zu falten, weil sie das gerne selbst mache, was ich völlig bescheuert fand. Ich meinte, dass ich auch gerne eine Haushaltshilfe (ja, eine Haushaltshilfe) anstellen würde, die mir nach dem Waschtag das Bett machte, etwas, wovor mir graute, und Eleanor grinste. *Ich habe sie auch gebeten, das Bett nicht abzuziehen oder herzurichten, weil ich meine persönlichen Sachen darin verstecke.* Ihre Augen funkelten. *Als Mädchen habe ich im Bett mein Tagebuch aufbewahrt, damit meine Mom es nicht findet. Alte Gewohnheiten lassen sich nur schwer ablegen.* Kichernd meinte ich, dass es seinen Vorteil habe, allein zu leben – ich würde meine persönlichen Sachen mehr oder weniger offen herumliegen lassen, wie das Dankbarkeitstagebuch und den teuren Vibrator in einer unverschlossenen Schublade rechts neben meinem Bett.

Ich hatte das Gespräch völlig vergessen, bis ich heute Abend in Begleitung von Mikki und Katie die Holztreppe hinaufgerannt war und gesehen hatte, wie Daniel vor Eleanors Schreibtisch kauernd einen Schlüssel in die verschlossene Schublade steckte. Es handelte sich offensichtlich um ein Versteck für ihre gemeinsamen persönlichen Sachen, aber hinten im Schlafzimmer …

Ich öffnete den Umschlag. Darin steckte ein Stück abgerissenes Druckerpapier, auf dem ein Post-it klebte. Beide waren mit einer Ziffernfolge beschriftet: 527434340100 und 8914512191. Sie waren in derselben Handschrift geschrieben, die nicht von Eleanor stammte.

Ich vermutete, dass es sich bei der zweiten, kürzeren Zahlenfolge um eine Telefonnummer handeln könnte. Ich versuchte es, und es ertönte eine kurze beschwingte Melodie, dann: »Kein Anschluss unter dieser Nummer.« Ich gab beide Nummern bei Google ein, doch ebenfalls ohne Erfolg.

Ob das Passwörter waren? Ich zog meine Brieftasche hervor und stellte fest, dass beide Ziffernfolgen zu kurz für Kreditkarten- oder Kontonummern waren. Ich tippte sie mit den Fingern auf meinen Schoß, während ich meine Sozialversicherungsnummer aufsagte – neun Ziffern also. Was zum Henker waren das für Nummern, und warum hatten sie in einem Umschlag unter Eleanors Bett gesteckt? Ich konnte nicht fassen, dass ich ihn mitgenommen hatte. Gott sei Dank hatte es in der ganzen Aufregung niemand bemerkt.

Ich stand unbeholfen auf und ging ins Wohnzimmer. Cosmo, der die Vorderpfoten unter seinen Körper geschoben hatte, beobachtete mich vom hinteren Ende des Sofas. Ich ließ mich neben ihn fallen und zog ihn auf meinen Bauch; er dachte einen Moment nach, dann rollte er sich zusammen. Mein Handy, das sechs Meter entfernt auf dem Parkettboden lag, hörte gar nicht mehr auf zu vibrieren, während darauf SMS- und E-Mail-Benachrichtigungen eingingen.

Hatten Ratliff und Herrera sich schon mit Cameron in Verbindung gesetzt? Es war eine seltsame Vorstellung, dass sie ihn anriefen; es kam mir wie eine Gestalt aus einem anderen Leben vor, aus einer Welt, die keinerlei Schnittmenge mit unserer hatte. Damals war alles so unschuldig gewesen: Eleanors Elternhaus befand sich in derselben Straße wie das von Ted und Cameron, und obwohl Ted und Eleanor praktisch seit dem Sandkasten befreundet waren, kam sie in der Highschool dann mit Cameron zusammen – er war ein Jahr älter und wohnte noch zu Hause, während er das Community College besuchte. Eleanor hatte angedeutet, dass er sich nur deshalb für keine weiter entfernte Uni entschieden hatte, weil er in ihrer Nähe sein wollte – darum war er auch nicht gerade begeistert, als sie ihn in dem Sommer, bevor sie ihr Studium in Harvard begann, aufforderte, sich nach einem anderen Freundeskreis umzusehen.

Ein oder zwei Wochen nach Vorlesungsbeginn, während wir uns spätabends bei einer Pizza atemlos über unser (kaum vorhandenes) Sexleben unterhielten, nötigten Mikki und ich Eleanor dazu, uns Fotos von ihrem Highschool-Freund beziehungsweise frischgebackenen Ex zu zeigen. Wir waren nicht besonders überrascht, dass er ziemlich scharf war, mit seinen hellen Augen, den tätowierten Rūmī-Zitaten auf den Armen und dem zerzausten Haar eines Möchtegernsurfers.

Nachdem wir mehrere Bilder von Cameron gesehen hatten, wollten wir unbedingt seinen kleinen Bruder, Ted, kennenlernen. Aber bald schon mussten wir feststellen, dass der jüngere Corrigan ein linkischer, schlaksiger Bursche war, mit spitzen Ellbogen und abstehenden Ohren, der Eleanor nicht im Entferntesten das Wasser reichen konnte. Ted hatte gerade sein Studium an der Boston University begonnen und fuhr hin und wieder mit dem Bus nach Harvard. Es war ziemlich offensichtlich, dass er für Eleanor schwärmte, doch die beiden ignorierten das einfach und kamen als alte Freunde wunderbar zurecht. Oft brachte er uns fettverschmierte Kartons vom Union Square Donuts (vormittags) oder Pizza vom Pinocchio's (abends) vorbei und zauberte uns mit seiner unbekümmerten, albernen Art ein Lächeln ins Gesicht. Cameron hingegen blieb für Mikki und mich ein Rätsel.

Als Ted im zweiten Studienjahr erzählte, dass er sich mit Cameron in der Stadt auf einer Party treffen wolle, überredeten wir Eleanor dazu, ihn alle zu begleiten. Vor allem, weil ich Cameron persönlich kennenlernen wollte, diesen sagenumwobenen älteren Bruder, Eleanors allerersten Freund. Wir marschierten also in unseren hübschesten Klamotten nach Allston-Brighton, fest entschlossen, Eindruck zu machen, doch Cameron war mit seiner damaligen Freundin dort und ignorierte uns auf fast schon übertriebene Weise.

Die Party selbst allerdings war fantastisch: Es gab Trinkspiele und Räume mit unterschiedlicher Musik, und wir kippten mit jugendlicher Unbekümmertheit jede Menge Schnäpse in uns hinein. Irgendwann an diesem Abend ging Mikki mit einem ziemlich attraktiven Musiker nach Hause, der ihr, wie sie uns später berichtete, um fünf Uhr morgens ein Violinkonzert vorspielte. (Es war wunderschön, aber schrecklich laut, erinnerte sie sich.) Gegen Ende der Party schlief ich auf einem Sofa dann ein, und Ted und Eleanor ließen mich dort liegen. Ich kam erst wieder zu mir, als Cameron sanft meine Schulter schüttelte, und ich kann mich noch an meine Verlegenheit erinnern, an den fürchterlichen Kater und an den kleinen Speichelfleck auf dem Kissen, dort, wo ich mit dem Mund gelegen hatte. Als ich schließlich aufbrach, war ich heimlich in Cameron verknallt, aber das habe ich den anderen nie erzählt.

Im folgenden Jahr bekamen wir Cameron kaum zu Gesicht; Ted erzählte manchmal von ihm – dass er jetzt in Salem eine Wohnung habe und es ihm gut gehe. Als wir dann im Abschlussjahr nach einem ereignisreichen Sommer – mit Praktika in New York und Los Angeles und Mikkis achtwöchigem Designkurs in Mailand – zurückkehrten, verkündete Eleanor, dass sie und Cameron wieder ein Paar seien. Während sie bei ihren Eltern gewohnt habe, seien sie erneut zusammengekommen. Die beiden fühlten sich immer noch stark zueinander hingezogen. Wahrscheinlich erlebte Camerons damals seine beste Phase, bevor er durch eine Reihe von Fehltritten schließlich in einer Entzugsklinik landete.

Und Ted – tja, Ted hatte sich verändert und war unbeirrt seinen eigenen Weg gegangen. Er hatte inzwischen zugenommen und jetzt kräftige, behaarte Arme und einen dichten Bart. Außerdem hatte er festgestellt, dass er ein talentierter Bastler war; es gab nichts, was er nicht anfertigte, angefangen von einer Hausbar über Videospiele bis hin zu den vierundzwanzig winzigen Apparaturen, die ein regionaler Künstler bei ihm in Auftrag gegeben hatte. Ted baute sie für ihn in mehrere Puppen ein, die wie schlafende Babys aussahen, damit sie den Atem simulierten – Puppen, die der Künstler in ganz Boston platzierte, um bei ahnungslosen Passanten eine Reaktion zu provozieren. Ich fand das damals ziemlich avantgardistisch.

Doch Ted hatte irgendetwas an sich, was ich nicht mochte. Oder vielleicht nicht verstand. Bei ihm lief es inzwischen ziemlich gut, hier in New York. Er war mit Abstand der erfolgreichere der beiden Brüder.

Sollte ich Ted anrufen? Ob sich die Cops wohl schon mit ihm in Verbindung gesetzt hatten? Aber vielleicht interessierte sie das alles ja gar nicht. Vielleicht hielten sie Eleanor nur für eine frisch verheiratete Unternehmerin mit Eheproblemen, die unter gewaltigem Druck stand, und glaubten, dass sie in ein paar Tagen wieder auftauchen würde, nachdem sie ihre Angelegenheiten geregelt hatte. Würde ich das auch annehmen, wenn die vermisste Frau eine Fremde und nicht meine beste Freundin wäre?

Mit einem Seufzer schob ich Cosmo fort und wälzte mich vom Sofa. Ich schnappte mir mein Telefon und sah die Kurznachrichten, E-Mails und verpassten Anrufe von Journalisten und Freunden durch. Ihre Aufregung schlug mir aus dem

Display förmlich entgegen. Diese Leute hatten keine Ahnung, wie abwegig, schrecklich, beängstigend und absurd die ganze Sache war. Einige Artikel zeigten ein Foto von Eleanor, Mikki und mir auf unserer letzten Pressekonferenz. Es war eines von Eleanors Lieblingsfotos – wir sahen alle toll darauf aus. Manchmal dachte ich jedoch, wie gelegen es Eleanor kam, dass ihrer Führungsriege eine nicht weiße Frau angehörte. Diese Vorstellung verunsicherte mich zutiefst, und ich fragte mich, ob Eleanor sich in gewisser Weise, wenn vielleicht auch unbewusst, lediglich aus Kalkül mit mir befreundet hatte; immerhin war sie sehr geschickt darin, ein öffentliches Image von sich zu kreieren …

In diesem Moment wurde Mikkis Name angezeigt. Ich holte tief Luft und nahm ab.

»Wie geht es dir?«, fragte ich.

»Ich drehe völlig am Rad. Du auch?«

»Allerdings.« Ich seufzte. »Dieses Bedürfnis, sich mit anderen Leuten zu treffen – komisch, dass sie das nie erwähnt hat.« Als das mit Daniel ernst wurde, hatte sie zwar aufgehört, in allen drastischen Einzelheiten von ihrem Sexleben zu erzählen, aber diese Sache war wirklich … krass.

»Ja. Offensichtlich kann sie Geheimnisse gut für sich behalten.«

»Offensichtlich.« Aber können wir das nicht alle?

»Ob die Cops glauben, dass ihr Verschwinden was mit dem Graffiti zu tun hat?«, sagte sie. »Das war ja praktisch eine Drohung.«

»Ich weiß nicht. Ich habe den Detectives auf dem Weg nach draußen davon erzählt.« Außerdem von dem gestohlenen Handy. Eleanor hatte nicht gewollt, dass jemand davon erfuhr – nicht mal Mikki.

»Sie schienen ziemlich hilfsbereit zu sein.« Sie seufzte. »Was denkst du, Hana? Was ist passiert?«

»Keine Ahnung. Ich weiß nur, dass Eleanor für diese Woche große Pläne hatte, und auch für den Rest des Monats – ja, für das ganze nächste Jahr. Herrgott, ich habe direkt morgen früh mit ihr einen Termin für eine Manöverkritik.« Dabei analysierten wir jedes Mal die Veranstaltung des Vortags oder den Start einer Kampagne, um herauszufinden, was wir besser machen konnten.

»Ich weiß.« Wir schwiegen beide für einen Moment. »Hast du versucht, Stephanie zu erreichen?«

Ach Gott, ja, Eleanors Stellvertreterin war am Samstag abgereist, um an irgendeinem Strand in Indien Yoga zu praktizieren – an sie hatte ich gar nicht gedacht. »Noch nicht. Sie meinte, dass sie bloß für ein paar Stunden am Tag WLAN hat. Wenn sie die Artikel liest, glaubt sie wahrscheinlich, dass Eleanor tatsächlich wegen einer dringenden Familienangelegenheit verhindert war.«

»Gut«, sagte Mikki. »Und hat sich Titan schon bei dir gemeldet?«

»Ja, ich habe im Posteingang eine Nachricht von ihnen. Aber natürlich werde ich sie über die Angelegenheit im Dunkeln lassen. Um etwas Zeit zu gewinnen.« Falls Eleanor in den nächsten Stunden wieder auftauchte, konnten wir ihr Verschwinden wahrscheinlich geheim halten.

»Hast du alles im Griff?«

»Ich werde mich um die Sache kümmern. Und um das Debakel mit der Pressemitteilung.« Ich spürte Verärgerung in mir aufsteigen: Es war für Mikki und die anderen bestimmt ziemlich bequem, sich zurückzulehnen und darauf zu vertrauen, dass ich alles regelte. Mikki legte eine flatterhafte Gedankenlosigkeit an den Tag, die sie automatisch von jeder Verantwortung freisprach. Diese Eigenschaft weckte in anderen das Bedürfnis, sich ihrer anzunehmen. Das unterschied uns voneinander. Katie führte sich manchmal ebenfalls wie ein kleines Kind auf und betrachtete dann verwundert das Chaos, das sie bei ihren forschen Bemühungen, ihre Ziele zu erreichen, angerichtet hatte …

Apropos Chaos: »Hast du bereits mit Ted gesprochen?«, fragte ich.

»Nein. Er hat uns allen eine SMS geschickt. Hast du sie gelesen? Er macht sich bestimmt Sorgen.«

»Vielleicht hat er ja eine Idee, wie wir Eleanor finden können. Die beiden stehen sich immer noch nahe.« Ich fand Eleanors und Teds anhaltende Freundschaft schon immer ein wenig merkwürdig – er war zwar ein netter Kerl, aber was verband die beiden groß miteinander außer ein paar gemeinsamen Kindheitserinnerungen? Allerdings wusste ich nicht genau, was sie ihm alles anvertraut hatte, welche kleine Geheimnisse sie miteinander teilten. »Ich werde ihn anrufen.«

»Okay.« Für ein paar Sekunden herrschte angespanntes Schweigen, und wir lauschten und warteten offensichtlich ab, ob einer von uns einen ganz bestimmten Vorfall zur Sprache bringen würde. Mein Herzschlag pulsierte in den Ohren, immer schneller, wie ein führerloser Zug, der über die Gleise schoss.

Aber Mikki erwähnte die Sache nicht.

»Ich werde dich auf dem Laufenden halten«, sagte ich schließlich und legte auf.

Vergeblich versuchte ich, Ted zu erreichen, und sprach ein paar eindringliche Worte auf seine Mailbox. Plötzlich fühlte ich mich erschöpft, so als hätte man eine mit Gewichten beschwerte Decke über mich geworfen. Als ich schließlich ins Bett ging, schwirrte mir der Kopf. Zweimal schaltete ich mein Handy wieder ein, doch Ted hatte immer noch nicht geantwortet. Ich verschaffte mir einen Überblick über die Nachrichten, die ich zuletzt mit Eleanor ausgetauscht hatte: eine SMS von 12:54 Uhr mit dem Wort »okay«, und eine E-Mail gestern Abend um 19:02 Uhr, mit ein paar letzten Fragen zur Firmenübernahme, die sie auf ihre gewohnt ruhige Art beantwortet hatte.

Von plötzlichem Eifer gepackt, bat ich Mikki und Katie in einer E-Mail, mir in einem gemeinsamen Dokument mitzuteilen, wann sie Eleanor zuletzt gesehen und etwas von ihr gehört hatten. Mikki hatte heute um 10:42 und 15:03 Uhr von Eleanor eine SMS erhalten, und Katie hatte gestern um 18:28 Uhr die Mocktailrunde, an der natürlich auch Eleanor teilgenommen hatte, verlassen (wie der Beleg von Lyft dokumentierte). Der Umtrunk endete um sieben.

In diesem Moment bekam ich einen Anruf, von einer Nummer, die nicht in meiner Kontaktliste stand, und erst nach dem zweiten Klingeln begriff ich, dass es Ted war.

»Danke für deinen Rückruf.«

»Kein Problem. Habt ihr Eleanor inzwischen gefunden?«

»Nein, sie ist immer noch verschwunden. Katie, Mikki und ich sind zu ihrer Wohnung gefahren, aber dort war sie auch nicht. Wir haben mit zwei Detectives gesprochen – es könnte sein, dass sie sich bei dir melden.«

»Ah ja.« Er dachte darüber nach. »Ich habe ihr mehrere Nachrichten geschickt, nachdem ich das Hielo verlassen hatte, aber sie hat darauf nicht geantwortet. Glauben die Cops, dass ihr was passiert ist?«

»Wir sind uns nicht sicher.« Ich holte tief Luft und atmete

wieder aus. »Sie haben sich nach ihren Ex-Freunden erkundigt. Hast du irgendwas von Cameron gehört?«

»Cameron? Er weiß nichts. Er und Eleanor haben kaum noch Kontakt.«

»Wann hast du das letzte Mal mit ihm gesprochen?«

»Mal überlegen ... Ich bin an Thanksgiving nach Hause gefahren, und wir haben seitdem nicht mehr miteinander telefoniert.«

»Wohnt er immer noch dort?«

»Ja.«

»Wie hat er auf dich gewirkt?« *War er immer noch clean?*, wäre es beinahe aus mir herausgeplatzt.

Ted lachte verlegen. »Er wirkte ganz normal. Hana, was hat Cam mit der ganzen Sache zu tun? Er weiß garantiert nicht mal, dass Eleanor überhaupt verschwunden ist. Eigentlich weiß niemand davon, oder?«

»Du hast recht. Die Cops haben sich nach ihren Ex-Freunden erkundigt, und ich wollte bloß ... Ich wünschte, ich wüsste, mit wem ich reden kann.« Ich rieb mir mit der Hand das Auge. »Ich mache mir schreckliche Sorgen. Es ist ein denkbar ungünstiger Zeitpunkt, am Abend einer großen, wichtigen Veranstaltung zu verschwinden.«

»Gibt es dafür überhaupt einen richtigen Zeitpunkt?«

»Wohl nicht.« Wir wären so oder so beunruhigt gewesen, ob sie nun am Abend vor oder am Tag direkt nach der spektakulären Ankündigung verschwunden wäre.

Es entstand eine Pause. »Ich bin mir sicher, dass es Eleanor gut geht, Hana. Sie ist ein intelligentes Mädchen. Und sehr verschwiegen. Falls sie etwas Zeit für sich braucht, will sie vielleicht nicht, dass wir den Grund dafür erfahren.«

Eine Frau, dachte ich. *Sie ist eine intelligente Frau.*

»Weißt du, das sagt jeder: Sie ist so verschwiegen, so vorsichtig, sie betreibt zwar einen Lifestyleblog, aber erzählt kaum etwas über ihr Leben.« Ich stand auf, ging in die Küche und tastete im Schrank nach einem Wasserglas. »Die Leute denken: Entweder gibst du viel zu viel von dir preis und postest unzählige Selfies, die dich ohne Schminke zeigen, oder du schreibst wie Eleanor nur über deinen Job. Aber letztlich macht das keinen Unterschied. Eleanor hat auch nicht mehr Geheimnisse als irgendeine Frau, die Hunderte von Posts am Tag veröffentlicht. Sie verwendet bloß weniger Zeit darauf, sie zu verbergen.«

Langes Schweigen. »Ich mag, dass sie so verschwiegen ist«, sagte er. Offensichtlich hatte er überhaupt nicht kapiert, worauf ich hinauswollte. »Sie macht echt tolles Zeug und lässt ihre Arbeit für sich sprechen.«

»So kann man es auch sehen.« Ich nahm einen Schluck Wasser. »Jedenfalls werde ich deinen Bruder mal anrufen.«

»Viel Glück dabei.«

Ich wählte erneut und lauschte dem Klingeln, ohne mir allzu große Hoffnungen zu machen. Schließlich teilte mir eine gut gelaunte Frauenstimme mit, dass der Benutzer seine Mailbox noch nicht eingerichtet habe, auf Wiederhören.

Jetzt konnte ich nichts weiter tun, und das bedeutete, dass ich mich erneut den Tatsachen stellen musste: Eleanor wurde vermisst, Eleanor war spurlos verschwunden, Eleanor lag wahrscheinlich, offensichtlich, vermutlich irgendwo tot am Straßenrand. Warum sonst hatte sie sich nicht bei uns gemeldet? Cosmo, der sich durch meinen zitternden Atem gestört fühlte, erhob sich und sprang vom Bett.

Ich wollte gerade mein Telefon ausschalten, als ich eine SMS von Mikki bekam: Ich habe über die Sache gründlich nachgedacht.

Nein. Nein. Nein. Nein.

Mit angespannten Schultern und zusammengekniffenen Augen nahm ich all meine Kräfte zusammen, als ihre zweite SMS einging.

Sie lautete: Ich denke, wir müssen es ihnen erzählen.

Kapitel 10

KATIE

DIENSTAG, 17. DEZEMBER, 21:30 Uhr

Eleanor. Ich ging noch einmal den Moment durch, als ich sie am Abend zuvor das letzte Mal gesehen hatte. Ich hatte gerade meinen Mocktail geleert, einen lilafarbenen Drink mit dem Namen The Botanist, und wollte nach Hause gehen, um mir ein paar Notizen zu meinen Eindrücken zu machen: zur Musik und Atmosphäre und zu dem *The-Herd*-Mitglied, das als erstes Model mit nicht binärer Geschlechtsidentität das Cover der *Vogue* geziert hatte. Es ging mir darum, die bezaubernde Stimmung dort festzuhalten. Eigentlich wollte ich mich von Eleanor noch verabschieden, aber sie war ganz in ihrem Element und unterhielt sich angeregt mit den anderen Frauen. Also bestieg ich einfach den Aufzug und sagte mir, dass ich ihr ja am nächsten Morgen im Büro wieder begegnen würde.

Doch seitdem hatte ich sie nicht mehr zu Gesicht bekommen – was, wenn ich sie nie wiedersehen würde? Ich hegte immer noch die leise Hoffnung, dass sie aus irgendeinem unerfindlichen Grund die Stadt verlassen hatte. Aber Eleanor bedeutete ihre Karriere alles; sie würde sie nicht einfach wegwerfen. Und ihre Freunde kamen für sie gleich an zweiter

Stelle, und es würde einem Verrat gleichkommen, einfach zu verschwinden und uns in Panik zu versetzen. Allerdings musste ich einfach fest daran glauben, dass genau das passiert war, denn die Alternativen waren zu schrecklich: dass man sie entführt, unter Drogen gesetzt oder verletzt hatte, oder womöglich …

Ich lehnte mich gegen meine Kissen. Mein Handy lag mit den Kopfhörern auf dem Display immer noch in meinem Schoß. Das Telefonat mit Erin war eine Art außerkörperliche Erfahrung gewesen. Obwohl ich sie zu Verschwiegenheit verpflichtet hatte, war sie völlig begeistert gewesen. (*Geheimhaltungspflicht zwischen Agent und Autor*, hatte sie immer wieder gesagt, als würde so etwas tatsächlich existieren.) Vergeblich versuchte sie, ihre Gefühle zu verbergen, indem sie ein paar teilnahmsvolle Laute von sich gab und ein paar höfliche Fragen stellte. Trotz meiner Verzweiflung war ich um einen ruhigen Tonfall bemüht, und auf eine merkwürdige, furchtbare Weise war Erins Begeisterung ein wenig ansteckend. Obwohl ich mir schreckliche Sorgen machte, vibrierte mein ganzer Körper wie ein Verstärker, der ein dumpfes Brummen von sich gab, kurz nachdem man ihn angeschaltet hatte.

Vielleicht weil ich jetzt etwas tun, weil ich helfen konnte. Die Cops hatten keinerlei Interesse an dem Fall: Da sie wussten, dass Eleanor und ihr Mann keine monogame Beziehung führten, glaubten sie offensichtlich, dass Eleanor aus freien Stücken abgehauen war. Durch meinen Körper jagte Adrenalin, und mit ihm das Bedürfnis, Licht in die Sache zu bringen, Gewissheit zu erlangen, Himmel und Hölle in Bewegung zu setzen, um die Wahrheit herauszufinden: Was war mit Eleanor passiert?

Ted. Er war jederzeit verfügbar, hatte Eleanor mir versichert.

Ich hatte mich heute Abend auf der Präsentation mit ihm unterhalten, während er lächelnd seine Kabel entwirrt und das Equipment ausgepackt hatte – bis mir Hana nach einer Minute eine beunruhigte SMS geschickt hatte. Am Freitag hatte mir Ted beim Verlassen des Co-Working-Space seine Visitenkarte gegeben, und nun fand ich sie in einem Stapel Quittungen auf meinem Schreibtisch wieder:

DIFY, GmbH

THEODORE CORRIGAN

GRÜNDER

Programmierer // Bastler //
Auftragskonstrukteur

DIFY? Was ist das denn für ein Quatsch? Ich kenne nur DIY, hatte ich im Aufzug zu ihm gesagt, denn wenn ich jemanden mochte, sagte ich fiese Sachen.

Das steht für Do It For You. *Im Gegensatz zu* Do It Yourself. *Damals fand ich das ziemlich passend.* Obwohl er das wahrscheinlich bereits unzählige Mal erklärt hatte, sagte er es mit einem entspannten Lächeln. Er hatte leuchtend graue Augen, die einen unter seinen kräftigen braunen Brauen hell anstrahlten …

Ich musste mich konzentrieren.

»Hallo?«

»Hier ist Katie.«

»Gibt's irgendwas Neues zu Eleanor?«

»Nein, nichts.«

»Ich habe keine Ahnung, warum alle glauben, dass ich irgendwas weiß«, sagte er abwehrend. »Hana hat mich auch schon angerufen. Ich bin genauso besorgt und ratlos wie ihr.«

»Die Cops haben nach ihren Ex-Freunden gefragt. Ich hatte keine Ahnung, dass du Camerons Bruder bist.«

»Ja«, sagte er mit ausdrucksloser Stimme. Und dann schließlich: »Kennst du ihn?«

»Nein, wir sind uns nie begegnet. Und nach der Trennung hat Eleanor kaum von ihm gesprochen. Weißt du, warum sie sich getrennt haben?«

»Beim ersten oder zweiten Mal?«

»Beide Male.«

»Also, beim ersten Mal ist sie nach Harvard gegangen.« Er stieß eine Art Glucksen aus. »Und beim zweiten Mal ist sie nach New York gezogen. Ich weiß allerdings keine Einzelheiten, aber den Rest kannst du dir ja denken.«

»Du weißt nicht, wie ihre Beziehung war, oder? Seid ihr beide nicht gut befreundet?«

»Eleanor und ich? Doch, sicher.« Er räusperte sich. »Aber sie hat mit mir nicht über ihre Beziehungen geredet. Schon gar nicht über die mit meinem Bruder. Cameron und ich standen uns nie besonders nahe. Jedenfalls glaube ich, dass die beiden seit Jahren nicht mehr miteinander gesprochen haben. Nicht weil sie sich zerstritten hätten, sie haben sich wohl einfach auseinandergelebt. Er wohnt oben in Beverly.«

»Aha«, sagte ich mit einer Mischung aus Interesse und Skepsis und wartete, ob noch mehr kam, doch er schwieg. »Wann hast du sie zuletzt gesehen?«

»Als ich vorbeigekommen bin, um den Router zurückzusetzen. Als ich dich kennengelernt habe. Das war am Freitag, oder?« Ich bejahte seine Frage. »Und dann sollte ich heute

Abend im Hielo einen Soundcheck durchführen und – na ja, du weißt ja.«

»Wann hast du zum letzten Mal was von ihr gehört? Wann hast du eine Mail, SMS oder irgendwas bekommen?«

»Einen Moment.« Ein kurzes Rascheln. »Eleanor hat mir gegen zwölf eine SMS geschrieben. Nachdem ich den Termin in der Tapasbar bestätigt hatte, hat sie mir ein Daumen-hoch-Emoji geschickt.«

»Und davor? Wann hat sie das letzte Mal etwas Aussagekräftiges geschrieben?«

»Mal sehen.«

Es war nicht ungewöhnlich, dass Eleanor sich in ihren Nachrichten kurzfasste – einflussreiche Persönlichkeiten hatten die tolle Angewohnheit, Ein-Wort-Nachrichten, bescheuerte Akronyme oder unkorrigierte E-Mails zu verschicken (manchmal auch ohne jeden Sinnzusammenhang).

»Ich habe sie gestern gefragt, welches Equipment sie braucht, und sie hat mir ein paar Sätze geschickt. Ich werde die Nachricht an dich weiterleiten – wie ist deine E-Mail-Adresse?«

Ich nannte sie ihm und stieß ein gekünsteltes Lachen aus. »Offensichtlich hast du meine Visitenkarte nicht so gewissenhaft aufbewahrt wie ich deine.«

»Nein, ich weiß genau, wo sie ist. Eigentlich« – er lachte verlegen – »wollte ich dich anrufen und fragen, ob du Lust hast, mit mir was trinken zu gehen. Aber jetzt … na ja.« Ich verstand: Angesichts dieser schrecklichen Situation, nachdem Eleanor verschwunden war, wäre es unangebracht, ein Date zu vereinbaren. Dennoch versetzte mich die Tatsache, dass er sich mit mir verabreden wollte, in Erregung.

»Ich habe die weitergeleitete Nachricht bekommen«, erklärte ich. »Ich werde dich jetzt besser in Ruhe lassen.«

»Wenn ich dir irgendwie helfen kann, sag Bescheid«, erwiderte er. »Ich kenne mich mit dem ganzen Technikkram bestens aus, vielleicht kann ich dir ja irgendwie nützlich sein.«

»Danke. Aber ich habe als Wissenschaftsjournalistin gearbeitet, ich habe nichts gegen technische Geräte. Trotzdem komme ich auf dein Angebot eventuell zurück.«

Ich zog mein Laptopkabel aus der Tasche und bückte mich, um es hinter meinem Nachttisch anzuschließen. Dabei fiel mein Blick auf die violetten Post-its, und ich legte sie auf den Tisch. Im Licht konnte ich deutlich erkennen, dass sich etwas Lesbares durchgedrückt hatte, und ich schnappte mir einen Bleistift und schraffierte es vorsichtig. Dort stand in Eleanors wilder, geschwungener Handschrift irgendein unverständliches Zeug:

ACA 1010 CUU ESEGYh

War das ein Code? Eine Suchanfrage bei Google brachte mich auch nicht weiter. Ich machte ein Foto von der schraffierten Notiz, erhöhte den Kontrast, druckte sie zusammen mit den Aufnahmen von Eleanors Kontoauszügen aus und steckte alles in eine Mappe.

Dann überprüfte ich rasch ihre Mitteilungen in den sozialen Medien: Seit ein paar Tagen hatte Eleanor auf Facebook keinen Post mehr veröffentlicht, und seit gestern Morgen hatte sie weder Fotos noch Updates anderer Nutzer gelikt. Ihr letztes persönliches Update – so persönlich wie sie das auf Instagram zuließ – war das Foto eines sonnenbeschienenen Gummibaums vor einem Fenster, hinter dem ein Streifen Schnee zu sehen war. Ihre Bildunterschrift dazu lautete »Die Ruhe vor dem Sturm«, wahrscheinlich weil sie das Foto am

Montag um 8:18 Uhr vor dem Beginn einer betriebsamen Woche gepostet hatte.

Plötzlich stieg ein Gefühl der Beklommenheit in mir auf, grell und heftig. *Eleanor war vielleicht tot.* Meine Brust verkrampfte, mir wurde schwindelig, und ich umklammerte die Seiten meines Schreibtisches und kämpfte gegen das Gefühl an. Ich atmete tief durch und versuchte, mich zu konzentrieren.

Bei einem erneuten Blick in meinen Posteingang stellte ich fest, dass Hana Informationen dazu sammelte, wann wir mit Eleanor zuletzt Kontakt gehabt hatten. Offensichtlich hatte sie seit der Mocktailrunde gestern Abend niemand mehr gesehen, und alle waren sich ziemlich sicher, dass sie vor ihr aufgebrochen waren. Mit zusammengekniffenen Augen versuchte ich, mich zu erinnern, ob irgendetwas Ungewöhnliches vorgefallen war, während die Frauen mit ihren Gläsern in der Hand die hübschen Tablette und Servietten mit Blümchenmuster aus dem Elm Grove bewundert hatten. Nichts, nichts, nichts.

Irgendwann letzte Woche waren im Büro neue Kameras installiert worden, hatte Hana gesagt, also konnten wir überprüfen, wann Eleanor aufgebrochen war. In der Regel ging sie als einer der Letzten, erst recht wenn sie am nächsten Tag zu Hause arbeitete. Ich trommelte mit den Fingern auf den Rand des Laptops, schob ihn schließlich zur Seite und nahm meinen Notizblock zur Hand:

— Zugriff auf die Überwachungskameras (Ted?)
— Überwachungskamera auf der Straße? Vor Eleanors Haus?
— allgemeine Hintergrundüberprüfung von E + D: finanzielle Probleme? Aktuelle Gerichtverfahren, Verhaftungen?

– offene Beziehung: Mit wem hat Eleanor sich getroffen?
– Bestätigung für Daniels Alibi für gestern Nacht/heute: Datum (App/Website) + Job
– BLÖDE FOTZEN-Sprayer: Zusammenhang? Hinweise?
– Wo sind Es Laptop + ihr Handy?

Ich lehnte mich zurück und tippte mit dem Stift gegen meine Lippen. Das half mir, ein wenig meine Sorgen zu vertreiben. Irgendetwas, was vorhin meine Aufmerksamkeit erregt hatte, ließ mir keine Ruhe, kribbelte wie Brennnesseln auf meiner Haut. In Gedanken wanderte ich zu einem früheren Zeitpunkt des Abends zurück, zurück über die Brücke zu Eleanors Wohnung, in Hanas Lyft, zum Hielo, in den Flur auf der Rückseite, wo wir den Servicekräften im Weg gestanden hatten. Hier wurde das Gefühl stärker, wie bei einer Runde Scharade, wenn man schier verzweifelte, weil man der Lösung ganz nahe war. Hana, die im Durcheinander die Ruhe bewahrte, Daniels Stimme aus dem Handylautsprecher …

Dann fiel es mir wieder ein: Hana hatte irgendetwas von einem Ortungsdienst erzählt – dass Eleanor ihn nicht aktiviert hatte, weil er letzte Woche nicht hilfreich gewesen war. Irgendwann letzte Woche war sie mit einer neuen Handyhülle aufgekreuzt, in einem matten Blaugrün wie der Hintergrund des neuen *The-Herd*-Logos, das Mikki entworfen hatte – ich hatte mir das beiläufig als Detail für mein geplantes Buch gemerkt (*echt chic, sie wechselt ihre Hüllen wie die meisten von uns ihre Handtaschen!*). War es in Wirklichkeit ein neues Telefon gewesen? Hatte sie das alte verloren (oder entsorgt)?

Mein Anruf bei Hana wurde direkt auf die Mailbox weitergeleitet, also zog ich meinen Laptop auf die Knie und sah meine Liste durch. Vor allem der Sprayer weckte meine

Neugier, aber ich wusste nicht, wie ich ihn aufspüren sollte. Und dann war da noch Daniel – was wussten wir wirklich über ihn, aus der Zeit, bevor er in Eleanors Leben getreten war? Was für Leichen hatte er noch im Keller? Und wo war er letzte Nacht gewesen?

Ich schickte ihm auf Facebook eine Freundschaftsanfrage und klickte seine Profilfotos durch. Die meisten zeigten ihn zusammen mit Eleanor, doch eines eignete sich für meine Zwecke: ein Selfie, auf dem sein Pokerface in der Kapuze eines marineblauen Hoodies mit dem Schriftzug der Yankees steckte. Ich zog es in eine Suchmaschine und dann …

Bingo. Beim Durchforsten des Internets fand Google genau dasselbe Foto wie auf Click, einer Datingwebseite. Ich erstellte ein temporäres Profil, grenzte meine Filter ein und suchte nach den Begriffen, die in der Googlevorschau aufgetaucht waren, und …

»Na also«, murmelte ich.

Es wurden drei Fotos angezeigt – das mit dem Kapuzenshirt, das oberhalb der Nase abgeschnitten war, ein Urlaubsfoto, auf dem nur ein blaues Trägerhemd und erstaunlich muskulöse Arme zu sehen waren, und – ich spürte, wie ich rot anlief – ein wirklich scharfes Selfie vom Kinn abwärts mit nackten Oberkörper. Hallo, 82menace.

Mit rasendem Herzen überflog ich die üblichen Schlagwörter im Profil (joggen, CrossFit, reisen, gutes Essen …). Verzweifelt suchte ich nach einem Hinweis, nach einer Verbindung zu Eleanor, denn ich hatte schreckliche Angst, dass ich sie jetzt, wo wir wieder zusammengefunden hatten, für immer verlieren könnte. Meine Hände wurden eiskalt, als ich ans Ende des Profils kam:

Schick mir eine Nachricht, wenn: du tolerant und aufgeschlossen bist und es okay findest, dass ich keine Ahnung habe, was ich überhaupt tue, lol. Meine Frau (MoreFracturedLight) ist die beste Partnerin, die man sich vorstellen kann, und wir wollen sehen, wie sich die Sache entwickelt.

Nie zuvor hatte ich so wild entschlossen auf einen Link geklickt. Das Profil auf MoreFracturedLight war nicht so ausführlich wie Daniels; es gab lediglich ein Foto, das Eleanor von hinten, in einem Kleid mit Blümchenmuster, an einem sonnigen Ort zeigte – aber die braunen Locken und die Wespentaille ließen keinen Zweifel daran, dass es sich um Eleanor handelte. Allerdings war das Foto so anonym gehalten, dass man sie darauf nicht erkennen konnte. Sie hatte nur eine der Rubriken, mit den nötigsten Informationen, ausgefüllt:

Selbstbeschreibung: Ich will meine Möglichkeiten in einer seit Kurzem offenen Beziehung erkunden. Habt bitte etwas Geduld, denn ich schreibe selten zurück.

Ich stöhnte laut auf; ich dachte, ich hätte einen Hinweis gefunden, aber das hier war nur eine weitere Sackgasse. Plötzlich ertönte ein elektronisches Piepen, und ich zuckte zusammen – ich hatte auf Click eine Nachricht erhalten, von einer kopflosen Gestalt, die ihre ansehnlichen Bauchmuskeln über einer tief hängenden Jogginghose in einem schmutzigen Badezimmerspiegel präsentierte: Du bist wohl von der geheimnisvollen Sorte, lol. Mein Gott, eine Frau musste nicht mal Fotos hochladen oder etwas schreiben, um hier irgendwelche Freaks anzumachen – ein weibliches Pseudonym reichte schon aus. Ich druckte Daniels und Eleanors Profil aus und lauschte dem

Kreischen des Geräts, während die Blätter über die Ablage hinweg zu Boden segelten. Ich tackerte sie zusammen und steckte sie ebenfalls in die Mappe.

In diesem Moment begann das Telefon auf meinem Bett zu vibrieren.

Ich rufe dich in einer Viertelstunde an. Endlich antwortete Fatima auf die SMS, die ich ihr auf der Fahrt nach Hause geschickt hatte. Mein Brustkorb entspannte sich ein wenig.

Ich hatte Fatima kennengelernt, als ich bei *Rocket* fest angestellt gewesen war. Damals verfügte die zusammengeschusterte Technologiewebseite noch über genügend Mittel, um Workshops abzuhalten. Fatima hatte eine kurze Master Class über »digitale Recherchemethoden« abgehalten; sie war eine großartige, leidenschaftliche Frau mit blaugrün gefärbten Haaren und trug stets Kampfstiefel. Am nächsten Tag lud ich sie auf einen Kaffee ein, und sie erzählte mir, dass sie eine ziemlich versierte Auftragshackerin sei. Wir hatten seit Jahren nicht mehr miteinander gesprochen, und ihre kurze Antwort hatte mich elektrisiert.

Als ihre Schülerin hatte ich eine Menge von ihr gelernt; während ich auf ihren Anruf wartete, durchforstete ich zügig einige Kriminaldatenbanken, um meine schwelende Sorge auf Abstand zu halten. Keine Einträge zu Eleanor; ein Eintrag zu Daniel vom Juni 2002 wegen Trunkenheit am Steuer, was zu seiner … Collegezeit gewesen sein musste, wenn ich richtig gerechnet hatte. Gott sei Dank wurde keiner der beiden in einer der Sexualstraftäterdateien geführt. Ich rief eine Datenbank mit Polizeiberichten auf: nichts zu Daniel, aber im Oktober hatte Eleanor ihren Pass und ihre Brieftasche als gestohlen gemeldet. Ich konnte die Einzelheiten der Verlustanzeige zwar nicht einsehen, doch der Vorfall war weder als Überfall noch als Einbruch registriert, sondern als einfacher Diebstahl. Ich druckte alles aus.

Die meisten Treffer zu Eleanor in der Datenbank, die öffentlich einsehbar waren, waren keine Überraschung: Es handelte sich um Eintragungen von *Gleam* und *The Herd* als geschützte Marken und ähnliche Sachen. Allerdings stieß ich bei meiner Suche erneut auf die Gerichtsprotokolle, die ich erst vor ein paar Tagen gelesen hatte, um die aufgebrachte Antiherd-Meute aufzuspüren, die Klage gegen *The Herd* eingereicht hatte. Mich fröstelte; innerhalb von nur vierundzwanzig Stunden hatte sich der widerliche potenzielle Informant Carl Berkowski in etwas sehr viel Bedrohlicheres verwandelt. Etwa in einen potenziellen Entführer?

Mit einem ohrenbetäubenden Geräusch klingelte mein Telefon, und ich sprang so hoch, dass ich mit dem Kopf förmlich gegen die Decke knallte.

»Fatima?«

»Was gibt's?« Ihre Frage klang mehr wie eine Feststellung.

Mit zitternder Stimme tauschte ich hastig unsere üblichen Höflichkeiten aus. »Hör zu, ich kann dir das nicht in allen Einzelheiten erklären, aber ich mache gerade eine Menge Mist durch und möchte, dass du für mich was nachschaust. Allerdings muss das unter uns bleiben.«

»Wie alles, was ich tue. Was gibt's?«

»Eine Freundin von mir ist heute Abend verschwunden«, sagte ich, »und ich versuche, sie zu finden.«

»Scheiße. Das tut mir leid. Natürlich werde ich dir helfen.«

Rasch brachte ich sie auf den aktuellen Stand. »Ich könnte mir vorstellen, dass mich ein Blick in die Posteingänge der beiden ein gutes Stück weiterbringt. Ich weiß, das ist nicht … ganz legal.«

»Wie lauten ihre E-Mail-Adressen?«, fragte Fatima. Die Tatsache, dass sie keinen Moment zögerte, ermutigte mich. Ich nannte ihr die Adressen, und dann war von ihr eine Minute lang nichts zu hören. »Nein, es ist die zweistufige Verifizierung aktiviert. Das wird nicht klappen.«

Wenn das Hacken doch nur so einfach wäre, wie es im Fernsehen immer aussah: Dort hackte man Ortungsdienste, Vorstrafenregister, was auch immer, als wären Firewalls, VPNs und Sicherheitsmaßnahmen mühelos zu überwindende Hürden.

»Was ist mit dem Browserverlauf?«, fragte ich.

»Hast du ihre WLAN-Daten?«

»Von ihrer Wohnung? Nein.« Mir kam eine Idee: »Gibt es eine Möglichkeit, ihre Aktivitäten im Büro zu überprüfen?«

»Nur die von Eleanor? Hm. Wenn du im Büro wärst, könntest du dich für mich in den Router einloggen. Das Problem ist bloß, dass wir dann auch die Daten von den Geräten aller anderen erhalten.«

»Ich könnte die Suche zeitlich eingrenzen – sie verlässt normalerweise als Letzte das Büro.«

»Das würde reichen. Allerdings müssen wir vielleicht ein wenig rumprobieren, um auf den Router zuzugreifen.«

Ich lächelte. »Ich kann mit dem Typen sprechen, der ihn eingerichtet hat.« Ich notierte ihre Anweisungen und vereinbarte mit ihr, wann ich mich im Büro mit ihr treffen würde.

»Soll ich bis dahin noch was anderes überprüfen?«

Ich stützte mein Kinn auf den Händen ab. »Eleanor und ihr Mann sind beide bei Click angemeldet«, erklärte ich. »Ich möchte ihre Nachrichten einsehen. Ich will wissen, mit wem Eleanor sich getroffen hat und bei wem Daniel gestern Nacht war.«

»Das sollte kein Problem sein.« Sie machte eine Pause. »Katie, es tut mir schrecklich leid. Ich bin mir sicher, dass sie wieder auftauchen wird, und ich werde alles in meiner Macht Stehende tun, um dir zu helfen.«

Während ich einschlief, betete ich, dass mich beim Aufwachen gute Neuigkeiten erwarten würden: *Alles in Ordnung, man hat sie gefunden, und es geht ihr bestens. Das ist wirklich eine saukomische Geschichte, komm vorbei, und sie wird uns alles erzählen.* Am nächsten Morgen nahm ich mit pochendem Herzen mein Telefon vom Nachttisch, aber …

… rein gar nichts.

Gegen elf traf ich im Büro ein, wo Mikki zwischen ihren verstreuten Sachen auf einem Sofa saß. Sie trug Samtleggings, ein weites Sweatshirt sowie knöchelhohe Turnschuhe und trank einen riesigen Eiskaffee. »Immer noch nichts?«, fragte ich statt einer Begrüßung.

»Nein.« Sie nahm mich halbherzig in den Arm. »Wie fühlst du dich?«

»Kaputt. Elend. Krank vor Sorge.«

Sie nickte. »Ich habe gestern Abend eine Schlaftablette gebraucht.«

Ich seufzte. »Wo ist Hana?«

»Ihr ist was dazwischengekommen. Das soll ich dir von ihr ausrichten.«

»Aha.« Aus irgendeinem Grund empfand ich das als Kränkung.

»Ich kann verstehen, dass sie nicht hier sein will, nachdem Eleanor verschwunden ist. Denn wir dürfen nicht« – sie riss die Augen auf und senkte die Stimme –, »denn wir müssen die Sache geheim halten.«

Ich zog einen der Kunststoffstühle heran. »Hat inzwischen jemand einen Blick in Eleanors Büro geworfen?«

Sie stöhnte auf. »Aurelia hat gesagt, es ist abgeschlossen. Ich habe vorgeschlagen, die Scheibe einzuschlagen, aber die anderen waren dagegen.«

»Schließt Eleanor normalerweise die Tür ab?«, fragte ich.

»Ich glaub schon. Nach dem Einbruch und der Sache mit dem Graffiti auf jeden Fall.«

»Du hast recht.« Ich tätschelte ihr Knie. »Hey, ich habe ganz vergessen zu fragen, wie es dir geht.«

»Ich mache mir bloß Sorgen«, sagte sie mit einem Achselzucken. »Und ich hasse es, so zu tun, als wäre alles wie immer. Eigentlich habe ich heute Nachmittag einen Termin in der Galerie.«

»Wegen der Collagen?« Sie nickte, und ich kräuselte mitfühlend die Nase. »Den kannst du bestimmt verschieben.«

»Das werde ich auch tun. Aber es ist ja nicht so, als würde man hier irgendwelche Ermittlungen durchführen. Niemand hat etwas von den Cops gehört.«

Ich dachte an meine Checkliste. »Können wir uns die Überwachungsaufnahmen vom Montag ansehen?«

»Du wirst es nicht glauben.« Sie beugte sich zu mir vor. »Du weißt doch, dass erst vor Kurzem neue Kameras installiert wurden? Nun, es wird gerade von einem System auf das andere umgestellt, darum haben die Kameras nichts aufgenommen.«

»Du willst mich wohl verarschen.«

»Ich weiß. Aurelia hat heute Morgen ausführlich mit dem Techniker telefoniert. Sie war so frustriert, dass sie in Tränen ausgebrochen ist.« Sie schüttelte den Kopf. »Die Ärmste ist völlig überfordert. Aurelia ist im Grunde nichts weiter als eine bessere Assistentin, aber jetzt, wo Eleanor verschwunden und Stephanie auf Goa ist, trägt sie quasi die Verantwortung.«

»Moment mal. Du hast gesagt, sie hat mit dem Techniker telefoniert? Mit Ted – hat er die neuen Kameras installiert?« Ich hätte es merkwürdig gefunden, wenn er das nicht erwähnt hätte.

»Nein, irgendeine Firma.« Sie seufzte. »Die hat letzte Woche die Kameras installiert, aber der Router hat sie nicht erkannt. Der Techniker meinte zu Aurelia, die Sache sei eben blöd gelaufen.«

»Blöd gelaufen? Dass der Router in der Nacht von Eleanors Verschwinden zufällig nicht funktioniert hat?« Plötzlich wurde ich von heftiger Furcht erfüllt. Vielleicht wollte jemand, dass die Aufnahmen gelöscht werden. Vielleicht war ihr tatsächlich etwas zugestoßen. Vielleicht war genau das passiert.

Ein Problem mit dem Router – Ted war am Freitag hier gewesen, um ihn zurückzusetzen. Ich bat ihn in einer SMS, mir den Resetvorgang Schritt für Schritt zu erklären, mit dem Hinweis, dass uns das bei der Suche nach Eleanor vielleicht helfen würde. Wenige Sekunden später kam seine Antwort; er sei sowieso nachher in der Gegend, wir könnten uns gerne treffen. Während ich erneut etwas tippte, begann mein Handy zu vibrieren, und ich starrte mehrere Minuten verwirrt auf die eingegangene SMS, bevor ich ihren Inhalt erfasste.

Die Eindrücke, Gerüche und Geräusche um mich herum, die Frauen, das Geklapper und Geplapper, die bunten Stoffe, das Sonnenlicht hinter den Fenstern und die leuchtenden Polstermöbel – all das verblasste, als hätte man an einem Dimmer gedreht, und verwandelte sich in einen bedeutungslosen grauen Schleier an den Rändern dieser SMS.

Sie war von Carl. Der bei unserer Verabredung am Montag durch Abwesenheit geglänzt hatte. Carl Berkowski, der Kämpfer für Männerrechte, der Kläger bei dem zum Scheitern verurteilten Prozess gegen *The Herd, Inc.* Der allseits bekannte Gegenspieler von Eleanor Walsh. Er hatte mir jetzt, ausgerechnet jetzt, endlich auf meine Kurznachrichten und Anrufe geantwortet.

Eisige Kälte durchflutete meinen Bauch, während ich immer wieder seine SMS las.

Sie lautete: Sieht so aus, als wäre Eleanor außer Gefecht gesetzt, was?

Kapitel 11

HANA

MITTWOCH, 18. DEZEMBER, 10:52 Uhr

Ich träumte von dem Zettel mit den Nummern, den ich in Eleanors Bett gefunden hatte: Sie hatten irgendetwas mit Geld zu tun, und Daniel bezahlte, statt in bar, damit das Lösegeld für Eleanor. Als ich aufwachte, zwang ich mich, mir die Einzelheiten des Traums zu merken, um sie später nach jedem noch so belanglosen Anhaltspunkt zu durchforsten. Dann griff ich nach meinem Handy und sah, dass im Display nach wie vor Mikkis SMS angezeigt wurde: Ich denke, wir müssen es ihnen erzählen. Erneut wurde ich von panischer Angst erfasst, so heftig, dass Cosmo sie ebenfalls spürte und vom Bett sprang. Gestern Abend hatte ich auf die Nachricht postwendend mit nur einem einzigen Wort geantwortet: Nein. Ich löschte jetzt den SMS-Austausch und sah mir die anderen Benachrichtigungen an, worauf mir der Traum wieder entglitt.

Ich hatte vergessen, den Wecker zu stellen, und es war inzwischen kurz vor elf. Während ich einen Kaffee trank und mich fragte, ob ich das Büro aufsuchen solle, rief ich Daniel an.

»Wie geht es dir? Kommst du zurecht?« Ich wischte einen Kaffeetropfen vom Becher, der langsam daran herunterlief.

»Es geht schon. Ich sitze nur gerade … an meinem Schreibtisch.«

»Im Krankenhaus?« Ich stieß ein überraschtes Lachen aus und tat dann so, als hätte ich mich geräuspert. »Du bist zur Arbeit gegangen?« Das erklärte seinen gedämpften, verlegenen Tonfall.

»Ja. Ich kann nicht … Ich habe für dieses Jahr keinen Urlaub mehr.«

»O Mann. Das tut mir leid. Warum hast du nicht gesagt, dass es um eine dringende Familienangelegenheit geht?«

»Wir dürfen nicht …« Er sprach noch leiser. »Wir müssen die Sache doch geheim halten. Die Cops meinten gestern Abend, dass ich meinen normalen Tagesablauf beibehalten soll. Und ich – ich habe heute jede Menge Meetings.«

»Aha.« Er verhielt sich wirklich merkwürdig, ich schämte mich fast für ihn. Seine Frau verschwand, und er machte sich Sorgen um seine Urlaubstage? Er tat einfach so, als wäre nichts geschehen – mein Gott, verhielt sich so etwa ein unschuldiger Mann? Ich war zwar Single, aber wenn mein Partner verschwinden würde, wäre es mir scheißegal, wie viele Urlaubstage ich noch hätte -- ich würde einfach nicht zur Arbeit gehen. »Kann ich irgendwas tun?«

»Nein, ist schon okay. Ich werde den ganzen Tag hier sein.« Eine kurze Pause. »Äh, aber danke.«

»Versteht sich doch von selbst. Von den Detectives gibt es also nichts Neues?«

»Nein. Sie sind gestern Abend durch die Wohnung gegangen und haben alle unsere Sachen durchwühlt. Aber offensichtlich haben sie nichts von Interesse gefunden.«

Plötzlich nahm eine Idee Gestalt an, ein Plan, wie ich meinen Tag sinnvoll nutzen konnte. »Sag mir Bescheid, wenn du irgendwas brauchst, okay? Egal zu welcher Tages- oder Nachtzeit.«

Zunächst dachte ich daran, Mikki Bescheid zu sagen, denn schließlich stand für sie genauso viel auf dem Spiel wie für mich. Aber wahrscheinlich war sie gerade mit Katie zusammen im Büro, und nach der SMS von gestern Abend wollte ich unbedingt vermeiden, dass ihre Bedenken noch größer wurden. Also teilte ich ihr mit, dass ich heute nicht ins Büro kommen würde. Während ich gegen meine erdrückende Sorge um Eleanor ankämpfte, gegen eine überwältigende Traurigkeit, die sich in mir ausbreitete, zog ich mich an und ging nach draußen.

An den Rändern des Himmels türmten sich ein paar ausgefranste Wolken, und es schien, als würde die Sonne die Menschen mit ihrer Kälte verspotten. Die Straßen waren fast leer – selbst zur Mittagszeit wagte sich bei den arktischen Temperaturen niemand vor die Tür. Ich warf einen Blick auf mein Telefon: Die gefühlte Temperatur lag bei minus zwanzig Grad. Inzwischen hatte sich Aurelia vom Büro aus gemeldet und mir mitgeteilt, dass Ratliff gerade dort eingetroffen sei, und das beruhigte mich – in absehbarer Zeit würde vor Eleanors Wohnung kein Cop auftauchen.

Bei Tageslicht wirkte ihre Straße verändert. Mir war die Allee mit den Reihenhäusern immer wie eine beschauliche Märchenwelt vorgekommen, aber heute waren die Bordsteine mit einer schmutzigen Schneeschicht bedeckt, und da waren die dürren, kahlen Bäume, die einander wütend beharkten. Ich stieg die Treppe empor und blieb plötzlich stehen – was, wenn Eleanor nie wieder durch diese Tür treten würde? Vor meinem geistigen Auge sah ich bereits ihre Beerdigung, schwarz gekleidete Menschen, die bittere Tränen vergossen, und Daniel, der traurig ein »Zu verkaufen«-Schild vor dem Haus aufstellte. Die Kälte kroch in meinen Körper: Meine Nase kribbelte und meine Finger schmerzten, während ich mit meinem Zweitschlüssel am Schloss herumhantierte und die Tür hinter mir zudrückte.

Ich hatte keine Ahnung, weshalb ich überhaupt hier war, nach was für Anhaltspunkten ich suchte, oder ob ich wüsste, wenn ich das Richtige gefunden hatte. Aber vielleicht hatte Eleanor einen weiteren Hinweis zurückgelassen, noch tiefer unter der Matratze, etwas, wodurch diese zufälligen Nummern einen Sinn bekamen.

Oder es war noch etwas anderes in der Wohnung, das ich an mich bringen musste, damit es niemand finden konnte.

Ich war nur ein- oder zweimal ohne Eleanor hier gewesen, um ihre Pflanzen zu gießen, während sie und Daniel verreist waren. Allein in ihrem riesigen Reihenhaus hatte ich jedes Mal das unbestimmte Verlangen verspürt, ihre Sachen zu durchstöbern – denselben vagen Impuls wie als jugendliche Babysitterin; und ich war mir damals unglaublich erwachsen und tugendhaft vorgekommen, als ich mich ihm widersetzt hatte. Das Haus war jetzt leer, die Cops hatten es längst wieder verlassen. Endlich konnte ich diesem Verlangen nachgeben.

Ich ließ meinen Mantel zusammengeknüllt in der Diele liegen und ging nach oben, doch als ich die Matratze umdrehte, stellte ich fest, dass darunter nichts weiter versteckt war. Mein Blick fiel auf Eleanors Nachttisch – Daniel hatte gesagt, dass sie in der Schublade ihre Tabletten aufbewahrte. Antidepressiva. Ich zog sie auf, aber falls etwas darin gelegen hatte, war es jetzt nicht mehr da. Auf dem Nachttisch lag das Buch von bell hooks (das passte zu ihr), in dem ein Lesezeichen von Books Are Magic steckte (ebenfalls ziemlich passend). Auf der Suche nach irgendwelchen Notizen blätterte ich es durch, doch ohne Erfolg.

Erfüllt von Scham durchwühlte ich die Unterwäsche in der Kommode, dann wandte ich mich den beiden anderen Schubladen zu, aber darin fand sich ebenfalls nichts Ungewöhnliches. Ich trat zurück und inspizierte das Schlafzimmer, während mein Brustkorb hämmerte und eine klagende Stimme durch meinen Kopf hallte: *Wo steckst du, Eleanor?*

Im Badezimmer durchwühlte ich die offene Kosmetiktasche auf der Ablage. Darin befanden sich jede Menge *Gleam*-Produkte – denn Eleanor war überzeugt von dem, was sie den Kunden anpries. Darunter auch verschiedene Produkte aus der Nimbus-Kollektion, »schmeichelhaft für jeden Hautton und -typ.« Die Markteinführung von Nimbus war aus mehreren Gründen für mich ein Ärgernis gewesen: Zum einen, weil wir ein Zusatzprodukt für Menschen herausbringen mussten, deren Hautfarbe nicht weiß war – ich fand es armselig, dass die ursprünglichen *Gleam*-Produkte, vor allem der Highlighter und der Lidschatten, auf dunkler Haut nicht besonders gut zur Geltung kamen. Außerdem erwarteten die Journalisten, dass ich zusammen mit Eleanor für Fotos und Interviews über die Produktlinie zur Verfügung stand, so als würde mein Gesicht der Sache Authentizität verleihen. Einer der Reporter, ein bärtiger Typ von *Fortune*, fragte mich sogar nach meinem »ethnischen Erbe«. Es war echt klasse, im Namen aller *Women of Color* zu sprechen, wenn die eigene Hautfarbe für einen selbst kaum ein Thema war.

Ich drückte gegen den Spiegel des Arzneischranks, sodass er aufsprang, und starrte auf die bunte Mischung von Produkten im Innern: Da waren Zahnpasta und Wattebällchen, Gesichtsbleiche, Pickelpflaster und Anti-Aging-Augencreme. Außerdem lagen unter dem Waschbecken Feuchttücher und Vaginalcreme gegen Juckreiz. Alles eigentlich völlig normale Dinge, die mich dennoch stets mit einem Gefühl der Scham erfüllten, und hier in Eleanors Badezimmer lagen sie, lediglich von einem Spiegel oder einer Schranktür verborgen, praktisch offen herum. Eleanor war ein Mensch wie alle anderen, nur dass sie sorgfältig auf ihr Erscheinungsbild achtete, das wir alle so bewunderten. Eleanor wurde … schmerzlich vermisst.

Plötzlich fand ich mein Verhalten unangebracht und knallte die Türen wieder zu. Mit brennenden Tränen in den Augen ging ich ins Arbeitszimmer. Dort fiel mein Blick auf das Einbauregal, ein maßgefertigtes kompliziertes Gebilde aus Eichenplatten und Kupferrohren. Ein dickes Buch mit silbernen und goldenen Buchstaben auf einem königsblauen Rücken kam mir irgendwie bekannt vor, und ich machte einen Schritt darauf zu, als …

Die Türglocke klingelte und hallte durch die verspiegelte Diele. Ich erstarrte, als hätte man mich gerade auf frischer Tat ertappt. Bestimmt waren die Detectives zurückgekehrt, und ich steckte in Schwierigkeiten.

Nein, das konnte nicht sein; sie wussten, dass Daniel heute nicht zu Hause war. Vielleicht war es ja ein Amazon-Bote? Ich trottete durch das Schlafzimmer zurück und spähte aus dem Fenster.

Und dort stand er, in einer knalligen Daunenjacke und einer Jogginghose. Er hatte immer noch diese leuchtend blauen Augen, und sein knochiger Kiefer wurde jetzt von einem Dreitagebart geziert.

Ehe ich mich versah, eilte ich die Treppe hinunter und öffnete die Haustür. Cameron trat einen Schritt zurück und riss die Augen auf.

»Du weißt, was passiert ist?«, fragte ich. Er kniff die Augen zusammen, und ich fasste mir an die Brust. »Ich bin Hana, Eleanors Freundin. Erinnerst du dich nicht an mich?«

Ich hatte Cameron in den letzten zehn Jahren nur ein paarmal gesehen. Er war auf Eleanors Hochzeit gewesen, und ich war mir nicht sicher gewesen, ob ich das merkwürdig finden sollte oder nicht. Außerdem hatten wir ein-, zweimal etwas Zeit miteinander verbracht, als er in der Stadt gewesen war, um Ted zu besuchen. Er war nach der Trennung von Eleanor, als wir in unserem Abschlussjahr waren, in Boston geblieben, und damals war es mit seinem Leben auch steil bergab gegangen. Während ich in L.A. lebte, machte Cameron in einer Klinik in Arizona einen Drogenentzug. Allerdings konnte er danach den Zahlungsverpflichtungen für die geräumige Eigentumswohnung, die er im teuren Beacon Hill gekauft hatte, nicht mehr nachkommen und bezog auf Drängen seiner Eltern das renovierte Häuschen in ihrem Garten. Einige Jahre später begann er wieder zu arbeiten und wirkte mit seinen langen blonden Locken und hellen Augen kein bisschen wie ein Junkie.

»Das hier ist doch Eleanors Wohnung, oder?«, brummte er im entspannten Tonfall eines Kiffers.

Ich nickte. »Ich … habe nur was abgeholt.« Ich schluckte. »Aber Daniel weiß nicht, dass ich hier bin.«

»Daniel, genau.« Er nickte und sah mir in die Augen, dann warf er einen Blick über meine Schulter. »Kann ich reinkommen?«

»Sicher! Tut mir leid.« Ich hielt die Tür auf, und er schob

sich, begleitet von einem Schwall kalter Luft, an mir vorbei, während mir klar wurde, dass ich ihn gerade in eine fremde Wohnung reingelassen hatte. Er öffnete den Reißverschluss seiner Jacke und schlenderte ins Wohnzimmer, wo er sich aufs Sofa fallen ließ.

»Ich habe versucht, dich gestern Abend anzurufen«, sagte ich.

»Du hast meine Nummer?«

Ich runzelte die Stirn. »Und du kennst Eleanors Adresse?«

»Ted hat sie mir gegeben.«

»Lustig. Von ihm habe ich auch deine Nummer.«

»Aha.« Er stützte seine Ellbogen auf den Oberschenkeln ab und fuhr sich mit der Hand übers Kinn. Ich hatte ihm gegenüber auf einem Sessel Platz genommen und begann zu lachen.

»Was ist?« Seine Lippen verzogen sich zu einem schiefen Lächeln.

»Tut mir leid, ich – wir hocken hier ganz ungezwungen in Eleanors Wohnzimmer, und ich biete dir nicht einmal etwas zu trinken an. Es ist … mein Gott. Eleanor.« Mein Lachen nahm einen finsteren, hysterischen Tonfall an, der meine Besorgnis überdeckte. Ich holte tief Luft. »Was machst du hier? Bist du gerade erst angekommen?«

»Ja, ich habe heute Morgen mit den Detectives gesprochen und bin dann mit meinem Wagen hierhergefahren. Ich möchte euch helfen. Wird man Suchtrupps zusammenstellen?«

»Keine Ahnung – bisher hat niemand was organisiert. Die Sache wurde noch nicht öffentlich bekannt gegeben.« Ich beugte mich vor. »Übernachtest du bei Ted?«

»Wahrscheinlich schon. Vielleicht auch im Hotel. So weit habe ich noch nicht geplant.«

»Okay.« Die Frage, die auf der Hand lag, hatte er noch nicht beantwortet, und ich deutete auf das Zimmer: »Und warum bist du … hier?«

»Ich dachte, Daniel wäre zu Hause. Wo ist er eigentlich?«

»Auf der Arbeit.« Ich schüttelte den Kopf. »Warum wolltest du ihn sehen?«

»Um ihm meine Hilfe anzubieten. Und ihm zu sagen, dass es mir leidtut.« Seine Kiefermuskeln traten hervor, als würde er die Zähne zusammenbeißen.

Meine Haare an Kopf und Nacken begannen zu kribbeln – irgendetwas war seltsam. Na ja, alles war seltsam, vor allem, dass Cameron jetzt hier war. »Warum hast du Daniel nicht angerufen?«

»Ich habe seine Nummer nicht. Und Ted auch nicht.« Er lehnte sich zurück und legte einen Arm auf die Rückenstütze des Sofas. »Es gibt also noch keine Neuigkeiten?«

»Nein. Man hat gestern Nacht nach ihr gesucht.«

»Ach ja?«

Ich zuckte mit den Achseln. »Ich nehme an, dass die Polizei alle Hebel in Bewegung setzt, um sie zu finden.«

»Du nimmst es an?«

»Die Cops schienen fest davon überzeugt, dass sie aus freien Stücken verschwunden ist.«

»Warum sollten sie das glauben?«

Ich dachte darüber nach und sah keinen Grund, unsere Entdeckung für mich zu behalten: »Daniel und Eleanor führen seit Kurzem eine offene Ehe.«

Seine sandblonden Augenbrauen zuckten in die Höhe. »Scheiße. Glaubst du etwa, dass sie sich aus dem Staub gemacht hat?«

»Nein. Für sie stand die Karriere immer an erster Stelle – sie würde nicht abhauen, nur weil sie Liebeskummer hat. Außerdem hat Daniel behauptet, dass die Sache ihre Idee war.«

»Verstehe. Also, ich mache mir nur Sorgen, weil Eleanor eine Menge Feinde hat.« Er deutete auf die Wand, aber ich war mir nicht sicher, worauf er dort zeigte. Den Kamin? Die Socken, die akkurat daneben hingen? »Es wird laufend über sie berichtet. Sie ist eine öffentliche Person.«

Er meinte den Fernseher, der an den frei liegenden Backsteinen angebracht war. »Zählen Fremde, die sie hassen, auch als Feinde?«

»Du weißt schon, was ich meine.«

»Du glaubst also, dass man ihr etwas angetan hat?«

»Keine Ahnung. Vielleicht musste sie auch einfach verschwinden.«

»Wie kommst du darauf? Ich wüsste nicht, warum sie abhauen sollte, wo es doch so gut für sie lief.«

»Ich habe den Cops nichts von der Sache erzählt, als sie mich befragt haben.« Er hob die Hände ans Kinn und fuhr sich mit den Knöcheln über den Mund. »Aber vor etwa drei Monaten hat Eleanor mich aus heiterem Himmel angerufen.« Er faltete seine Hände unter dem Kinn. »Sie wollte wissen, ob ich jemanden kenne, der einen Pass fälschen kann. Ich hatte keine Ahnung, was sie vorhatte, aber das ist mir nicht mehr aus dem Kopf gegangen. Warum sollte sie sich auf so einen Mist einlassen?«

Ich riss entgeistert den Mund auf. »Warum hast du den Cops nichts davon erzählt? Das könnte hilfreich sein. Und an wen hast du Eleanor verwiesen?«

Der Blick, den er mir zuwarf, schmerzte wie ein Peitschenhieb. »Ich habe den Cops deshalb nichts davon erzählt, weil ich nicht will, dass sie mich für einen Kriminellen halten. Ich habe Eleanor gesagt, ich würde niemanden kennen. Schließlich bin ich kein Mitglied irgendeines kriminellen Netzwerks, okay?«

Zunächst war ich verlegen, dann verärgert – Eleanor war nicht blöd und hatte nicht ohne Grund angenommen, dass Cameron ihr helfen könne. »Tut mir leid. Ich bin nur völlig entsetzt. Für mich ist Eleanor eine aufrechte, gesetzestreue Bürgerin.«

»Normalerweise trifft das auch zu«, murmelte er.

Ich fuhr zu ihm herum – nein, er meinte bestimmt bloß die Sache mit dem gefälschten Pass. Ich schüttelte den Kopf. »Hast du mit Gary und Karen gesprochen?«

»Sicher. Ich habe mit ihnen telefoniert. Sie haben mich ja auf die Idee gebracht hierherzufahren.« Er imitierte den breiten Bostoner Akzent von Eleanors Vater: »Sag Bescheid, wenn du denkst, dass wir mit dem Wagen da runterfahren sollten.«

Mikki und ich hatten Eleanors Eltern während der Collegezeit ziemlich regelmäßig gesehen; sie waren dann in der Nähe des Campus mit uns essen gegangen, oder wir hatten das Wochenende bei ihnen verbracht. Obwohl ich nichts Genaueres wusste, hatte ich den Eindruck, dass Gary und Karen für Ted und Cameron ebenfalls so etwas wie Ersatzeltern waren. Die beiden waren fast schon auf absurde Weise zuvorkommend; wenn man sich bei ihnen mit einem Geschenk für etwas erkenntlich zeigte, schickten sie einem eine Dankeskarte. Bei dem Gedanken an die beiden durchströmte mich eine Woge der Wärme und des Mitgefühls: Gary, dessen Glatzkopf stets eine Baseballkappe zierte, war Bauunternehmer und ein allseits bekannter Geschäftsmann, der nur so vor Energie strotzte, und Karen war praktisch veranlagt – ganz die Krankenschwester im Ruhestand – und trug einen grauen Pagenschnitt und meistens eine schicke Freizeithose. Ihre Gegenwart hatte eine beruhigende Wirkung und vermittelte mir zum ersten Mal eine Ahnung davon, wie es war, ein intaktes Familienleben zu führen. Bestimmt beteten die beiden, dass es Eleanor gut ging, dass sie aus freien Stücken abgehauen war. Es war schon merkwürdig, sich so etwas zu wünschen.

»Cameron, du kennst Eleanor länger als ich«, sagte ich. »Ich finde, das sieht ihr alles gar nicht ähnlich. Hat sie je so was in der Art getan?«

»Nein.« Er dachte nach, zuckte mit den Achseln. »Ihre Eltern würden das wahrscheinlich anders sehen. Als sie noch auf die Highschool ging, hat sie jedes Mal bei mir übernachtet, wenn sie sauer auf ihre Eltern war. Oder sie hat bei einer Freundin gepennt. Mrs. Walsh hat mich dann immer völlig aufgelöst angerufen. Eleanor war ja noch so jung.«

Ich lachte spöttisch. »Das waren wir doch alle. In der Highschool, meine ich.«

»Aber sie war noch etwas jünger als die anderen – sie hat zwei Klassen übersprungen, weißt du?«

»Ach ja?« Wusste ich das? Mir war das neu.

»Die siebte und achte Klasse«, sagte er stirnrunzelnd. »Bei der Einschulung war sie zwei Jahrgänge unter Ted. Das heißt, sie ist mit zwölf auf die katholische Highschool gekommen.« Er räusperte sich. »Natürlich sind wir erst im letzten Schuljahr zusammen gewesen. Da war sie schon sechzehn. Aber ich dachte, ihr wüsstet das, auch wenn sie keine große Sache daraus gemacht hat.«

Ich neigte den Kopf. »Das heißt, sie ist jetzt dreißig, oder?«

»Äh … sie ist drei Jahre jünger als ich, ja.«

»Aha.« Ich lehnte mich zurück. Das war zwar nur eine kleine Diskrepanz, trotzdem war das seltsam: Warum hatte

Eleanor das all die Jahre vor uns geheim gehalten? Hatte sie das Gefühl gehabt, sie könnte nicht mit der Wahrheit herausrücken, weil sie in den Anfangsjahren auf dem College ihr tatsächliches Alter verschwiegen hatte? Seit dem ersten Studienjahr hatten wir alle gefälschte Ausweise besessen, gut gemachte Fälschungen, um die Bars besuchen zu können, zu denen man erst mit einundzwanzig Zutritt hatte. Es wäre also für Eleanor kein Problem gewesen, selbst im Abschlussjahr dort heimlich ihren gefälschten Ausweis vorzuzeigen. Allerdings waren später all diese Artikel über *Gleam* und *The Herd* erschienen, na ja, eben über Eleanor, Artikel, die die Erfolge einer Frau in einem bestimmten Alter würdigten – einer Frau in unserem Alter.

»Glaubst du, das ist irgendwie wichtig?«, fragte er.

»Nein. Es ist bloß seltsam.« Ich knackte mit den Fingerknöcheln. »Wenn Eleanor etwas Schlimmes zugestoßen ist, sind wir es ihr schuldig zu helfen.«

»Und das versuchst du gerade?«

»Ja. So wie du.«

»Hat inzwischen jemand Lösegeld gefordert oder sich bei euch gemeldet?«

Ich zuckte zusammen. »Nein.«

»Also, das letzte Mal habe ich von ihr gehört, als sie mich wegen des gefälschten Passes angerufen hat. Davor hatten wir seit der Hochzeit nicht mehr miteinander gesprochen. Aber mal ehrlich, verdächtigt eigentlich niemand ihren Ehemann?«

Hatte Daniel Eleanor etwas angetan? Bei dem Gedanken drehte sich mir der Magen um; ich hatte immer den Eindruck gehabt, dass er in sie vernarrt war, aber sein heutiges Benehmen, das Festhalten an seinem gewohnten Tagesablauf, war einfach nur grotesk. Ich verspürte das seltsame Verlangen,

Eleanor zu fragen, was sie davon hielt, und wurde von einer Woge der Verzweiflung erfasst. »Daniel scheint ernsthaft besorgt und darum bemüht, sie zurückzubekommen«, sagte ich. »Ich würde gerne wissen, was ihm die Cops erzählt haben.«

»Halt mich auf dem Laufenden, wenn es dir nichts ausmacht.«

Ich starrte ihn an. Ich hasste dieses Gefühl: Unser Gespräch enthielt so viele unterschwellige Botschaften, doch ich wurde nicht schlau daraus, was er mir mitteilen wollte. Ich gab ihm Daniels und meine Nummer, und wir erhoben uns, während die kalte Luft zwischen uns vor Spannung knisterte. »Du bleibst also hier?«, fragte er mit gespielter Beiläufigkeit, so als glaubte er, dass ich irgendetwas Verdächtiges im Schilde führte.

»Erst einmal schon. Ich bringe dich jetzt wieder nach draußen.«

An der Tür blieben wir kurz stehen, und er zog sich seine Jacke an. Schließlich blickte er mir in die Augen und nickte mir lässig zu. »Trotz der beschissenen Umstände freut es mich, dass wir uns gesehen haben, Hana.«

Ich erstarrte. Was zum Henker trieb ich hier eigentlich? Ich begleitete Cameron aus Eleanors Wohnung, als hätte ich wie in *Der talentierte Mr. Ripley* ihre Stelle eingenommen. Ich winkte ihm kurz und schloss dann die Tür.

Einen Moment lang beobachtete ich ihn vom Fenster aus. Warum war er hier aufgekreuzt? Was war der wahre Grund für sein Erscheinen gewesen? Ich war mir ziemlich sicher, dass er und Daniel sich nie zuvor unter vier Augen getroffen hatten, und ich konnte mir kaum vorstellen, dass die beiden wie zwei alte Kumpels füreinander ihre Anteilnahme zum Ausdruck brachten. War Cameron in Wirklichkeit von Daniels Schuld überzeugt und hierhergekommen, um den Mann, den er für Eleanors Verschwinden verantwortlich machte, einzuschüchtern? Es war mir bisher gar nicht in den Sinn gekommen, dass Cameron womöglich immer noch in Eleanor verliebt war. Wie so viele Leute.

Ich stapfte wieder nach oben, während meine Verzweiflung immer größer wurde – mein Abstecher hierher durfte nicht umsonst gewesen sein; ich musste wenigstens irgendetwas finden. Erneut ging ich zum Bücherregal und inspizierte es gründlich, während ich mit in die Hüften gestemmten Händen dastand. Darin standen jede Menge Memoiren und Essaysammlungen von Feministinnen aus sämtlichen Phasen der Bewegung. Sowie Domestic-Noir-Krimis, haufenweise *Calvin and Hobbes*-Comics und eine komplette Reihe *Jane*-Magazine. Der blaue Umschlag eines der Bücher war mir bereits vorhin ins Auge gefallen: *Frida*, ein dicker Wälzer, den Eleanor dieses Jahr von einer Frida-Kahlo-Ausstellung im Brooklyn Museum mitgebracht hatte. Ich zog den Bildband heraus und blätterte die Hochglanzseiten durch. Eleanor hatte Frida verehrt, seit ihre Eltern sie als kleines Mädchen zum Blauen Haus in Mexiko City mitgenommen hatten. Ich stellte das Buch wieder zurück und bildete mir ein, ich könnte Eleanors Fingerabdrücke darauf spüren, winzige Spuren, die sie beim Durchblättern auf den Seiten hinterlassen hatte.

Als ich das Haus verließ, schlug mir die Kälte heftig ins Gesicht. Meine Durchsuchung war ein Reinfall gewesen, und ich wurde erneut von Resignation erfasst. Ich war mit meinem Latein am Ende, und mit jeder weiteren Stunde wurde die Flamme der Hoffnung, die verzweifelte Überzeugung, dass es Eleanor gut ging, schwächer. Die Lyft-App hatte mir mitgeteilt, dass mein Wagen in zwei Minuten eintreffen würde, doch während ich hüpfend nach ihm Ausschau hielt, nahm der Fahrer eine falsche Abzweigung, und die Wartezeit betrug darauf sechs Minuten.

In Kalamazoo gab es auch Winter wie diesen, eisig kalt, aber sonnig. Als wir noch Kinder waren, hatte Katie es geliebt, draußen zu spielen, selbst wenn die Temperaturen weit unter minus zehn Grad waren. In einem der Winter hatten wir mehrere Gartenmöbel auf eine Lichtung im Wald hinter unserem Haus geschleppt und aus dem Schnee, der auf sie herabfiel, eine Art Dach geformt. Bekleidet mit langen Unterhosen und Schneeanzügen hockten wir stundenlang in den geschützten Hohlräumen darunter, und ich kommandierte Katie herum, während sie die herabfallenden Schneemassen fortschaufelte und die Tunnel reparierte. Bestimmt fragte sich Katie, wo ich steckte. Ich sollte ihr eine SMS schicken.

Wieder zu Hause stand ich mit dem Smartphone in der Hand im Wohnzimmer und zögerte – ich musste mich bei Mikki melden, musste versuchen, mit Stephanie in ihrem schicken Strandhäuschen auf Goa Kontakt aufzunehmen. Außerdem sollte ich Mom anrufen; Katie hatte mir einen Screenshot von ihr geschickt und sie aufgefordert, mich zu bitten, sie anzurufen, als würden wir Stille Post spielen. Aber Mom würde garantiert eine Möglichkeit finden, mir ein noch schlechteres Gewissen zu machen. Jedes Mal wenn ich ihr, in der Hoffnung auf ihre Anerkennung, eine gute Nachricht überbracht hatte, war es ihr gelungen, die Sache ins Gegenteil zu verkehren. Nachdem ich in Harvard aufgenommen worden war, sagte sie: *Tja, dann können wir das Häuschen in Escanaba, auf das wir gespart haben, wohl vergessen.* Und als ich mehrere Stipendien bekam und einen Kredit aufnahm: *Hoffentlich findest du nach dem Abschluss einen anständigen Job, damit dir die Sache nicht über den Kopf wächst.* Es war schon dumm genug, ihr eine gute Nachricht zu überbringen, aber sie wegen einer schlechten Nachricht anzurufen, war undenkbar.

Ich warf einen Blick auf meine Liste mit Anrufen und tippte auf einen von gestern Abend.

»Hallo?« Er klang misstrauisch.

»Gary? Hier ist Hana.«

»Hana! Ich dachte schon, du wärst einer dieser verdammten Telefonverkäufer.« Und dann leiser: »Karen, es ist Hana!«

Es folgten Tastgeräusche und ein Knacken, dann war Karens Stimme zu hören: »Hallo, Hana!« Sie bemühte sich, einen fröhlichen Tonfall anzuschlagen, aber es klang aufgesetzt. Plötzlich fragte sie mit angespannter Stimme: »Was gibt's? Hast du schlechte Neuigkeiten?«

»Gar nicht! Ich rufe nur an, um zu hören, wie es euch geht.« Ich ließ mich aufs Sofa fallen. »Ich weiß, dass ich gestern Abend am Telefon ziemlich verzweifelt klang.«

»Wir warten auf irgendeine Nachricht«, sagte Karen. »Und versuchen, positiv zu bleiben. Wir bekommen ja nichts von dem mit, was da unten bei euch vor sich geht.«

»Wir haben gestern Abend mit Daniel gesprochen, er hat uns angerufen«, sagte Gary. Seine Stimme zitterte, obwohl er sich größte Mühe gab, gut gelaunt wie immer zu klingen. »Er wollte natürlich wissen, ob wir irgendwas gehört hätten, und wir haben ihn dasselbe gefragt. Das Ganze ist wirklich seltsam. Wir sagen uns einfach, keine Ahnung – offensichtlich ist sie nur für ein paar Tage verreist.«

»Man hat uns gesagt, dass sie ihren Laptop, ihr Handy und ihre Brieftasche mitgenommen hat«, fügte Karen fast mechanisch hinzu. »Sie muss also aus freien Stücken gegangen sein – oder?«

Ich wusste nicht, was ich antworten sollte.

»Ich will mir nicht vorstellen, was im schlimmsten Fall passiert sein könnte.« Sie flüsterte jetzt fast. »Ich kann das nicht.«

»Natürlich nicht. Ich bin überzeugt, dass die Detectives sich darum kümmern. Sie haben uns versichert, dass sie die Sache ernst nehmen.«

»Einer der Detectives hat uns gestern Abend angerufen, Ratcliff.«

»Ratliff«, korrigierte Karen.

»Sie wollte wissen, wann wir das letzte Mal etwas von Eleanor gehört haben. Das war an Thanksgiving. Kaum zu glauben, dass das schon wieder so lange her ist, aber – ehe man sich versieht, ist Weihnachten.«

»Ich weiß, ich wollte auch schon längst mal wieder zu Hause anrufen.« Ich starrte zur Decke empor; neben der Wand war ein kleiner Punkt – vielleicht ein Wasserfleck? »Wie hat Eleanor damals gewirkt?«

»Oh, gut, völlig normal«, sagte Gary. »Sie hat Thanksgiving bei Daniels Familie verbracht und uns angerufen, um ein wenig zu reden. Sie erzählte, dass sie in Peekskill eine wunderbare Zeit verbringen würden. Daniel war erkältet, und ihre Schwiegermutter hatte offensichtlich den Truthahn verbrannt.«

»Außerdem haben wir über unsere Pläne für Weihnachten gesprochen – sie und Daniel fahren am 23. zu uns hoch. Das wird bestimmt gemütlich, nur wie vier.«

Ihr Gebrauch des Präsens, ihre hartnäckige Vorstellung, dass Eleanor in einer Woche bei ihnen sein würde – all das irritierte mich. Hatten sie Grund zu der Annahme, dass Eleanor in Sicherheit war, dass sie bloß verschwunden war, um irgendetwas zu erledigen, und wieder auftauchen würde?

»Fährst du auch nach Hause, nach Minnesota?«, fragte Karen.

»Äh – Michigan, ja. Meine Schwester und ich fliegen beide

am 23.« Ich räusperte mich. »Ich bin mir sicher, dass ihr ein paar schöne Tage verbringen werdet.«

»Eleanor geht es gut«, meldete sich Karen mit piepsender Stimme zu Wort. Ich zuckte zusammen und fasste mir an die Brust. »Es kann gar nicht anders sein.«

Gary gab einen Laut von sich, der sich wie ein verlegenes Lachen anhörte, doch es klang eher wie ein Schluchzen, und er räusperte sich, um es zu überspielen. »Was meine Frau sagen will, ist, dass wir uns natürlich schreckliche Sorgen machen. Aber nach dem Gespräch mit Daniel gestern Abend haben wir uns geschworen, stark zu sein. Wie sollen wir sonst – was können wir sonst …?« Er verstummte.

»Eleanor geht es bestimmt gut«, wiederholte Karen. »Und jetzt, wo wir wissen, dass du hilfst, sie zu suchen, geht es uns schon besser.«

»Natürlich. Daniel, Mikki, Cameron – alle geben ihr Bestes.« Ich wartete darauf, dass sie etwas zu Cameron sagten, dazu, dass er nach New York gefahren war, um uns zu helfen, aber sie gingen darauf nicht ein. *Ich habe Cameron heute zufällig getroffen*, hätte ich beinahe gesagt, als mir klar wurde, was für einen merkwürdigen Eindruck es gemacht hätte, wenn ich erzählt hätte, dass ich aus mir unerfindlichen Gründen in Eleanors persönlichen Sachen herumgewühlt hatte. »Es ist wirklich blöd, dass Daniel am Montagabend nicht zu Hause war, oder?« Bestimmt hatte er ihnen nichts von seinen außerehelichen Aktivitäten erzählt.

»Zu dumm, dass er ausgerechnet an diesem Abend im Büro war.« Offensichtlich war Gary froh über den Themenwechsel. »Aber du kennst Daniel ja. Er ist ein Workaholic, wie Eleanor.«

Ich zupfte an meiner Socke. »Hat Daniel sonst noch irgendwas gesagt?«

»Oh, die Detectives waren gerade erst gegangen, und er wollte uns nur informieren«, erwiderte er. »Hast du ihn heute schon gesehen? Ich mache mir seinetwegen Sorgen.«

»Nein, aber ich habe ihn heute Morgen angerufen. Er war in der Arbeit.«

»Siehst du? Was hab ich dir gesagt? Er ist ein Workaholic.«

»Du hast recht«, sagte ich. Erneutes Schweigen. All diese Menschen, die sonst nie um Worte verlegen waren, suchten jetzt nach den richtigen Ausdrücken. »Nun, ich bin mir sicher, dass er euch auf dem Laufenden halten wird, aber ich wollte mich einfach nur mal melden. Ruft mich an, falls ihr irgendwas braucht, okay? Ich werde hier für euch Augen und Ohren offen halten.«

»Vielen Dank, meine Liebe«, sagte Karen, und Gary schloss sich ihr an. »Wir werden darauf zurückkommen.«

Den Nachmittag verbrachte ich mit Arbeit, was eine willkommene Ablenkung von meinen trübsinnigen Gedanken war, die unaufhörlich neue Bilder heraufbeschworen, bei denen sich mir der Magen umdrehte: Eleanor eingesperrt in einem Keller, Eleanor angekettet in einem Atombunker, Eleanor gefesselt auf der Ladefläche eines rasenden Lkws. Immer wieder wimmelte ich Journalisten ab, die auf Neuigkeiten aus waren, und führte etwa neunundvierzig Sekunden lange Telefonate mit Stephanie in Indien, bei denen der Empfang ungefähr so unberechenbar war wie Cosmo, wenn ich versuchte, ihn in seine Transportbox zu verfrachten. Sie wollte einen früheren Rückflug nehmen, aber aufgrund der Urlaubsbuchungen blieben ihr nur wenige Möglichkeiten. Es war kein Problem für sie, dass Aurelia, die Mitgliederbetreuerin, bis zu ihrer Rückkehr das Sagen hatte.

Schließlich klappte ich meinen Laptop zu und warf mein Telefon auf den Teppich. Eleanors Bücherregal … Ich sah es immer noch vor mir, die bunten Buchrücken, all die Farben und Wörter, matt und glänzend. Das königsblaue Hardcover mit goldenen und silbernen Buchstaben. Ich stellte mir vor, wie ich es herauszog und durchblätterte. Wie Eleanors Fingerabdrücke auf den Seiten von meinen verschmiert wurden.

In meinem Kopf nahm eine Erkenntnis Gestalt an, so als würde sie mir irgendjemand zuflüstern. Meine Lippen öffneten sich und formten stumm die Worte *O mein Gott.*

Ich stürzte mich auf mein Telefon und googelte zwei Wörter und zwei Zahlen. Der kurze Moment zwischen dem Drücken der Entertaste und dem Erscheinen der Ergebnisse zog sich endlos in die Länge, doch dann wurde das Display von Wörtern überflutet. Ganz oben stand, was ich wissen musste.

Natürlich. *Natürlich.* Es war so offensichtlich, dass ich ein leises Kieksen ausstieß. Ich griff mir mit der Hand an den Kopf, fassungslos darüber, wie dumm ich gewesen war.

Da ich nicht wusste, wen ich als Erstes anrufen sollte, schickte ich eine Gruppen-SMS an Katie und Mikki: Leute, ich glaube, ich weiß, wo Eleanor steckt.

Kapitel 12

KATIE

MITTWOCH, 18. DEZEMBER, 11:40 Uhr

Wie ein Pantomime, der Entsetzen darstellte, ließ ich mit einer theatralischen Geste mein Handy fallen. Es rutschte von meinem Knie und landete scheppernd auf dem Boden, hüpfte einmal auf und blieb dann liegen.

»Alles okay?«, fragte Mikki beunruhigt.

Ich griff nach dem Telefon und las erneut die SMS: Sieht so aus, als wäre Eleanor außer Gefecht gesetzt, was?

»Was ist?«, fragte Mikki.

Meine Finger und mein Kiefer waren kalt, als hätte man die Tür zum Dach über uns geöffnet. Ich blickte Mikki in die Augen und kam zu dem Schluss, dass ich mich ihr anvertrauen konnte.

»Bitte erzähl Hana nichts davon«, sagte ich, »oder sonst irgendjemandem, okay? Aber ich habe … ich spiele mit dem Gedanken, einen Artikel über *The Herd* zu schreiben, ein Firmenporträt, das parallel zur Eröffnung des Standorts in Fort Greene erscheinen soll.« Das war zwar eine dreiste Lüge, aber sie würde ihren Zweck erfüllen. »Deshalb habe ich mich mit dem Typen in Verbindung gesetzt, der dieses Jahr diese alberne Diskriminierungsklage eingereicht hat, denn ich fand, ich müsste auch mit den Leuten reden, denen *The Herd* im Grunde seine Existenzberechtigung verdankt.«

Mikki nickte.

»Allerdings haben wir gar nicht miteinander gesprochen – er hat das Interview sausen lassen. Dafür hat er mir gerade das hier geschickt.« Ich gab ihr mein Telefon, und sie rang nach Luft.

»Woher weiß er das?«

Ich schüttelte den Kopf. »Vielleicht meint er damit nur, dass sie gestern Abend nicht auf der Veranstaltung war – die ›dringende Familienangelegenheit‹ – und sich seitdem in den sozialen Medien nicht mehr zu Wort gemeldet hat. Offensichtlich ist er ein wenig von ihr besessen.«

»Glaubst du, der Typ ist ein Stalker?«

»Keine Ahnung. Bei meinen Recherchen bin ich jedenfalls auf kein Kontaktverbot oder so was in der Art gestoßen.« Ich fummelte am Lautstärkeregler meines Handys herum. »Hat irgendjemand den Cops von ihm erzählt? Als einem möglichen Feind? Er hegt zweifellos einen tiefen Groll gegen sie.«

»Das wäre ein Motiv.« Mikki runzelte die Stirn. »Ich glaube nicht, dass ihn jemand erwähnt hat. Die Klage ist ja im Sand verlaufen. Aber du solltest den Cops wohl besser von ihm erzählen.« Sie griff nach ihrer Tasche. »Hast du noch die Karte der Beamtin?«

Ich sprach Ratliff auf die Mailbox und schrieb Carl dann eine SMS: Was soll das heißen? Keine Antwort.

Doch ich hatte kaum Zeit, mir deswegen Gedanken zu machen, denn gegen Mittag traf Fatima im Büro ein. Ich eilte zum Empfangstresen, wo sie mit zitterndem Kiefer auf mich wartete, da die Kältewelle uns immer noch fest im Griff hatte; irgendwie fand ich es angemessen, dass das Wetter dasselbe eisige Unbehagen verbreitete, das ich jedes Mal empfand, wenn ich an Eleanors Verschwinden dachte. Erneut verdrängte ich meine Befürchtungen und redete mir fest ein, ich könnte die Wahrheit über ihren Verbleib herausfinden.

Ich verfrachtete Fatima auf eines der Ecksofas und stellte meinen Laptop auf das Polster zwischen uns. Es erinnerte ein wenig an Hexerei, als Fatima eine IP-Adresse in meinen Browser tippte und die Routerdaten eingab, die wir von Ted bekommen hatten, worauf der Bildschirm von einem Wust aus Rohdaten überflutet wurde.

Mit einer schwungvollen Bewegung deutete Fatima auf den Monitor: »Das hätten wir. Es ist sehr viel weniger, als ich dachte. Offensichtlich reicht der Verlauf nur bis zum …« Sie sah mit zusammengekniffenen Augen auf den Bildschirm. »13. Das war am Freitag, oder?«

»Ja, Freitagabend. Da wurde der Router zurückgesetzt.« Ich runzelte die Stirn und erinnerte mich. »An dem Abend waren nur wir drei hier, Eleanor hat ihn als Letzte benutzt.«

Fatima scrollte nach unten, klickte aufs Touchpad und zeigte erneut auf den Bildschirm. »Dann sind das hier ihre Daten. Ich werde sie in einen eigenen Ordner ziehen.«

»Du bist eine echte Hexenmeisterin.«

»›Göttin‹ ist mir lieber.« Sie gab mir den Laptop zurück. »Ich muss wieder los, aber es dürfte nicht lange dauern, bis ich die Click-Profile für dich habe.« Sie warf ihre Tasche über die Schulter und deutete mit dem Kopf auf den Monitor. »Ich hoffe, du findest irgendwas Brauchbares. Und – ich wünsche deiner Freundin nur das Beste.« Ich bedankte mich bei ihr und winkte ihr zu, während ihre freundlichen Worte erneut jene Besorgnis heraufbeschworen, die ich unterdrückt hatte.

Dann richtete ich den Blick wieder auf die Wörter und Zahlen, die über meinen Bildschirm schwirrten. *Eleanor.* IP-Adresse

95.246.174.28. Bevor wir am Freitag aufgebrochen waren, um einen Prosecco zu trinken, hatte sich Eleanor ein paar Minuten bei Gmail eingeloggt. Ich hatte dem beinahe keine Beachtung geschenkt, doch dann fiel mir ein, dass ich auf ihrem Arbeitscomputer das E-Mail-Programm gesehen hatte: Outlook, mit der Domain @theherd.com. Allerdings war mir nicht bekannt, dass Eleanor ein Gmail-Konto hatte.

Am Samstag, dem letzten milderen Tag vor dem Kälteeinbruch, war sie noch mal im Büro gewesen, während Hana und ich bei unserem Schaufensterbummel darüber gestritten hatten, ob ich wie eine unseriöse, schäbige Handelsreisende irgendwelche Geheimnisse verscherbelte. Eleanor hatte die *Times* gelesen, sich durch die *The Gaze*-Seite geklickt, Twitter aufgerufen und sich innerhalb von nur drei Minuten auf Google Maps unzählige Ansichten von White Plains im Bundesstaat New York angesehen. Außerdem hatte sie bei der HSBC für ein paar Minuten eine Online-Buchung durchgeführt, was ich beinahe übersehen hätte – aber ja, sie hatte über die Chase eine Transaktion abgewickelt.

Ich zog meine Mappe mit den Ausdrucken ihrer Kontoauszüge hervor, als Detective Ratliff anrief. Sofort erzählte ich ihr von der unheimlichen SMS, die ich bekommen hatte, und wiederholte dabei Wort für Wort meinen Spruch über meine heimliche Recherche für einen Artikel. Sie bat mich um einen Screenshot und eine Kopie der Gerichtsunterlagen.

Ich zupfte an meinem Ohrläppchen. »Wenn Sie ihn befragen, wird er erfahren, dass Eleanor tatsächlich vermisst wird, oder?«

»Ich denke nicht, dass wir ihm das erzählen werden. Wir halten es momentan für das Beste, keine Informationen an die Öffentlichkeit rauszugeben. Aber wir werden der Sache nachgehen und uns mit Mr. … Berkowski in Verbindung setzen, falls wir das für nötig halten.«

»Gut. Danke für Ihre Mühe.« Warum bedeutete *danke* so oft *Du kannst mich mal!?*

Ich legte auf und schlenderte zur Snackbar hinüber, wo ich einen Teller Artischockenhummus bestellte. Aber beim Anblick der beigefarbenen Pampe verging mir gründlich der Appetit. Während ich die Gurkenscheiben auf meinem Teller hin und her schob, sah ich mir erneut die Kontoauszüge von der Chase an. Mir fiel auf, dass es unglaublich viele Abhebungen an Geldautomaten gab. Sie waren nicht so leicht zu identifizieren – das Geld war an verschiedenen Orten ausgezahlt worden, runde Beträge zuzüglich Gebühren, 123,50 Dollar bei einem Duane Reade in Hell's Kitchen und 182 Dollar in einem Restaurant in Dumbo. Außerdem hatte sie jede Woche noch drei- oder viermal woanders Geld abgehoben – aber Eleanor war ein Millennial und beglich ihre Rechnungen normalerweise bargeldlos; sie zückte einfach eine ihrer Karten oder be zahlte eine Runde Getränke mit ihrem Handy. Warum hatte sie das ganze Bargeld gehortet?

»Katie.«

Ich zuckte zusammen und riss den Kopf hoch. Neben mir, mit den Händen in den Hosentaschen, stand Aurelia, die junge Mitgliederbetreuerin.

»Aurelia. Hi.« Ich klappte beiläufig die Mappe zu.

»Da ist eine Polizistin. Sie heißt Ratliff.« Sie deutete mit dem Kopf Richtung Empfangstresen. »Sie will sich mal in Eleanors Büro umsehen. Sie meinte, wir könnten dabei zuschauen, solange wir nichts anfassen. Hana …« Sie zuckte mit den Achseln. »Sie hat vorgeschlagen, dass du mich begleitest. Wegen deines journalistischen Spürsinns.«

Hana hatte heute also mit Aurelia gesprochen, aber nicht mit mir? »Na klar.«

Ratliff begrüßte mich mit stoischer Miene; ich wusste nicht, ob ihr klar war, dass wir vor nicht mal einer Stunde miteinander telefoniert hatten. Sie betrat Eleanors Büro, das inzwischen nicht mehr abgeschlossen war, während wir drei – Mikki war auch dabei – dicht zusammengedrängt in der Tür stehen blieben. Trotz des sonnendurchfluteten Fensters und der leuchtend grünen Wandfarbe fand ich den Raum jetzt irgendwie unheimlich. Die leeren Stühle in der Ecke wirkten abweisend, und die Blätter der Grünlilien hingen schlaff herunter.

Der Raum war picobello aufgeräumt, und auf dem Schreibtisch ragte trotzig der breite Computermonitor empor. Ratliff streifte ein Paar Handschuhe über und wollte ihn anschalten, worauf Mikki murmelte, dass er nichts anzeigen würde, solange er nicht mit einem PC verbunden sei; tatsächlich forderte uns der Monitor nach dem Einschalten nüchtern auf, ein Gerät anzuschließen.

Die Durchsuchung war eine einzige Qual, als würde man bei der Sicherheitskontrolle am Flughafen regungslos dastehen, während ein Mitarbeiter versuchte, die Sachen wieder in die Tasche zu stopfen. Ich deutete auf Eleanors kleinen goldfarbenen Abfalleimer und bat Ratliff, darin nachzusehen. Doch ohne mir Beachtung zu schenken, tastete sie den Kaschmirschal und die Strickjacke ab, die am Kleiderständer hingen, und sah in den Taschen nach. Dann zog sie das mintgrüne Aktenschränkchen unter dem Schreibtisch auf und blätterte die Hängeordner durch.

»Ich weiß, dass sie die Mitgliedsanträge darin aufbewahrt«, rief Aurelia. »Und Unterlagen zum Standort in Fort Greene.«

Ratliff nickte, holte mehrere große Klarsichtbeutel hervor und steckte die Ordner hinein.

»Äh, das sind teilweise Originaldokumente«, sagte Mikki. »Amtliche Genehmigungen und so.«

»Sie bekommen sie zurück, sobald wir wissen, dass sie nicht von Bedeutung sind«, erwiderte Ratliff, ohne aufzuschauen.

Mir drehte sich der Magen um – ich fand diesen Eingriff in Eleanors Privatsphäre beängstigend und unzulässig. Ratliff durchwühlte beiläufig die Sachen, als würde ihre Besitzerin nicht wieder zurückkehren, als würden die Sachen einer Toten gehören. Sie nahm von einem Stapel Notizbücher im Regal das oberste herunter und blätterte es durch – offensichtlich war es unbeschrieben, denn sie legte es wieder zurück. Mit den drei darunter tat sie dasselbe.

»Hat Eleanor nicht ein Notizbuch bei sich getragen?«, fragte ich.

»Ich glaube, sie hat es in ihrer Handtasche aufbewahrt«, sagte Mikki und verschränkte die Arme vor der Brust. »Wir wissen immer noch nicht, wo ihre Handtasche oder ihr Laptop abgeblieben sind.«

»Wir hatten gehofft, beides hier zu finden«, meldete sich Ratliff zu Wort. Sie fuhr mit einem Finger über die Glasablage. »Wann wurde hier zuletzt sauber gemacht?«

»Montagabend«, erwiderte Aurelia. »Wahrscheinlich so gegen fünf. Gestern konnte die Putzfrau nicht sauber machen, weil abgeschlossen war.«

Ratliff nickte und beugte sich vor, um das kleine Messer zu inspizieren. »Können Sie mir hierzu irgendwas sagen?«

»Ich habe sie mal danach gefragt – der Griff ist wunderschön.« Mikki presste eine Hand gegen den Türrahmen. »Sie hat es irgendwann mal aus Mexico City mitgebracht. Sie hat es schon ziemlich lange – mindestens seit der Gründung von *Gleam*.«

Ratliff steckte das Messer und den Ständer ebenfalls in einen Plastikbeutel. Schließlich durchsuchte sie den Abfalleimer und tütete zwei winzige Quittungen (vielleicht Belege von Geldautomaten? Oder Kreditkartenbelege aus Feinkostläden?) und eine U-Bahn Fahrkarte ein. »Gibt es sonst noch etwas, was ich mir hier ansehen sollte?«

Wir blickten einander verwundert an.

»Gibt es denn noch etwas, was Sie sehen wollen?«, fragte Aurelia schließlich.

Ratliff schüttelte den Kopf. »Sie haben ja meine Nummer – falls Ihnen noch irgendwas einfällt.« Wir traten wankend aus dem Türrahmen und begleiteten sie nach draußen.

Aurelia schwirrte zurück zum Empfangstresen, während Mikki und ich Blicke austauschten. »Was zum Henker war das denn für eine Durchsuchung?«, fragte ich.

»Sie hat sich ja kaum umgesehen«, sagte Mikki, drehte sich um und marschierte zu Eleanors Büro zurück. »Wenn sie nicht richtig nachsehen will, werde ich das eben tun.«

Ich eilte ihr hinterher und schloss die Tür hinter uns. »Weißt du überhaupt, wonach du suchen musst?«

Mikki hockte inzwischen im Schneidersitz vor dem Regal und zerrte aus den unteren zwei Reihen Bücher heraus. »Keine Ahnung«, erwiderte sie.

In diesem Moment öffnete sich die Tür, und Aurelia erschien dahinter. Wortlos ließ sie sich neben Mikki fallen, die die Bücher am Umschlag festhielt und mit den Seiten nach unten ausschüttelte.

»Weshalb wollte sie dich sprechen?«, fragte Mikki.

Ich drehte mich verwirrt um.

»Sie hatte Fragen zur Firmenübernahme«, antwortete Aurelia. »Wer davon profitieren könnte, wenn sie nicht stattfindet, solche Dinge eben. Ich konnte ihr kaum weiterhelfen – ich habe auch erst diese Woche davon erfahren.«

Offensichtlich war Ratliff früher eingetroffen, als ich angenommen hatte, und hatte vor ihrer halbherzigen Durchsuchung bereits mit Aurelia geredet. Es war eine erschreckende Vorstellung, dass Ratliff direkt an Fatima und mir hätte vorbeilaufen können.

»Und hast du eine Idee, was wir noch tun können?«, fragte Mikki.

»Eigentlich nicht. Ich wünschte, Hana wäre hier, sie weiß hier besser Bescheid als ich. Die Polizistin hat mich nach den Mitgliedsunterlagen gefragt. Und nach den Leuten, die auf der Baustelle in Fort Greene arbeiten.«

Ich warf einen Blick auf die Rückseiten der gerahmten Fotos – von dem, das Mikki, Eleanor und Hana mit großen Augen und dichten Haarmähnen im Alter von achtzehn Jahren zeigte, und dem von Daniel und Eleanor im Urlaub. Keine der Rückseiten war beschriftet.

»Ist einer von euch mal auf der Baustelle gewesen?«, fragte ich. »Vielleicht treibt sich unter den Handwerkern irgendein Freak herum.«

Aurelia schüttelte den Kopf, doch Mikki schaute auf. »Ich bin ein paarmal dort gewesen, um Änderungen am Design abzusegnen«, sagte sie. »Aber ich habe da keine anzüglich grinsenden Typen oder sonst irgendjemanden gesehen. Ich meine, die Bauarbeiter sind einfach nur müde und versuchen, ihren Job zu machen.«

»Eleanor ist sehr wählerisch, was die Leute betrifft, mit denen wir zusammenarbeiten – ich weiß das, weil ich verschiedene Angebote eingeholt habe.« Aurelia lehnte sich zurück und stützte sich mit den Händen auf dem Boden ab. »Die Firmen, für die wir uns entschieden haben, sind zwar teuer, aber superprofessionell. Eleanor wollte niemanden engagieren, der, na ja, irgendwelche krummen Touren versucht.«

»Der Arbeiter ohne gültige Papiere beschäftigt und so was in Art?«, fragte ich.

»Ja. Oder auf die erforderlichen Genehmigungen verzichtet, was auch immer. Sie hat stets betont, dass wir uns keinen Skandal leisten dürfen. Ich schätze, wegen der Firmenübernahme«, entgegnete Aurelia.

Mikki warf sich auf einen Sessel. »Apropos Skandale, hat man inzwischen herausgefunden, wer uns als blöde Fotzen beschimpft hat?«

Aurelia schüttelte den Kopf. »Die Detectives wissen deswegen Bescheid, allerdings hat sich bisher nichts ergeben.«

Plötzlich summte ein Telefon, und für einen kurzen, aberwitzigen Moment dachte ich, es wäre Eleanors Handy, das hier irgendwo im Büro versteckt war, und es würde sich herausstellen, dass es ihr gut ging. Mein Herz machte einen Satz, doch dann merkte ich, dass es mein eigenes Telefon war, das in meiner Handtasche auf Eleanors Schreibtisch vibrierte.

Fatima. »Es geht um eine Story«, erklärte ich den beiden; das war meine Du-kommst-aus-dem-Gefängnis-frei-Karte. »Ich muss da zurückrufen.«

Als ich mich jedoch eine Minute später bei Fatima meldete, nahm sie natürlich nicht ab. Ich schickte ihr eine SMS und versuchte, erneut Hana zu erreichen: Es war ein komisches Gefühl, ohne Eleanor im Büro zu sein, und es sah Hana gar nicht ähnlich, mich zu ignorieren. Wo waren bloß alle hin? Auf einmal wurde mir vor Verärgerung übel, und ich spürte, wie mir Tränen über die Wangen liefen.

Ich musste mich ablenken, weitere Nachforschungen anstellen. Mir fiel ein, dass Ted heute Morgen angeboten hatte, sich mit mir zum Essen zu treffen, und ich schickte ihm eine SMS: »Ich mache hier Feierabend – was hast du heute noch vor?« Er schlug vor, sich in einem mexikanischen Restaurant in der Nähe zu treffen, und obwohl ich mir momentan nicht vorstellen konnte, auch nur einen beschissenen Burrito runterzubringen, hätte ich alles getan, um hier rauszukommen, weg von Eleanors ehemals makellosen Sachen, die jetzt zerwühlt waren.

Draußen auf der Straße funkelte ich die Passanten wütend an, die selbst unter ihrer dicken Schicht aus Winterklamotten noch eine gute Figur abgaben – diese Glücklichen wussten nicht, dass Eleanor an einem Ort war, wo sie nicht sein sollte. Dass meine Autorenkarriere im Arsch war, dass es nach der schmerzlichen Erfahrung mit Chris irgendwo in Michigan einen Blutfleck gab. Ich saugte die eisige Luft ein und eilte zur Eighth Avenue hinüber.

Als ich durch die beschlagenen Fenster Ted entdeckte, hellte sich meine Stimmung wieder auf. Er war ganz im Holzfällerstil mit Daunenweste und kariertem Hemd bekleidet. Wie umarmten uns zur Begrüßung ein wenig unbeholfen und bestellten jeder eine Margarita. Sobald man sie uns gebracht hatte, nahm ich einen Schluck davon in der Hoffnung, dass die entspannende Wirkung des Tequilas meine Nerven beruhigen würde.

»Und wie kommst du zurecht?«, fragte er. Man brachte uns eine Portion fettiger Pommes Frites, und er tunkte eine davon in die Salsa.

»Ganz gut. Ich versuche, mich irgendwie zu beschäftigen – um das Gefühl zu haben, irgendetwas zu tun.« Ich zog eine Serviette aus einem kleinen Spender.

»Wem sagst du das? Ich muss immer wieder daran denken …

wie wir am Freitag an deinem Computer abgeklatscht haben. Das ist erst ein paar Tage her. Wo kann sie nur stecken?«

»Ich hatte nicht den Eindruck, dass sie irgendwohin fahren wollte.« Ich seufzte. »Wie oft siehst du sie normalerweise?«

Er zuckte mit den Achseln. »Alle paar Wochen. Meistens, wenn es im Büro irgendwas zu erledigen gibt. Letzte Woche habe ich sie allerdings zweimal gesehen, wegen dieses Graffitis in der Toilette.«

»Das ist der *Gleam* Room, Ted«, sagte ich mit gespieltem Ernst, und er hob entschuldigend die Hände.

Mein Telefon, das umgekehrt auf dem Platzdeckchen lag, vibrierte ein paarmal, und ich drehte es um. O Mann – irgendwelche automatisierten Kurzmitteilungen einer politischen Kampagne. »Tut mir leid. Ich habe den ganzen Tag nichts von Hana gehört, und das macht mich wahnsinnig. Das ist eigentlich nicht ihre Art.«

»Willst du jetzt versuchen, sie zu erreichen?«

»Nein, ist schon okay. Manchmal ist sie …« Ich knallte die Ellbogen auf den Tisch. »Manchmal ist sie total gestresst, und offensichtlich bin ich die Einzige, die sie … *bestrafen* ist ein zu hartes Wort … an der sie sich abreagieren kann.« Ich neigte den Kopf. »Es kostet sie eine Menge Energie, den Eindruck zu erwecken, als hätte sie alles im Griff. Als würde alles reibungslos über die Bühne gehen. Aber in Wirklichkeit ist sie so angespannt, dass ich manchmal Angst habe, sie könnte, keine Ahnung, implodieren und zu einem kleinen Diamanten zusammenschrumpfen.« Ich ballte die Hände zu Fäusten, um es zu demonstrieren.

In diesem Moment trafen unsere Burritos ein, mehrere dicke Teigrollen in roten Körbchen.

Ted füllte sich saure Sahne auf den Teller. »Du hast recht.

Glaubt sie etwa, man würde ihr das nicht anmerken?« Er lachte, und obwohl ich das Thema selbst zur Sprache gebracht hatte, war ich verärgert: *Ich* durfte Hana kritisieren, aber nicht er.

Ich musste an unseren gemeinsamen Spaziergang die Fifth Avenue hinunter denken, daran, wie ihre Augen bei der Erwähnung von Teds Namen aufgeblitzt waren. In einem unbekümmerten Tonfall sagte ich: »Mal ehrlich, seid ihr beiden euch nicht ganz grün? Sie hat so komisch reagiert, als ich nach dir gefragt habe.« Ich lächelte verschwörerisch. »Ich spüre da eine unausgelebte erotische Spannung.«

»Um Gottes willen, nein.« Er warf den Kopf in den Nacken. »Äh, also, nicht, dass sie nicht … Sie ist klasse! Aber das ist definitiv nicht der Fall.«

»Bist du sicher?« Ich zog eine Augenbraue hoch und nippte an meiner Margarita.

»Absolut. Ich wollte damit nur sagen –« Er holte Luft. »Ich kenne die drei schon seit der Collegezeit. Mit Harvardstudentinnen ist nicht zu spaßen. Und von den dreien wirkte Hana besonders entschlossen. Superehrgeizig, superfokussiert, als müsste sie irgendwas beweisen. Du kannst …« Er fuchtelte mit der Hand in der Luft herum. »Ich bilde mir das doch nicht ein, oder? Sie wirkt verdammt zielstrebig.«

Ich starrte ihn eine Sekunde lang an. Kapierte er wirklich nicht, warum Hana um einiges härter arbeiten musste als ihre weißen Freunde? Dass sie sich keine Fehler erlauben konnte?

Er zuckte mit den Schultern. »Aber sie macht ihren Job, also kann ich ihr nicht vorwerfen, dass sie ein Kontrollfreak ist. Wenn man zuverlässig ist, verlassen sich eben alle anderen auf einen.«

»Was okay ist, solange man nicht unter einem Märtyrerkomplex leidet.« Statt weiter darauf einzugehen, nahm ich einen kleinen Biss von meinem Burrito. Die Mischung aus Salz, Fett und Gewürzen schlug mir auf den Magen.

»Aber ich weiß, wie du dich fühlst«, fuhr er fort. »Geschwister können besonders ätzend sein.«

Ich schluckte. »Behandelt dich Cameron auch so, als wärst du ein dummes kleines Kind?«

Er prustete los. »Er wohnt noch zu Hause und zockt den ganzen Tag Videospiele, was soll er da schon sagen?«

Ich horchte auf – ich wusste kaum etwas über Cameron. »Ist er schon immer so ein Hänger gewesen?«

»Eigentlich schon. In der Highschool war er allerdings total angesagt. Er hatte dort jede Menge Freunde und war ein verdammt guter Snowboarder. Er war beliebt, ohne dass er etwas dafür tun musste.«

Ich nickte. »Und was dann?«

»Er hat sich in der Schule nicht richtig bemüht. Er war einfach zu cool dafür. Ich hatte Glück – ich war ein absoluter Nerd. Mitglied im Roboterclub und so.«

Ich legte meine Gabel hin. »Was war sein Problem? Hat er es nicht geschafft, auf eigenen Beinen zu stehen?«

»Auf dem Community College lief es eine Weile noch ganz gut. Aber nach der Hälfte der Ausbildung verkündete er aus heiterem Himmel, dass er sie nicht beenden würde. Meine Eltern waren stinksauer. Mr. Walsh hat ihm dann einen Job in seiner Firma besorgt; die beiden haben sich immer gut verstanden, sie interessieren sich beide für Sport und solche Sachen. Aber ein paar Jahre später hat Cameron das mit dem Job ebenfalls vermasselt.« Er verstummte plötzlich und stopfte sich den Rest seines Burritos, ein riesiges Stück, in den Mund. Während er mühsam darauf herumkaute, wartete ich eine gefühlte Ewigkeit, dass er fortfuhr, bis mir klar wurde, dass er nichts weiter sagen würde.

»Das muss hart gewesen sein. Für die ganze Familie.«

Er würgte das Essen hinunter. »Ja, aber ich hatte eigentlich nicht vor, hier meine Familienprobleme auszubreiten.«

»Sind nicht alle Familien völlig gestört?«

Er nickte und wischte sich mit einer Serviette den Mund ab.

»Hana und meine Mutter können sich nicht ausstehen. Sie schaffen es nicht mal, im selben Raum zu sein, ohne sich zu streiten.« Ich seufzte. »Als bei meiner Mom Krebs diagnostiziert wurde und ich zu ihr gezogen bin, um mich um sie zu kümmern, sollte Hana auch für ein paar Wochen kommen – aber sie hat es bloß zwei Tage dort ausgehalten. Ich glaube, sie betrachtet das als ihr größtes persönliches Versagen, und sie hasst es, wenn man darüber redet.« Ich war jetzt wirklich gemein und stieß meine Worte zornig hervor, aber ich konnte nichts dagegen tun. »Als ich zehn Jahre alt war, hat uns mein Dad verlassen. Er hatte es satt, dass Mom ihn ständig kritisierte, und ist eines Tages einfach nicht mehr nach Hause gekommen, und Hana nutzte die Chance und zog zu ihm nach L.A.«

Ich machte eine Pause und nahm einen Schluck Wasser. Merkwürdigerweise war es ein gutes Gefühl, von meinen unbedeutenden Problemen zu erzählen, so als wäre alles völlig normal, als würde Eleanor nur ein paar Blocks entfernt fleißig bei der Arbeit sitzen, nachdem sie in ihr wunderbares Leben, ihre Firma und in ihr Büro zurückgekehrt war.

»O Mann«, sagte Ted. »Aber du und Hana, ihr beide steht euch inzwischen ziemlich nahe, oder?«

»Wir kommen zurecht.« Ich zuckte mit den Achseln. »Ich weiß nicht, ob wir uns so nahestünden, wenn ich nicht mit Eleanor und Mikki befreundet wäre.« Mir war gar nicht klar gewesen, dass ich das dachte, bevor ich es ausgesprochen hatte, aber jetzt war es heraus und stand zwischen uns im Raum. Rasch versuchte ich, mit einem Witz meine Bemerkung herunterzuspielen: »Habe ich das gerade laut gesagt?«

Er lehnte sich zurück und lächelte. »Du musst dir keine Gedanken machen«, sagte er. »Du bist hier an einem sicheren Ort.«

»Na prima. Was *The Herd* für Frauen ist, ist Benny's Burritos für Familiendramen.«

»Genau. Apropos *The Herd*, ich habe mir mal die Daten zum neuen Überwachungssystem angesehen, die du mir geschickt hast. Das Ganze ist ziemlich kompliziert.« Er faselte irgendwas von Videokompression, Festplattenrekordern und digitalem Streaming. »Ich schätze, dass durch das Zurücksetzen des Routers die neuen Kameras vom Netzwerk getrennt wurden. Was echt ätzend ist.«

»So ein Mist.«

»Ich weiß. Aber sag mal, konntest du auf den Router zugreifen?«

»Ja, noch mal danke für die Infos.« Ich beugte mich vor. »Als ich dich gestern angerufen habe, meintest du, dass du und Eleanor, dass ihr euch ziemlich nahesteht.«

Er zuckte mit den Schultern. »Wir kennen uns schon unser ganzes Leben lang, ja.«

Ich zog die Mappe aus meiner Handtasche. »Okay, erzähl niemandem hiervon. Aber ich habe ein paar Sachen zu Eleanor gefunden, die – na ja, ich weiß nicht, was ich davon halten soll.« Ich zog ein Blatt aus der Mappe. »White Plains, New York. Kennt sie dort jemanden?«

Er nippte nachdenklich an seiner Margarita. »Das ist in Westchester, oder? Dazu fällt mir nichts ein.«

»Gut. Weißt du, bei welcher Bank sie ihr Konto hat?«

Er runzelte die Stirn.

»Na ja, warst du je mit ihr an einem Bankautomaten?«, hakte ich nach.

Er schüttelte den Kopf. »Tut mir leid. Ich habe das Gefühl, als wäre das hier ein Test, zu dem ich die Antworten nicht kenne.«

»Ist schon okay. Ich suche nur nach Hinweisen.« Ich blätterte zu der Seite mit den Kontoauszügen der Chase, auf denen ich sämtliche Abhebungen markiert hatte. »Ich glaube, dass sie jede Menge Bargeld gebunkert hat. Fällt dir irgendwas ein, was sie gesagt hat oder …«

»Ist das Daniel?« Ich hob die Seite mit den Ausdrucken der Kontoanzüge an, und Ted zog das Blatt darunter hervor. Das mit Daniels Click-Profil. »Moment mal, was zum Henker …?«

Ich saugte an meinen Zähnen. »Jaaaaa. Er hat uns und den Cops direkt davon erzählt – Eleanor hatte die Idee, eine offene Ehe zu führen. Sie war ebenfalls auf der Webseite.« Ich drehte den zweiten Ausdruck herum, und er sprang auf seinem Stuhl in die Höhe.

»Ist das dein Ernst? Hat sie sich etwa mit irgendwelchen fremden Typen getroffen? Warum ist das nicht – ist das nicht ein wichtiger Hinweis?«

Plötzlich war er völlig aufgebracht.

»Ich versuche bloß, das alles zu verstehen. Daniel meinte, es sei ihre Idee gewesen. Nicht nur … sich mit anderen Typen zu treffen.«

Aber Ted hatte mich nicht gehört, während sein Blick über die Seite wanderte. »Wissen die Cops, dass du deine eigenen Nachforschungen anstellst?«

Ich schüttelte den Kopf und steckte das Blatt wieder in die

Mappe. »Wie gesagt, dann habe ich was zu tun und sitze nicht den ganzen Tag herum und mache mir Sorgen.«

»Bist du nicht mit deinem Buch beschäftigt? Erzähl mir davon.«

Ich knisterte mit meinem Plastikbecher. »Eleanor weiß noch nichts davon«, sagte ich, »und ich bin mir nicht mal sicher, ob ich das Buch überhaupt schreiben kann. Aber das ist eine lange Geschichte.«

»Was ist passiert?«

»Irgendwie ist das alles … der reinste Horror.« Das Kreischen von Sirenen. Die zuckenden Lichter, rot und blau. Die verschwitzte Haut unter meinen Händen, während ich versuchte, kraft meiner Gedanken das Herz darunter wieder zum Schlagen zu bringen.

»Ich komme da nicht ganz mit.«

»Ich will wirklich nicht darüber reden«, stieß ich hervor, und Ted senkte wie ein begossener Pudel den Kopf. Ich räusperte mich und versuchte, einen freundlichen Tonfall anzuschlagen: »Aber ich würde gerne mehr über die abgefahrenen Geräte erfahren, die du bastelst. Was ist das Verrückteste, das du je bauen musstest?«

Während wir getrennt zahlten, deutete Ted erneut mit dem Kopf auf meine Tasche. »Kann ich eine Kopie von den Unterlagen in der Mappe haben?«, sagte er. »Vielleich fällt mir ja irgendwas auf, was dir entgangen ist.«

»Du kannst die hier haben. Ich habe alles gespeichert.«

»Bist du sicher?«, fragte er, doch er steckte die Mappe bereits in seinen Rucksack. »Danke. Ich … mache mir einfach Sorgen. Niemand scheint übermäßig beunruhigt; Cameron meinte nur: ›Na und? Sie braucht ständig einen Kick, wahrscheinlich hat sie sich bloß gelangweilt und eine neue Herausforderung gesucht.«« Er sprach im schleppenden Tonfall eines Surfers und wackelte dabei mit dem Kopf. »Aber ich weiß nicht. Sie ist jetzt eine öffentliche Person. Außerdem gab es dieses alberne Graffiti, das ich übertapezieren musste – ich kann mir das nicht vorstellen.«

»Mir geht es genauso.« Ich lächelte traurig. »Aber jetzt, wo wir beide der Sache nachgehen, fühle ich mich ein wenig besser.«

»Hoffentlich hat Cam recht.« Er griff nach seinem Mantel. »Und man ruft uns gleich an, um uns mitzuteilen, dass man sie gefunden hat, als sie in L.A. eine Maschine zu den Fidschis bestiegen hat.«

Plötzlich zuckte in meinem Kopf undeutlich ein Gedanke auf. »Sag das noch mal.«

»Was? Dass sie auf dem Weg zu den Fidschis ist?«

Es war wieder weg.

Nachdem wir uns auf dem Gehweg umarmt hatten, verabschiedeten wir uns voneinander. Ich hatte einen verpassten Anruf von Fatima, und sie hatte mich in einer SMS gebeten, sie in einer Stunde zurückzurufen. Auf der U-Bahn-Fahrt nach Hause las ich den Wikipediaeintrag zu White Plains, das mich bisher nicht weitergebracht hatte. Warum hatte sie auf Google Maps danach gesucht? Wie sich herausstellte, hatte die Stadt im Unabhängigkeitskrieg eine wichtige Rolle gespielt und war der Geburtsort eines gewissen Mark Zuckerberg. Dann erregte etwas mein Interesse: In White Plains gab es zudem einen kleinen internationalen Flughafen, der von Privatjets und schnittigen Chartermaschinen genutzt wurde.

Als Fatima meinen Anruf entgegennahm, redete sie sofort drauflos: »Ich habe immer noch keinen Zugriff auf das Konto dieses Typen«, sagte sie, »aber was MoreFracturedLight betriff? Du wirst es nicht glauben. Eleanor hat sich nur mit einer einzigen Person ausgetauscht: einer Frau in Mexiko. Es ging darum, dort hinzuziehen. Sie nannte es ihren, Zitat, ›emotionalen Zufluchtsort‹ und meinte, dass sie immer davon geträumt habe, dort drüben noch mal von vorne zu beginnen.«

Es war so offensichtlich, als hätte ich es die ganze Zeit geahnt, ohne es mir einzugestehen. Ich war unendlich erleichtert und gab mich ganz diesem Gefühl hin: Eleanor war am Leben.

»Und du glaubst, sie ist tatsächlich dort hingeflogen? Dann ist Mexiko aber mehr als nur ein … emotionaler Zufluchtsort.«

Das ist furchtbar, wollte ich sagen. Aber das war es natürlich nicht. Das geheime Bankkonto, der geheime E-Mail-Account und die Bargeldabhebungen. Der Flugplatz fünfunddreißig Meilen nördlich von New York.

»Ich weiß nicht. Lies es selbst. Es fängt ziemlich harmlos an, wie eine Art Flirt, aber dann zeigt sich, dass Eleanor gründliche Nachforschungen angestellt hat. Sie erwähnt all diese Orte und fragt die Frau – ich glaube, sie ist Britin –, wie sie es geschafft hat, dort Fuß zu fassen. Dann vor etwa einer Woche bittet Eleanor sie um ein persönliches Treffen. Außerdem wurden sämtliche Nachrichten der beiden gelöscht, ich habe sie in einem temporären Ordner gefunden. Das kann doch alles kein Zufall sein, oder?«

Mein Telefon summte, aber ich hielt es weiter gegen das Ohr gepresst. Ich starrte angestrengt an die Decke, während all diese neuen Informationen durch meinen Kopf schwirrten. War Eleanor wirklich dazu in der Lage? Das hier alles – uns alle – zurückzulassen, um jenseits der Grenze im Verborgenen ein neues Leben zu beginnen? Auf illegalem Weg dort einzureisen in der absurden Hoffnung, dass niemand es merken oder nach ihr suchen würde …?

»Welche Städte hat sie erwähnt?«, fragte ich, während ich mich in meinem Bett aufsetzte. Fatima buchstabierte die Namen, und ich tippte sie in getrennte Registerkarten, worauf Google als erste Suchergebnisse mehrere Flugrouten ausspuckte.

O mein Gott. ESE, Flughafen Ensenada. GYM, Internationaler Flughafen Guaymas. Ich schnappte mir das schraffierte Post-it von meinem Schreibtisch, und dann war alles klar:

ACA 1010 CUU ESEGYM

Acapulco. Cancún. Ensenada und schließlich Guaymas. Sie hatte nach Flügen gesucht.

»Schick mir alles, was du hast«, sagte ich zu Fatima. »Ich muss herausfinden, wann nach der Mocktailrunde am Montag von White Plains ein Flug nach Mexiko gegangen ist.«

»Nach der was?«

»Ist egal. Aber danke. Kannst du mir irgendwas über die Frau sagen, der sie geschrieben hat?«

»Keine Chance. Irgendwann nach dem letzten Austausch hat sie ihr Konto deaktiviert, es gibt also keine Informationen zu ihr.«

»Mist.« Die geheimnisvolle Frau – sie wusste, wo Eleanor war, oder?

»Ich kümmere mich weiter um das Profil von dem Typen, das du mir geschickt hast.«

»Vielleicht solltest du damit erst mal warten – wenn Eleanor abgehauen ist, muss ich sein Alibi nicht überprüfen.«

»Alles klar. Und … Wie bitte? Dann muss ich wohl gratulieren, dass es ihr gut geht?«

»Ich weiß auch nicht, was ich davon halten soll.« Mein Magen zog sich zusammen, als hätte ich etwas Stacheliges verschluckt. »Aber danke.«

Ich legte auf und sah, dass ich eine Gruppen-SMS von Hana bekommen hatte: Leute, ich glaube, ich weiß, wo Eleanor steckt. Meine Finger huschten über das Display, denn ich konnte sie gar nicht schnell genug anrufen.

»Katie, tut mir leid, dass ich heute nicht gekommen bin. Aber ich denke, ich weiß, was passiert ist.«

»Sie ist in Mexiko.«

Langes Schweigen.

»Wie hast du …«

»Ich habe ebenfalls versucht, sie zu finden. Bist du auch auf die Nachrichten auf Click gestoßen?«

»Die was?«

Es folgte ein irritiertes Schweigen. Dann erzählte sie mir von ihrem Anruf bei Cameron und bei Eleanors reizenden Eltern. Ich hatte Hana nie für eine großartige Rechercheurin gehalten, aber es imponierte mir, wie sie ihrer Intuition gefolgt war. Sie hatte ein gutes psychologisches Gespür.

»Als Cameron von dem Fälscher erzählte, gingen bei mir alle Alarmglocken an«, fuhr sie fort. »Und ich habe mich gefragt, ob sie sich womöglich über jemand anders einen gefälschten Pass besorgt hat.«

»Klingt logisch.« Ich machte mir immer wieder Notizen und kritzelte Bildchen in mein Notizbuch.

»Als wir gestern zu Hause in ihrem Arbeitszimmer waren, ist mir ihr Frida-Kahlo-Buch im Regal aufgefallen, und heute Abend hat sich dann plötzlich alles zusammengefügt. Ich habe mir erneut diese Nummern angesehen, die ich, äh, auf ihrem Schreibtisch entdeckt hatte, als Daniel uns diesen seltsamen

Vertrag gezeigt hat – eine sah aus wie eine Telefonnummer, aber es kam keine Verbindung zustande, und die andere hatte zwei Ziffern mehr. Also habe ich die ersten beiden Ziffern der längeren Zahlenfolge zusammen mit den Wörtern ›Ländervorwahl‹ und ›Mexiko‹ bei Google eingegeben. Es handelt sich um die Nummern von Wegwerfhandys.«

»Sehr clever.« Ich hatte den Schreibtisch ebenfalls gründlich inspiziert. Wann hatte Hana diesen Zettel mit Telefonnummern eingesteckt? Und warum lag er offen herum, sodass Daniel ihn sehen konnte?

»Und was ist mit dir? Was hast du – einen Moment, Mikki ruft gerade an.«

Es piepte ein paarmal, dann begrüßten die beiden sich kurz.

»Und wo steckt sie? Geht es ihr gut?«, fragte Mikki mit fiebriger Stimme.

»Wir glauben, dass es ihr gut geht«, sagte Hana. »Sie ist aus freien Stücken gegangen. Sie ist nach Mexiko gezogen.«

»Gott sei Dank.« Mikki lachte hysterisch. »Bitte was …?«

»Sie hat das bereits seit Längerem geplant«, erklärte Hana. »Ich bin so … erleichtert, und trotzdem unglaublich wütend.« Sie klang verwirrt, als wäre sie nichts von beidem.

»Ich bin echt froh, dass es ihr gut geht, o mein Gott«, sagte Mikki. »Aber warum sollte sie – erst recht, wenn *The Herd* …« Ihre Stimme überschlug sich, als wären ihr die Worte im Halse stecken geblieben.

»Vielleicht war die Situation gar nicht so rosig, wie es den Anschein hatte«, sagte Hana.

»Dieses Miststück!«, stieß Mikki fassungslos hervor. »Dieses durchtriebene, elende Miststück. Wissen wir, dass sie wirklich dort unten ist?«

»Ich hoffe es, denn das würde bedeuten, dass sie lebt und es ihr gut geht«, warf ich ein. Überraschtes Schweigen, als hätten die beiden vergessen, dass ich auch noch da war.

»Katie, du wolltest mir gerade sagen, warum du glaubst, dass sie in Mexiko ist«, sagte Hana.

Nach kurzer Überlegung kam ich zu dem Schluss, dass es keinen Grund gab, Fatima oder die Bankkonten zu erwähnen, und auch nicht mein Treffen mit Ted oder sonst irgendwas, was nicht direkt mit meiner entscheidenden Entdeckung im Zusammenhang stand. »Sie hat sich eine neue Identität verschafft und wollte nach Mexiko ziehen. Sie hat im Internet einer fremden Frau von ihren Plänen erzählt.«

Erstauntes Schweigen.

»Das hättest du uns besser gleich erzählen sollen«, sagte Hana.

»Ich habe es gerade erst herausgefunden. Sie …«

»Mit wem hat sie sich ausgetauscht?«, unterbrach mich Mikki.

»Mit einer fremden Frau auf Click«, sagte ich. »Sie hatte dort ein Profil, und es war kein Problem, das Passwort zurückzusetzen und sich einzuloggen.« Ich fasste meine Ergebnisse kurz zusammen und tat so, als hätte ich meine Nachforschungen alleine angestellt.

»Ich hoffe so sehr, dass ihr recht habt«, sagte Mikki zögernd. »Aber … verdammt. Eleanor hat sich nicht mal verabschiedet. Und sie soll ihre beiden Firmen einfach sich selbst überlassen haben, ohne jede Vorwarnung oder irgendeinen Plan, wie sie weitergeführt werden sollen? Das … das sieht ihr gar nicht ähnlich.«

»Ich schätze, das ist ein echter PR-Albtraum«, sagte ich. Es war nicht meine Absicht, schnippisch zu klingen, andererseits …

»Ist es nicht vor allem … verletzend? Dass sie es in Ordnung fand, uns einfach im Stich zu lassen?« Mikkis Stimme schwoll zu einem Krächzen an. »Ich kann es nicht fassen. Diese arroganten Cops hatten recht.«

»Was sollen wir jetzt machen?«, fragte Hana. Ganz das Organisationstalent, wollte sie sich um alles kümmern.

»Wir müssen wohl die Detectives informieren«, sagte ich nach einem Moment. »Ob sie weiter nach ihr suchen werden, wenn sie freiwillig gegangen ist?«

»Ich glaube nicht«, sagte Hana langsam. »Falls sie hier Schulden hat, werden ihre Gläubiger nach ihr suchen. Und falls sie sich illegal in Mexiko aufhält, ist das das Problem der dortigen Behörden.«

Ich stieß eine Mischung aus Lachen und Stöhnen hervor. »Ich kann es einfach nicht glauben. Wir reden hier von Eleanor. Würde sie … wäre sie wirklich zu so etwas imstande?«

Niemand sagte etwas, und es schien, als würde das Rauschen in der Leitung lauter werden.

»Ich weiß, das ist schrecklich, aber ich denke, es ist die Wahrheit«, sagte Hana. »Sie ist so intelligent und willensstark und … Könnt ihr euch das nicht vorstellen?«

In ein paar Tagen oder Wochen würde Eleanor bestimmt wieder im Büro aufkreuzen, die glänzenden Haare modisch frisiert, ihre Wangenknochen zu einem Lächeln hochgezogen und mit einer völlig verrückten Geschichte auf ihren himbeerfarbenen Lippen …

»Ich weiß nicht, was ich sonst noch sagen soll.« Ihre Stimme klang brüchig, und ich brauchte einen Augenblick, bis ich begriff, dass es Mikkis und nicht Hanas war. »Ich werde nun Schluss machen. Ich glaube, ich muss mich gleich übergeben.«

Hana und ich sprachen ihr ein wenig Trost zu, doch als wir

verstummten, stellten wir fest, dass Mikki bereits aufgelegt hatte.

»Tja, ich werde jetzt wohl Ratliff anrufen«, sagte Hana schließlich.

»Hat es schon jemand Daniel erzählt?«, fragte ich. »Oder ihren Eltern?«

»Ich denke, das sollten wir der Polizei überlassen. Ich rufe gleich Ratliff an und sage ihr, was unserer Meinung nach passiert ist. Vielleicht kennen Eleanors Eltern da unten jemanden. Leute, die nach ihr suchen können. Als sie noch ein Kind war, sind sie mit ihr oft dort gewesen.«

Uns ging der Gesprächsstoff aus, als wäre dies das Ende einer peinlichen Fragestunde, und ich legte auf. Ich beneidete Hana um die Aufgabe, die sie nun erwartete. Allerdings gab es auch für mich immer noch etwas zu tun – ich konnte den Flughafen in White Plains ausfindig machen und die Nachrichten von Eleanors neuer britischer Freundin nach Hinweisen durchforsten, die ich übersehen hatte –, aber plötzlich fühlte ich mich müde, und meine Knochen wurden schwer wie Blei. Ich spürte Tränen in mir aufsteigen und ließ der seltsamen Mischung aus Erleichterung, Wut, Erschöpfung und Selbstmitleid freien Lauf: *Eleanor ist am Leben, und sie ist in Sicherheit. Eine Woche, nachdem du in ihr Leben zurückgekehrt bist, hat sie dich verlassen.* Ich begann bitterlich zu weinen. Irgendwann klopfte Samantha, meine Mitbewohnerin, leise an die Tür, doch ich antwortete nicht, und sie verschwand wieder.

Der Donnerstag war kalt, so wie die Tage zuvor und wie die Tage, die noch folgen würden. Eigentlich wollte ich zu Hause bleiben und einfach die Vorhänge zulassen, aber dann zog ich meine dicke Jacke an und fuhr mit der U-Bahn in die Stadt.

Zunächst glaubte ich, die anderen wären nicht im Büro, aber schließlich deutete Aurelia, die wie immer alles im Blick hatte und gerade im Empfang war, auf die Wand hinter sich. »Sie sind in Eleanors Büro.«

Sie hatten die Tür geschlossen. Offensichtlich war ich nicht willkommen. Doch das war mir egal. Ich klopfte an, einmal, zweimal, dreimal.

Die gedämpften Stimmen verstummten.

»Wer ist da?«, rief Hana.

»Ich bin's.«

Hinter der Milchglasscheibe bewegten sich die dunklen Umrisse mehrerer Personen, dann öffnete Hana die Tür. Sie weinte, und auf Mikki spiegelte sich … Verwirrung? Besorgnis?

»Was ist los?«, fragte ich.

Mikki tippte auf ihr Handy und gab es mir, und mir wurde klar, dass der Ausdruck in ihren Augen eine Mischung aus Empörung, Verbitterung und Zorn war.

Ich musste ein paarmal blinzeln, bevor ich die verschiedenen Informationen zusammengefügt hatte.

Eine E-Mail. An Mikki und Hana, an ihre privaten Posteingänge. Von Eleanor, von ihrem *The-Herd*-Account. Abgeschickt am 19. – um 9.56 Uhr Ortszeit –, vor weniger als einer Viertelstunde. Sie war kurz, wie die meisten ihrer Mails. Es war die knappe Mitteilung einer einflussreichen Frau, die niemanden etwas beweisen musste.

Ihr Lieben, es tut mir leid, dass ich euch so viele Sorgen und so viel Kummer bereitet habe. Es geht mir gut, und ich habe das Land verlassen. Leider kann ich euch nicht den Grund dafür nennen, aber glaubt mir: Ich bin glücklich und werde nicht mehr zurückkommen. Ich bin überzeugt, dass ihr die richtigen

Leute informieren und die großartige Arbeit fortsetzen werdet, die wir gemeinsam begonnen haben. xoxoxo

Mir summten die Ohren, und sie wurden von einem Knistern erfüllt, als würde man in der Badewanne mit dem Kopf zwischen den Schaumblasen abtauchen. Mein Gesichtsfeld wurde an den Rändern unscharf, und ich holte tief Luft. Allmählich kehrte mein Denkvermögen wieder zurück, zunächst nur bruchstückhaft, dann schließlich vollständig.

»Sie hat diese Mail also bloß an euch beide geschickt. An sonst niemanden.«

Hana schluckte. »Soweit wir wissen, schon.«

»Nicht an Daniel? Nicht an ihre Eltern?« Nicht an mich?

Hana schüttelte den Kopf. »Ich habe mich in einer SMS bei Daniel und Gary erkundigt, wie es ihnen geht, und sie meinten lediglich, bei ihnen sei alles okay. Ich kann mir nicht vorstellen, dass sie die Mail bekommen haben.«

Ich gab Mikki das Telefon zurück. »Habt ihr die Mail zurückverfolgt? Zu einer IP-Adresse? Wir können feststellen, wo …«

»Sie will nicht gefunden werden.« Hana starrte nicht länger auf den Boden und sah mich mit Tränen in den Augen an. »Sie ist mit uns fertig. Selbst wenn wir sie finden sollten. Sie ist weg.«

»Nein.« Meine Augen huschten zwischen den beiden hin und her. »Nein, wir müssen versuchen, sie zu finden. Das hier ergibt keinen Sinn. Sie kann nicht – sie würde nicht …« Aus meiner Lunge stieg ein beklemmendes Gefühl empor und verließ meinen Mund als gedämpften Seufzer.

Hana kam zu uns herüber und nahm mich in die Arme.

»Irgendetwas stimmt da nicht«, sagte ich kopfschüttelnd. »Sie unterschreibt doch immer mit XX, oder? Das ist nett, weil es für ›Küsse‹ und gleichzeitig für die weiblichen Chromosomen steht. Und diese Mail …«

»Hör auf, Katie!«, sagte Mikki.

Ich spürte, wie Hana plötzlich das Kinn in ihre Richtung drehte.

»Das war's.« Mikki war nicht mehr zu bremsen. »Sie ist völlig irre geworden und hat einen Schlussstrich gezogen.«

Hana begann ebenfalls zu weinen, aber es waren Tränen der Wut, ihre Verbitterung brach jetzt ungebremst aus ihr hervor.

Mikki lief fluchend im Büro auf und ab, und Hana heulte Rotz und Wasser, während ich in ihren Armen zitterte. Schließlich wischte Hana sich über die Wangen und schaffte es irgendwie, in den Organisationsmodus umzuschalten. Zusammen mit Mikki legte sie sich einen Plan zurecht. Ich stellte mir vor, wie die Überlegungen der beiden in Sprechblasen über meinem Kopf schwebten, und war ausnahmsweise froh, keine Verantwortung zu tragen, nur ein kleines Kind inmitten dieser Erwachsenenprobleme zu sein. Ich schnappte einzelne Gesprächsfetzen auf, über Presseerklärungen, eine akzeptable Darstellung der Ereignisse, Rechtsanwälte und Trauergruppen.

»Okay.« Hana presste die Hände zusammen. »Auf geht's.«

Ich blieb noch im Büro, um mich einen Moment zu sammeln, und trat dann an die Schwelle zwischen Wintergarten und Bibliothek. Ich entspannte meine Augen, bis ich die Frauen ringsum nur noch als angenehmen Nebelschleier wahrnahm. Ein Telefon klingelte, zwei Frauen kicherten laut, es war ein helles, bezauberndes Lachen.

Dann sah ich wieder scharf und erblickte in der Ecke, neben der Garderobe, eine Gestalt – sie hatte ihre breiten Schultern gekrümmt und ließ den Kopf hängen. Hana. Ich blinzelte und eilte zu ihr, tippte ihr auf den Arm. Wir starrten einander an.

»Ich werde jetzt nach Hause gehen«, murmelte sie benommen wie jemand, der am Ende der Nacht feststellte, dass er viel zu betrunken war, um sich noch weiter zu amüsieren.

»Okay.«

»Ich … kann jetzt nicht hier sein.« Sie durchwühlte die Kleiderstücke am Garderobenständer, schob mehrere Ärmel zur Seite. »Willst du mitkommen?« Sie starrte auf die Mäntel, ohne mir in die Augen zu blicken, was wohl bedeutete, dass ich sie nicht begleiten sollte.

»Ich bleibe hier. Und frag Mikki, ob es ihr gut geht.«

Sie nickte und nahm mich erneut in den Arm. »Ruf mich an, wenn du irgendwas brauchst.«

»Mach ich«, sagte ich. Aber das würde ich nicht tun.

Kurz darauf ging ich ebenfalls nach Hause, vorbei an den anderen Frauen, die sich zum donnerstäglichen Erfahrungsaustausch am Empfangstresen versammelt hatten. Ich funkelte sie wütend an, während sie nickend und lachend in ihre hübschen Notizblöcke kritzelten und mit ihren Gabeln über zartgrüne Teller kratzten. Das Büro ging den Bach runter, doch für sie nahm alles seinen gewohnten Gang.

Am Freitag schlief ich erst mal aus, und als ich aufwachte, hatte ich mehrere Nachrichten von Erin bekommen. Meine emsige Literaturagentin war ganz heiß darauf zu erfahren, wie es mit meinem Buchprojekt voranging, und wollte wissen, ob es was Neues bezüglich Eleanor gab. Sie wusste es noch nicht – niemand wusste davon. Neunundneunzig Prozent der Leute glaubten, dass Eleanor wegen einer dringenden Familienangelegenheit verhindert war, Erin und ein paar andere, dass sie tatsächlich vermisst wurde, und bloß einige wenige von uns – ein Drittel von einem Milliardstel der Bevölkerung –

kannten die absurde Wahrheit. Plötzlich musste ich erneut an Chris denken. Die Wunde in meinem Herzen hatte sich gerade erst geschlossen, jetzt, wo ich siebenhundert Meilen von Michigan entfernt war, von jener schrecklichen Nacht, in der alles aus dem Ruder gelaufen war. Jetzt öffnete sich die Wunde wieder, und das Gefühl vermischte sich mit der Trauer über Eleanors Verschwinden: Ein kribbelnder Schmerz breitete sich von meiner Brust im ganzen Körper aus.

Im Büro herrschte eine merkwürdige, gedämpfte Stimmung. Drei Tage nach Eleanors Verschwinden war allen ihre Abwesenheit nur allzu bewusst, und unter den aktuellen Instagram-Beiträgen (die immer noch regelmäßig von Aurelia gepostet wurden) standen Hunderte von Kommentaren, alle mit dem vagen, aufmunternden Versprechen, Eleanor wegen ihrer »dringenden Familienangelegenheit« zur Seite zu stehen. Mir wurde von diesen ganzen Kommentaren schwindelig und übel.

Hanas Augen funkelten konzentriert, und ihr Körper war angespannt vor Entschlossenheit. Sie war gerade damit beschäftigt, einer Presseerklärung den letzten Schliff zu geben, bevor sie den Text zum Absegnen an die Anwaltskanzlei von *The Herd* schickte. Die gestrige Schockstarre hatte offensichtlich nicht lange angehalten. Unter Druck reagierte Hana stets auf diese Weise: Sie handelte dann wahnsinnig effizient und ackerte sich wie ein Roboter durch ihre Aufgaben, bis sie dann irgendwann in Tränen ausbrach, was selbst sie zu überraschen schien. Das jagte mir Angst ein – diese Roboteraugen, ihre manische Tipperei, ganz so, als hätte Eleanor nicht gerade eine Granate in unser Leben geworfen.

Ich schwenkte Hanas Bildschirm in meine Richtung und ließ den Blick darüber wandern: Die Presseerklärung enthielt eine abgeschwächte, geschönte Version der Wahrheit, und die sorgfältig formulierte Mitteilung, dass Eleanor sich aus »familiären Gründen« dauerhaft von ihren Posten bei *Gleam* und *The Herd* zurückziehen werde mit der Bitte, in dieser schwierigen Zeit ihre Privatsphäre zu respektieren.

»Familiäre Gründe?«, wiederholte ich und zeigte auf den Bildschirm.

Sie zuckte mit den Achseln. »Das klingt besser als ›persönliche Gründe‹, auch wenn es dasselbe bedeutet.«

Ich schaute sie verwundert an.

In diesem Moment trat Mikki zu uns und setzte sich auf einen Stuhl an dem Gemeinschaftstisch, den wir in Beschlag genommen hatten. »Ich kann nicht glauben, dass du so viele Leute davon überzeugt hast, nicht über die Sache zu reden.« Sie sah mich an und erklärte: »Daniel, Cameron, Ted, Eleanors Eltern – sie alle halten dicht.«

»Um ehrlich zu sein, ich glaube nicht, dass ihre Eltern momentan in der Lage sind, auch nur ein paar zusammenhängende Sätze herauszubringen.« Hana seufzte. »Aber es stimmt, sie werden eine Verschwiegenheitsvereinbarung unterschreiben. Ich schätze, sie fanden es alle sinnvoll, über die Sache Stillschweigen zu wahren, damit sie alles in Ruhe verarbeiten können. Könnt ihr euch vorstellen, wie es wäre, wenn man darüber berichten würde?« Sie hielt sich ein imaginäres Mikrofon unters Kinn, und ihre Stimme sprudelte im betroffenen Tonfall einer Nachrichtensprecherin aus ihr hervor: »Heute wurde die kleine, aber einflussreiche Welt des kommerziellen Feminismus von einer spektakulären Nachricht erschüttert. Im Anschluss an die Bekanntgabe, dass der Internetgigant Titan *The Herd* übernehmen wird, hat die Firmengründerin ihre Bankkonten leer geräumt und sich nach … Mexiko abgesetzt!«

Fassungsloses Schweigen. »Du machst dich echt gut als Nachrichtensprecherin«, sagte ich schließlich.

»Hast du das geübt?« Mikki schien irritiert.

Hana verdrehte die Augen. »Es ist mein Job, mir das Worst-Case-Szenario vorzustellen, okay? *The Herd* ist immer noch mein Kunde, und ob ihr's glaubt oder nicht, aber dieses Büro bedeutet mir nach wie vor sehr viel.«

»Oje.« Ich tätschelte ihre Hand. »Du bedeutest den Leuten hier auch sehr viel.«

»Schön, dass mich jemand mag.« Sie klappte den Bildschirm wieder hoch. »Außerdem habe ich noch andere Kunden, um die ich mich seit mehr oder weniger einer Woche nicht gekümmert habe.«

»Mir geht's ähnlich. Ich habe ein Treffen mit einem superwichtigen Galeristen verpasst.«

»Wegen der Collagen?«

Mikki nickte.

Bei mir war die Kacke ebenfalls am Dampfen, aber das musste ich für mich behalten. Ich hatte Erin noch nicht geantwortet. Bestimmt wollte sie mich dazu überreden, die Story über Eleanor weiterzuverfolgen und trotz ihres Rückzugs womöglich nach Mexiko zu reisen. Was ich fast genauso schrecklich fand wie die Vorstellung, meine Notizen aus Michigan wieder hervorzukramen und *Infopocalypse* zu schreiben.

»Eleanor fehlt mir einfach«, sagte ich schließlich.

Irgendwann kam Aurelia ins Büro geeilt, nickte mir zur Begrüßung kurz zu und verkündete, dass die montägliche Mocktailrunde ausfallen würde. Die vorgesehene Barkeeperin arbeitete in einer angesagten japanischen Bar, und die *The-Herd*-Mitglieder waren enttäuscht, als Aurelia ihnen die Nachricht überbrachte. Doch ich war erleichtert, denn das bedeutete, dass ich am späten Nachmittag keine Grüppchen gut gelaunter Frauen ertragen musste, die ihre Litschi-Mojitos schlürften.

Mikki lud Hana und mich zum Abendessen in ihre Wohnung in Greenpoint ein: »Es gibt aber nur Kohlenhydrate, wahrscheinlich aus Italien, und statt uns zu unterhalten, sehen wir uns eine Castingshow an.« Hana und ich fanden das eine gute Idee, und während die Sonne langsam immer tiefer sank, erledigte ich ein paar anstehende Aufgaben: Ich holte von Fatima die Zusage ein, dass sie niemanden erzählen würde, was sie auf Click gesehen hatte (*ich verstoße gegen das Gesetz, um mir meinen Lebensunterhalt zu verdienen, lol – du musst dir also keine Sorgen machen*), außerdem verfasste ich eine E-Mail an Erin, um ihr mitzuteilen, dass die neue Buchidee ebenfalls gestorben war. Aber jedes Mal, wenn der Cursor über dem Senden-Button schwebte, verspürte ich einen Anflug von Widerwillen. War ich etwa noch nicht bereit, die Sache abzublasen? Musste mir etwa jemand sagen, dass es sich jetzt erst recht lohnen würde, das Vorhaben weiterzuverfolgen?

Mikki und ich wurden immer nervöser, als die anderen Frauen nach und nach aufbrachen und sich auf dem Weg nach draußen darüber beschwerten, dass man die Mocktailrunde abgesagt und ihnen das gottgegebene Recht auf ihren Mandarine-Ingwer Fizz verwehrt hatte. Hana tat so, als bemerkte sie unsere Unruhe nicht, während sie wie eine Blöde auf ihrem Computer tippte.

»Tut mir leid, Leute, ich lege mich hier so ins Zeug, damit diese Mitteilung noch vor dem Abend rausgeht«, sagte sie schließlich und schaute auf. »Mein Gott, ich hätte nie gedacht, dass ich mal eine derartige Erklärung verfassen müsste.«

Der offizielle Büroschluss von *The Herd* rückte näher

und verstrich. Aurelia kam zu uns herüber und blinzelte ins Licht.

»Brecht ihr bald auf?«, sagte sie so freundlich wie möglich.

»Wir können auch abschließen«, sagte Hana, deren Gesicht im Schein des Laptops bläulich schimmerte.

»Wir werden bald gehen«, fügte ich im Namen der anderen hinzu, denn ich war müde und genervt und wollte schleunigst hier weg. Kurz nachdem Aurelia sich verabschiedet hatte, ging ich mit den anderen im Schlepptau zur Garderobe und zerrte meine Daunenjacke vom Kleiderbügel. Wir schlangen uns gerade unsere Schals um den Hals und setzten unsere Mützen auf, als plötzlich mehrere Schüsse ertönten und wir wie angewurzelt stehen blieben.

Dann waren sie erneut zu hören. Aber das waren keine Schüsse, sondern Trommeln, die Trommeln einer Rhythmusgruppe. Snares und Basstrommeln, und jetzt auch ein Becken. Wir schnappten uns unsere Klamotten und stürzten aus der Garderobe in den Wintergarten, wo wir uns gegen die Fenster drückten. Unten auf der Straße entdeckten wir die Trommler einer Marschkapelle, die mit ihren ausstaffierten Uniformen wie Nussknacker aussahen. Einer der Musiker blies in eine Flöte, und die anderen stimmten einen vertrackten Rhythmus an; ihre Arme waren jetzt nur noch unscharf zu erkennen, während die Federn auf ihren zylinderförmigen Hüten auf und ab hüpften, und die im Halbkreis stehenden Zuschauer bewegten im Takt die Schultern und hoben ihre Handys in die Höhe, um sie zu filmen. In den Fenstern der Gebäude ringsum erschienen lauter Silhouetten. Ich zog mein Telefon aus der Handtasche und hielt es an die Scheibe, aber es war bloß unsere Reflexion zu sehen.

»Kann hier drin mal jemand das Licht ausschalten?«, fragte Hana und tippte auf ihr Display.

»Aber die Schalter sind ganz vorne am Empfang«, sagte ich.

Die Kapelle marschierte inzwischen im Takt der Musik und bildete Formationen, die man nur von oben erkennen konnte: einen Sternenkranz, ein Kreuz, ein Dreieck – nein, einen Weihnachtsbaum.

»Das ist total abgefahren. Ich werde versuchen, es vom Dach aus zu filmen.« Hana lief Richtung Treppe, die sich hinten bei der Garderobe und dem Fitnessstudio befand.

Zehn Stockwerke weiter unten legte einer der Musiker sein Triangel hin, riss sich den Hut vom Kopf und machte einen formvollendeten Flickflack. Die Menge rastete völlig aus, und ihre Schreie und Jubelrufe drangen durch das Fenster zu uns herauf. Ich lehnte meinen Kopf gegen die Scheibe und spürte das kalte Glas an der Stelle zwischen den Brauen, dort, wo das dritte Auge war.

»Alles okay?«

Ich wandte mich in Mikkis Richtung und sah, dass sie hinter sich blickte. Sie klang verwirrt, aber als sie erneut das Wort an Hana richtete, verkrampfte ihre Stimme und nahm einen besorgten Tonfall an: »Hana, was ist los?«

Ich fuhr herum und bemerkte am hinteren Ende des Raums meine Schwester. Sie war auf die Knie gesunken, und ihre Brust bebte so heftig, dass wir es vom Fenster aus sehen konnten. Wir konnten es nicht nur sehen, sondern auch hören, ein heiseres Krächzen.

»Hana?«, rief ich leiser, als ich wollte. *Geh zu ihr*, schoss es mir durch den Kopf, doch meine Füße rührten sich nicht von der Stelle.

»Was ist los?« Mikki trat ängstlich einen Schritt vor. »Alles in Ordnung?«

Hana öffnete den Mund, aber es kam lediglich ein ersticktes

Wimmern heraus. Sie hatte den Zeigefinger Richtung Decke gehoben und den Mund wie ein Fisch geöffnet.

Ich löste mich aus meiner Erstarrung und eilte zu ihr, warf mich auf die Knie und rutschte das letzte Stück zu ihr hinüber. Draußen steigerte sich die Rhythmusgruppe zu einem wilden Crescendo, das dröhnend zwischen den Gebäuden widerhallte. Ich packte Hana an den Schultern. »Hana, was ist?«

Sie starrte mich mit weit aufgerissenen Augen an. »Eleanor«, stieß sie entsetzt hervor. »Sie ist auf dem Dach.«

DRITTER TEIL

Kapitel 13

REDET EUCH BITTE NICHT LÄNGER EIN, DASS IHR UNTER DEM HOCHSTAPLERSYNDROM LEIDET

Von Hana Bradley *Veröffentlicht in* Gleam On, 10. April 2019

Hallo, liebes Gleam-*Team! Hana hier – die Presseagentin* von Gleam *und* The Herd. *Ich habe das Glück, bei meiner PR-Tätigkeit mit zahlreichen ehrgeizigen, fähigen und fleißigen Menschen zusammenzuarbeiten, die für andere eine Vorbild sind … so wie ihr auch! Bestimmt wird es euch überraschen, dass viele der Frauen, mit denen ich zu tun habe, mir ein Geständnis machen. Sie beugen sich dann jedes Mal dicht zu mir vor und sprechen mit leiser Stimme, als würden sie mir ein schreckliches Geheimnis anvertrauen:* Ich komme mir vor wie eine Betrügerin. Ich habe keine Ahnung, was ich überhaupt tue, und ich bin mir nicht sicher, ob ich meinen Posten überhaupt verdient habe. *Ganz genau: Diese wunderbaren, hinreißenden Menschen diagnostizieren bei sich das Hochstaplersyndrom.*

Man bekommt diesen Begriff heutzutage oft zu hören, und er scheint dieses verborgene, beschämende Gefühl treffend zu beschreiben, das so viele von uns kennen. Aber der Begriff

Hochstaplersyndrom ist nicht neu; er stammt aus einem wissenschaftlichen Aufsatz, den zwei Psychologinnen bereits 1978 veröffentlicht haben. Aufgrund einer Reihe von Fallberichten entwickelten sie die Theorie, junge Frauen seien anfällig für das »Hochstaplerphänomen« oder fühlten sich wie »intellektuelle Schwindler«. Die Forscherinnen stellten fest, dass viele Frauen sich trotz »überdurchschnittlicher akademischer und beruflicher Erfolge« nicht für besonders intelligent halten und glauben, sie hätten diejenigen, die vom Gegenteil überzeugt waren, nur getäuscht.
Die beiden Frauen veröffentlichten ihre Studie, und diese neue Erkenntnis führte … zu nichts. Denn nachfolgende Studien konnten das Hochstaplerphänomen weder mit der Geschlechtszugehörigkeit noch ausdrücklich mit erfolgreichen Frauen in Verbindung bringen. Im Jahr 1993 widerrief eine der Forscherinnen ihre Theorie und räumte ein, dass von dem »Syndrom«, das sie und ihre Kollegin ursprünglich beobachtet hatten, in Wirklichkeit – jetzt kommt's – achtzig Prozent der Bevölkerung betroffen *seien. Alte wie Junge, Männer wie Frauen – fast jeder von uns kennt dieses Gefühl.*
Eigentlich hätte die Sache damit erledigt sein müssen: Ups, sorry, #Fehlanzeige. *Aber nein. Der Begriff entwickelte ein Eigenleben – bestimmt habt ihr mal gehört, wie eine Freundin ihn nach einer Beförderung erwähnt hat, und vielleicht habt ihr selbst ihn auch schon benutzt. Ich habe ein Riesenproblem mit diesem überholten populärpsychologischen Begriff: Er unterstellt, dass gelegentliche Selbstzweifel* krankhaft *sind, obwohl es sich in Wirklichkeit um eine normale menschliche Erfahrung handelt. (Vielleicht sollten wir uns eher Sorgen um diese Freaks machen, die sich nie fragen, ob sie tatsächlich so toll sind, wie andere glauben.)*

Das Gefühl, keine Ahnung zu haben, was ihr gerade tut, sollte kein Grund zur Scham sein. Es bedeutet nur, dass ihr euch fordert, anstrengt, lernt und weiterentwickelt. Und darauf könnt ihr stolz sein.

Dieser Artikel ist eine Bearbeitung des Vortrags in *The Herd* vom 9. April 2019.

Kapitel 14

HANA

FREITAG, 20. DEZEMBER, 21:08 Uhr

Ich hörte gar nicht mehr auf zu zittern.

Man hatte mir eine Decke gegeben, und zunächst glaubte ich, dass die Sanitäter sie mir gebracht hatten, jene Sanitäter, die zum Finale eines Actionfilms eine Decke hervorzauberten, um ein schlotterndes Kind darin einzuwickeln. Doch dann wurde mir klar, dass überhaupt keine Sanitäter hier waren, denn Eleanor war zweifellos tot. Stattdessen eilten mehrere Gerichtsmediziner an mir vorbei, die zwar andere Dienstkleidung trugen, aber genauso ernst dreinblickten. Erst jetzt bemerkte ich, dass meine Finger über eine dicke, grau-schwarz gestreifte Strickdecke wanderten, die offensichtlich jemand im Durcheinander aus Eleanors Büro geholt hatte.

Eleanor war tot.

Ich griff mir immer wieder an die Brust, weil die Erinnerung an den Schmerz wie eine Brandwunde stets von Neuem aufflammte. Letzte Woche hätte ich alles dafür gegeben, um ein paar Antworten zu bekommen, um Gewissheit zu erlangen. Jetzt wünschte ich mir jenen Zustand des Bangens zurück, als Eleanor vielleicht noch am Leben war.

Natürlich hatte ich die Möglichkeit in Betracht gezogen, dass sie tot sein könnte. Ums Leben gekommen bei einem tragischen Unfall, den die Moiren, die griechischen Schicksalsgöttinnen, in Szene gesetzt hatten. Die ihr Netz aus Fäden um sie gesponnen hatten, so fest, wie diese Decke geknüpft war. Einer meiner Lieblingskurse in der Schule war die Psychologische Theorie zur Folklore und Mythologie gewesen. Zu den frühen, komplexen Versuchen, menschliche Verhaltensweisen zu verstehen.

Aber wer konnte sich auf all das hier einen Reim machen? Ich sah vor mir jetzt ihren Mantel, und den halbmondförmigen Blutfleck, der sich dunkel vom Kragen abhob. Und dann, aus der Nähe, die gezackte Linie auf ihrem Hals in dem Bereich, der normalerweise von einem Schal bedeckt wurde.

Katie schlang ihren Arm um mich und rieb mir kräftig den Rücken.

»Ist es hier drin kalt?«, fragte ich. »Jemand sollte die Tür zur Treppe schließen.«

»Hier ist es nicht kalt«, sagte sie und drückte ihren Körper noch fester gegen mich. »Ich glaube, du stehst unter Schock.«

»Ich habe keinen Schock.« Meine Zähne klapperten. »Mir ist bloß kalt.«

Ein Polizeibeamter kam auf uns zu. Er war jung und hatte ein rundes, glatt rasiertes Gesicht. Mein Blick wanderte zu der Pistole an seiner Hüfte. Er redete nur mit Mikki und Katie und nicht mit mir; wahrscheinlich nahmen sie an, dass er das aus Rücksicht auf meinen Schockzustand tat, aber ich war mir da nicht so sicher. Die beiden hatten ja keine Ahnung, wie es war, wenn einen die Cops immerzu misstrauisch beäugten und einem gegenüber diesen leicht merkwürdigen Tonfall anschlugen.

»Wenn wir hier fertig sind, möchte ich, dass Sie alle auf die Wache kommen, um eine kurze Aussage zu machen«, sagte er.

»Wie lange wird das noch dauern?«, rief Mikki, die zusammengesunken auf einem blauen Sofa saß.

»Eine Stunde vielleicht.«

Mikki zog einen Schmollmund. »Okay.«

Ich spürte, wie Katie mich anstarrte, bevor sie sich wieder dem Beamten zuwandte. »Ich denke nicht, dass man von Hana verlangen kann, hierzubleiben«, sagte sie. »An der Ecke gibt es einen Imbiss. Können wir dort warten?«

Er zögerte, und Katie deutete in meine Richtung. »Ich mache mir Sorgen um meine Schwester. Es ist nicht gut, wenn sie weiter hier rumsitzt. Ich meine, bei uns besteht ja wohl keine Fluchtgefahr.«

Keine Fluchtgefahr. Anders als bei Eleanor vor einer Woche. Hatte sie wirklich vorgehabt abzuhauen, oder war das nur eine bizarre Vertuschungsaktion des Mörders gewesen? Oder hatte sie versucht zu fliehen, weil sie wusste, dass sie in Gefahr war? Irgendjemand hatte Eleanor getötet – erneut begann mein Kiefer zu klappern, und ich schlang die Decke noch fester um meine Schultern.

»Ich werde mal nachfragen.« Der Beamte stapfte wie ein unbeholfener Teenager mit gekrümmten Schultern davon.

Mikki stieß einen leisen Seufzer aus. Eigentlich sollte ich traurig sein, oder? Oder verängstigt, entsetzt über die Horrorshow direkt über unseren Köpfen. Stattdessen war ich … benommen vielleicht. Teilnahmslos. Oben auf dem Dach waren mir die Tränen gekommen, als ich mich langsam dem Gegenstand genähert hatte, den ich zunächst für einen herrenlosen Stiefel gehalten hatte. Jetzt erinnerte ich mich auch wieder an die jähe Panik, die mich beim Anblick eines zweiten Stiefels erfasst hatte, und dann sah ich nur noch dieses eine Bild vor mir – die steife Haut einer Schaufensterpuppe und den dunklen Halbmond auf der Oberseite ihres Mantels, der im fahlen Licht auf dem Dach bräunlich schimmerte. Das Nächste, woran ich mich erinnerte, war, wie ich im Wintergarten kniete, während Mikki und Katie mich anstarrten. Als wären sie zwei Theaterbesucherinnen, die zu mir auf die Bühne emporschauten.

»Tut mir leid. Sie müssen hierbleiben«, sagte der Cop, während er zurückgeeilt kam. Mikki stöhnte auf. »Ach, und … sagen Sie niemandem Bescheid. Und fassen Sie nichts an. Bleiben Sie einfach, wo Sie sind, okay?«

Für eine Weile starrten wir bloß in die Ferne. Ich hatte das Gefühl, als hätte ich einen schweren Brustpanzer umgeschnallt, der mir die Luft zum Atmen nahm. Ich war die Einzige, die nicht weinte, was ich ungerecht fand: Die beiden waren ja nicht aufs Dach gegangen. Sie hatten nicht die klaffende Wunde an Eleanors Hals gesehen. Stattdessen waren sie hier im warmen Wintergarten geblieben und hatten mich angestarrt.

Zunächst waren sie verwirrt gewesen und hatten geglaubt, dass Eleanor dort oben war und vielleicht noch lebte. Nachdem ich es ihnen erklärt hatte, brüllte Katie: *Niemand geht da rauf – wir wählen den Notruf.* Zusammengedrängt kauerten wir auf dem Boden, während die Sirenen allmählich lauter wurden, und jedes Mal, wenn sie aufheulten, zuckte Katie zusammen.

Die Cops lobten uns dafür, dass wir den Tatort nicht verunreinigt hatten. Was mich freute. Es gab einem ein gutes Gefühl, wenn eine Autoritätsperson sagte, dass man alles richtig gemacht hatte.

Dann ein kurzes Rufen, ein Schleifgeräusch, und zwei Männer rollten Eleanor in einem Leichensack auf einer Bahre nach draußen. Mikki unterdrückte ein Schluchzen. Keuchend stießen die Männer Anweisungen hervor, während sie sich ihren Weg um die engen Ecken bahnten. Ich starrte auf den schwarzen Sack und dachte mit glühenden Eingeweiden an das, was ich gesehen hatte. Die Schnittwunde an Eleanors Hals. Die dunkle Flüssigkeit, die daraus hervorgeströmt war und die Oberseite ihres Mantels durchtränkt hatte. Jemand hatte sie getötet, obwohl das eine Todsünde war.

Ich musste erneut an die Moiren denken, die drei Schwestern, die mit ihren Fackeln, Peitschen und Giftbechern irdische Übeltäter bestraften. Die unbarmherzige Jagd auf Mörder machten und sie quälten, bis sie den Verstand verloren. Widerliche, stinkende Vetteln mit Schlangen statt Haaren und Fledermausflügeln auf dem Rücken.

Halt, das waren nicht die Moiren. Das waren die Furien.

Das Verhörzimmer war freundlicher als erwartet. Aufgrund meines jahrelangen Fernsehkonsums hatte ich mit einem anonymen, spartanisch eingerichteten Zimmer gerechnet, zwischen mir und den Beamten ein Tisch mit einem Ring, an dem die Handschellen befestigt wurden. Aber der Raum erinnerte an die Konferenzzimmer, die ich für meine Besprechungen mit den Kunden anmietete. Er hatte cremefarbene Wände, und es gab hier ein recht großes Fenster sowie mehrere Stühle mit Rollen und einen unscheinbaren Tisch mit glatter Oberfläche.

Trotzdem hämmerte mein Herz. Wie die große Basstrommel, wegen der ich zum Dach hinaufgestürzt war. Detective Ratliff betrat das Zimmer und schüttelte mir freundlich die Hand.

»Ms. Bradley, mein herzliches Beileid.« Sie zog mir gegenüber einen Stuhl hervor. Ich war froh, dass sie es war, die mit mir redete. Detective Herrera, dieser kleine Fettsack, der in der Nacht von Eleanors Verschwinden in ihrer Wohnung gewesen war, war mir nicht geheuer – mit seiner herausgestreckten Hüfte und seiner selbstbewussten Körperhaltung. Er erinnerte mich an den Cop in Cambridge, der plötzlich aufgetaucht war, als im Abschlussjahr ein Türsteher mit weiß gefärbten Dreadlocks an der Echtheit meines Führerscheins gezweifelt hatte. Während Mikki und Eleanor ihm eine Szene machten und drohten, stand ich mit Tränen in den Augen daneben. Schließlich schaltete sich der Beamte ein und riss dem Türsteher den Führerschein aus der Hand. Mikki und Eleanor waren unglaublich erleichtert – endlich würde eine Amtsperson die Situation richtigstellen –, doch zu ihrem Entsetzen schnaubte der Cop: *Das ist eindeutig eine Fälschung*, und zerknüllte meinen offiziell in Michigan ausgestellten Führerschein in seiner Hand.

»Wir wissen es zu schätzen, dass Sie heute Abend noch eine Aussage machen«, sagte Ratliff. »Ich weiß, dass Ihnen das nicht leichtfällt.«

»Nun, ich werde alles tun, um Sie bei der Suche nach dem Täter zu unterstützen.« Aus meinem Mund kam nur ein Krächzen, und ich räusperte mich, um es zu überspielen. »Hat schon jemand mit ihren Eltern gesprochen?«

»Wir haben ihnen mehrere Nachrichten hinterlassen. Und es ist gerade jemand zu ihnen unterwegs.«

»Gut. Sie werden … am Boden zerstört sein.«

Sie nickte und warf mir einen mitfühlenden Blick zu. »Wir werden sämtliche Möglichkeiten ausschöpfen. Also, können Sie mir jetzt den Ablauf der Ereignisse schildern? Von dem Moment an, als Sie beschlossen haben, aufs Dach hochzugehen.«

Ich begann zu erzählen, darum bemüht, die Einzelheiten korrekt wiederzugeben und alles zu erwähnen, was irgendwie von Bedeutung sein könnte. Wie alles andere auch wollte ich das hier richtig machen. Ich war jetzt wieder im Wintergarten des Büros: Katie und Mikki hatten sich dicht an die Fensterscheibe gepresst und starrten nach unten auf die Straße, während ich schnurstracks zur Treppe lief.

»Als ich das Dach betrat, war mein erster Gedanke, dass es unglaublich kalt ist«, sagte ich. »Ich bin dann Richtung Dachkante gelaufen – dort oben gibt es verschiedene verwinkelte Bereiche, in denen man im Sommer sitzen kann. Momentan sind die ganzen Möbel übereinandergestapelt.«

Erneut sah ich alles vor mir: die Ansammlungen von Stühlen, Polstern und Tischen, die man vor kleinen Absperrungen wahllos aufgetürmt hatte. Wie ich daran vorbeieilte, begleitet vom Lärm der Trommeln, der von den Nachbargebäuden widerhallte, bis ich aus irgendeinem Grund stehen blieb und einen Blick über die Schulter warf.

»Ich betrachtete einen der Stapel und fragte mich zunächst, warum hier oben wohl jemand einen Schuh liegen lassen hat«, fuhr ich fort. »Er ragte ein Stück hervor, ein Stiefel. Und dann bemerkte ich, dass es zwei waren. Also trat ich ein wenig näher, um sie mir genauer anzuschauen, und dann sah ich – begriff ich …« Irgendetwas drückte gegen meine Kehle und hüpfte darin auf und ab, und ich stieß einen Schwall Luft aus. »Als ich näher kam, registrierte ich, dass es sich um einen Körper handelte. Für einen Moment dachte ich, ein Obdachloser hätte auf dem Dach sein Quartier bezogen. Aber dafür ist es viel zu kalt. Also lief ich ein paar Schritte um die gestapelten Gartenmöbel herum, und dort lag sie, in der schmalen Lücke zwischen den Möbeln und der Trennwand. Ich hielt mein Telefon bereits in der Hand und schaltete das Licht an, und dann konnte ich sehen …«

»Wo standen Sie da?«

Ich blinzelte. »Direkt vor ihren Füßen. Ich ließ den Strahl der Taschenlampe an ihrem Körper nach oben wandern.« Ich strich mir über den Oberkörper.

»Und Sie haben sie nicht angefasst?«

»Ich habe nichts angerührt. Sobald das Licht auf ihren Mantel fiel, wusste ich wohl, dass sie es war, obwohl mir das in dem Moment noch nicht wirklich bewusst war. Dann leuchtete ich auf ihr Gesicht, und es war – es bestand kein Zweifel mehr.« Meine Stimme zitterte, und ich holte erneut Luft, bis ich mich wieder unter Kontrolle hatte. »Sie hatte die Augen geschlossen, und ihre Haut war furchtbar blass – sie sah aus, keine Ahnung, wie eine Schaufensterpuppe, die man ihr nachempfunden hatte, oder wie eine Wachsfigur oder so. Dann bemerkte ich die klaffende Wunde an ihrem Hals.« Ich fuhr mir mit den Fingernägeln über die Kehle. »Erst dachte ich, es würde sich um ein Halsband handeln. Aber dann entdeckte ich diesen großen Fleck auf der Oberseite ihres Kragens. Direkt darunter. In der Dunkelheit war er nur als schwarzer Punkt zu erkennen. Und dann bin ich die Treppe wieder runtergerannt.«

Ich konnte immer noch die Panik spüren, während ich umhertastend mit den Füßen rückwärts über die Holzbretter gerutscht war und nur eins im Sinn hatte: *Weg hier, bloß weg.*

Ratliff nickte. »Haben Sie dort oben sonst noch irgendwas Ungewöhnliches bemerkt?«

»Ich halte mich im Winter dort kaum auf. Keiner von uns. Auf einem Schild steht zwar, dass die Tür alarmgesichert ist, aber schon nach kurzer Zeit hatten wir festgestellt, dass man sie öffnen kann, ohne dass was passiert. Ich bin seit etwa Oktober zum ersten Mal wieder dort oben gewesen.« Meine Gedanken platzten in der falschen Reihenfolge aus mir hervor und schwirrten sinnfrei durcheinander.

»Sie wollen damit also sagen, es wäre Ihnen nicht aufgefallen, wenn etwas anders als sonst gewesen wäre.«

»Genau. Aber ich habe nichts angefasst. Sie haben das Dach in demselben Zustand gesehen wie ich.«

»Okay. Die Tatortermittler werden alles gründlich überprüfen.«

Ich runzelte die Stirn. »Werden sie das ganze Büro untersuchen?« Als wir aufgebrochen waren, hatte es dort immer noch von Kriminaltechnikern gewimmelt, die Messungen, Abstriche und Fotos machten.

Sie zog eine Augenbraue hoch. »Ich denke schon. Es ist unwahrscheinlich, dass die Leiche von irgendeinem anderen Ort dorthin bugsiert wurde.« Sie riss die Augen auf und schüttelte den Kopf. »Tut mir leid – das war taktlos.«

»Nein, ist schon okay. Mir ist gerade nur klar geworden, dass wir das Büro morgen schließen müssen.« Mir kam ein weiterer Gedanke: Ich war immer noch die Presseagentin von *The Herd*. Würde mir die Aufgabe zufallen, mit der Nachricht an die Öffentlichkeit zu gehen? »Werden Sie eine Mitteilung herausgeben? Eine Pressekonferenz abhalten?« Es war, als wäre all mein Wissen über Öffentlichkeitsarbeit zusammen mit meinem Rotz und meinen Tränen aus mir herausgeströmt. Wann gab die Polizei noch mal eine Pressekonferenz?

»Unsere Medienabteilung wird sich darum kümmern«, erwiderte sie. »In Absprache mit der Familie. Sie müssen sich deswegen keine Gedanken machen.«

»Okay. Danke.« Da Ratliff nichts weiter sagte, fuhr ich fort: »Das wird für eine Menge Aufsehen sorgen, oder? Schließlich ist sie eine öffentliche Person.«

Sie zögerte. »Wahrscheinlich müssen wir die lokalen Medien unterrichten, ja. Aber wir werden den richtigen Zeitpunkt abwarten.«

Ich starrte auf die verkratzte Tischplatte und schaute dann zu ihr auf. »Was werden Sie jetzt tun? Um den Täter zu schnappen?«

»Detective Herrera und ich werden sämtlichen Spuren nachgehen. Wir nehmen jede Mordermittlung sehr ernst.«

»So wie jeden Vermisstenfall.« Ich zog die Augenbrauen hoch.

»Wir werden alles berücksichtigen, was wir letzte Woche über Ms. Walsh in Erfahrung gebracht haben. Das gestohlene Telefon, das Graffiti, die geplante Flucht nach Mexiko – wir werden alles auf Hinweise überprüfen.«

Die E-Mail … aus Mexiko. »Sie müssen die Person ausfindig machen, die gestern diese Mail verschickt hat. Das kann nur der Mörder gewesen sein, oder? Denn zu diesem Zeitpunkt muss sie längst tot gewesen sein.«

»Wir werden den Autopsiebericht abwarten, bevor wir den Todeszeitpunkt festlegen. Aber der Gerichtsmediziner meinte nach einer ersten Begutachtung …« Sie zögerte. »Er kann nicht sagen, ob sich der Todeszeitpunkt genau bestimmen lässt. Wegen der Wetterverhältnisse. Dort draußen herrschen Temperaturen wie in einer Tiefkühltruhe.«

Mein Gehirn begann zu rattern. »Aber Sie können doch überprüfen, ob sie die Kleidung, die sie anhatte, auch am Montag im Büro getragen hat, oder?« Der Gedanke zog langsam an mir vorbei. Ich war schrecklich müde. »Daniel war sich ziemlich sicher, dass sie an diesem Abend nicht nach Hause gekommen ist. Was bedeuten würde, dass jemand anders am nächsten Tag die Mails und die SMS unter ihrem Namen verschickt hat. Sie sollten das überprüfen.«

»Wir gehen sämtlichen Hinweisen nach«, wiederholte sie. Plötzlich erhob sie sich und starrte auf ihr Telefon. »Wenn Sie mir sonst nichts zu sagen haben, können Sie jetzt nach Hause gehen und ein wenig schlafen.« Sie blieb einen Moment stehen, und ich bemühte mich, keine Miene zu verziehen. Es gab da noch etwas anderes – eine ernste Angelegenheit –, aber ich hatte bereits festgestellt, dass es darum hier nicht ging.

Ich rang mir ein teilnahmsloses Lächeln ab. »Muss ich noch mal vorbeikommen?«

»Das weiß ich noch nicht. Sind Sie denn erreichbar?«

Ich seufzte. »Ich fliege am 23. über Weihnachten nach Hause.«

»Das sollte kein Problem sein, solange Sie erreichbar sind.«

Mir war nicht klar, dass ich Ihre Erlaubnis benötige, wollte ich erwidern. Doch stattdessen sagte ich: »Melden Sie sich einfach, wenn Sie meine Hilfe brauchen.«

Katie saß schlafend im Wartebereich der Wache, die Wange gegen die Handfläche gelehnt und einen Ellbogen auf die Armlehne gestützt. Ich war ein wenig verärgert, weil Mikki sie hier allein gelassen hatte. Aber es war bereits spät, und wahrscheinlich hätte ich außer auf meine Schwester auch auf sonst niemanden gewartet. Ich weckte sie, und wir stellten benommen fest, dass ihre U-Bahn inzwischen nicht mehr fuhr; ich wollte ihr schon ein Lyft bestellen, als sie mich fragte, ob sie bei mir übernachten könne.

Zu Hause verfrachtete ich sie auf mein Sofa, und während ich aus dem Wäscheschrank Bettzeug holte, legte sie sich bereits mit dem Kopf auf die gemusterten Baumwollkissen. Schließlich warf ich mich auf mein Bett und ließ wie immer für Cosmo die Tür einen Spalt offen. Nach wenigen Minuten war ich eingeschlafen, doch als sich auf dem Bett etwas rührte, wachte ich wieder auf, ohne richtig das Bewusstsein zu erlangen. Es war nicht Cosmo – Katie legte sich neben mich ins Bett und rollte sich, mir den Rücken zugewandt, zusammen. Wir sind nie eine besonders zärtliche Familie gewesen; wir nahmen uns zwar zur Begrüßung und zum Abschied in den Arm und sagten »Ich hab dich lieb«, wenn sich die Situation ergab, aber das war's auch schon. Ich war fast ein wenig nervös, als ich die Hand ausstreckte und ihr den Rücken streichelte. Ohne sich umzudrehen, schlang Katie einen Arm um ihre Brust und berührte meine Finger, hielt sie fest und tätschelte sie sanft. Ich rollte mich fort, und wir schliefen beide ein.

Als ich wieder aufwachte, blieb ich einen Moment mit geschlossenen Augen im Bett liegen. Auf einmal kam schlagartig alles wieder zurück: Katie, die neben mir hockte, Ratliff auf der Wache und dann, völlig unvermittelt, Eleanors Leiche, völlig kalt, mit der reifbedeckten Blutkruste am Hals.

Mein Magen verkrampfte, und ich wälzte mich auf die Seite, hielt mir den Bauch und wünschte mir sehnlichst, wieder ins Reich der Träume zurückzukehren, wo nichts davon real war. Ein Stück von mir entfernt lag Katie und schnarchte leise. Vorsichtig, um die Decken nicht wegzuziehen, schob ich meine Beine aus dem Bett und trottete den Flur hinunter.

Ich drückte gerade etwas Zahnpasta auf meine Bürste, als ich im Spiegel hinter mir eine Bewegung bemerkte. Ich zuckte zusammen und fuhr herum: Katie stapfte, mein Telefon vor sich ausgestreckt, den Flur hinunter.

»Daniel ruft dich ständig an«, erklärte sie mit zusammengekniffenen Augenbrauen.

Ich legte die Zahnbürste aufs Waschbecken und nahm ihr das Telefon aus der Hand.

»Danke«, sagte ich und schob langsam die Tür zu. Aber Katie blieb mit weit hochgezogenen Augenbrauen dort stehen, und ich schlug ihr die Tür praktisch direkt vor der Nase zu.

»Hana?!«, krächzte Daniel, bevor ich überhaupt ein Klingeln hören konnte.

Ich sprach mit gedämpfter Stimme, da Katie bestimmt ihr Ohr gegen die Tür gepresst hatte. »Was ist los?«

»Komm sofort vorbei«, sagte er. »Ich weiß nicht – ich weiß nicht, was ich machen soll.«

»Bist du in Gefahr? Soll ich den Notruf wählen?«

»Keine Polizei. Die willst du da nicht mit reinziehen.« Er klang verängstigt, verwirrt.

»*Ich* will die Polizei da nicht mit reinziehen?«

»Es geht um – Hana, es geht um das, was 2010 passiert ist.«

Der Satz traf mich mit voller Wucht. Mir summten die Ohren, und ich hielt mich am Wannenrand fest. Woher um alles in der Welt wusste er davon? Was hatte er gefunden?

»Hör mir gut zu.« Ich wandte mich von der Tür ab, und meine Stimme, die jetzt fast nur noch ein Flüstern war, klang so kalt und gefühllos, dass mir selbst angst und bange wurde.

»Ich bin in zehn Minuten da. Ruf niemandem an. *Niemanden.* Hast du kapiert?«

Es entstand ein langes Schweigen. Uns beiden war die Anspannung deutlich anzumerken.

»Komm sofort her«, sagte Daniel und legte auf.

Kapitel 15

KATIE

SAMSTAG, 21. DEZEMBER, 8:10 Uhr

Hana riss die Tür wieder auf und blieb mitten im Rahmen stehen. Ihr Körper hob sich vor den eingeschalteten Wandleuchten zu beiden Seiten des Spiegels als Silhouette ab wie die Umrisse der Athene, bereit, in die Schlacht zu ziehen.

»Ich muss gehen«, verkündete sie.

Ich stand völlig ungezwungen im Flur. Als hätte ich nicht eine Sekunde zuvor noch mit dem Ohr an der Tür gelauscht.

»Was hat Daniel gesagt?«

»Ich fahre jetzt zu ihm.«

»Warum, was hat er gesagt?«

Sie seufzte und ließ die Schultern sinken. »Er dreht total durch und hat gedroht, sich umzubringen.« Ich erwiderte nichts, und sie fuhr fort: »Wahrscheinlich hat er was getrunken und war die ganze Nacht auf, und nun ist er völlig von Sinnen und krank vor Trauer. Ich glaube nicht, dass er wirklich versuchen wird, sich was anzutun, aber er dreht total durch.«

»Es ist also nur ein Hilferuf?«

»Genau so hörte es sich an.«

»Aber warum hat er ausgerechnet dich angerufen?«

Hana neigte den Kopf nach hinten und schloss die Augen.

»Das habe ich auch gedacht. Mein Gott, das kann ich jetzt echt nicht brauchen.«

Sie schob sich an mir vorbei in den Flur, und ich rief ihr hinterher: »Hat er sonst keine anderen Freunde?«

»Ehrlich gesagt, nicht viele.« Hana lief in ihr Schlafzimmer und riss den Wandschrank auf. »Er hatte gerade eine zehnjährige Beziehung hinter sich, kurz bevor er Eleanor kennengelernt hat. Auf der Hochzeit war nur ein Freund von der Highschool, als sein Trauzeuge, aber sonst war niemand da.« Sie zog einen Slip und einen BH an.

»Warum hat er dann nicht diesen Typen angerufen?«

»Keine Ahnung. Vielleicht war er nicht erreichbar. Oder Daniel wollte nicht mit einer Person reden, die Eleanor kaum kannte.« Sie zerrte sich einen Rollkragenpulli über den Kopf.

»Hat er auch versucht, Mikki anzurufen? Ich will bloß verstehen, warum …«

»Katie.« Hana starrte mich eine Sekunde lang an, ehe sie mit einer schwungvollen Bewegung ihre Jeans auseinanderfaltete. Sie hatte Tränen in den Augen, und ich wurde von einem stechenden Schuldgefühl durchzuckt. »Ich habe keine Ahnung, was du von mir hören willst. Er hat mich einfach immer wieder angerufen und angefleht vorbeizukommen.«

Sie wandte sich ab, steckte ihre Locken hoch, umwickelte sie mit einem Haargummi und wischte sich mit dem Handrücken über die Augen.

»Tut mir leid«, erwiderte ich. »Sag mir, wenn du Hilfe brauchst.«

Sie stopfte verschiedene Gegenstände in ihre Handtasche und tat so, als hätte sie mich nicht gehört.

Beim Verlassen der Wohnung knallte sie die Tür besonders laut zu, und der Klang hatte etwas Endgültiges, wie das Dröhnen eines Richterhammers oder das Zuschlagen eines schweren Buchdeckels. Ich stand vollkommen reglos gegen die Kücheninsel gelehnt, bis Cosmo herübergetrottet kam und sich am Saum meiner Schlafanzughose rieb.

Ich ging in die Knie, um ihn hochzuheben, und ein glühender Schmerz jagte durch meinen Körper zur Kehle empor, sodass ich aufstöhnte. Ich drückte Cosmo, der schlaff auf meinem Arm hing, gegen meine Brust, während mein Kopf und meine Hände zu kribbeln begannen und mein Herz so schnell schlug, als würde es gleich platzen oder aus meiner Brust hervorbrechen. Ich schnappte nach Luft, erfüllt von der ungestümen, hemmungslosen Panik eines Kleinkinds, das einen Zusammenbruch erlitt.

Schließlich kam ich wieder zu Atem und blinzelte heftig, bis sich das Kribbeln allmählich verflüchtigte. »Eleanor«, murmelte ich und ließ meine Nase auf Cosmos Kopf sinken. Er drehte den Hals und blickte mich mit zusammengekniffenen Augen an. »Arme Eleanor.« Cosmo wand sich aus meiner Umklammerung und trottete Richtung Flur davon. Irgendwie schaffte ich es dann, Mom auf die Mailbox zu sprechen, und bat sie mit zitternder Stimme, mich zurückzurufen.

Anschließend stapelte ich die Kissen, die ich auf dem Sofa liegen gelassen hatte, und versuchte, die flauschige Decke zu falten, während Cosmo mich mit seinen hellgrünen Augen von der Tür aus beobachtete. Dann lief ich Richtung Bad und blieb vor Hanas Schlafzimmer stehen. Dabei fiel mein Blick auf ein Stück Papier, das auf ihrem Schreibtisch lag. Es handelte sich um den Zettel mit den hingekritzelten Nummern, den sie erwähnt hatte. Er hatte definitiv nicht auf Eleanors großem Schreibtisch gelegen, als Daniel die untere Schublade aufgeschlossen hatte.

Außerdem erinnerte ich mich dunkel an ein Gespräch, das ich mir für später gemerkt hatte: Am Dienstagabend, als wir zu dritt voller Panik im Flur der Tapasbar gestanden hatten, hatte Mikki gefragt: *Wer hat Daniels Nummer?*, und Hana hatte ihre Hand gehoben und routiniert seine Nummer gewählt. Warum hatte Hana ihn überhaupt in ihrer Kontaktliste? Hatte sie mir womöglich noch mehr Lügen erzählt?

Ich ging unter die Dusche und traktierte mich dort mit Erinnerungen an die wunderbare, energiegeladene Eleanor, deren Lächeln für immer erloschen war. Während das Shampoo über meinen Kopf schäumte, merkte ich, dass darin das Bild eines Verdächtigen Gestalt angenommen hatte, ein beunruhigender Verdacht, dem ich auf eigene Faust nachgehen konnte. Rasch formte sich in meinem Kopf ein Plan. Das war ein tröstliches Gefühl, etwas, woran meine Trauer und meine wilde Verzweiflung sich festklammern konnten wie an den Handgriffen der Duschkabine.

Draußen war es inzwischen ein wenig wärmer geworden, und der wolkenverhangene Himmel schimmerte silbergrau. Nach all den tristen, klirrend kalten Tagen war das eine wahre Wohltat, obwohl es bestimmt immer noch um die null Grad war. Als ich jedoch den Wetterbericht abfragte, stöhnte ich auf: Es war eine Mischung aus Schnee und Regen im Anmarsch, und die Schlagzeilen klagten darüber, dass dies wahrscheinlich die Reisepläne zu Weihnachten durchkreuzen würde.

Momentan ging unser Flug am Montag jedenfalls noch pünktlich. Ich stellte mir vor, wie wir drei in Moms Esszimmer in Kalamazoo alle von ihrem hübschen Porzellangeschirr aßen. Es würde der blanke Horror werden: Hana würde auf verstörende Weise so tun, als wäre alles in Ordnung, während ich gegen mein wachsendes Unbehagen ankämpfte und Mom sich beklagte, was wir doch für schlechte Gäste seien, und beiläufig und routiniert jede von Hanas Lebensentscheidungen zerpflückte. Wenn Mom nicht bald zurückrief, würde sie wahrscheinlich aus den Nachrichten von Eleanors Tod erfahren.

Und meine Agentin, Erin, auch. Diesmal würde ich sie nicht enttäuschen, diesmal würde ich die Initiative ergreifen. Ich war kurz davor gewesen, alles abzublasen: Letzte Woche hatte ich mir nicht vorstellen können, Eleanors Wünsche zu missachten und der Öffentlichkeit mitzuteilen, dass sie ihr scheinbar perfektes Leben hinter sich gelassen hatte. Damit hätte ich nur meine Kritik an ihrer Entscheidung zum Ausdruck gebracht, und die Aasgeier von der Presse und die Fernseh- und Podcast-Teams wären ihr schnurstracks nach Mexiko hinterhergereist, um ihr Haus ausfindig zu machen. Das hätte ich ihr nicht antun können. Aber jetzt war ich entschlossener denn je, wie ein Spürhund, der die Witterung aufgenommen hatte. Eleanor hatte Gerechtigkeit verdient. In der U-Bahn schickte ich Erin eine Mail und beendete sie mit einem Versprechen, mit einem Schwur, den ich einem schlechten Actionfilm entliehen hatte: *Ich werde erst aufhören, wenn ich das Arschloch gefunden habe, das ihr das angetan hat.*

Zu Hause rief ich meinen Ordner mit den Rechercheergebnissen zu Carl Berkowski auf, einem von Eleanors Feinden. Mir fiel ein, dass er als Techniker für Hopscotch arbeitete, eine bescheuerte App, mit der man sich bei Firmen einloggen konnte, um Preisnachlässe und Werbegeschenke freizuschalten. Aus meiner Zeit als Wissenschaftsjournalistin wusste ich, dass jeder gottverdammte Mitarbeiter eines Start-up-Unternehmens dazu angehalten wurde, mit der leidenschaftlichen Hingabe eines Scientologen die firmeneigenen Produkte zu benutzen. Bingo: Vor sechzehn Minuten hatte Carl sich im

Ghost Café im Bankenviertel eingeloggt. Ich eilte zur U-Bahn, machte noch einmal kehrt, als ich merkte, dass ich mein Telefon auf dem Schreibtisch vergessen hatte, und fuhr dann nach Manhattan.

Das kleine Café war brechend voll, die Leute unterhielten sich angeregt oder starrten mit großen Augen auf ihre Laptops, als wollten sie sich selbst beweisen, dass der Lärm hier stimulierend und nicht störend war. Ich entdeckte Carl an einem Tisch im hinteren Bereich: Er hatte kurzes braunes Haar, ein fliehendes Kinn und trug eine Brille und ein graues Kapuzenshirt. Außerdem, wie ich, einen großen Bluetooth-Kopfhörer. Ich schob meine Kopfhörer herunter, sodass er um meinen Hals baumelte, tippte auf mein Handy und wappnete mich für meine Begegnung, indem ich im Geist ein Schwert in die Höhe hob und *Für Eleanor!* brüllte. Dann nahm ich auf dem Stuhl ihm gegenüber Platz.

Er starrte mich über den Rand seines Laptops hinweg an. »Ähhh …«

»Katie Bradley.« Ich streckte die Hand aus. »Wir wollten uns letzte Woche eigentlich auf einen Kaffee treffen. Ich hatte gehofft, wir könnten …«

»Was machen Sie hier?« Er beugte sich vor, und seine Augen huschten umher, wodurch er sehr viel mehr Aufmerksamkeit erregte als ich eben beim Betreten des Cafés.

»Ich dachte, dass wir jetzt vielleicht einen Kaffee trinken können.«

»Ich könnte Anzeige gegen Sie erstatten.«

»Weil ich in einem Café sitze?«

»Weil Sie mir nachstellen.« Er klappte seinen Laptop zu. »Wie haben Sie mich gefunden?«

Ich sah ihn einen Moment mit zusammengekniffenen Augen

an. Hatte er tatsächlich nie die praktischen Konsequenzen bedacht, die das Produkt seines Arbeitgebers mit sich brachte? Wie wunderbar es doch war, als weißer Mann durch diese Welt zu gehen. »Sie haben sich bei Hopscotch eingeloggt. Ich will nur reden.«

»Warum?«

Als ich erneut an Eleanor dachte, wurde ich von Trauer überwältigt. »Warum haben Sie mich versetzt?«

»Ich habe Sie versetzt?«

»Ja, ich … ich habe etwa eine halbe Stunde gewartet, Kurznachrichten geschrieben und angerufen, aber Sie sind nicht aufgetaucht.« In meiner Stimme lag ein Anflug von Verwirrung.

»Das ist ja lächerlich. Netter Versuch. Wir waren für vier verabredet, und als ich aus dem Lincoln Tunnel fuhr, hatte ich ein paar wirre Kurznachrichten von Ihnen, und im Diner war niemand. Ich war stinksauer. Wirklich eine tolle Art, meinen einzigen freien Tag zu verbringen. Vielen Dank auch dafür.«

»Nein, wir hatten gesagt …« Ich stockte, und mir wurde vor Wut heiß und kalt, aber vielleicht hatte er recht, und ich hatte da etwas durcheinandergebracht. Hatten wir das nicht schriftlich vereinbart?

Er stieß einen theatralischen Seufzer aus. »Und jetzt laufen Sie mir also nach … Warum?«

Ich richtete meine Schultern auf. »Sie haben mir letzte Woche eine SMS wegen Eleanor geschickt.«

»Das stimmt – danke auch, dass Sie diese Polizeibeamtin zu mir geschickt haben. Deswegen war ich auch *super*scharf darauf, die SMS zu beantworten.«

»Was haben Sie den Cops erzählt?«

»Warum sollte ich mit Ihnen überhaupt darüber reden? Ich hätte ja nicht mal mit ihr sprechen müssen.« Er verschränkte die Arme vor der Brust. »Ich hasse die Cops. Zum zweiten Mal innerhalb von zwei Wochen haben mich die Cops jetzt zu Eleanor Walsh befragt.«

Ich runzelte die Stirn. »Zum zweiten Mal?«

»Ja, nachdem sie angerufen hatten, weil …« Er hielt inne und zog eine Augenbraue hoch. »Ich meine, ich bin schließlich nicht der Einzige, der sie nicht mag. Sie können nicht automatisch davon ausgehen, dass ich für sämtliche Unannehmlichkeiten in ihrem perfekten Leben verantwortlich bin.«

Ich schüttelte, immer noch verwirrt, den Kopf. »Was für Unannehmlichkeiten? Warum haben sich die Cops schon mal bei Ihnen gemeldet?« Die vorletzte Woche – da war ich zum ersten Mal bei *The Herd* gewesen … »Ging es um das Graffiti?«

»Graffiti? Finden Sie etwa, dass ich wie ein Vandalierer aussehe?«

Vandale, korrigierte ich ihn stumm. Er grinste – er genoss die Situation, die Tatsache, dass er einen Wissensvorsprung hatte.

Dann fiel bei mir endlich der Groschen. »Es ging um ihr Handy.«

»Das angeblich gestohlene Telefon, ja. Wenn sie ihre Sachen nicht im Auge behalten kann, ist das nicht mein Problem. Übrigens, wo ist Eleanor überhaupt? Ist sie immer noch abgetaucht, nachdem sie ihre beiden Firmen ins Chaos gestürzt hat?«

Chaos? Gleam und *The Herd* erzielten riesige Gewinne und standen ganz oben auf den Listen mit Firmen, die das beste Arbeitsumfeld boten. »Was haben Sie wirklich für ein Problem mit ihr?« Er stöhnte auf, doch ich ignorierte das: »Nein, im Ernst. Warum sind Sie so wütend auf sie?«

»Was sie getan hat, war illegal. Eine ganze Bevölkerungsgruppe von einem öffentlichen Ort auszuschließen – das ist so ein ›Nur für Weiße‹-Scheiß.« Ich nahm all meine Selbstbeherrschung zusammen, beugte mich vor und nickte, während er fortfuhr: »Sie ist ein arrogantes kleines Miststück. Sie bekommt alles, was sie will, ohne sich dafür anzustrengen. Und sie hat es sich zur Lebensaufgabe gemacht, das allen unter die Nase zu reiben.«

»Inwiefern?«

Er hob die geöffneten Hände in die Höhe. »Ist das Ihr Ernst? Ihr Blog, ihre Firmen – ihre ganze Marke sagt im Grunde nichts anderes als: für Jungs verboten.«

Fassungslos starrte ich ihn an. Ich überlegte, was ich als Nächstes sagen sollte, während Trauer in mir aufstieg und meine Gesichtszüge zu entgleisen drohten. Ich spielte den einzigen Trumpf aus, den ich hatte: »Eleanor ist tot, Carl.«

In seinem Gesicht flackerte Entsetzen auf, und er lehnte sich zurück, als wollte er zu mir auf Distanz gehen, während seine Hand in den Nacken schnellte und auf den wuchernden Haarbüscheln dort liegen blieb.

»Scheiße«, sagte er schließlich. »Wie das?«

Ein Kreischen wie von einem Teekessel war zu hören, als die Bedienung hinter dem Tresen Milch aufschäumte. »Wie wär's: Ich erzähle Ihnen was, wenn Sie mir was erzählen.«

»O Mann.« Er verdrehte die Augen.

»Woher wussten Sie, dass sie vermisst wird? Ich meine, als Sie mir letzte Woche diese SMS geschickt haben?«

»Ich habe so meine Methoden.«

»Illegale Methoden?«

»Wollen Sie mich etwa der Polizei melden, weil ich mitbekommen habe, dass sie auf einer groß angekündigten Veranstaltung sprechen sollte und … das nicht getan hat. Ach, stimmt, das haben Sie ja.« Er grinste spöttisch. »Egal, jetzt bin ich dran. Was ist ihr zugestoßen?«

»Sie wurde ermordet.« Mein Magen verkrampfte, und es platzte aus mir hervor: »Man hat ihr die Kehle aufgeschlitzt.« Ich wollte seine Reaktion beobachten, aber ich konnte nicht; mir war schwindelig, und ich neigte den Kopf nach vorne.

»Scheiße«, sagte er beklommen. »Das tut mir leid.«

Ich holte keuchend Luft. »Wird The Antiherd davon erfahren? Falls das an die Öffentlichkeit gelangt, weiß ich, dass es von Ihnen kam.«

»Ich habe keine Ahnung, wovon Sie reden.«

»Ich denke schon.« Ich beugte mich erneut nach vorne. »Ich will Zugang zu der Gruppe.«

»Keine Chance. Daraus wird nichts.« Er lehnte sich vor. »Hören Sie, das mit Ihrer Freundin tut mir leid, aber … wenn Sie mit Eleanor befreundet waren, warum sollte ich Ihnen dann helfen?«

»Einen Moment.« Ich zog mein Handy aus der Gesäßtasche und drehte den Ton auf.

Die Stimme, die aus meinem Telefon kam, klang blechern und schrill: »… aus dem Lincoln Tunnel fuhr, hatte ich ein paar wirre Kurznachrichten von Ihnen, und im Diner war niemand. Ich war stinksauer. Wirklich eine tolle Art …«

Er riss die Augen auf. »Sie haben mich aufgenommen?«

Ich tippte gegen den Kopfhörer, der um meinen Hals hing. »Es gibt inzwischen ganz tolle integrierte Mikros. Leider kann man im echten Leben nicht wie im Film einfach einen Knopf drücken, um die schlimmste Passage abzuspielen. Aber Sie erinnern sich bestimmt noch daran. ›Arrogantes kleines Miststück‹ und so weiter.«

Er war völlig außer sich. »Aber … aber das ist illegal!«

»Ist es nicht. Sie sollten sich beruhigen – die Leute schauen schon. Hey, Ihre Firma befindet sich doch irgendwo hier in der Nähe, oder? Die Firma von Rebecca Rosenthal?«

Bei der Erwähnung der Geschäftsführerin wurde sein Gesicht knallrot, und seine Ohren liefen violett an. »Das ist doch albern«, sagte er. »Das wagen Sie nicht.«

»Ich habe nichts zu verlieren. Im Gegensatz zu Ihnen. Denken Sie an Ihren Job.« Ich beugte mich vor. »Ich werde auf der Antiherd-Seite nichts posten, weder Screenshots machen noch mich mit jemandem austauschen. Ich werde nur …«

»Sie sind also ein kleines Kind, das Detektiv spielt? Lassen Sie die Erwachsenen doch einfach ihren Job machen.«

Ein *Fick dich!* lag mir auf der Zunge, aber ich schluckte es hinunter und sah ihn mit blinzelnden Augen ernst an. »Carl.« Ich tätschelte seinen Unterarm, und er zuckte zurück. »Sie haben recht. Ich weiß, das ist albern. Ich möchte niemanden in Schwierigkeiten bringen. Außerdem sollen die Cops nicht erfahren, dass ich in dieser Sache auf eigene Faust Nachforschungen anstelle. Ich will nur herausfinden, wer … wer meiner Freundin das angetan hat.« Meine Stimme zitterte, und erneut wich er vor mir zurück.

»Vierundzwanzig Stunden«, sagte er schließlich. »Ich gebe Ihnen vierundzwanzig Stunden, wenn Sie diese Audiodatei jetzt sofort löschen, hier vor meinen Augen. Und danach verpissen Sie sich auf Nimmerwiedersehen.«

Zu Hause klappte ich meinen Laptop auf und loggte mich unter einem Männernamen in mein neues, gefälschtes Facebook-Konto (*Fakebook!*) ein, und ich verspürte einen Adrenalinstoß, als eine Mitteilung erschien: Sie wurden eingeladen,

The Antiherd zu besuchen. Ich wusste nicht, wonach ich überhaupt suchte, aber ich begann mit letztem Dienstag, als wir Eleanor als vermisst gemeldet hatten. Einige nichtssagende allgemeine Hasskommentare, bei denen sich mir der Magen umdrehte, erinnerten mich an das Gefühl der Panik, das ich bei meiner Berichterstattung von Kundgebungen in Michigan verspürt hatte. Ich ging in die Küche, holte mir ein Mineralwasser, atmete tief ein und zwang mich, die Beiträge zu lesen.

Nach ein paar Minuten wurde ich schließlich fündig: Ein Typ mit Polizeifunkscanner hatte einen Post zu dem Notruf geschrieben, der von Eleanors Adresse aus getätigt worden war (zu meinem Entsetzen kannte besagter Nutzer sie auswendig); der »vermutliche 10-50-7« hatte eine Menge schadenfroher Spekulationen hervorgerufen: Bestimmt habe ihr unterdrückter Ehemann die Stadt verlassen, um ihr zu entkommen. Gavin K schrieb, dass die Schlampe vielleicht zur Vernunft gekommen sei und sich umgebracht habe, doch ein anderes Mitglied – Ron A – hielt das für unwahrscheinlich, weil sie gerade verkündet habe, dass sie in Zukunft noch mehr Geld scheffeln wolle. Er hatte einen Link zu einem Artikel über die Firmenübernahme durch Titan eingefügt, der nur eine Minute zuvor veröffentlich worden war.

Ich klickte auf Rons Namen und scrollte durch seine jüngsten Posts und Kommentare; da er kein Profilfoto hochgeladen hatte, war es ziemlich offensichtlich, dass der Typ für seine Hasskommentare ein geheimes Konto eingerichtet hatte. (*Noch mehr Fakebook!*) Mein Herz verkrampfte, als ich ein Foto sah, das er vor ein paar Wochen an The Antiherd geschickt hatte. Es handelte sich um den verblassten Schnappschuss eines weiblichen Teenagers … nein, das war noch ein Kind, vielleicht zwölf oder dreizehn Jahre alt, darum bemüht, in der peinlichen Aufmachung aus dem Jahr 2000 – Schlagjeans, Plateausandalen, die sprießenden Brüste in ein bauchfreies Korsett gezwängt – älter zu wirken. Das war unverkennbar Eleanors Gesicht: Es war schon damals hübsch gewesen, wenn auch runder, und die Augenbrauen waren schmaler und ihre dürren Arme sonnengebräunt. Ober- und unterhalb des Bilds verliefen schräge graue Linien, die im Zickzack schmale Reihen bildeten, und ich begriff, dass es sich um die selbstklebende Seite eines altmodischen Fotoalbums handelte; irgendjemand hatte irgendwo ein staubiges, altes Album aufgeschlagen und einen Schnappschuss von dem Foto darin gemacht.

Es war ohne Kommentar gepostet worden, aber andere Benutzer hatten sich rasch zu Wort gemeldet: »Die geborene Hure«, »schon damals ein aufreizendes Luder«, »lol – wahrscheinlich haben sich die Leute vor ihr auf dem Spielplatz versteckt.« Wie war die Person in den Besitz des Bildes gekommen? Irgendjemand hatte die ursprüngliche Aufnahme fotografiert, entwickelt, liebevoll auf Karton geklebt und die Klarsichtfolie darüber glatt gestrichen. Der einzige Ort, an dem man ähnliche Fotos von Hana und mir finden konnte, war das Wohnzimmer unserer Mutter, in den muffigen Alben in unserem Bücherregal. Vielleicht bewahrten Eleanors Eltern bei sich ebenfalls solche Alben auf. Wer hatte Zugang dazu, welche Besucher oder Nachbarn oder …?

Nachbarn. Die Kinder von nebenan. Ich warf erneut einen Blick auf den falschen Benutzernamen. Ron war zwar die gängige Kurzform von Ronald, aber konnte es sich nicht auch um die letzte Silbe von Cameron handeln?

Meine Arme überzogen sich mit Gänsehaut, während ich noch einmal alles durchging, was ich über ihn wusste: Teds älterer Bruder, Eleanors Freund im Abschlussjahr auf der

Highschool und auf dem College. Ich rief sein Facebook-Profil auf – die echte Version – und klickte durch seine Fotos. Er vermittelte den vagen Eindruck eines Mannes, der früher mal verdammt attraktiv gewesen war, dann irgendwann seine Anziehungskraft verloren hatte und jetzt angesichts seiner schwindenden Chancen verwirrt war. Sein Profilbild zeigte ihn mit Patriots-T-Shirt und bemaltem Gesicht grölend vor dem geöffneten Kofferraum eines Geländewagens, in dem alles für eine Parkplatzparty aufgebaut war.

Der Schnee vor meiner Wohnung wirkte wie ein silbriger Nebel, der den leeren Raum zwischen den Feuerhydranten, Bäumen und grimassierenden Passanten ausfüllte. Der Gedanke, der mir jetzt kam, war so verschwommen wie das Licht draußen: Was, wenn Cameron Eleanor gehasst hatte? Er lebte in einem anderen Staat, sicher, aber er kannte hier ein paar Leute … und vielleicht hatte er in dieser widerlichen Online-Community einige Freunde. Was, wenn er jemanden gefunden hatte, der ihm half, oder umgekehrt? Vor meinem geistigen Auge zuckten die bauchigen Buchstaben auf, die ich an meinem ersten Tag bei *The Herd* gesehen hatte: BLÖDE FOTZEN.

Ich las immer noch die bösartigen Ergüsse durch – was mich jedoch nicht weiterbrachte und mir nur Brechreiz verursachte –, als ich von Erin eine SMS erhielt: Ruf mich sofort an. Dann kam eine von meiner Mitbewohnerin, und während ich mein Handy entsperrte, um die vollständige Nachricht zu lesen, folgten weitere von Mikki und Ted. Die Anrufe und Nachrichten gingen bei mir ein, so wie der Schnee heute Nachmittag gefallen war – zunächst bloß ein paar vereinzelte Flocken, dann immer gleichmäßiger, bis er sich plötzlich zu einem regelrechten Unwetter ausgewachsen hatte.

Mit zitternden Händen rief ich die Homepage der *New York Times* auf, und dort stand es, ganz oben: Eleanor Walsh, Lifestyle-Guru und feministische Unternehmerin, im Alter von dreißig Jahren gestorben

Ist sie nicht zweiunddreißig gewesen?, dachte ich benommen. Dann eine weitere SMS von Erin: Du wirst mich umbringen.

Kapitel 16

HANA

SAMSTAG, 21. DEZEMBER, 8:25 Uhr

Ich starrte aus dem Fenster, während mein Taxi zur Wohnung von Daniel und Eleanor raste. Der Gedanke, dass es jetzt nur noch die von Daniel war, erfüllte mich mit Traurigkeit. Müll flog und wirbelte im Wind umher, bevor er wieder auf dem Gehweg landete. Auf den Straßen war kaum etwas los, da die Leute inzwischen zu den Feiertagen nach Hause gefahren waren.

Was hatte Daniel wohl gefunden? *Es geht um das, was 2010 passiert ist*, hatte er in einem beinahe kreischenden Tonfall gesagt. *Keine Polizei. Die willst du da nicht mit reinziehen.* Der Fahrer blieb mit einer Vollbremsung vor dem Reihenhaus stehen, und ich stemmte die Tür gegen den Wind auf. Es war mein dritter Besuch diese Woche – ich war häufiger hier gewesen als zu Eleanors Lebzeiten. Mit einem beklommenen Gefühl schaute ich zu dem dunklen Erkerfenster und der leeren Eingangstreppe ihrer Wohnung hinüber. Am Dienstagabend war ich ins Innere gestürzt in der damals abwegigen Vorstellung, dass ihr etwas Schlimmes zugestoßen sein könnte. Am Mittwoch war ich zurückgekehrt, um nach einem Anhaltspunkt, einem Hinweis zu suchen. Um mich zu vergewissern, dass unser Geheimnis sicher war. Jetzt war Eleanor tot, und Daniel wusste, was 2010 geschehen war. Für einen flüchtigen Moment hatte ich das Gefühl, ich müsste mich übergeben.

Ich marschierte die Stufen hinauf und läutete die Türglocke. Der gefrorene Kranz am Eingang taute nun allmählich wieder auf. Die Tür öffnete sich, und ein warmer Luftzug wehte an mir vorbei. Daniel sah schrecklich aus: Sein Haar war fettig und ungewaschen, die Haut kreidebleich und seine Augen verquollen. Irgendwie wirkte er gleichzeitig aufgedunsen und ausgemergelt.

»Hey, Daniel. Ich bin froh, dass du mich angerufen hast.«

Er schloss die Tür hinter mir, und ich nahm ihn lange in den Arm. Vor dieser Woche hatte ich ihn immer nur als gut gelaunten, zurückhaltenden Menschen erlebt, als höflichen Gesprächspartner auf Partys und Veranstaltungen, als das, was Mikki als *harte Nuss* bezeichnet hatte. Doch jetzt verströmte er eine tiefe Trauer.

»Ich wusste nicht, was ich sonst tun sollte«, sagte er. »Ich meine, da stand dein Name drauf.«

»Wo drauf?« Er sah mich mit großen Augen an, und mit einem zaghaften, aber unerschrockenen Lächeln deutete ich Richtung Wohnzimmer. »Sollen wir uns setzen?« Wir standen immer noch in der Diele mit ihrer verwirrenden Anordnung von Spiegeln.

Er blickte zum Wohnzimmer, als versuchte er, den Sinn meiner Worte zu ergründen, dann nickte er. »Ich werde es holen.«

Ich zog meinen Mantel aus, während ich ins Wohnzimmer ging. Plötzlich hatte ich das Gefühl, das gleich etwas Unwiderrufliches geschehen würde. Daniel kam mit hastigen Schritten aus dem ersten Stock heruntertrampelt und zeigte mir ein Blatt Druckerpapier. Es war zweimal gefaltet, offensichtlich war es in einem Umschlag eingetroffen. Ich nahm es ihm aus der Hand und kniff die Augen zusammen:

BETREFF: 7. MAI 2010
FÄLLIGKEITSDATUM: 31.12.2019
JINNY HURST
ELEANOR WALSH
HANA BRADLEY
MIKKI DANZIGER

Es folgten mehrere Zahlenreihen – ein Rechnungsbetrag, Netzwerkkosten und eine Kontonummer. Ich schaute stirnrunzelnd zu Daniel auf.

»Die Forderungen belaufen sich auf zehntausend Dollar«, sagte er. »In Bitcoins. Offensichtlich ist das ein Erpresserschreiben, und Eleanor hat den Betrag anonym bezahlt.«

Ich rang nach Luft. »Wo hast du das her?«

»Es war in unserem Briefkasten.« Er deutete in Richtung Haustür. »Ich hatte ihn seit einer Woche nicht mehr geleert, nach allem, was passiert ist. Aber inzwischen habe ich unsere Kontoauszüge durchgesehen. Es gab eine Reihe Abhebungen über krumme Beträge von unseren verschiedenen Konten, die sich auf zehntausend Dollar pro Quartal beliefen. Über ein ganzes Jahr lang.«

»O Mann.« Ich runzelte erneut die Stirn. »Hast du einen Blick auf den Poststempel geworfen?«

»Ja, der Brief wurde am Mittwoch abgeschickt. In Tennessee.«

Mittwoch – also nachdem sie verschwunden war. Der Absender glaubte folglich, dass Eleanor noch lebte und imstande war, den Betrag zu überweisen.

Ich hielt das Blatt in die Höhe. »Hat Eleanor etwa deswegen versucht, sich aus dem Staub zu machen? Wenn sie nicht zur Polizei gehen konnte, wäre das ein Grund gewesen unterzutauchen. Obwohl: Ich weiß nicht. Vierzigtausend Dollar in einem Jahr ist zwar eine Menge Geld, aber sie wäre trotzdem in der Lage gewesen, den Forderungen nachzukommen.«

»Hana, worum geht es dabei?«

Ich ignorierte ihn und las erneut das Schreiben.

»Mein erster Impuls war, die Polizei zu rufen. Damit sie das Blatt auf Fingerabdrücke überprüft und das Kryptowährungskonto unter die Lupe nimmt.« Er schluckte. »Aber dann dachte ich, es sei besser, erst mit dir zu reden. Denn ich habe keine Ahnung, was das zu bedeuten hat.« Er zeigte auf das Blatt, das ich zitternd in den Händen hielt. »Ich weiß nicht, was Eleanor getan hat.«

Ich holte tief Luft. Vor mir zuckte ein Bild von Eleanor auf: die Augen geschlossen, die Nase kreidebleich, auf ihrem Kragen ein großer schwarzer Fleck. Ich stieß ein paar heftige Seufzer hervor und schniefte. »Ich verstehe das auch nicht, Daniel«, sagte ich. »Eleanor hat nichts getan.«

»Wer ist Jinny Hurst?«

Ich schüttelte den Kopf, während mir Tränen aus den Augen liefen.

»Ich habe mich über sie schlaugemacht, Hana.« Er holte tief Luft, als würde er gegen das Verlangen ankämpfen, mir eine zu scheuern. »Ich weiß, wer sie ist. Warum verdammt noch mal steht ihr Name auf dieser Liste, zusammen mit dem von Eleanor? Mit deinem?«

»Ich kenne sie nicht!« Ich wischte mir über die Wangen. »Ich habe sie nur einmal getroffen. Kurz bevor sie verschwunden ist. Wir haben einmal Drogen bei ihr gekauft – sie war eine Dealerin. Ich kann mich nicht mal mehr erinnern, wer überhaupt ihre Nummer hatte. Ich habe sie bloß dieses eine Mal gesehen.«

Wir saßen einen Moment schweigend da, und es war nur der entfernte Verkehrslärm zu hören, das Hupen der Autos und Dröhnen der Lkws, die wie an jedem anderen Tag auf der Straße unterwegs waren. Plötzlich riss Daniel mir das Blatt aus der Hand. »Was verdammt noch mal ist das hier?«

»Ich weiß es nicht! Keine Ahnung.« Meine Augen füllten sich mit Tränen. »Also gut, Folgendes ist geschehen: Kurz vor unserem Abschluss hingen wir eines Abends zu dritt in Eleanors Wohnung ab. An besagtem Freitag, den 7. Mai. Dem Datum auf dem Schreiben.« Ich deutete mit dem Kinn auf das Papier. »Eleanor hatte … sie hatte eine Woche zuvor auf einer Party Pilze probiert, und Mikki und ich meinten, dass wir nie welche genommen hätten. Wir hatten dann diese bescheuerte Idee, was weiß ich, wir könnten an diesem sicheren Ort eine tiefere Verbindung eingehen. Eleanor hatte von der Party die Nummer dieser Frau, also haben wir sie kommen lassen und bei ihr was gekauft.« Ich schniefte, wischte mir über die Nase. »Aber in dieser Nacht ist sie verschwunden. Sie wurde nie gefunden. Als wir ein paar Tage später in den Nachrichten davon erfuhren, drehten wir total durch, aber natürlich hatten wir keine Ahnung, was mit ihr passiert war … und wir haben uns auch nicht gemeldet, so nach dem Motto: ›Hi, wir haben sie getroffen, als wir eine Straftat begangen haben.‹ Es ist dann nichts weiter vorgefallen. Ich habe seit Jahren nicht mehr daran gedacht. Aber keine von uns hatte etwas mit der Sache zu tun.«

Daniel schüttelte immer wieder den Kopf. »Ich versteh das nicht … Warum sollte jemand so etwas verschicken? Und warum hat sie bezahlt?«

»Keine Ahnung. Wenn du Jinny gegoogelt hast, weißt du bestimmt, dass sie ursprünglich aus Tennessee kommt – wo auch der Brief abgestempelt wurde. Das Einzige, was mir dazu einfällt … Gab es noch etwas anderes, das Eleanor uns verschwiegen hat?«

Daniels Mund begann zu zittern, als wollte er etwas sagen oder seine Tränen unterdrücken. Vermutlich beides. »Wir sollten die Polizei darüber informieren. Oder? Das wäre bestimmt am vernünftigsten.«

»Sieht ganz so aus. Mein Gott, das ist echt verrückt.« Ich nahm das Blatt und las es noch mal. »Ich wollte nur sichergehen …« Ich zögerte, meine Augen füllten sich erneut mit Tränen.

»Was ist?«

Ich lachte kurz auf. »Oje, ich kann einfach nicht raus aus meiner Haut als PR-Frau. Also, Eleanor ist eine öffentliche Person. Ich will nicht, dass ihr Name in den Dreck gezogen wird – dir und erst recht Gary und Karen zuliebe. Mein Gott. Sie hatte doch nicht etwa was mit dem Verschwinden dieser Frau zu tun, oder?«

Daniel schüttelte weiter den Kopf, stieß eine Art Wiehern hervor und ließ sein Gesicht in die Hände sinken.

»Soll ich mit Mikki reden?«, fragte ich.

Er stand auf und ging aus dem Zimmer. Für einen Moment war ich verwirrt und dachte, damit wäre das Gespräch beendet, doch dann hörte ich das Geräusch von rauschendem Wasser, und er kehrte mit zwei vollen Gläsern wieder zurück.

»Hana, ich würde alles dafür geben, um zu erfahren, wer sie getötet hat. Das würde die Sache etwas erträglicher machen.«

»Mir geht es genauso.« Ich nahm eines der Gläser. »Aber du hast doch gesagt, du hättest das hier erst nach ihrem

Verschwinden bekommen, oder? Ich weiß, das ist beunruhigend, denn … das bedeutet, der Absender weiß nicht, dass Eleanor tot ist.«

Er setzte sich und blickte mit zitterndem Kinn zur Seite. »Keine Ahnung, Hana. Ich kann nicht klar denken.«

»Wie wär's, wenn ich Mikki frage, ob sie hiermit irgendwas anfangen kann – vielleicht weiß sie etwas, das ich nicht weiß.« Ich stellte mein Glas ab und beugte mich vor. »Wir werden das hier zusammen durchstehen, Daniel. Ich weiß, wie sehr du Eleanor geliebt hast, und du weißt, dass sie mir auch wichtig war.«

Er presste seine Fäuste gegen die Augen und nickte. »Wenn sie etwas … Schlimmes getan hat, will ich das gar nicht wissen. Ich will nicht den Rest meines Lebens so etwas von ihr denken.«

»Okay. Okay. Lass uns einfach … den heutigen Tag überstehen. Man wird in Kürze eine Stellungnahme abgeben, und ich denke, es ist das Beste, wenn wir einfach auf Tauchstation gehen. Okay?« Ich setzte mich auf und sprach mit leiser Stimme: »Du weißt doch, dass du einfach auflegen musst, falls irgendwelche Journalisten deine Nummer herausfinden, oder? Außerdem solltest du sämtliche Vorhänge zuziehen. Es kann sein, dass sie vor dem Haus auf der Lauer liegen.«

»Ich weiß. Ich werde mit niemandem reden. Das habe ich letzte Woche gelernt, als man mir bis zur Überprüfung meines Alibis im Grunde ein Redeverbot erteilt hat.«

»Du wurdest also entlastet?«

»Ja, sie haben … mit der Frau gesprochen, mit der ich zusammen war. Die ich von Click kannte. Außerdem habe ich den Cops unsere Nachrichten gezeigt.« Er wandte erneut den Blick ab. »Das nennt man wohl beschissenes Timing.«

Bevor ich darüber nachdenken konnte, platzte es aus mir heraus: »Na ja, es sei denn, Eleanor wusste, dass du an diesem Abend nicht zu Hause bist.«

Er rieb sich die Stirn. »Um an diesem Abend nach Mexiko abzuhauen? Ja, die Cops haben das auch erwähnt. Aber es gab doch diese wichtige Bekanntmachung im Hielo. Sie war so aufgeregt. Ich weiß nicht.«

Deine Frau, dachte ich, *war äußerst geschickt darin, Dinge vor dir geheim zu halten. Vor uns allen.*

»Hatten die Cops irgendwelche neuen Informationen für dich?«

Sein Blick huschte zur Decke und dann nach links. »Kaum«, erklärte er. »Sie meinten gestern Abend, ihrer Kleidung nach zu schließen habe sich die Tat wahrscheinlich Montagnacht ereignet.«

Also nach der Mocktailrunde. »In den Räumen von *The Herd*?«

»Ja. Aber sie wissen nicht, wo genau im Gebäude. Allerdings nicht auf dem Dach, denn dort war zu wenig … zu wenig Blut. Man hat die Leiche also wahrscheinlich bewegt.« Er räusperte sich, was sich wie ein Krächzen anhörte. »Wenn der Täter sie nicht aus dem Gebäude bringen konnte, war das Dach der beste Ort, um sie zu verstecken, denn dort gab es aufgrund der Kälte keinen Verwesungsgeruch. Da niemand wusste, dass die Räumlichkeiten von *The Herd* ein Tatort sind – ich meine, das ganze Büro, die komplette Etage –, wurden mögliche Spuren leider zerstört. Der Hausmeister ist inzwischen ein paarmal dort gewesen, sodass man wahrscheinlich keine Hinweise mehr finden wird.«

»Scheiße.« Ich runzelte die Stirn. »Werden sie DNA-Tests durchführen?«

»Keine Ahnung. Seit man sie gefunden hat, sind nicht mal vierundzwanzig Stunden vergangen. Sie wollen noch mal die Wohnung durchsuchen.« Seine Stimme stockte.

Mein Gott. Die Cops könnten jeden Moment hier eintreffen.

»Wenn du soweit klarkommst, werde ich jetzt gehen.« Ich zog meinen Mantel an. Daniel saß, das Kinn auf die Hände gestützt, reglos da und starrte in die Ferne. »Sag mir Bescheid, wenn du Hilfe brauchst. Bei der Trauerfeier, wegen der Journalisten – was auch immer. Und du darfst natürlich mit niemandem reden.« Ich zog den Reißverschluss meines Mantels zu und blieb stehen. »Eigentlich darfst du niemandem trauen.«

Draußen blinzelte ich einen Moment in die Vormittagssonne und lief dann die Treppe zur U-Bahn hinunter. Während ich nach Hause fuhr, war mein umnebeltes Hirn nur sporadisch in der Lage, einen zusammenhängenden Gedanken zu fassen. Immer wieder sah ich vor mir die Schnittwunde an Eleanors Kehle, eine flüchtige, schräge Linie, als wäre man mit dem Finger gedankenlos über ein beschlagenes Fenster gefahren. Die Mordwaffe – niemand hatte etwas zur Mordwaffe gesagt. Ich musste ständig an das kleine Messer denken, das Eleanor in ihrem Büro aufbewahrt hatte. Es war der einzige scharfe Gegenstand, der mir einfiel, während ich in Gedanken die Räumlichkeiten von *The Herd* durchging.

Für einen Moment kamen mir die Tränen, und meine Brust wurde erneut von einer Woge des Entsetzens erfasst. Die anderen Leute in der U-Bahn, zwei Teenager und eine ältere Frau, wandten ihre Blicke ab. Dann lichtete sich erneut der Nebel: diese verdammten Überwachungskameras, die nach dem Zurücksetzen des Routers außer Betrieb gewesen waren. Könnte ein Mitarbeiter des Internetproviders die Daten wiederherstellen? Nein, darum kümmerte sich kein Techniker der Firma, sondern Ted.

Ted.

Die U-Bahn kam quietschend zum Stehen, mit einem Scheppern öffneten sich die Türen, und die Leute stiegen ein und aus.

Ted, der mitansehen musste, wie seine hübsche beste Freundin, das sprichwörtliche Mädchen von nebenan, mit seinem Bruder zusammenkam und dann reich und berühmt wurde, während er selbst sich mit drei Mitbewohnern in Bay Ridge ein Haus teilte.

Ted, einer der wenigen Außenstehenden, der jederzeit Zugang zu *The Herd* hatte. Zu Eleanors Büro, zu dem Messer in ihrem Regal. Ich zwickte mir in den Nasenrücken. Ich hatte Ted stets für einen unkomplizierten, glücklosen Burschen gehalten und den einzigen Menschen, der für Eleanor alles getan hätte. Seine Loyalität zu ihr war fast schon peinlich gewesen, aber irgendwie hatte ich sie darum auch beneidet und mich gefragt, wie es wohl war, wenn man von einem Mann derart angehimmelt wurde. Er wäre doch niemals imstande gewesen …?

Zu Hause fragte ich meine E-Mails ab. Es waren nicht viele, was bedeutete, dass die Zeitungen noch nicht von Eleanors Tod erfahren hatten. Stephanie hatte mir aus dem fernen Indien mitgeteilt, dass sie nach wie vor versuche, einen Rückflug zu organisieren; doch das bevorstehende Unwetter mache die Umbuchung zu einem wahren Albtraum. Ich stellte mir vor, wie sie auf Goa mit einer Kokosnuss in der Hand am Strand hockte und sich fragte, ob sie nach ihrer Rückkehr die Führung von *The Herd* übernehmen konnte. Aurelia hatte mich in einer Mail darüber benachrichtigt, dass der Co-Working-Space aufgrund der laufenden Ermittlungen bis auf Weiteres geschlossen sei (»bis mindestens Ende des Jahres«), und bat mich, die Information weiterzuleiten. Sie hatte sich nicht mal einen Tag, einen einzigen Tag, Zeit genommen, den Verlust meiner besten Freundin, ihrer Vorgesetzten, zu betrauern. Bei dem Gedanken daran, eine sorgfältig formulierte Pressemitteilung voller unverfänglicher schlechter Neuigkeiten zu verfassen, wäre ich am liebsten zu Boden gesunken und dort bis Januar liegen geblieben.

Hinter dem deckenhohen Fenster im Wohnzimmer wirbelten Schneeflocken umher. Vorboten des aufziehenden Schneesturms. Wer über die Feiertage nicht verreiste, würde in den Genuss einer weißen Weihnacht kommen. Alle anderen waren angeschissen.

Ich feilte immer noch an der Presseerklärung, darum bemüht, mich zu konzentrieren, als meine Videosprechanlage laut aufkreischte. Vor dem liebenswürdigen Portier, dessen Namen ich nicht kannte, ragten, Schulter an Schulter, zwei Gestalten empor.

»Ms. Bradley, Sie haben zwei … Gäste?«

»Wer ist es denn?«

Ein Moment der Stille. »Sie sagen, sie seien Detectives.«

Ich sah mich um – in der Wohnung herrschte nach wie vor das reinste Chaos; mein Mantel und mein Regenschirm waren über den Boden verstreut, und auf dem Sofa, das ich Katie für die Nacht hergerichtet hatte, lag noch das Bettzeug. Mein Puls begann zu rasen, aber ich konnte die Beamten nicht wegschicken, ohne Verdacht zu erregen.

»Lassen Sie die beiden hoch«, erwiderte ich.

»Ms. Bradley, wie geht es Ihnen?«, rief Ratliff, als ich die Tür öffnete. Hinter ihr stand Herrera.

Ich schüttelte den beiden die Hände. »Danke, dass Sie gekommen sind«, murmelte ich, als wäre ich die Gastgeberin einer Dinnerparty. *Geht's noch?*

»Wir wissen, dass Sie gestern Abend die Wache erst ziemlich spät verlassen haben«, sagte Ratliff. »Aber es ist jetzt Eile geboten, und nachdem Sie ein wenig Zeit hatten, um über alles nachzudenken, würden wir die Sache gerne noch mal mit Ihnen durchgehen.«

»Natürlich.« Die beiden folgten mir ins Wohnzimmer und warteten dort, während ich die Kissen und Laken vom Sofa in den Flur brachte. Ich konnte spüren, wie sie mich beobachteten und eingehend musterten.

»Ich wusste nicht, dass Sie Gäste hatten«, bemerkte Herrera.

»Nur meine Schwester. Sie hat gestern hier übernachtet.« Es war ein wenig merkwürdig, dass Katie nicht vorbeigekommen war – vorhin hatte sie reges Interesse an meinem Besuch bei Daniel gezeigt. »Kann ich Ihnen irgendwas anbieten?«

»Nein danke.« Ratliff zog einen Notizblock aus ihrer Tasche und schlug ihn mit einer schwungvollen Bewegung auf. »Wie Sie wissen, standen wir kurz davor, die Ermittlungen abzuschließen. Aufgrund der E-Mail, die Sie und Ihre Freunde erhalten hatten.«

Ich nickte. »Es hatte den Anschein, als hätte Eleanor die Stadt verlassen und wäre nach Mexiko gezogen. Aber inzwischen ist ja wohl klar, dass das jemand nur vorgetäuscht hat, um uns auf eine falsche Fährte zu locken. Die Person, die diese Nachrichten und E-Mails von ihrem Konto aus verschickt hat, ist der Täter, nicht wahr?«

Ratliffs Gesicht gab nichts preis. Manchmal wirkten ihre Augen katzenartig und intelligent und gleichzeitig völlig ausdruckslos. »Unsere Ermittlungen haben ergeben, dass diese

Nachrichten und E-Mails von Ms. Walshs Handy aus verschickt wurden«, sagte sie. »Aus dem Umfeld ihrer Wohnung.«

Ich runzelte die Stirn. »Sind Sie sicher, dass sie mit ihrem neuen Handy verschickt wurden? Nicht mit dem gestohlenen? Denn wenn sich jemand mit dem alten Handy in ihre iCloud eingeloggt hat …«

»Mit dem neuen. Das sie eine Woche zuvor gekauft hatte.«

»Okay.« Ich beobachtete, wie Cosmo ins Zimmer getrottet kam und sich schwanzwedelnd setzte. »Nun, das Umfeld ihrer Wohnung bedeutet auch das Umfeld von *The Herd.* Beides liegt nur ein paar Blocks voneinander entfernt.«

»Das stimmt. Leider konnten wir den Standort lediglich auf die Reichweite eines Mobilfunkmastes eingrenzen. Der Ortungsdienst war deaktiviert.«

Herrera beugte sich vor. »Sind Sie sicher, dass Sie ihr neues Telefon nicht irgendwo gesehen haben?«

»Sie meinen, dass es einfach irgendwo herumlag? Nein. Offensichtlich hat es der Mörder eingesteckt.« Ich breitete die Handflächen aus. »Entweder hat er sich am nächsten Morgen dort in der Gegend aufgehalten oder zumindest den Eindruck erweckt. Selbst ich weiß, wie man ein VPN benutzt.«

Ratliff notierte sich etwas. »Nur der Vollständigkeit halber: Können Sie uns genau sagen, was Sie am Abend des 16. gemacht haben?«

Ich verspürte einen Anflug von Angst. »Ich war hier. Und habe alles für die Bekanntmachung vorbereitet. Manchmal kann ich mich im Büro nicht konzentrieren, darum bin ich mittags nach Hause gegangen.«

»Direkt nach Hause?«, sagte sie.

»Ja. Ich habe hier zu Mittag gegessen.« Ich schluckte. »Ich war die ganze Nacht hier.«

»Und der Portier kann das bestätigen? Ich habe gesehen, dass es dort unten Überwachungskameras gibt.«

»Ich denke schon. Das heißt, warten Sie.« Ich schüttelte den Kopf. »Wenn ich von der U-Bahn-Station gekommen bin, habe ich den Seiteneingang benutzt. Dann bin ich bei diesen eiskalten Temperaturen schneller im Gebäude. Aber es gibt bestimmt Aufnahmen von mir, wie ich es am nächsten Morgen wieder verlasse.«

Die beiden ließen mich ein paar der Aussagen wiederholen, die ich bereits zu Protokoll gegeben hatte: Woher ich Eleanor kannte, meine Funktion bei *The Herd*, welchen Eindruck Eleanor in den vergangenen Monaten auf mich gemacht hatte, was ich über Daniel dachte. Die letzte Frage war am schwersten zu beantworten: Wie fühlt man sich, wenn die beste Freundin, die so außergewöhnlich ist, mit einem Mann zusammenkommt, der … okay ist? Er war wirklich *okay*, nett und liebenswert und, wie sich das gehörte, bis über beide Ohren in Eleanor verliebt (zumindest hatte ich das geglaubt). Außerdem erfüllte er sämtliche Kriterien, die einer besten Freundin wichtig waren: Er respektierte ihre Unabhängigkeit, war durch ihren Erfolg nicht eingeschüchtert und halbwegs bemüht, mit ihren Freundinnen gut auszukommen. Er war zwar nicht so umwerfend wie Eleanor, doch wer war das schon? Er hatte einen unspektakulären, aber festen Job in der Verwaltung eines Krankenhauses und zeigte ein gewisses Interesse fürs Joggen, für Feinschmeckerlokale und CrossFit. Momentan hatte er bei mir einiges gut, weil er nach dem Fund des Erpresserschreibens mich und nicht die Cops angerufen hatte. Mir wurde klar, dass ich mich noch nie so lange mit ihm unterhalten hatte wie während unseres heutigen Vieraugengesprächs. Hoffentlich hatte er es gegenüber den Cops nicht erwähnt.

»Ich fand immer, dass er ein großartiger Typ ist«, resümierte ich. »Eleanor wollte unbedingt jemanden kennenlernen – sie hat sich sogar eine Frist gesetzt, bis zu der sie einen Partner finden wollte. Und die beiden schienen glücklich zu sein. Unsere Gang ist eine Art … Mädchenclique. Wir treffen uns selten zusammen mit unseren Partnern, aber er war oft dabei. Die beiden sind wunderbare Menschen.«

Ratcliff schaute auf ihren Notizblock hinunter. »Okay. Erzählen Sie mir, wer Ihrer Meinung nach ein Problem mit Ms. Walsh gehabt haben könnte oder vielleicht einen Groll gegen sie hegte.«

Unwillkürlich warf ich einen Blick auf meinen Mantel, in dessen Tasche noch das Erpresserschreiben steckte. Bei dem Gedanken daran jagte ein Schauer durch meinen Brustkorb. War jemand aus Jinnys Familie etwa davon überzeugt, dass Eleanor für ihren Tod verantwortlich war? Aber natürlich konnte ich das Thema nicht zur Sprache bringen.

»Das Graffiti«, sagte ich. »Ich habe Ihnen gestern Abend noch mal davon erzählt. Jemand ist in alle *The-Herd*-Standorte eingebrochen, hat Obszönitäten an die Wände gesprüht und später dann ihr Telefon geklaut. Ich bin mir sicher, dass Sie einen Bericht dazu haben.«

»Wir gehen der Sache weiterhin nach«, sagte Herrera.

»Gut, danke.« Ich seufzte und sah mich im Zimmer um. »Wer kommt noch infrage? Da sind natürlich die Internet-Trolle, die sie ständig beleidigen. Ich glaube, es gibt dafür sogar extra Foren. Aber in letzter Zeit ist nichts vorgefallen – keine Stalker oder Drohungen oder sonst irgendwas.« Außer dem Erpresserbrief, der vermutlich eine Art Drohung war. »Ich frage mich, ob nach Eleanors Tod die Übernahme durch Titan überhaupt noch stattfindet. Mir ist nicht ganz klar, wer außer Eleanor noch davon profitieren sollte. Ich habe den Namen ihrer Anwältin vergessen, aber Aurelia – sie ist quasi die Anlaufstelle für alles in der Firma, Sie haben mit ihr ebenfalls gesprochen – kann Ihnen einen Kontakt herstellen.«

»Das ist sehr hilfreich. Danke.«

»Sonst noch jemand?«, hakte Herrera nach.

»Die Sache ist die …« Ich stockte und verstummte.

»Was denn?« Er beugte sich vor.

Ich seufzte. »Ich glaube nicht, dass es sich lohnt, das zu erwähnen.«

»Manchmal können noch so unscheinbare Details oder selbst eine Vermutung hilfreich sein«, sagte Ratliff.

»Okay. Das hat wahrscheinlich nichts zu bedeuten, aber … ihr Freund Ted, sein Name ist bestimmt schon gefallen, oder? Ted Corrigan.« Ich schluckte, denn ganz wohl fühlte ich mich bei dem Ganzen nicht. »Es geht mir nicht aus dem Kopf, dass er ständig Zugang zum Büro hatte. Mehr als jeder andere Mann, der mir einfällt. Er war Eleanors Mädchen für alles und ihr IT-Experte, er war jeden Monat ein paarmal dort. Nach Feierabend.« Ich kratzte mich am Ellbogen. »Er kam ein paar Tage vor ihrem Verschwinden vorbei, um den Router zurückzusetzen. Und offensichtlich wurde dabei die Verbindung zu den neuen Kameras unterbrochen. Was schon ein ziemlich großer Zufall ist, oder?«

»Wollen Sie damit sagen, dass er die Kameras absichtlich abgeschaltet hat, bevor er sie angegriffen hat?« Herrera stemmte eine Faust in die Hüfte.

»Nein, das ist – jetzt, wo Sie es sagen, das ist lächerlich. Ich kenne Ted; er würde keiner Fliege etwas zuleide tun.« Ich zuckte mit den Schultern. »Ich dachte bloß … keine Ahnung, er hatte stets ein Auge auf sie geworfen. Und Sie wissen doch, dass man in den Nachrichten ständig von irgendwelchen Typen hört, die durchdrehen, nachdem sie von einer Frau zurückgewiesen wurden? Ich … ich frage mich, ob sie ihm mal eine Abfuhr erteilt hat.«

»Wissen Sie, ob sie ihn zurückgewiesen hat?«, fragte Ratliff. »Gab es einen konkreten Vorfall?«

»Nein, nichts in der Art. Vergessen Sie, was ich gesagt habe.« Ich wurde von Schuldgefühlen geplagt. Warum nur hatte ich Ted die Cops auf den Hals gehetzt?

»Wir werden das überprüfen«, sagte Ratliff. »Worum ich Sie nun bitte, ist nicht leicht. Können Sie mir noch mal erzählen, was gestern Abend passiert ist ab dem Zeitpunkt, als Sie das Dach betreten haben?«

Ich seufzte, und von meinen Knochen breitete sich ein Gefühl der Erschöpfung und Schwermut in meinem Körper aus, aber ich schloss die Augen und schilderte noch einmal in allen Einzelheiten den Ablauf. Als ich erzählte, wie ich die Schnittwunde an ihrem Hals entdeckt hatte, unterbrach Herrera mich.

»Sie haben einen länglichen Schnitt an ihrem Hals gesehen?«

»Ja, einen länglichen Schnitt. Jedenfalls glaube ich das.« Mein Gehirn projizierte das Bild auf eine riesige Leinwand, und ich verspürte einen heftigen Ansturm von Übelkeit und Verzweiflung. »Sie hat in ihrem Büro ein Messer aufbewahrt.«

»Wir suchen immer noch nach der Mordwaffe«, erwiderte Herrera und tippte auf eine Stelle neben seinem Adamsapfel. »Wissen Sie, es ist weniger ein länglicher Schnitt und eher ein Einstich. Wir warten immer noch auf den Bericht des Gerichtsmediziners, aber aufgrund seiner ersten Begutachtung meinte er, dass die Verletzung nicht von einem Messer oder einer Schere, sondern von einem Skalpell stammt.« Er bewegte seine Hand Richtung Hals.

»Ein Skalpell«, wiederholte ich. »Warum sollte jemand ein …« Ich erstarrte. Ich kannte nur einen einzigen Menschen, der in einem Krankenhaus arbeitete – einem betriebsamen, weitläufigen Ort, an dem sich hinter jeder Ecke Lagerräume befanden. Ich hatte noch heute Morgen auf seinem Sofa gesessen und von seinem Wasser getrunken.

»Etwas *wie* ein Skalpell«, erklärte Ratliff. »Es ist kein Problem, sich ein Skalpell zu besorgen – ob Sie's glauben oder nicht, in der Apotheke die Straße runter kann man so was kaufen. Aber wenn jemand es bei sich trägt …«

»Das bedeutet, dass die Tat geplant war. Sie glauben, dass jemand Eleanor vorsätzlich ermordet hat.« Meine Stimme hatte plötzlich einen Tonfall aufgesetzter Verwunderung angenommen, als würde ich gleich einen Pfiff ausstoßen.

»Aber wir …«

»Gehen allen Möglichkeiten nach. Ich weiß, ich weiß«, beendete ich ihren Satz.

»Ms. Bradley, gibt es sonst noch etwas, was wir wissen sollten?«

Ich dachte nach. »Vielleicht war jemand sauer, weil er nicht bei *The Herd* aufgenommen wurde. Es gibt sehr viel mehr Bewerbungen als freie Plätze. Einige Frauen waren deswegen ziemlich wütend, sie haben sogar in Internetforen Tipps ausgetauscht, wie man bei uns Mitglied werden kann. Vielleicht werden sie dort fündig.« Ich schnalzte mit der Zunge. »Eleanor hat eine Menge Leute gegen sich aufgebracht. Einfach weil sie so ein großartiger Mensch war, weil sie sich mit anderen zusammengetan und sie unterstützt hat. Aber sie hat sich von diesen Anfeindungen nicht aus der Ruhe bringen lassen.

Sie hat das mühelos weggesteckt. Sie hat nie um … um Hilfe gebeten.« Meine Stimme stockte, und ich schnappte nach Luft.

»Falls Sie mit jemandem reden wollen, können Sie sich an einen unserer Psychologen wenden«, sagte Ratliff und begann, ihre Sachen zusammenzuklauben. »Nochmals vielen Dank für Ihre Mühe. Wir finden alleine raus.« Doch ich stand auf und brachte sie zur Tür. Dort deutete ich auf die Fahrstühle und wünschte ihnen frohe Weihnachten. Als ich mich umdrehte, sah ich, dass die Schneeschicht draußen inzwischen noch dicker geworden war.

Ich hatte auf meinem Handy mehr verpasste Anrufe und Nachrichten, als ich überblicken konnte. Ganz oben stand eine Nachricht von Mikki: Ruf mich sofort an!

»Irgendjemand hat die Neuigkeiten zu Eleanor der Presse zugespielt«, sagte sie mit wütender Stimme. »Eleanors Eltern hatten nicht mal die Möglichkeit, ihren Freunden Bescheid zu sagen.«

Mikki wies mich auf den *The Gaze*-Artikel (»EXKLUSIV«) hin, der vor einer Stunde die Neuigkeiten verbreitet hatte, geschrieben von einem Journalisten, dessen Name mir nichts sagte. Der Beitrag enthielt nur wenige Informationen; Todesursache und -zeitpunkt wurden nicht genannt, nur Ort und Datum des Leichenfunds. Es waren noch eine ganze Reihe weiterer Artikel erschienen, die dieselben spärlichen Informationen wiederkäuten, und auf der Homepage der *New York Times* gab es einen schwülstigen Nachruf. Ich unterdrückte meine aufsteigende Übelkeit, während Mikki ihrem gerechten Zorn fluchend Luft machte.

»Okay. Okay. Ich werde meine Kontaktperson bei *The Gaze* anrufen«, sagte ich beschwichtigend. »Ich werde herausfinden, wer dafür verantwortlich ist. Vielleicht steckt ja bloß ein korrupter Cop dahinter, der für Kohle geheime Informationen weitergibt.« Ich ließ mich aufs Sofa fallen und starrte aus dem Fenster, hinter dem durch einen Schleier aus Schnee die Außenwelt nur noch verschwommen zu sehen war. Würden mich von nun an jede Weihnachten aufs Neue die Erinnerungen an diese Ereignisse heimsuchen – Mikkis körperlose Schluchzer, die schniefende Katie neben mir auf dem Bett, Eleanors Stiefel, die mit den Spitzen nach oben hinter den gestapelten Gartenstühlen hervorragten, als würde dort jemand liegen und den Nachthimmel betrachten?

In diesem Moment rief Katie an.

»Hast du's schon gehört?«

Ihr dringlicher Tonfall, der im krassen Gegensatz zu der diffusen Traurigkeit stand, der ich mich gerade hingegeben hatte, ließ mich zusammenfahren.

»Das mit Eleanor? Ich versuche herauszufinden, wer die Informationen weitergegeben hat.«

Kurzes Schweigen. »Ich meinte unseren Flug. Er wurde gerade gestrichen.«

»Mist.«

»Was sollen wir jetzt machen?«

»Wir rufen die Fluggesellschaft an. Wir beide.«

Die nächsten fünfundsiebzig Minuten lief ich mit dem Telefon am Ohr in meiner Wohnung auf und ab, räumte zwischendurch auf und ließ mich immer wieder auf einen Stuhl fallen, um aus dem Fenster zu starren. Für eine Weile ging mir die Warteschleifenmusik gewaltig auf die Nerven, bis ich mich darauf einließ und mit dem Kopf unfreiwillig im Takt nickte, bevor sie mich wieder zu nerven begann. Als ich schließlich jemanden an den Apparat bekam, hatte man schlechte Nachrichten für mich.

»Wir werden also Weihnachten verpassen«, schnaufte Katie.

»Na ja, Weihnachten findet so oder so statt«, erwiderte ich. »Aber ich habe ein schlechtes Gewissen, weil wir Mom nicht sehen können.«

»Ich auch. Außerdem wollte ich hier weg, um es mir in meinem Bett gemütlich zu machen und alles für eine Weile zu vergessen. Das können wir uns jetzt abschminken.«

Gott, war ich erleichtert. Weil ich mich nicht mit Mom herumschlagen, ihr aufgesetztes fröhliches Lachen und ihre Nörgelei ertragen musste, weil ich nicht mit einem Kakao um den Baum herumsitzen und alte Kirchenlieder hören musste, während wir die ganze Zeit an den ungeklärten Tod von Eleanor dachten – das war eine reizvolle Vorstellung, und ich jubilierte innerlich.

»Ich finde das auch schade«, sagte ich, »aber was können wir schon tun? Wenigstens sitzen wir hier zusammen fest.«

»Sieht ganz so aus.« Katies Enttäuschung war ansteckend. »Also, ich werde Mom jetzt anrufen und ihr Bescheid sagen. Wahrscheinlich ist sie über den Flug auf dem Laufenden und weiß es bereits.«

Ihre Bemerkung versetzte mir einen Stich. »Sag ihr, dass ich sie morgen anrufe. Und dass wir an Weihnachten natürlich miteinander telefonieren werden.«

»Sag es ihr doch selbst«, blaffte sie, dann piepte es dreimal – sie hatte aufgelegt. Draußen wirbelte und prasselte der Schnee gegen das Fenster, als wäre er in einen Glaskäfig eingesperrt und wollte sich daraus befreien.

Plötzlich fiel mir ein, dass ich noch etwas zu erledigen hatte, etwas, was den ganzen Tag in meinem Hinterkopf herumgegeistert war. Es meldete sich jetzt lautstark zu Wort, trieb meinen Puls in die Höhe. Mit zitternden Beinen ging ich zum

Garderobenschrank und zog das Erpresserschreiben aus meinem Mantel, faltete es auseinander und strich es mit dem Handgelenk glatt. Ich las es erneut durch, obwohl ich den Inhalt inzwischen auswendig kannte. Das gleiche Schreiben hatte vor einem Jahr auch in meinem Briefkasten gelegen.

Mit einer routinierten Bewegung riss ich es entzwei und rollte eine der beiden Hälften fest zusammen. Dann ging ich in die Küche und schaltete den Herd an; viermal hintereinander ertönte ein Knacken, und es erschien eine bläuliche Flamme.

Wie die drei Erpresserschreiben zuvor, die abgesehen von dem Fälligkeitsdatum und dem Namen auf dem Umschlag identisch gewesen waren, verbrannte ich nacheinander die beiden Hälften. Ihre Asche wirbelte wie Schnee durch die Luft, bevor sie auf der Stahlfläche liegen blieb.

Kapitel 17

KATIE

SAMSTAG, 21. DEZEMBER, 17:15 Uhr

In gewisser Weise war ich dankbar, dass man den Flug gestrichen hatte; denn während ich mich um die Angelegenheit gekümmert hatte – genervt hatte ich mehrere Kurznachrichten geschrieben und bei der Ansage »Bitte bleiben Sie am Apparat« jedes Mal irrtümlicherweise angenommen, es handle sich um einen Menschen, der mir helfen würde –, in diesen neunzig Minuten hatte ich nicht an das denken müssen, was meine Agentin, Erin, mir am Nachmittag gesagt hatte. Ich war außerstande, daran zu denken, dem gewaltigen Tsunami ins Auge zu blicken, der bald über mich hereinbrechen würde, und setzte die Sache auf meine imaginäre To-do-Liste: Ich musste dieses Problem lösen, um meinen Arsch zu retten.

Schließlich rief ich Mom an, und diesmal ging sie dran. Ich erzählte ihr von Eleanor und versuchte, unter Schluchzen ihre Fragen zu beantworten, während sie immer wieder sagte: »Mein armes Baby, mein armes Baby.« Dann teilte ich ihr mit, dass der Flug gestrichen worden sei, aber sie blieb, wie erwartet, ruhig und gefasst und versuchte, mich zu beruhigen, obwohl sie todunglücklich war. Offensichtlich hatte sie bereits von der Stornierung erfahren, dennoch tat sie überrascht und stieß mit einer Mischung aus Bedauern und Erstaunen einen Seufzer aus.

Als Hana erneut anrief, beendeten wir unser Gespräch.

»Ich habe gerade mit Eleanors Eltern telefoniert«, sagte sie. »Du hast sie doch auch mal getroffen, oder?«

»Ja, ein- oder zweimal.«

»Ich habe die beiden angerufen, um ihnen dabei zu helfen, eine Stellungnahme für die Presse zu verfassen, nachdem irgendein Idiot die Neuigkeiten zu Eleanor weitergegeben hat.«

Ich verspürte ein leichtes Schuldgefühl.

»Es ist unglaublich, die beiden haben uns über Weihnachten zu sich nach Hause eingeladen«, fuhr Hana fort. »Sie haben für Montag Bahnfahrkarten, die man nicht zurückgeben kann – sie waren eigentlich für Eleanor und Daniel bestimmt, aber ich glaube, er verbringt die Feiertage jetzt bei seiner Familie. Und als ich ihnen erzählt habe, dass man unseren Flug gestrichen hat, bestanden sie darauf, dass wir zu ihnen hochfahren.«

»Sie wollen, dass wir die Fahrkarte ihrer toten Tochter nutzen?«, sagte ich. »Das ist echt makaber.«

Hana stieß ein leises Stöhnen aus, als hätte ich sie gekränkt.

»Tut mir leid. Ich wollte nicht … aber findest du das nicht auch seltsam?«

»Na ja, ich kann verstehen, dass sie in dem großen Haus an Weihnachten nicht alleine sein wollen. Die beiden sind sehr warmherzige Menschen. Sie sind zu Mikki und mir immer unglaublich nett gewesen. Und für Ted und Cameron waren sie ebenfalls so etwas wie Ersatzeltern. Die Eltern der Jungs waren wohl ziemlich ätzend.« Sie räusperte sich.

»Würden wir sie nicht bloß … stören? Wollen sie jetzt nicht im Stillen trauern?«

»Das habe ich auch gesagt. Ich habe sie das immer wieder gefragt. Aber sie wollen unbedingt, dass wir kommen, Katie. Und Mikki auch, falls sie nicht nach Asheville fliegen kann. Sie rufen sie gerade an.«

Natürlich würden wir fahren. Das Ganze kam mir wie ein Geschenk des Himmels vor: Das war die perfekte Gelegenheit, Cameron persönlich kennenzulernen und in seinem Haus und dem der Familie Walsh vielleicht nach einem Fotoalbum zu suchen. Außerdem könnte ich mich problemlos davonstehlen und mit Ted treffen. Hana wusste allerdings noch nicht, dass ich ihn inzwischen kennengelernt hatte, also sagte ich: »Ich weiß nicht, Hana. Vielleicht sollten wir die nächsten Tage dazu nutzen, das alles zu verarbeiten, statt dort auf Zehenspitzen herumzuschleichen und artig die Gäste zu spielen, weißt du?«

Sie seufzte. »Ich brauche einfach das Gefühl … in einem Zuhause zu sein, ich will nicht in meiner trostlosen, unscheinbaren kleinen Bude hocken.« Ich zögerte, und sie fügte hinzu: »Du wirst sie lieben.«

»Aber sie haben erst vor achtundvierzig Stunden erfahren, dass ihre Tochter ermordet wurde.«

»Okay, sie werden nicht gerade bester Laune sein. Aber wir können ihnen Gesellschaft leisten und ihnen vielleicht für ein paar Tage im Haus unter die Arme greifen. Sie haben keine anderen Kinder.«

»Hältst du das für eine gute Idee?«

»Keine Ahnung, ob das eine gute Idee ist, Katie.« Ihre Stimme zitterte, und das versetzte mir einen Stich. »Aber ich weiß, dass ich gerne zu ihnen fahren würde.«

Ich schluckte. »Um wie viel Uhr geht unser Zug?«

Die Pennsylvania Station, mit ihrem Gestank nach verbranntem Kaffee und Pisse und der chaotischen Beschilderung, war an jedem Tag des Jahres ein schrecklicher Ort, ein Inferno wie bei Dante. Doch an diesem Montagmorgen war es besonders schlimm, da die Züge wegen der gestrichenen Flüge eine der wenigen Möglichkeiten waren, die Stadt zu verlassen. Die Leute waren mürrisch und nervös, weil sie nicht wussten, ob sie es noch rechtzeitig nach Hause schaffen würden. Die Szenerie erinnerte mich an die Kundgebungen in Michigan, auf denen ich Spott und Schmähungen ertragen hatte, während ich mir eine Auszeit von der Betreuung meiner kranken Mutter genommen hatte. Dieses Drecksloch hatte in seiner Abscheulichkeit beinahe etwas Beruhigendes: Es war eine äußere Entsprechung meines emotionalen Zustands, der wiederum an Munchs Gemälde *Der Schrei* erinnerte.

Im Wartebereich für die Züge bewachte Hana argwöhnisch zwei Sitze zwischen einer Meute kreischender Kleinkinder und einem Typen mit Baseballkappe, der in sein Handy brüllte. Während ich mir meinen Weg zu ihr hinüberbahnte, fielen zwei raufende Kinder auf einen meiner Füße.

»Ooh, heaven is a place on earth«, sang ich und streckte schwungvoll meinen Arm aus. Hana schaute auf, und es war nicht zu übersehen, dass sie geweint hatte. Ich ließ mich auf den Sitz neben sie fallen. »Hi. Ich habe uns Brezeln mit Zimtzucker geholt. Für unser leibliches Wohl.«

»Danke.« Sie legte mir einen Arm um die Schulter. »Wie geht es dir heute?«

»Ganz okay.« Wir hatten jeder den Sonntag allein in unseren Betten verbracht, die komplette Staffel derselben Netflixserie geschaut und uns hin und wieder per SMS einen Kommentar geschickt, ohne die Flut von Anrufen und Mails der Journalisten zu beantworten, die eine Stellungnahme zu Eleanors vorzeitigem Tod einholen wollten. Hana nickte, öffnete ihre fettverschmierte Tüte und begann, nachdenklich zu kauen.

Sobald unser Gleis angezeigt wurde, eilten wir zum Zug, und wir wurden von Armen und Hüften und von Kindern und Koffern angerempelt, während wir unser Gepäck in die Ablage schoben und uns auf unsere Plätze fallen ließen. Ich rückte meinen Kopfhörer zurecht, und wir fuhren aus dem Bahnhof in ein grauweißes Wunderland, dessen Luft immer noch von Schnee erfüllt war. Unsere Pilgerreise nach Beverly war traurig und tröstlich zugleich. Dort musste ich mir keine Gedanken darum machen, dass Mom und Hana sich gegenseitig anschnauzen würden. Dort musste ich keine gute Laune vortäuschen oder versuchen zu erklären, was für ein Mensch Eleanor gewesen war oder was sie uns bedeutete. Stattdessen würden wir eine Art mehrtägiger Gedenkfeier abhalten, eine Art Totenwache. Und uns an Eleanor erinnern, an die wahre Eleanor.

»Hey, ich wollte dich eigentlich schon die ganze Zeit fragen, wie es am Samstag bei Daniel war«, sagte ich, als wir uns nach einem Halt wieder in Bewegung setzten. »War er okay?«

»Ja, er brauchte nur jemanden, der mit ihm zusammen trauert. Er meinte, er sei wie betäubt gewesen, als ihm die Cops am Freitag die Nachricht überbracht hätten. Danach konnte er nicht schlafen, darum war er am Morgen völlig durch den Wind. Aber als ich schließlich aufgebrochen bin, ging es ihm gut.« Auf der weißen Fläche hinter dem Fenster blitzte hin und wieder ein Baumstamm oder ein rotes Haus auf. »Und was hast du gemacht, nachdem ich gegangen war?«

Ich rief es mir wieder ins Gedächtnis; sie konnte auf keinen

Fall wissen, dass ich Carl im Ghost Café einen Besuch abgestattet hatte. »Eigentlich dasselbe wie du – ich habe rumgesessen und geheult. Bloß mit Cosmo und nicht mit Daniel.«

Sie musterte mich einen Moment, nickte dann und holte ihre Ohrhörer heraus, um unser Gespräch zu beenden.

»Hast du Mom angerufen?«, fragte ich.

»Mist, das hab ich total vergessen. Aber das werde ich bald machen. Wie geht es ihr?«

»Ganz okay.«

Erneut starrten wir auf die flauschige Landschaft hinter dem Fenster.

Ein paar Stunden später klingelte Hanas Telefon. Sie hatte ein wenig gedöst, und ich sah, wie sie hochschreckte und auf das Display starrte. Ich konnte den Namen nicht erkennen, aber sie meldete sich mit leiser Stimme.

Während sie mit vorgebeugtem Körper dem Anrufer lauschte, meldete sie sich nur gelegentlich zu Wort, mit einem »Bitte, was?«, »Kannst du das wiederholen?« und »Bist du sicher?«. Die Frauenstimme am anderen Ende klang verdammt aufgebracht, und Hana drehte sich in meine Richtung und warf mir einen bösen Blick zu, bevor sie aufstand und zum Ende des Waggons lief. Mir rutschte das Herz in die Hose. Das Spiel war aus. So, wie Erin prophezeit hatte. Hana wusste Bescheid.

Ich hockte auf meinem Platz und wurde von einem Kälteschauer erfasst. Meine Zähne begannen zu klappern, und ich wünschte, es gäbe einen Notausstieg, irgendeine Möglichkeit, abzuhauen und mich zu verstecken. Schließlich kehrte Hana zu mir zurück, nahm bedächtig wieder Platz und starrte geradeaus.

»Das war Aurelia«, sagte sie mit sanfter, Furcht einflößender Stimme. »Katie, bitte sag mir, dass du deinem Verlag nicht angeboten hast, eine Enthüllungsgeschichte über Eleanor zu schreiben.«

Mein Kiefer zitterte so heftig, dass ich ihn nicht öffnen konnte, um zu antworten. Langsam, ganz langsam drehte Hana sich in meine Richtung und sah mich an.

»Sag mir, dass das nicht wahr ist.«

»Ich habe nicht von einer Enthüllungsgeschichte gesprochen«, sagte ich mit der Stimme einer Fünfjährigen. Ich wiederholte den Satz und wusste, dass ich geliefert war.

»Nur damit ich das richtig verstehe«, sagte sie und zog die Augenbrauen hoch. »Du hast deiner Lektorin erzählt, dass du ein Buch über Eleanor schreibst.« Ich nickte. »Und du hast weder um Erlaubnis gefragt noch mit mir darüber gesprochen.« Ich nickte erneut. »Also hast du heimlich für das Buch recherchiert, um es dem Verlag vorzuschlagen, obwohl du genau wusstest, dass Eleanor das nicht abgesegnet hatte und das wahrscheinlich auch nicht tun würde.« Ich wollte protestieren, doch sie fuhr fort: »Nein, versuch es erst gar nicht. Denn ich weiß, dass du außerdem deine Agentin mit vertraulichen Informationen gefüttert hast, und dass – nein, hör mir zu – deshalb die Nachricht von Eleanors Tod durchgesickert ist. Was wiederum die Ermittlungen behindert und den Unmut des NYPD erregt hat. *Das* hast du getan.«

Ich wusste, dass ich mich entschuldigen und meinen Fehler einräumen sollte, doch der Impuls, mich zu verteidigen, war stärker: »Okay, mit den durchgesickerten Informationen hatte ich nichts zu tun. Ich habe meiner Agentin gesagt, dass alles, worüber wir gesprochen haben, vertraulich ist, und sie hat Mist gebaut, *sie* hat einer Kollegin davon erzählt, die die Informationen dann offensichtlich weitergegeben hat. Außerdem hatte ich auf jeden Fall vor, mit dir zu reden – und, und mit

Eleanor ursprünglich auch –, sobald der richtige Zeitpunkt dafür gekommen war. Ich habe noch nicht mal einen Vorschlag zu Papier gebracht. Ich wollte nur herausfinden, ob ich die Sache dem Verlag anbieten kann, weil meine andere Buchidee nicht funktioniert hat. Ich habe nur ausführliche Hintergrundrecherchen angestellt, allerdings bevor Eleanor verschwunden ist, denn ich würde niemals …«

»Hör einfach auf!« Hana streckte ihre geöffneten Hände aus, und ich zuckte zurück, als hätte sie mich geschlagen. »Katie, hör auf. Du wirst dich da nicht rausreden. Auf keinen Fall. Eigentlich tust du, was du immer tust: Du nutzt meine Beziehungen und richtest ein heilloses Chaos an, und dann verlässt du dich darauf, dass die gute alte Hana für dich alles wieder in Ordnung bringt.«

Mir fiel die Kinnlade herunter. »Wovon redest du? Du hast …«

Irgendjemand forderte uns ungehalten auf, leise zu sein, und unsere Köpfe fuhren herum zu einer älteren Dame, die auf der anderen Seite des Ganges saß.

Ich senkte die Stimme. »Du hast doch ständig versucht, irgendwelche supertollen Kontakte für mich herzustellen. Und weißt du was? Ich habe kein einziges Treffen vereinbart. Ich bin kein einziges Mal auf dein Angebot zurückgekommen, weil ich wusste, dass genau das hier passieren würde, dass du mich runterputzen und dir und allen anderen einreden würdest, ich würde ohne dich nichts gebacken kriegen und wäre ein nichtsnutziges kleines Kind, das nicht auf sich selbst aufpassen kann …«

»Kannst du das denn? Ich meine, sieh dich doch nur an. Du bekommst all das Geld, um dieses tolle Buch zu schreiben, und was tust du? Du wirfst das einfach weg. Und was meinst du überhaupt damit, dass deine andere Idee nicht funktioniert hat?«

»Es ist nicht – ich habe nicht versucht …«

»Wie auch immer, mein Gott, ich bereue es so sehr, dass ich versucht habe, dir zu helfen. Dass ich versucht habe, dich bei *The Herd* unterzubringen, obwohl es Hunderte von Frauen gibt, die scharf auf einen Platz dort sind.« Ich war verwirrt, als würde mich eine gefährliche Strömung umherwirbeln – wie kam ich da wieder raus, wer war diese Hana? Es sah meiner Schwester überhaupt nicht ähnlich, so bösartig zu sein und anderen an die Gurgel zu gehen.

»Hana, ich …«

»Du hängst dich an meinen Rockzipfel, und dann wunderst du dich, wenn dir die Scheiße um die Ohren fliegt. Tja, stell dir vor, dieses Debakel hat auch ein paar von uns mit in die Tiefe gerissen. Ich hoffe, du bist zufrieden, Katie. Selbst ich kann das nicht wieder in Ordnung bringen.«

»Ich hänge also an deinem Rockzipfel?« Ich tippte mir wütend gegen die Brust. »Ich bin also schuld, dass du dich mal wieder um alles kümmern musst? Dann sag mir doch eins: Wer verdammt noch mal ist denn nach Michigan gezogen, als Mom ihre Diagnose erhalten hat?« Ich richtete mich auf. »Wer ist denn mit Dad nach Kalifornien abgehauen und hat seine zehnjährige Schwester im Stich gelassen, sobald die Kacke am Dampfen war? Du glaubst also, du bist diejenige, die sich immer um alles kümmern muss? Weißt du was? Du kannst mich mal! Ich weiß, eigentlich sollte ich dankbar sein, dass du dich dazu herabgelassen hast, in Harvard Zeit mit mir zu verbringen, genauso wie du dich dazu herabgelassen hast, mir bei der Bewerbung für *The Herd* zu helfen. Aber du wirst es nicht glauben: Mikki und Eleanor haben mich auch gemocht. Sie wollten mit mir befreundet sein, und das hat dir gestunken.« Ich beugte mich mit meinem Gesicht dicht an ihres. »Tut mir leid, wenn ich dir das sagen muss, aber ich bin nicht bloß deine nichtsnutzige, blöde kleine Schwester. Ich bin ein Mensch aus Fleisch und Blut. Und ehrlich gesagt, die Leute mögen mich mehr als dich.«

Der Zug donnerte über die Gleise und wurde plötzlich durchgeschüttelt, sodass wir mit den Oberkörpern hin und her schwankten. Dennoch behielt Hana den Blick weiter auf mich gerichtet, und einen Moment später verspürte ich ein merkwürdiges Gefühl in der Magengegend. Eigentlich hatte ich gedacht, es würde mir besser gehen, weil ich bei unserer Auseinandersetzung den Sieg davongetragen, ihr den entscheidenden Schlag verpasst hatte. Aber stattdessen war mir schlecht.

»Tja, unser Streit ist ja rasch eskaliert«, sagte ich kleinlaut. Dann schien vor mir eine alternative Realität auf, in der Hana mich anlächelte, umarmte und ein paar kluge, beschwichtigende Worte sagte – dass wir beide völlig gestresst und von tiefer Trauer erfüllt seien, dass wir versuchen sollten, den Blick nach vorne zu richten.

Doch diese Vorstellung verblasste wieder, als die Sprechanlage zu knistern begann: »Nächster Halt South Station, South Station, der Zug endet hier, und wir bitten alle Fahrgäste auszusteigen.«

»Wenn du so selbstständig bist«, zischte Hana, »dann such dir doch einen anderen Ort, wo du heute übernachten kannst.« Sie stand auf, griff über mich hinweg in die Ablage und zerrte ihren Koffer so ungestüm herunter, dass er mir beinahe auf den Kopf geknallt wäre.

Hier oben fiel weniger Schnee als in New York, und es bot sich ein hübscher Anblick: Es gab orangefarbene Backsteinkirchen mit hoch aufragenden Spitzen, gepflegte Parks und klobige Straßenlaternen, die alle mit glitzernden Schneemassen bedeckt waren. Verdrossen wie eine Figur aus einem Dickens-Roman bewunderte ich den Anblick; ich fühlte mich unerwünscht und elend, als ich jetzt hinter Hana stand und auf den Parkplatz hinausschaute. Ohne sich auch nur einmal umzudrehen, hatte sie wutschnaubend den Zug und das Bahnhofsgebäude verlassen, und ich war ihr gefolgt, während ich die Leute umkurvt hatte und über Koffer gestolpert war, um mit ihr Schritt zu halten. Hana stieß einen ungeduldigen Seufzer aus und rief immer wieder nach Mikki, die ein paar Stunden zuvor in der Stadt eingetroffen war und uns abholen sollte. Hana reckte den Arm in die Luft … »Siehst du mich winken?« Schließlich tippte ich ihr auf den Arm und deutete auf Mikki am gegenüberliegenden Ende der Abholzone. Als Hana sie entdeckte, lief sie los.

Wenn Hana wütend war, machte sie ihrem Ärger normalerweise ungehemmt Luft, verdrehte die Augen und murmelte etwas wie: »Du willst mich wohl verarschen.« Aber diesmal war es schlimmer. Diesmal war sie ruhiger und gefasster als sonst. Zum Glück schafften wir es schließlich alle in den Wagen, und Mikki und Hana, die vorne saßen, begannen sich zu unterhalten. Der Wagen gehörte der Familie Walsh; es war wirklich nett von ihnen, uns einzuladen. Offensichtlich kamen sie einigermaßen zurecht und waren ziemlich gefasst. Hana ignorierte mich auf eine derart konsequente, penetrante Weise, dass Mikki ihrem Beispiel folgte.

Halbherzig versuchte ich, ein Hotel für die Nacht zu finden, aber da wir den 23. hatten, waren die meisten davon ausgebucht oder astronomisch teuer. Hoffentlich war das Haus so groß, dass Hana und ich uns dort aus dem Weg gehen konnten. Vor den Walshes musste sie allerdings nett zu mir sein. Denn das Letzte, was sie wollte, war, sie mit unserem Familienstreit zu belästigen.

Ich schrieb Ted eine SMS: Bist du heute Abend bei deiner Familie?

In meinem Oberkörper breitete sich ein Gefühl der Wärme aus, als ich sah, dass er direkt antwortete. Bin froh, dass du kommst. Fahre jetzt zu den Walshes rüber, um mit der Schneefräse ihre Auffahrt freizuschaufeln.

Während wir durch die gespenstischen weißen Straßen fuhren, tönten aus den Lautsprechern Jazzversionen diverser Weihnachtslieder. Nach ein paar Kurven bog Mikki schließlich in eine Auffahrt. Und dort stand es, das stattliche Domizil der Familie Walsh aus dem achtzehnten Jahrhundert, an der Ecke einer Straße, die von kleineren, neueren Häusern im Kolonialstil gesäumt wurde. Es wirkte wie das Gebäude aus einem Roman, dieser vollkommen symmetrische senfgelbe georgianische Bau mit seinem seltsamen gedrungenen Dach, den adretten weißen Verkleidungen und riesigen schlichten Läden an den unzähligen Fenstern. Über der Haustür ragte ein Säulenvorbau wie eine Schnauze hervor, und darunter befreite Ted gerade die Veranda vom Schnee.

Als Mikki den Motor ausschaltete und wir unsere Sachen zusammenrafften, ging ich im Kopf meine Checkliste durch: das Fotoalbum finden; Cameron einen Besuch abstatten und ihm vielleicht ein paar gezielte Fragen zu seinen Gefühlen gegenüber Eleanor und zu seinen Aktivitäten in geheimen Facebookgruppen stellen; sowie Ted treffen, um in den Genuss einer seiner langen, wohltuenden Umarmungen zu kommen.

Hana war zwar wütend, und das Buch hatte sich vielleicht erledigt, aber ich schickte diese Gedanken die Straße hinunter, auf die schneebedeckten Fahrbahnen, die sich links und rechts von uns erstreckten.

Kapitel 18

HANA

MONTAG, 23. DEZEMBER, 12:50 Uhr

Ich spürte, wie Katie auf dem Rücksitz lächelte, ich konnte es spüren, ohne hinzuschauen, als würden ihre Mundwinkel die Luft im Wagen aufwühlen, die Moleküle durcheinanderwirbeln. Gott, ich war so wütend, dass ich kaum etwas sehen konnte und immer wieder blinzeln musste. Wir fuhren an der weißen Villa der Corrigans vorbei, und im Haus mit den Säulen war es dunkel, aber aus der Hütte im Garten drang Licht. Das alte Kutschenhaus war Camerons Domizil. Einen halben Block weiter bogen wir schließlich in die Auffahrt der Walshes; der Schnee knirschte unter den Reifen, und Ted schaltete die Schneefräse aus und winkte uns fröhlich zu. Er war dafür verantwortlich, dass es von Montag, dem 16. Dezember, keine Überwachungsbilder vom Co-Working-Space gab. In diesem Moment hasste ich ihn dafür.

In der Tür erschienen Gary und Karen: »Kommt rein, ihr friert euch ja noch zu Tode.« Wir klopften unsere Stiefel auf der Fußmatte ab und wuchteten unsere Koffer in die Diele. Ich holte tief Luft und atmete schwachen Zederndurft und den intensiven Geruch alter Wohnhäuser ein.

Die Begrüßung war schlimmer als erwartet: Gary und Karen

hatten tiefe Augenringe und verströmten eine große Traurigkeit, dennoch hießen sie uns tapfer willkommen, nahmen uns die Mäntel ab und boten uns einen Cidre an. Sie hatten in der Küche Zutaten für Sandwiches angerichtet, aber keiner von uns aß etwas. In der Magengegend verspürte ich einen heftigen Schmerz, der sich eher wie Erschöpfung und weniger wie Hunger anfühlte.

Gary und Karen hatten im Arbeitszimmer für Katie das Sofa ausgezogen und es mit einem karierten Laken und einer Steppdecke mit Dreieckmuster hergerichtet. Bei diesem Anblick hätte ich am liebsten losgeheult. Ihre beiläufige Liebenswürdigkeit erwischte mich mit voller Wucht. Schließlich ließen uns die beiden allein, damit wir uns »frisch machen« konnten, und Katie drehte sich zu mir um und erklärte, dass die Hotels heute Nacht alle ausgebucht seien, doch ich marschierte nach oben, ohne ihr weiter zuzuhören. Dort rollte ich meinen Koffer in Eleanors Zimmer, wo ihre Eltern mich untergebracht hatten; Mikki schlief im Gästezimmer. Ich fand es unheimlich, mich jetzt hier allein zwischen Eleanors Sachen aufzuhalten.

In diesem Zimmer hatten wir zu dritt auf dem Bett oder auf dem Boden herumgelümmelt, wenn wir Eleanor während der Collegezeit besucht hatten. Ich konnte uns förmlich vor mir sehen, die jüngeren, anmutigeren, quirligeren Versionen unserer selbst. Irgendwann – wir waren erst seit Kurzem befreundet und die Vergangenheit der anderen war für jede von uns immer noch ein großes Geheimnis – hatten wir einander erzählt, wie wir als Schülerinnen auf der Highschool gewesen waren. Mikki war ein künstlerisch interessiertes Kind gewesen und hatte stets Klamotten aus dem Secondhandladen getragen, zunächst aus Not und dann voller Stolz auf ihren eigenwilligen Stil. Es war offensichtlich, dass Eleanor äußerst beliebt gewesen war, obwohl sie das Wort selbst nicht benutzt hatte. Damals war ich erst recht begeistert gewesen, dass die beiden mit mir befreundet sein wollten: Die vorbildliche, kreuzbrave Einserschülerin Hana hing nun mit den angesagten Kids ab.

Seit dem Abschluss waren inzwischen fast zehn Jahre vergangen, aber das Zimmer war unverändert. Ich hatte das Gefühl, ein Museum zu betreten, während ich langsam zum Bett ging und über die Decke mit Wolkenmuster strich. Die blaugrünen Wände waren mit gerahmten Postern übersät: ein Miró-Druck, den Eleanor in einem Museumsladen gekauft hatte, ein Holzschnittmuster, bei dem es sich offensichtlich um einen Bogen teures Geschenkpapier handelte, und ein inoffizielles Filmplakat von *Pans Labyrinth*, das ziemlich unheimlich wirkte. Ich ließ mich aufs Bett fallen und begann zu weinen; ich stieß ein leises Schluchzen und Wimmern aus, begleitet von einem lang gezogenen, feuchten Schniefen, bis ich schließlich in lautes Wehklagen ausbrach.

Die Feiertage machten mich stets traurig. Den Rest des Jahres war ich zufrieden mit meinem Leben, mit dem, was ich mir aufgebaut hatte: die Ersatzfamilie aus engen Freunden, meinen Beruf, den ich liebte, die Kunden, die mich bewunderten, der stille Reiz von Verantwortung, Tatkraft, Entschlossenheit und, natürlich, Anerkennung: *Gut gemacht.* Und dann kamen die Feiertage, und mit ihnen eine Flut von Bildern, Neuigkeiten und Nachrichten mit dem Hashtag *dankbar* (irgendwie nicht ganz so unpersönlich wie #*gesegnet*), und dazu all die fröhlichen, glücklichen Menschen mit ihren geliebten Familien, die Gedichte schrieben und Fotos von Kuchen posteten. All diese Freude wie auf einem Gemälde von Rockwell rief in mir Neidgefühle hervor, verwandelte mich in ein kleines Mädchen, das einen Schrei gen Himmel ausstieß und begriff, dass das Leben nicht gerecht war. Das wollte ich auch haben. Ich wollte eine Mom haben, die sich auf meinen Besuch freute. Einen Dad, der am Weihnachtsabend Käsedips zubereitete und ein Feuer machte, statt dieses Mannes, den ich seit Jahren nicht mehr angerufen hatte, weil mir klar geworden war, dass ich ihm egal war und er an der Wiederaufnahme der Beziehung nicht interessiert war. Ich wusste, dass das ein Luxusproblem war, eine Bagatelle, verglichen mit den Familienstreitigkeiten, die Millionen andere Menschen erlebten. Doch jedes Jahr um diese Zeit, wenn ich die Adventskränze, Plätzchen und blinkenden Weihnachtslichter sah, schickte ich mein eigenes »Stille Nacht« in den Sternenhimmel empor: *Warum diese Eltern, warum das alles, warum ich?*

Aber immerhin hatte ich Katie. Selbst wenn wir an den Feiertagen Tausende von Meilen voneinander entfernt waren, konnte ich mich bei ihr melden und ihr ganz nahe sein. Sie hatte denselben beschissenen Dad, der zu ihr noch mehr Abstand hielt als zu mir, und obwohl Mom und sie sich näherstanden, wusste Katie, dass Mom mich wie der entgegengesetzte Pol eines Magneten zurückstieß.

Dieses Jahr war meine provisorische, frei gewählte Ersatzfamilie allerdings wie eine Kerzenflamme erloschen. Eleanor hatte ein Loch im Hals. Und Katie hatte hinter meinem Rücken ihr geheimes Projekt verfolgt. Das war unglaublich verletzend, ich konnte es immer noch nicht fassen. Und dann gab sie auch noch mir die Schuld? Ich wusste, warum mir das so bekannt vorkam: Diese Verhaltensweise hatte sie direkt von Mom übernommen.

Ich war eine Idiotin gewesen. Dummerweise hatte ich geglaubt, dass ich hier eine schöne Zeit verbringen würde: Dieses liebevolle Paar, das so anders war als meine Eltern, nahm uns bei sich auf, als wären wir ihre Findelkinder. Dieses stattliche Haus mit seinen zahlreichen Familien-, Wohn- und Gemeinschaftsräumen – es war wie ein lebensgroßes Puppenhaus, so anders als die kleine Ranch, in der wir vor der Highschool gewohnt hatten, und die Dreizimmerwohnung, die Dad danach in Culver City gemietet hatte.

O ja, Culver City. Rückblickend war das eine unglaublich mutige Entscheidung gewesen: Ganz wie eine Erwachsene hatte ich verkündet, dass ich aus Kalamazoo zu Dad nach Kalifornien ziehen würde. Er und Mom hatten sich monatelang, nein, jahrelang gestritten, und dann eines Abends, während Mom gerade das Essen auffüllte und sich beklagte, dass er zu spät zum Abendessen komme, rief er an, um ihr mitzuteilen, dass er in einem Hotel in Wheaton sei und nach Westen fahren und nie wieder zurückkommen würde. Damals war ich vierzehn Jahre alt, und die zwei Monate, in denen er nicht da war, machten mich völlig fertig. Ich erzählte allen, dass er nur gegangen wäre, weil Mom und ich nicht miteinander ausgekommen seien. Dad war ein entspannter, lockerer Typ, der »coole« Dad, den sich alle Teenager wünschten. Außerdem – was ich jedoch nur meinem von Ängsten erfüllten Tagebuch während der Mittelstufe anvertraute – störte sich Mom offensichtlich an meiner Gegenwart, obwohl sie für die Situation selbst verantwortlich war: Sie und Dad hatten mich im Alter von zwei Jahren adoptiert, kurz nachdem sie mehrere Fehlgeburten erlitten und die beiden fassungslos akzeptiert hatten, dass sie nie selbst Kinder bekommen würden. Doch zwei Jahre später geschah das Wunder, mit der Geburt von Katie erfüllte sich ein Traum. Und ich war dieses merkwürdig aussehende Kind, das ihnen bloß peinlich war.

Natürlich war Dad genauso wenig daran interessiert, Kinder großzuziehen wie Mom. Er ließ mich in seiner neuen Wohnung auf dem Sofa schlafen – ich bekam nie ein richtiges Bett und dachte auch nie daran, danach zu fragen – und lebte sein Leben als Erwachsener weiter, suchte sich einen Job, traf andere Frauen und überließ es mir, für mich selbst zu sorgen. Zu seinem Glück, und dem meiner Mutter, war ich intelligent und willensstark und bekam ohne ihre Hilfe einen Studienplatz in Harvard. Als mein Dad mich, mit berstend vollen Koffern im Kofferraum, zu meinem Flug nach Boston in L.A. zum Flughafen fuhr, drehte er, statt sich mit mir zu unterhalten, einfach die Baseballübertragung im Radio lauter. Auf der ganzen Fahrt – und dem sechsstündigen Flug – fragte ich mich voller Panik, wie ich es vom Flughafen in Boston nur zum Studentenwohnheim schaffen sollte.

Nach meinem Abschluss dachte ich Dummkopf allerdings, dass sich die Dinge geändert hätten. Ich war jetzt ebenfalls erwachsen, und niemand erwartete, dass er sich um mich kümmern musste – nicht dass Dad das je wirklich getan hätte. In jenem Sommer reiste ich auf den letzten Drücker quer durchs Land, angeblich um in einer kleinen PR-Agentur einen Job zu finden, aber in Wirklichkeit wollte ich einfach nur weg, möglichst viel Abstand zwischen mich und Massachusetts bringen. Damals verspürte ich eine tiefe Einsamkeit, als hätte sich eine dicke Samtdecke über mich gelegt: Eleanor, Mikki und Katie amüsierten sich in New York, während ich unglücklich auf den Pazifik hinausstarrte. Als Eleanor mich sechs Jahre später bekniete, nach New York zu ziehen, um sie bei der Gründung von *The Herd* zu unterstützen, kamen mir vor Erleichterung die Tränen.

Nun trottete ich in den Flur und klopfte an die Tür des Gästezimmers; Mikki saß zusammengesunken auf dem Bett auf einer Steppdecke.

»Hey«, sagte ich.

»Wir müssen zur Polizei gehen«, sagte sie. »Wegen der Sache mit den Bitcoins.«

Ich setzte mich auf die Bettkante und schluckte.

Eleanor hatte Mikki in ihr Büro gebeten, als sie vor einem Jahr den ersten Erpresserbrief bekommen hatte. Mikki und ich hatten am selben Morgen ebenfalls einen Brief erhalten, sodass wir alle vor demselben heimtückischen Rätsel standen. In gedämpftem Tonfall erörterten wir die Lage; Mikki erklärte, dass Jinnys Mutter, die immer noch als Highschoollehrerin in Tennessee arbeitete, kürzlich ihr LinkedIn-Profil aufgerufen hatte. Womöglich steckte sie dahinter, folgerten wir, denn sie war die Einzige, der Jinny ihren Aufenthaltsort mitgeteilt hatte – und jetzt wollte sie uns zwingen, dass wir uns der Polizei stellten, oder sich das Leben wenigstens etwas angenehmer machen. Niemand außer ihr suchte sonst noch nach Jinny.

Mikki schlug vor, die Wahrheit zu erzählen, damit die arme Frau mit der Sache abschließen konnte, doch Eleanor wies ihren Vorschlag zurück. »Ich werde für euch bezahlen, wenn ihr euch das nicht leisten könnt«, zischte sie, und Mikki lief rot an. Erneut wahrte Eleanor Stillschweigen über den Vorfall und erklärte die Sache noch an Ort und Stelle für erledigt: »Wir werden nie wieder darüber reden.« Und das taten wir auch nicht. Der Plan ging auf, bis diese Frau – oder jemand, den sie kannte – nach New York kam und es auf Eleanor abgesehen hatte.

»Ich denke nicht, dass wir das tun sollten«, sagte ich jetzt. »Aber die Sache ist die: Daniel hat einen der Briefe bekommen. Er war an Eleanor adressiert.«

»Scheiße.« Mikki zog sich ein Kissen übers Gesicht.

»Aber er will von der Sache nichts wissen, davon, was Eleanor getan hat. Ich habe ihm nicht gesagt, dass wir auch diese Erpresserbriefe bekommen. Er hat mir seinen Brief überlassen, weil er auf keinen Fall wollte, dass seine Erinnerung an Eleanor durch irgendetwas getrübt wird.«

Mikki drückte das Kissen gegen ihre Brust. »Ich habe die Mutter überprüft«, sagte sie schließlich. »Sie ist diesen Monat definitiv nicht in New York gewesen. Oder sonst irgendwann.«

»Das habe ich auch getan.« Sobald ich von Daniels Wohnung nach Hause zurückgekehrt war – noch bevor ich den Umschlag geöffnet hatte –, hatte ich sämtliche Feeds und App-Nachrichten von Celia Hurst durchgesehen. Im Laufe des Tages taggte sie stets ihre Standorte oder loggte sich bei Hopscotch ein, und es stellte sich heraus, dass sie in Bristol, Tennessee, ihrem gewohnten Leben nachging. Doch plötzlich kam mir ein beunruhigender Gedanke, den ich allerdings sofort wieder verdrängte: *Es wäre wirklich ironisch, wenn sie unser Geld kassiert hätte, um davon ihre Reise in den Big Apple und den Mord an Eleanor zu finanzieren.* »Wir werden das schon durchstehen. Es gibt nichts, was uns mit Jinny in Verbindung bringt, und man wird Eleanors Mörder finden und in den Knast stecken. Ich verspreche dir, uns wird nichts passieren.«

Sie wischte sich über die Nase. »Sie fehlt mir.«

»Mir auch. Und zwar sehr.« Ich schmiegte mich an das Kissen neben ihr, und wir begannen beide zu weinen.

Irgendwann setzte ich mich wieder auf. Aber Mikki war verschwunden, und ich lag immer noch auf ihrem Bett, unter mir die zerwühlte Steppdecke. Der Himmel war jetzt purpurgrau, und ein Halbmond schien zwischen den Wolken durch das Fenster. Die Zeit hatte sich diese Woche völlig seltsam angefühlt; immer wieder hatte sie sich ausgedehnt und war dann erneut zusammengeschrumpft. Mein Blick fiel auf eine Uhr an der Wand – es war später Nachmittag.

Ich schlich zurück in mein Zimmer und schaute mich um, sah mir alles ganz genau an, all die Dinge, die Eleanor, einst ein lebendiges Mädchen voller Elan, zusammengetragen und in ihrem Zimmer an einem Ehrenplatz aufbewahrt hatte. Über der Tür hing ein Frida-Kahlo-Porträt. Hatte Eleanor wirklich vorgehabt, nach Mexiko zu ziehen, oder war das nur eine harmlose Spinnerei gewesen? Es kam mir so kitschig und unwahrscheinlich vor. Genauso absurd wie die Tatsache, dass meine beste Freundin tot auf dem Dach ihres Firmensitzes gelegen hatte. Das Mädchen, das die Decke mit Wolkenmuster in diesem Zimmer ausgesucht hatte, hatte das nicht vorhergesehen.

Mein Blick fiel auf die Jahresbücher in einem der Regale, auf die schmalen gehefteten Exemplare aus der Grundschule und die glänzenden Hardcovers aus der Highschool. Ich zog das letzte Paperback heraus; wenn ich mich recht erinnerte, war Eleanor in den ersten Jahren mit Ted und Cameron gemeinsam zur Schule gegangen, und ich war gespannt, wie sie als Kinder ausgesehen hatten. Aber als ich es herauszog, stellte ich fest, dass es nicht, wie erwartet, aus der Mittelstufe stammte: Hillside Elementary School war auf das Pappcover gekleckst. Doch es stammte aus dem Jahr vor der Highschool. Und Eleanor ging in die …

Richtig, sie hatte zwei Klassen übersprungen.

Plötzlich hatte ich es satt, allein zu sein: Warum waren wir den ganzen Weg hierhergefahren, um uns jede in ihrer Ecke zu verkrümeln? Ich ging in den Flur und blieb am oberen

Treppenabsatz stehen, gegenüber einem Fenster, von dem aus man den Hinterhof überblickte. Und den Pool. Diesen verdammten Pool.

Das Ganze war vollkommen unschuldig gewesen. Wir waren so jung gewesen, so berauscht von unserer eigenen Jugend und unseren Zukunftsaussichten, jede eine angehende Berühmtheit, die die Welt aus den Angeln heben würde. Wir brachten einen Trinkspruch nach dem anderen aus, prosteten uns mit unseren Schnapsgläsern überschwänglich zu und probierten verschiedene Flaschen aus Garys unermesslichen Alkoholvorräten; alten Macallan, Hendrick's Gin und einen seltsamen ungarischen Lakritzlikör, dessen Flasche die Form einer Comicbombe hatte. Wir waren sturzbetrunken.

Ich schaute nach unten, als wäre das hier ein Spiel, als könnte ich in der Zeit zurückreisen und von hier oben alles beobachten. Ich ließ meinen Blick über die Mädchen weiter unten wandern: Eleanor in der Seidenrobe ihrer Mutter, ich, wie ich auf einem Beistelltisch Plastikbecher aufstellte, Mikki mit bauchfreiem Oberteil und Jeans, die für die Musik sorgte. Und die spindeldürre Jinny: völlig entspannt, mit einer riesigen Drahtgestellbrille und ihren schwarzen Haaren, die über einem Ohr ausrasiert waren.

Ihre Geschichte war der Stoff für Legenden: Jinny, so erzählte man sich, war mit dem Zug Richtung Norden gefahren, um ihrer Familie zu entfliehen, die zusammengepfercht in einem Wohnwagen in Appalachia hauste. Ihr Weg führte sie nach New York, doch sie mochte die Atmosphäre dort nicht und fuhr Richtung Norden weiter und schlug dann irgendwo außerhalb von Boston ihr Lager auf. Sie war ein paar Jahre älter als wir, und Eleanor hatte sie während ihrer Highschoolzeit kennengelernt. Als brave Harvardstudentinnen waren wir alle von ihr begeistert – wir fühlten uns geehrt, wenn sie noch blieb, nachdem sie uns etwas Stoff vorbeigebracht hatte, mit uns quatschte und zusammen mit uns ihre Waren genoss. Im Alter von achtzehn Jahren hatte sie die Highschool geschmissen und nach der Trennung von ihrem Freund, einem Crust Punk, auf der Straße gelebt. Sie verströmte eine Aura der Gefahr und besaß eine aufregende rebellische Persönlichkeit. Sie wohnte irgendwo zwischen Cambridge und Beverly – keiner wusste genau, wo, und wahrscheinlich änderte sich das auch jede Woche –, darum fanden wir es völlig selbstverständlich, sie anzurufen, wenn wir in Eleanors Heimatstadt waren.

Wir waren an diesem Abend alle ziemlich aufgedreht – endlich war es draußen warm, in ein paar Wochen würden wir unseren Abschluss machen, und Eleanor hatte ein Treffen mit Investoren vereinbart, um *Gleam* an den Start zu bringen. Das musste gefeiert werden: Eleanors Eltern waren weggefahren, und wir organisierten eine kleine Privatparty, ohne jemandem Bescheid zu sagen oder in den sozialen Medien darüber zu posten, damit unsere Freunde sich nicht ausgeschlossen fühlten.

Vor meinem geistigen Auge sah ich jetzt die winzigen Gestalten unten auf der Terrasse. Überall standen Becher mit Alkohol und einem Schuss Sprite oder Diät-Cola. Mikki legte auf dem Terrassentisch das Koks aus Jinnys Rucksack routiniert zu schmalen Lines aus. Außerdem gab es natürlich Ecstasy und etwas Ketamin, aber ich hatte Angst, das Zeug anzurühren. Jinny nahm von allem ein bisschen; sie ließ es richtig krachen und schien die Zeit mit uns wirklich zu genießen.

Wir ließen auf einem der Handys Musik laufen und tanzten um den Swimmingpool. Ich konnte es jetzt alles wieder spüren: das berauschende Zirpen der ersten Zikaden in diesem

Sommer, den umherschwirrenden Fliederduft, die Glühwürmchen, die im Rasen aufleuchteten. Irgendwann spielte Mikki auf ihrem iPhone *Empire State of Mind* ab und klatschte vergnügt in die Hände, als Eleanor aufstand und lauthals mitgrölte: »*Let's hear it for Neeew Yooork* …«

Irgendjemand hatte dann die tolle Idee, eine Runde schwimmen zu gehen. Und Eleanor meinte, das sei okay, solange wir alles so zurücklassen würden, wie wir es vorgefunden hätten. Also zogen wir die Abdeckplane ein Stück zurück, entkleideten uns bis auf die Unterwäsche und sprangen in den Pool hinein. Wir tauchten, machten Handstand und drückten uns gegenseitig unter Wasser, berauscht von unserer Lebensfreude und dem Alkohol. Jinnys Eyeliner lief an ihren Wangen herunter. Mir kam der vage Gedanke, dass wir in jener Nacht alle beste Freundinnen waren, dass Jinny eine von uns war, obwohl wir sie nur alle paar Monate sahen und sie sehr viel mehr über unser Leben wusste als wir über ihres.

Ich sah, wie die imaginäre Hana unter mir plötzlich eine weitere Idee hatte, eine Idee, die den Verlauf unser aller Leben verändern sollte. Pizza. Ich hatte Lust auf Tiefkühlpizza und bot den anderen an, sie in den Ofen zu schieben. Ich stieg aus dem Pool und kreischte vor Kälte auf. Nachdem ich die Terrassentür hinter mir geschlossen hatte, wankte ich in den Keller, und während ich mir meinen Weg zur Tiefkühltruhe weiter hinten bahnte, hielt ich mich an Regalen und Gegenständen fest, um nicht hinzufallen. Schließlich fand ich eine Schachtel, auf der das glänzende Bild einer Pizza mit Salami, Würstchen und roten und grünen Paprikastückchen prangte, und drückte sie wie eine Idiotin gegen meine Brust, bevor ich wieder die Treppe hinaufging.

In der erleuchteten Küche musste ich in meinem alkoholisierten Zustand all meine Konzentration aufbringen, um ein Backblech zu finden und die Plastikhülle der Pizza aufzuschlitzen – *sei bloß vorsichtig mit dem Messer*, redete ich mir zu. Die anderen waren immer noch draußen, und die Musik hämmerte laut. Irgendwie schaffe ich es, die Pizza auf das Backblech zu befördern und sie in den Ofen zu schieben, ohne mich dabei zu verbrennen. Für einen Moment beglückwünschte ich mich zu diesem kleinen Triumph, bis ich feststellte, dass ich den Ofen nicht eingeschaltet hatte.

Während ich immer noch in der Küche zugange war, klopfte jemand gegen die Glastür, und ich schrie auf und ließ den Rum Cola, den ich in der Hand hielt, fallen. Mikki zog die Schiebetür auf und stolperte über die Schwelle ins Innere.

Was als Nächstes passierte, sah ich nur undeutlich vor mir, der zeitliche Ablauf war unklar.

Jinny ist hingefallen!, schrie Eleanor und wankte lallend und schluchzend ins Haus. Die beiden tropften alles voll, und ihre nassen Körper zitterten. Jinny sei auf dem Weg zum Pool ausgerutscht und mit dem Kopf aufgeschlagen, wiederholten sie immer wieder. Sie hätten versucht, sie herauszuziehen, aber sie habe sich in der Abdeckplane verheddert und zur Wehr gesetzt, als sie an ihr gezerrt hätten. Dann sei ihr Körper ganz schlaff geworden, und als sie Jinny auf den kalten Beton gezogen hätten, sei sie schon tot gewesen.

Ob ich das alles hätte verhindern können, wenn ich draußen gewesen wäre? Tja, wir würden es nie erfahren. Aber gut möglich, dass die Sache dann anders gelaufen wäre. Ich hätte sie vielleicht früher bemerkt und unseren Rettungsversuch koordiniert. Wäre ins Haus gerannt und hätte den Notruf gewählt. Doch als ich damals betrunken und zugedröhnt hinter der Schiebetür gestanden hatte, hatte ich nichts unternommen.

Seitdem hatte ich oft darüber nachgedacht. Vielleicht hatte ich damals nicht protestiert, weil mein benebelter Geist unbewusst ein paar Überlegungen angestellt hatte. Vier betrunkene Frauen, drei davon weiß. Dazu die Cops, die dort aufkreuzen würden, wenn wir die Nummer des Notrufs wählten.

Während ich jetzt vor dem Fenster im ersten Stock stand, sah ich plötzlich Sterne, und durch meine Hände und Füße jagte ein Kribbeln. Ich stützte mich an der Wand ab und schlurfte in Eleanors Zimmer zurück, schloss die Tür und sank zu Boden.

Mein Blick fiel auf ihr Jahrbuch aus der Grundschule, das immer noch aus dem Regal hervorragte. Ich schob es wieder hinein. Ich musste an Eleanors *Gleam On*-Artikel denken, an dem wir so lange gefeilt hatten, weil ich darauf bestanden hatte, noch weitere Einzelheiten einzufügen, bis er stimmig war: Die Entstehungsgeschichte von *The Herd*, wie sehr sie das Abenteuercamp während der Mittelstufe gehasst hatte, mit den Seilgartenparcours unter den männlichen Blicken, der lange Weg von dort zu New Yorks angesagtestem Co-Working-Space ausschließlich für Frauen. Aber wenn sie gar nicht die Mittelstufe besucht hatte …?

Ob Mikki sich einen Reim darauf machen konnte? Bestimmt hatte das nichts zu bedeuten, und es gab eine einfache Erklärung dafür; vielleicht war Eleanor mit der Grundschule in dem Camp gewesen und sie hatte die Geschichte um ein paar Jahre nach hinten verlegt, damit man sie besser nachvollziehen konnte. Ich lief durch das Haus und spähte in die Sitzecken, die überall verteilt waren. Erneut fiel mir auf, wie sehr die Villa einer Höhle glich, wie leicht man hier jemanden verlieren konnte, jemanden, der in die neonblaue Plane eingewickelt war, die sich wie eine Haut über den Pool draußen gespannt hatte. Ich konnte Mikki nirgends finden, was meine Verwirrung noch verstärkte, ein allgemeines Gefühl der Orientierungslosigkeit, das Gefühl, dass die Wirklichkeit sich langsam in ihre Bestandteile auflöste.

Beinahe wäre ich Karen, die mit einer Flasche aus dem Keller kam, direkt in die Arme gelaufen.

»Ich – ich wollte fragen, ob du Hilfe beim Abendessen brauchst.«

Sie wirkte beunruhigt. »Es ist noch nicht mal fünf«, erwiderte sie.

»Oh. Ich … ich bin für eine Weile eingeschlafen.«

Sie ging langsam in Richtung Küche. »Apropos fünf Uhr, ich wollte gerade diesen wunderbaren Merlot öffnen. Möchtest du auch einen?«

Während sie nervös vor sich hin plapperte und sich mit dem Korkenzieher abmühte, bemerkte ich, dass neben der Spüle zwei leere Flaschen standen und sie ein Glas mit Lippenstiftabdruck zu sich herangezogen hatte. Während die Gäste sich auf ihre Zimmer zurückgezogen hatten, hatte Karen getrunken. Bis zum heutigen Tag hatte ich kein einziges Mal erlebt, dass sie – selbst in einem schicken Restaurant – ihr Glas ganz geleert hatte.

Sie kam mit zwei großzügig gefüllten Gläsern zu mir herüber, stieß mit mir an und nahm einen Schluck. Ihr inhaltsleeres Selbstgespräch machte mich nervös; normalerweise war Gary derjenige, der redete. Doch schließlich ging ihr die Puste aus, und sie verstummte.

»Kann ich dich was fragen?«, sagte ich. »Ich meine, zu Eleanor.« Ich richtete den Blick auf das Weinglas und schwenkte es leicht hin und her.

»Natürlich.«

»Sie hat doch die siebte und achte Klasse übersprungen, oder?«

»Das stimmt, ja. Der Schulpsychologe meinte, sie könnte auch drei Klassen überspringen, aber wir fanden das ein bisschen viel.«

»Verstehe.« Ich nahm erneut einen Schluck. »Aber zwei Klassen war okay für sie?«

»Oh, sie blühte regelrecht auf.« Ihre Stimme stockte. »Sie war froh über die Herausforderung, darüber, dass sie sich im Unterricht nicht länger zu Tode langweilen musste. Sie war den anderen Schülern so weit voraus. Innerhalb von zwei Sekunden konnte sie jeden Gedanken erfassen, und dann beschäftigte sich der Rest der Klasse zwei Wochen damit.«

»Das muss schrecklich gewesen sein.« Ich tippte mit dem Fingernagel gegen mein Glas und lauschte dem Klang. »Woran habt ihr gemerkt, dass sie ein Problem damit hatte? Hat sie sich danebenbenommen, oder ...«

»Alle haben darunter gelitten. Sie war ... fast zu intelligent, um glücklich zu sein, würde ich sagen.« Sie verzog das Gesicht. »Jedenfalls war sie intelligenter als der Rest von uns, so viel steht fest.«

In ihrer selbstironischen Bemerkung schwangen Unbehagen und Trauer mit. Im nüchternen Zustand hätte sie das vielleicht überspielen können, aber ich merkte, wie sie sich um Fassung ringend über ihr Glas beugte.

»Das klingt jetzt vielleicht etwas merkwürdig, aber ist sie je in einem Abenteuercamp gewesen? In den Sommerferien, vor Beginn des neuen Schuljahrs?«

Sie schluckte und hob den Kopf; ihr Blick verriet, dass sie keine Ahnung hatte, wovon ich redete. »*Was* für ein Camp? Abenteuer? Das wäre für Eleanor ein Albtraum gewesen.«

»Okay. Sie hat also nie an so was teilgenommen ...« Ich schlang meine Finger um den Stiel des Glases. »Das ist komisch, denn als sie die Gründung von *The Herd* verkündet hat, hat sie diesen Artikel geschrieben. Und ... vielleicht hat sie sich nur falsch erinnert oder irgendwas verwechselt, aber ...«

Karen sah mich mit großen Augen an, und ich verstummte. Es war dieser »Ach-du-Scheiße«-Blick, verwirrt und abwehrend zugleich.

»Ich bin völlig durcheinander«, erklärte sie und fasste sich an die Schläfe. »Ich habe nicht viel gegessen, und dann habe ich einfach eine Flasche Wein aufgemacht, denn das haben wir immer getan, wenn Eleanor zu den Feiertagen hier war. Normalerweise sagt Gary oder jemand anders dann: ›Hey, irgendwo ist es gerade fünf Uhr!‹, und darum ... dachte ich ...«

Plötzlich hielt sie sich beide Hände vors Gesicht, und ich sah zu meiner Beunruhigung, wie sie mit bebenden Schultern zu weinen begann, irgendwie unkontrolliert, aber auch verschämt. Schließlich schob ich meinen Stuhl zurück, legte ihr die Hand auf den Rücken und streichelte sie sanft, was sie allerdings offensichtlich nicht mitbekam.

»Soll ich Gary suchen?«

Sie schüttelte den Kopf, und ihre Hände bewegten sich mit ihrem Gesicht hin und her.

»Willst du ... Soll ich dich nach oben bringen, willst du dich hinlegen?« Sie ging darauf nicht ein, und plötzlich fiel mir ein, was meine Mom in diesem Moment gewollt hätte. »Soll ich dich allein lassen?«

Durch ihre Finger drang ein leises Schluchzen, und sie nickte. Ich überlegte, ob ich sie in den Arm nehmen sollte, doch stattdessen tätschelte ich ihr die Schulter und ging nach oben, während sich mit jedem meiner Schritte in meiner Lunge ein Gefühl der Beklommenheit ausbreitete.

Ich hatte Karen lediglich ein einziges Mal so weinen sehen. Vor fast zehn Jahren, als ich in Eleanors Bett mit einem derart heftigen Kater aufgewacht war, dass meine Haut, meine beiden Augäpfel, mein Knochenmark, mir einfach alles wehtat. Während ich reglos dalag, versuchte mein umnebeltes Hirn herauszufinden, welches der Ereignisse aus der vorangegangenen Nacht nur ein Albtraum gewesen war.

Kein Einziges, wie sich herausstellte. Es war alles real, allzu real. Mitten in der Nacht des 7. Mai lauschten wir angehende Berühmtheiten, während das Kokain durch unsere Venen jagte und der Alkohol unsere Gehirnzellen zersetzte, Eleanors Worten, neben uns Jinnys Leiche, von der Blut auf die Terrasse lief. Mikki und ich sahen Eleanor weinend an, als sie erklärte, dass wir jetzt nichts unternehmen könnten, aber ihre Eltern bestimmt wüssten, was zu tun sei. Wir müssten die Leiche ins Haus bringen und uns am nächsten Morgen darum kümmern, wenn wir wieder einen klareren Kopf hätten und ihre Eltern uns dabei helfen würden.

Ich versuchte, nicht zu schreien, als ich dabei zusah, wie Eleanor und Mikki Jinny ins Haus trugen und sie auf den Rücken legten. Anschließend schalteten wir die Lichter aus und kauerten uns dicht zusammengedrängt auf Eleanors Bett, weil wir Angst hatten, allein zu sein. Während wir zitternd in der Dunkelheit hockten, erklärte uns Eleanor noch einmal, warum das, was wir taten, zu unserem Besten sei – der Abschluss stand vor der Tür, und da wir verbotene Substanzen genommen und damit gegen das Gesetz verstoßen hatten, würden wir uns womöglich unsere ganze Zukunft versauen.

Außerdem hatten wir die Leiche bewegt, und man würde uns womöglich nicht glauben, dass das Ganze nur ein Unfall gewesen war.

Daraufhin drehte Mikki völlig durch, ihre Brust hob und senkte sich: »Ich krieg keine Luft mehr, ich krieg keine Luft mehr, ich krieg keine Luft mehr.« Und Eleanor fuhr ihr mit den Fingern durchs Haar und sagte, wir würden am Morgen alles regeln.

Schließlich wurden wir von Karens Schreien geweckt. Eleanors Eltern hatten die Nachricht ihrer Tochter auf der Mailbox, in der sie die beiden angefleht hatte, schnell nach Hause zu kommen, zwar abgehört, aber wir hatten ihre Rückrufe verschlafen. Eleanor erklärte ihnen alles, während wir drei schluchzend hohe Laute wie Kojote ausstießen und Karen – so wie vor ein paar Minuten – mit bebenden Schultern stumm weinte.

Gary fragte uns mehrmals nach Jinnys Alter, um sicherzugehen, dass sie älter war als wir. Er brachte von uns in Erfahrung, wer genau diese Frau war, was wir über sie wussten und wer nach ihr suchen könnte. Erst später dämmerte mir, dass er eins und eins zusammenzählte: Sie war eine Fremde, eine obdachlose, umherstreifende Drogendealerin, die darauf bedacht war, nirgends Wurzeln zu schlagen oder Spuren zu hinterlassen. Nun wurde mir klar, dass man ihn zusammen mit uns für die Sache verantwortlich gemacht hätte, da eine Minderjährige – Eleanor hatte uns verschwiegen, dass sie erst zwanzig war – in seinem Haus Alkohol getrunken hatte.

Er blickte jedem von uns in die Augen und sagte in einem freundlichen, bedächtigen Tonfall: »Und ihr seid sicher, dass ihr niemandem von eurem Trip hierher erzählt habt? Niemand weiß, dass ihr hier seid?« Wir nickten alle, während wir wie

Kleinkinder schnieften. »Ihr fahrt jetzt zurück und sagt, dass ihr den Campus nie verlassen und die Nacht auf euren Zimmern verbracht habt. Überlegt euch auf der Rückfahrt eine Geschichte, eine Geschichte, die stimmig klingt, und wiederholt sie so lange, bis ihr in allen Einzelheiten erzählen könnt, was passiert ist. Wir werden dieses Mädchen von diesem Moment an nie wieder erwähnen.«

Ich griff nach dem altmodischen Knauf an Eleanors Tür und schloss mich in ihrem Zimmer ein. Plötzlich war es dunkel, so als hätte eine riesige Flutwelle die Sonne vom Himmel gerissen. Eleanor hatte mir also – noch dazu völlig glaubhaft – ins Gesicht gelogen, was die Entstehungsgeschichte von *The Herd* betraf. Aber warum? War während ihrer Schulzeit noch etwas anderes vorgefallen, was in ihr den Wunsch geweckt hatte, einen Klub zu gründen, in dem Jungs keinen Zutritt hatten, und sie hatte diese Erfahrung im *Gleam On*-Blog mit einer erfundenen Geschichte veranschaulicht? Ich versuchte, Mikki anzurufen, und lauschte angestrengt, ob ich irgendwo das Klingeln ihres Handys hören konnte – doch vergeblich. Hm. Karen würde mir nichts erzählen, aber Cameron oder Ted wussten vielleicht etwas, vielleicht gab es ein Geheimnis oder Erlebnis aus ihrer gemeinsamen Kindheit, das sie für sich behalten hatte.

Ich schnappte mir meine Handtasche und ging die Treppe hinunter. Als ich in den Flur bog, blieb ich vor der Tür zum Arbeitszimmer stehen, in dem sich Katie befand. Die Tür war geschlossen. Katies Worte, ihre verzweifelten Bemühungen, sich zu verteidigen, schmerzten zwar noch immer, doch plötzlich verspürte ich das schwesterliche Verlangen, ihr von der merkwürdigen Begegnung mit Karen zu erzählen und von Eleanors seltsamer Lügengeschichte über das Abenteuercamp.

Katie war intelligent, ihr Gehirn stellte blitzschnell Verbindungen her, auf die ich selbst niemals gekommen wäre. Vielleicht fiel ihr ja irgendwas dazu ein. Schließlich hatte sie für dieses verdammte Buch recherchiert – vielleicht wusste sie etwas, was ich nicht wusste.

Ich klopfte zunächst leise an und dann dreimal kräftiger. Die alte Tür war zwar geschlossen, aber nicht eingerastet, und bei meinem letzten Klopfen schwang sie nach innen auf. Ich murmelte eine Entschuldigung, während ein Teil des Zimmers in meinem Blickfeld erschien, hielt den Knauf fest und blieb dann wie angewurzelt stehen. Im Innern rührte sich etwas, es entstand Hektik, und dann starrten zwei Augenpaare, groß und rund wie von Waschbären, direkt in meine Richtung. Um sie herum nahm der Rest der Szene langsam Gestalt an: Auf dem Ausziehsofa lagen Katie und Ted; Katie hatte das eine Ende der Decke bis zur Brust hochgezogen und Ted das andere über seinen Schoß ausgebreitet.

Schließlich löste ich mich aus meiner Erstarrung und wandte mich mit einem leichten Kopfschütteln ab. »Mein Gott, das tut mir leid, die Tür war nicht verriegelt.«

Erneut raschelte es, als sich die beiden offensichtlich hastig anzogen. »Hana, alles okay? Warum bist du …«

Ich spähte in den Flur hinaus, aber meine Gedanken wanderten zwischen den beiden hin und her: Katie … und Ted. Ted … und Katie. Ich konnte es einfach nicht fassen.

»Tut mir leid. Ich bin bloß – Ich habe keine Ahnung, wo die anderen stecken, und ich war gerade auf dem Weg zu Cameron. Ich wollte dir nur Bescheid sagen. Ist er …« Das Gefühl des Unbehagens wurde noch stärker und breitete sich wie eine Rauchwolke im Zimmer aus. »Ted, weißt du, ob er zu Hause ist?«

»Ähhh … ich glaub schon. Sieh erst mal im Häuschen nach.« Seine Stimme war von Scham erfüllt.

Ich zog die Tür zu und zerrte viel zu lang daran herum bei dem vergeblichen Versuch, sie einrasten zu lassen. Mit glühendem Gesicht schnappte ich mir im Flur meinen Mantel aus dem Schrank. Dabei fiel mein Blick auf einen jägergrünen Rucksack, der auf dem Boden stand; er gehörte weder mir noch Mikki, und er war vorher noch nicht dort gewesen. Gehörte er Eleanor, und Gary hatte ihn dorthin gestellt? Er war leicht geöffnet, und, ohne es zu wollen, schob ich ihn ganz auf und zog eine Aktenmappe heraus.

Meine Brust wurde eiskalt: Das erste Blatt darin war der Ausdruck eines Click-Profils, der mit einer kleinen, eckigen Handschrift beschrieben war. *Eleanor.* Ich blätterte weiter, zu mehreren Bankauszügen mit ihrer Kontonummer, die leicht schräg über die Seiten verliefen, als hätte jemand heimlich Fotos davon gemacht. Sie waren mit Punkten, Pfeilen und Ausrufezeichen übersät. Während in meinem Magen ein Gefühl der Übelkeit aufstieg, blätterte ich weiter, zu der Kopie eines abgerissenen Post-its mit einem nichtssagenden Code, offensichtlich in Eleanors Handschrift. Dann folgte ein verwirrender Block aus Zahlen und Wörtern, und erst nachdem ich die hingekritzelten Anmerkungen auf den nächsten Seiten überflogen hatte, begriff ich, dass es sich um Eleanors Browserverlauf handelte, den man vom Router heruntergeladen hatte.

Der Router. Der ramponierte, aber teure Rucksack gehörte offensichtlich Ted. Weshalb um alles in der Welt hatte er ihr hinterherspioniert? Und wo hatte er das alles her? War er in ihre Wohnung eingebrochen oder – schoss es mir plötzlich durch den Kopf – in Eleanors Büro?

Ich blickte hinter mich in den Flur, wo Ted und Katie immer noch im Arbeitszimmer waren. Sie war vor ihm doch sicher, oder? Wo zum Henker steckte Mikki – wo waren nur alle? Ich stopfte die Mappe wieder in den Rucksack, zog den Reißverschluss meines Mantels zu und eilte hinaus in die Kälte.

Kapitel 19

KATIE

MONTAG, 23. DEZEMBER, 17:35 Uhr

Hana rüttelte drei quälend lange Sekunden am Türknauf, zerrte vier weitere an der Tür und drehte heftig am Knauf, während ich die Augen schloss und sie stumm anflehte aufzuhören. Schließlich tat sie es, und wir lauschten, wie sie den Flur hinunterging.

»Alsooo … das war echt peinlich«, stellte Ted zutreffend fest.

Ich hielt mir die Hände vor die untere Gesichtshälfte und sah ihn an. »Ach ja? Das war doch alles nur Teil eines raffinierten Plans, meine exhibitionistischen Neigungen auszuleben.« Er schaute mich derart entsetzt an, dass ich mich aufs Bett zurückwarf. »Das war ein Witz. Hast du immer noch nicht mitgekriegt, dass ich blöde Witze mache, wenn ich mich unwohl fühle? Und ich fühle mich gerade verdammt unwohl.«

»Da bist du sicher nicht die Einzige.« Er zog den Reißverschluss seiner Jeans zu und lehnte sich auf dem Bett zurück, sodass die Federn quietschten. »Was sollte das eben? Ich dachte, ihr redet nicht miteinander?«

»Tun wir auch nicht. Ich habe keine Ahnung.« Bereits jetzt kam mir Hanas plötzliches Eindringen unbedeutend vor, wie die Szene aus einem Film, die man besser herausgeschnitten hätte. Wenn ich es recht überlegte, lag über dem ganzen Tag eine traurige, filmische, ja, traumartige Atmosphäre. In diesem riesigen senfgelben Haus, das genau so aussah, wie ich es mir vorgestellt hatte. Mit den schmalen Fluren, den klappernden Fenstern und Kaminen, mit all den architektonischen Details, an denen ich auf meiner Erkundungstour vorbeigekommen war, während ich meine Finger über sämtliche Oberflächen hatte gleiten lassen. Es gab hier nicht einen Staubfussel, nirgendwo.

Vorhin hatte ich in einer Sitzecke in der Nähe der Haustür eine Reihe Fotoalben entdeckt. Ich hatte mich im Schneidersitz auf den Boden gesetzt, eines davon herausgezogen und aufgeschlagen. Die klebrigen Seiten blieben aneinanderhaften, während ich sie über die Buchspirale zog. Das Album enthielt Aufnahmen von Eleanor in der ersten Klasse – das war zu lange her. Ich nahm ein anderes heraus, auf dessen Bildern sie ein wenig älter war; sie zeigten eine spindeldürre Eleanor mit glänzendem Haar und Zahnspange. Ich blätterte bis zum richtigen Zeitraum, als Schlaghosen und Tube Tops gerade in Mode waren, konnte aber das Foto, das ich in der Facebook-Gruppe gesehen hatte, nicht finden, das Foto auf der Seite mit der zickzackförmigen grauen Klebefläche.

Surreal war das Wort des Tages. Unsere Abfahrt von der Pennsylvania Station war schon eine Ewigkeit her, doch es war noch nicht mal Abend. Vom ersten Augenblick an war klar, dass unser Besuch eine schlechte Idee gewesen war; Gary konnte kaum reden, und Karen brabbelte die ganze Zeit mit schriller Stimme nervös vor sich hin. Nachdem ich die Fotoalben durchstöbert hatte, traf ich in der Küche auf das trauernde Paar, das dort Wein trank, und ich verspürte das dringende

Verlangen, mich zu entschuldigen – ich war eine Fremde, die durch ihr Haus spazierte, während sie versuchten, ihre kürzlich getötete Tochter zu beweinen. Als Gary den Kopf hob, konnte ich an seinem Gesichtsausdruck ablesen, dass er dasselbe dachte – was zum Teufel hatte ich hier verloren? –, aber Karen winkte mich zu sich und holte mir ein Glas.

Sie stellten mir Fragen, hakten immer wieder höflich nach, und ich erzählte ihnen von meiner freiberuflichen Tätigkeit, meinem Jahr in Michigan und dem Versuch, Mitglied bei *The Herd* zu werden. Sie erkundigten sich nach meinem Buchprojekt und der Fake-News-Factory in Iron River, worauf ich mit verkrampfter Brust etwas davon murmelte, dass ich noch nach einem neuen Ansatz suchen würde, da die Recherche anders verlaufen sei als erwartet. Ich wich ihnen aus, doch das schienen sie kaum zu merken, denn jeder war gefangen in seiner eigenen Trauer.

Schließlich kam Ted mit roter Nase hereinmarschiert und erklärte, dass er während der Räumarbeiten den Scherbolzen der Schneefräse habe austauschen müssen, aber zum Glück habe sein Vater in der Garage noch einen Satz davon herumliegen gehabt – womit er lediglich zum Ausdruck bringen wollte, dass die Auffahrt jetzt schneefrei und die Fräse in einem besseren Zustand als vorher war. Die beiden hörten ihm mit ausdruckslosen Mienen zu und murmelten ein Dankeschön, und dann bemerkte Ted schließlich meinen Hilfe suchenden Blick.

»Ted, ich hatte gehofft, dass du mir auf meinem Laptop etwas zeigen kannst«, sagte ich. »Es geht um eine interaktive Geschichte, die ich gerade schreibe. Ich könnte deine Hilfe gebrauchen.«

Ich erhob mich, und Gary nahm das Stichwort auf und verkündete, dass er jetzt in den Keller gehen werde, um sich das

Spiel der Patriots anzusehen. Er wechselte mit Ted und mir Blicke, und wir ließen Karen allein, die mit dem Rücken zu uns auf die halb dunkle Terrasse hinausschaute, wo eine der Wandleuchten wie ein Scheinwerfer den schneebedeckten Pool beleuchtete.

Meine Erinnerung an das, was danach passierte, war ein wenig verschwommen – im Arbeitszimmer sagte Ted: »Oh, ich liebe diesen Raum«, und ich drückte, ohne groß nachzudenken, einfach die Tür zu. Ich setzte mich auf das ausklappbare Bett und fragte, wie er sich fühle, worauf er meinte, dass er letzte Nacht nicht geschlafen habe, weil er an Eleanor habe denken müssen. Ich erklärte, es wäre mir genauso ergangen, begann zu weinen und sagte, dass wir nicht hätten herkommen, dass wir uns Gary und Karen nicht hätten aufdrängen sollen. Darauf wischte er mir sanft eine Träne von der Wange und meinte, er für seinen Teil sei froh, dass ich jetzt hier sei, und ließ seine Hand auf meinem Kinn liegen, und dann wanderte meine Hand zu seiner Brust und dann, und dann, und dann.

Schließlich platzte Hana ins Zimmer, und jetzt war sie wieder verschwunden, und wir fühlten uns wie benommen, wie vor den Kopf gestoßen, weil die Situation so plötzlich umgeschlagen war. Gerade, als sich die Dinge zum Guten wendeten. Als wir beide uns wahrscheinlich fragten, wer als Erster den Vorschlag machen würde, ein Kondom zu holen.

Ich war jetzt einfach nur verwirrt. Irgendetwas war passiert, irgendetwas hatte Hana dazu gebracht, ihre Wut zu vergessen und wieder mit mir zu reden.

»Ich werde versuchen, Hana anzurufen. Obwohl wir uns gerade noch gestritten haben, ist sie hier aufgekreuzt. Dafür muss es einen Grund geben.« Ich tastete die Bettwäsche nach meinem Handy ab. »Geschwister können besonders ätzend sein.«

»Allerdings.« Er lehnte sich gegen die Rückseite des Sofas und rieb sich den Bart. »Sie sind die einzigen Menschen, an denen man seine Wut auslassen kann. Und wir sind alle gerade ziemlich aufgewühlt. Cameron hat mich vorhin angebrüllt, weil ich für ihn einen Strafzettel nicht bezahlt habe.«

»Einen Strafzettel? Das ist definitiv nicht dein Problem. Aber das hier ist was anderes. Hana hat recht – ich habe mich ziemlich beschissen verhalten. Oh, da ist es ja.« Ich hatte das schwarz glänzende Display auf dem Parkettboden entdeckt. Ich rief Hana an und ließ das Telefon in meinen Schoß fallen. »Nur die Mailbox. Ich hoffe, es geht ihr gut.« Ich blickte aus dem Fenster, hinter dem altmodische Straßenlaternen einen kegelförmigen goldenen Schein auf die Straße warfen. »Ich frage mich, was sie bei Cameron will. Wahrscheinlich hat man ihr hier keine Beachtung geschenkt.«

Er runzelte die Stirn. »Keine Beachtung?«

»Du hast doch gesehen, in was für einem Zustand Gary und Karen sind.«

Er nickte. »Weshalb habt ihr beiden euch gestritten?«

Ich holte tief Luft. »Wie gesagt, es war meine Schuld, sie war nicht etwa … herablassend oder so.« Und dann erzählte ich ihm, dass ich mich blindlings auf ein neues Thema gestürzt hatte, über das ich schreiben konnte. Dass ich in meiner Panik alles gesagt hätte, um diesen Albtraum zu beenden – mit meiner wütenden Agentin und dem Vorschuss, den ich nicht zurückzahlen konnte. Aber erst nachdem ich es ausgesprochen hatte, wurde mir bewusst, was ich getan hatte. Und dass ich mir seit meiner Kindheit in Michigan nichts anderes gewünscht hatte, als ein Buch zu schreiben, dass ich deshalb Notizbücher mit

Geschichten gefüllt, meine eigenen Bilderbücher gemalt und in jedes Formular mit der Frage nach meinem Berufswunsch »Autorin« eingetragen hatte. Und mir wurde klar, dass dieser Traum jetzt geplatzt war – dass meine idiotische Agentin sich der falschen Person anvertraut und Eleanors Tod in ein öffentliches Spektakel verwandelt hatte. Während ich all das erzählte, starrte ich auf meine Hände hinunter und knibbelte mit dem Daumen an der Nagelhaut meiner Finger, und als ich fertig war und aufschaute, hatte Ted seine verschränkten Beine entknotet. Wie eine welke Blume neigte er sich kaum merklich von mir fort.

»Warum konntest du nicht einfach das Buch über diese Fake-News-Typen schreiben?«

Vor ein paar Wochen hatte Erin mir dieselbe Frage gestellt, und selbst sie hatte nicht so vorwurfsvoll geklungen, sondern eher neugierig. Was für einen Schlamassel ich da bloß angerichtet hatte.

»Ich will lieber nicht darüber reden.«

Er runzelte die Stirn und nickte langsam. »Aber, also … war es das wert? All deine Freunde zu hintergehen, um den Buchvertrag zu behalten?«

Ich sah ihn finster an. »Ich habe doch gerade gesagt, dass ich mich ziemlich beschissen verhalten habe. Ich fühle mich schrecklich.«

»Okay. Ich wollte nur … Eleanor machte wahrscheinlich gerade eine schwierige Phase durch, und da konnte sie nicht auch noch eine Freundin brauchen, die sie wie mit der Lupe beobachtet. Bestimmt hat sie das gemerkt und fand es ätzend.«

Ich starrte ihn an, Augen und Mund weit aufgerissen. Aber er sah sich im Zimmer um, vermied jeden Blickkontakt und zuckte mit den Achseln. »Ich mein ja bloß.«

An meinen Wangen liefen Tränen herunter. »Willst du damit sagen, es sei meine Schuld, dass sie abhauen wollte? Dass sie umgebracht wurde?«

Er wich vor mir zurück, als wäre ich eine Granate, die kurz davor war zu explodieren. »Nein. Scheiße, nicht weinen. Ich bin nur, keine Ahnung. Eleanor tut mir leid. Sie war meine Freundin. Hey.« Er nahm mich in den Arm, und für einen Moment weinte ich in seine Schulter. »Wir sind alle ziemlich angespannt. Lass uns erst mal durchatmen.«

»Ich werde noch mal versuchen, Hana anzurufen«, erklärte ich und wandte mich ab. Als ich auf meinem Handy aus Versehen die Foto-App öffnete, kam mir eine Idee. »Hey, hast du das hier schon mal gesehen?«

Er nahm es und betrachtete eingehend das Bild, das ich von der Antiherd-Seite kopiert hatte, das Bild von der präpubertären Eleanor in tief hängender Schlagjeans und Korsett. »Wo hast du das denn her?« Er grinste. »Das klebt zu Hause in einem unserer Fotoalben. Cameron hat sie damit immer aufgezogen.«

Cameron. Die Luft im Zimmer begann zu vibrieren, wie bei einem plötzlichen Druckabfall in einer Flugzeugkabine. Ich versuchte, Ted die wahre Herkunft des Fotos zu verheimlichen: »Es ist heute auf einer Gedenkseite aufgetaucht. Ich habe nachgesehen, was ihre Fans im Netz so über sie posten.«

»Ja, das stammt wahrscheinlich von ihm.« Er lachte wehmütig. »Sie war echt der Knaller.«

Ich nahm mein Telefon wieder an mich und starrte auf das Display. Eleanor – Ted hatte sie bereits gekannt, als sie noch ein kleines Kind gewesen war, und wahrscheinlich waren sie zusammen im Viertel Rad gefahren und hatten nachts in der Dunkelheit gespielt. Ich lernte sie kennen, als sie noch ein

Teenager war, und war von ihrer Strahlkraft, die sie wie eine Hitzewelle verströmte, völlig eingeschüchtert. Und falls Ted richtiglag, hatte ich meinen Teil dazu beigetragen, dieses Licht zum Erlöschen zu bringen. Ich hatte ihr das Gefühl gegeben, auf dem Präsentierteller zu hocken, und *The Herd* für sie in eine Feuerprobe verwandelt. Plötzlich fing ich wieder an zu weinen.

»Ich glaube, ich will jetzt allein sein«, stieß ich hervor.

»Bist du sicher?«

»Ja.«

Er zog die Tür hinter sich zu, doch sie rastete nicht ein und schwang einen Moment später wieder auf, sodass ich hören konnte, wie er den Flur hinunterstapfte, sich seinen Rucksack und seine Jacke schnappte und in die Nacht hinaus verschwand. Eine Weile lag ich regungslos da, während meine Wut und meine Scham in meinem Innern wie ein riesiges Herz pulsierten. Denn er hatte recht: Ich hatte versucht, Eleanor, eine meiner besten Freundinnen, zu hintergehen, nur um meinen eigenen Arsch zu retten. Bei meinen verzweifelten Bemühungen um mein Prestige und meinen tollen Buchvertrag war mir die Anerkennung meiner Agentin wichtiger gewesen als meine wirklichen Freunde. Und das alles nur, weil ich mich das vergangene Jahr über in Michigan völlig rücksichtslos und idiotisch verhalten hatte.

Damals schien mir für einen Moment alles zu schön, um wahr zu sein: Nachdem ich ein paar Wochen lang für Mom die Krankenpflegerin gespielt und mich einsam und nutzlos gefühlt hatte, verwandelte ich meinen deprimierenden Aufenthalt in einen persönlichen Triumph. Mein Artikel über die nahe gelegenen Northern Sky Labs, den ich aus einer Laune heraus vorgeschlagen hatte, als jemand von der Highschool erwähnte hatte, dass er den Geschäftsführer kenne, sorgte für eine Menge Aufsehen; Erin wollte mich unter ihre Fittiche nehmen, und ein seriöser Verlag bot mir einen Autorenvertrag an. Endlich gab es eine neue Aufgabe, auf die ich mich konzentrieren konnte, etwas, was meinem Leben Struktur und Bedeutung gab, ein ernst zu nehmendes, außergewöhnliches Projekt, von dem ich meinen ehemaligen Mitschülern erzählen konnte, wenn ich ihnen in der Drogerie zufällig über den Weg lief. Das wäre bestimmt eine großartige Sache.

Und das war es zunächst auch. Der Geschäftsführer von Northern Sky Labs, ein charismatischer Mann in den Vierzigern namens Bill, war der perfekte Antiheld: Er war geistreich, unverschämt und – was seinen Profit betraf – völlig hemmungslos. Sein kleiner Bruder Ben, der Technische Direktor der Firma, verfügte zwar nicht über Bills Charme, aber er war mitfühlender als er. Obwohl er sich freute, zum ersten Mal in seinem Leben ein Vermögen wie Dagobert Duck anzuhäufen, bereiteten ihm die Auswirkungen ihrer Erzeugnisse große Kopfschmerzen. Bills wortkarge Frau kümmerte sich um die Buchführung und machte mir das Leben überaus angenehm – sie vereinbarte Interviews, verschaffte mir Zugang zu Besprechungen mit Investoren und lud mich zu diversen Freizeitaktivitäten ein wie Angelausflüge, Bootstouren, Picknicks und Fahrten mit dem Geländewagen, deren Schilderung, wie sie zu Recht annahm, meinen Bericht etwas interessanter gestalten würde. Sie war eine kleine, außergewöhnliche Frau und auf eine unbemerkte, dezente Weise brillant; sie hatte ihre Highschoolliebe geheiratet und erfüllte stillschweigend unzählige Funktionen gleichzeitig.

Irgendwann freundete ich mich mit ihr an. Wie hätte es auch anders sein sollen? Ich war furchtbar einsam und nicht scharf darauf, die kleine Firmenzentrale wieder zu verlassen und zu meiner gebrechlichen Mutter zurückzukehren. Also blieben wir beide an manchen Abenden noch länger in der Firma oder fuhren zusammen zu ihrem Haus aus Kiefernholz, tranken Bier und unterhielten uns. Sie wollte alles über New York wissen, jede Einzelheit, worauf ich ihr mit belegter Stimme erklärte, wie gut sie es habe – mit ihrem Mann, diesem Haus, dem unverhofften Geldregen, mit den ganzen Gewinnen, die sie im Wettstreit der sozialen Medien erzielten, ohne dass sie selbst an diesem vierundzwanzigstündigen Wettbewerb der Eitelkeiten teilnehmen musste.

An einem Montagabend, während ihr Mann Bill und ihr Schwager Ben auf einer Messe in Chicago waren, saßen wir auf ihrem wuchtigen Sofa mit Blümchenmuster und waren in eines unserer Gespräche vertieft. Ich hatte einen Brandy mitgebracht, und wir redeten über unsere Erfahrungen auf der Highschool – in ihrer Abschlussklasse waren mit ihr zusammen achtundzwanzig weitere Kinder gewesen, darunter auch Bill, während ich auf meiner Schule, nur eine Stunde entfernt, fast zweihundert Mitschüler gehabt hatte. Wir hatten beide Menschen gefunden, hinter denen wir uns verschanzen konnten: sie ihren von allen Schülern respektierten Freund, der inzwischen ihr Mann war, und ich meine Schwester und ihre coolen Freunde in Harvard, die sich über jeden meiner Besuche freuten und meiner schlechten Haut und der Zahnspange keine Beachtung schenkten, sodass ich mir nicht ganz so unscheinbar vorkam.

»Aber jeder, den du triffst, nimmt dich wahr«, sagte Chris leicht lallend. »Du kannst nicht … Du bist nicht zu übersehen.«

Ich lächelte und wandte mich ab. »Momentan habe ich

allerdings das Gefühl, dass mich niemand vermisst.« Ich leerte mein Glas, und die goldene Flüssigkeit brannte nicht länger in meiner Kehle. »Ich vermisse die anderen, aber sie vermissen mich nicht.«

Inzwischen war die Brandyflasche halb leer, und Chris schenkte uns nach.

Ich nahm einen weiteren Schluck. »Ich kann jetzt auf keinen Fall noch nach Hause fahren«, sagte ich, doch meine Bedenken verflüchtigten sich sogleich wieder.

Chris sah mich eine Weile an. Sie hatte unglaublich große braune Augen, im Gesicht ein paar vereinzelte Sommersprossen und ziemlich dichtes wunderschönes Haar.

»Ist schon okay«, flüsterte sie.

Sie nahm mein Glas und stellte es auf dem Couchtisch ab. Alles um mich herum schwankte und drehte sich, als würde ein Strudel an den Rändern meines Gesichtsfelds zerren. Ich streckte die Hand aus und beobachtete mit klopfendem Herzen, wie meine Finger an ihrem Oberschenkel hinauf und weiter um ihre Hüfte herum wanderten, bis sie auf ihrer Taille verharrten, während meine andere Hand ihre Wange berührte.

Als ich am nächsten Morgen aufwachte, war ich in sie verliebt. Ich betrachtete ihr Haar, das im winterlichen Licht des Fensters wie Weizen schimmerte, während ich ein Kichern unterdrückte. *Das* war also dieses Gefühl gewesen, das ich von Anfang an verspürt hatte – jedes Mal, wenn ich an sie denken musste, wenn ich mich fragte, was für eine beiläufige witzige Bemerkung sie in einer bestimmten Situation wohl machen würde. Wenn mich irgendetwas an sie erinnerte oder an etwas, was sie gesagt hatte, sodass meine Mutter mehr als nur einmal meinte: *Wow, ihr beiden steht euch wirklich nahe.* Es war mir bisher nicht in den Sinn gekommen, sie zu berühren, aber jetzt, nachdem es passiert war, wollte ich nichts anderes mehr tun.

Und das tat ich auch. Noch zwei weitere Male an diesem Tag. Wir waren uns beide nicht sicher, was wir da machten, während wir uns kichernd küssten – da waren ihr lieblich duftendes Haar, ihr weicher Nacken, ihre Knie. Die Arbeitswoche verging wie im Traum, jeder Blick zwischen uns glich einem Beckenschlag, und mit einem Lächeln im Gesicht kochte ich für Mom Unmengen von Haferbrei. Schließlich ging Bill erneut auf die Jagd und schlug im Wald sein Lager auf, und nachdem Mom schlafen gegangen war, fuhr ich eine Stunde zu Chris' Haus hinaus. Während sich mein Wagen die Landstraßen entlangschlängelte, begannen meine Hüften zu glühen. An diesem Abend schlief ich in ihren Armen ein, und am nächsten Morgen weckte sie mich mit sanftem Streicheln; ihre Finger glitten über meine Armbeugen, Handgelenke, Handflächen und die Falte meiner Hüfte.

»Ich mag die Innenseiten deines Körpers«, flüsterte sie, und ich griff nach ihrem Kinn und gab ihr einen leidenschaftlichen Kuss.

Was dann folgte, sehe ich in der Erinnerung genauso vor mir, wie Bill es sah: von leicht oben, von außerhalb meines Körpers, als wären Bills und mein Bewusstsein miteinander verschmolzen. Die zerwühlten Bettlaken am Bettende. Die verknoteten Gliedmaßen, die sanften Bewegungen, unsere wie Pyramiden emporragenden Knie und die Rundungen von Pobacken. Währenddessen stöhnte Chris auf, als hätte sie Schmerzen. Es war schon merkwürdig, wie ähnlich die Laute waren, die wir von uns gaben, wenn wir Schmerz empfanden oder erregt waren. Allerdings waren wir in beiden Fällen verletzlich.

Als Chris einen Moment später bemerkte, wie Bill mit finsterem Blick an der Tür stand, rang sie nach Luft und erstarrte und stieß mich mit beiden Händen von sich fort. Bill schaltete daraufhin das Licht an und lehnte sich gegen die Tür.

»Was macht ihr … Was zum … Wie könnt ihr …« Er griff sich mit der Hand an die linke Schulter und starrte verwirrt auf die Stelle an seinem Körper, als würde dort irgendetwas Merkwürdiges vor sich gehen. Dann sank er plötzlich zu Boden.

Mein Gott – nur bei der Erinnerung daran wurde ich erneut von Entsetzen gepackt. Ich rannte durchs Zimmer, fühlte seinen Puls und forderte Chris schreiend auf, den Notruf zu wählen. Ich legte meine Handflächen auf seinen Brustkorb und begann, rhythmisch zu drücken, als mir wieder einfiel, was ich mal vor Jahren bei einem Erste-Hilfe-Kurs gelernt hatte. Kurz darauf kam Chris ins Zimmer zurückgestürzt und kreischte ihre Adresse ins Telefon, dann legte sie mir eine Decke um den Körper, während ich unermüdlich weitermachte. Sie wollte wissen, ob mir nicht allmählich die Kraft ausgehe, doch ich ignorierte ihre Frage – denn ich hatte Angst, dass ich für Bills Tod verantwortlich wäre, wenn ich mit der Herzdruckmassage aufhörte. Ich gönnte mir keine Verschnaufpause, nicht mal um mich anzuziehen. Ich konnte mich noch an das entfernte Sirenengeheul erinnern, an die roten und blauen Blinklichter, die die Bäume in Silhouetten verwandelten, daran, wie sie näher kamen und mir bewusst wurde, dass sie bald eintreffen würden, dass meine gleichmäßigen Kompressionen ein Countdown, eine tickende Todesuhr waren. Schließlich klopfte es an die Haustür, und Chris rannte, bekleidet mit ihrem Morgenmantel, weinend los, und als die Sanitäter ins Zimmer gestürzt kamen, wurde ich von einem heftigen Schamgefühl erfasst. Als würde ich wie in einem Traum an mir hinunterschauen und feststellen, dass ich nackt war.

Chris sprang in den Krankenwagen, und ich blieb allein zurück. Ich setzte mich an den Küchentisch und starrte nach draußen auf den Wald. Mehrere Hirschkühe und Kitze stolzierten dort in Grüppchen majestätisch umher. Ein Rudel Kojoten hatte sie während dieser Saison nach und nach dezimiert, und die Jäger beklagten sich darüber, dass sie auf ihren Wochenendexkursionen kein Glück gehabt hatten. Eine Hirschkuh drehte den Kopf in meine Richtung und schaute mich an. Mit einem vorwurfsvollen Blick, wie mir schien. Irgendwann packte ich meine Sachen zusammen und fuhr nach Hause, wo ich darauf achtete, meine Mutter in der Morgendämmerung nicht zu wecken.

Nachdem man Bill einen dreifachen Bypass gelegt hatte, erholte er sich wieder. Ich erfuhr davon, weil Chris mir eine SMS schrieb: Bill geht es gut. Tut mir leid, aber ich kann nicht mit dir reden. Das war das Letzte, was ich von ihr gehört hatte, denn meine Nachrichten kamen nicht mehr zu ihr durch und meine Anrufe wurden direkt auf die Mailbox weitergeleitet. Sie hatte mich blockiert und war aus meinem Leben verschwunden.

Bill verzichtete darauf, sich mit meinem Redakteur oder der wichtigsten regionalen Zeitung in Verbindung zu setzen, er bedrohte mich auch nicht und tat nichts von dem, was ich mir unter Tränen in meinem alten Kinderzimmer ausgemalt hatte; stattdessen brachen er, sein Bruder und die Mitarbeiter von Northern Sky Labs den Kontakt zu mir ab. Das war eine geniale, passiv-aggressive Maßnahme, um mein Vorhaben zu vereiteln: Damit war das Buch gestorben. Man hatte Chris wie eine Gliedmaße von mir abgetrennt. Ich fühlte mich krank:

Sämtliche meiner Nervenenden in Kopf, Hals und Brust stöhnten vor Schmerz auf. Ich hatte nicht genug Material, um ein Buch zu schreiben, und allein bei dem Gedanken daran, es dennoch zu versuchen, wurde mir schlecht. In den letzten sechs Wochen, die ich bei Mom verbrachte, verließ ich das Haus nicht mehr und schaute mir mit ihr zusammen abends irgendwelche Filme an. Sie fragte mich weder nach dem Buch noch, warum ich nicht mehr für meine Recherchen unterwegs sei, und ich war froh, dass ich sie nicht anlügen musste.

Während ich jetzt aus dem Fenster auf die verschneite Straße vor dem Haus der Walshes starrte, kamen mir die Tränen. Ich musste erneut an die Hirschkühe denken. Und an die Kojoten – sie waren alle soziale Wesen wie wir. Aber das wichtigste Ziel einer Herde war es, das Überleben möglichst vieler Mitglieder zu sichern. Die Evolution interessierte sich nicht für das Individuum, für das Überleben der Schwächsten. Wir schlossen uns aus dem egoistischsten alles Gründe zusammen: aus Selbsterhaltung.

Ted hatte vorhin etwas Komisches gesagt, etwas, das mir nicht mehr aus dem Kopf ging, und ich wartete, bis sich mein Puls so weit beruhigt hatte, dass ich der Sache nachgehen konnte. Er hatte etwas von einem Strafzettel gesagt, um den er sich kümmern sollte … obwohl die beiden Brüder in unterschiedlichen Städten wohnten. Cameron hier in Beverly und Ted in New York.

Ich hatte bisher nur einmal einen Strafzettel bekommen, weil die Parkuhr für meinen Mietwagen abgelaufen war. Daher wusste ich, dass man den Betrag einfach auf der zusammengeschusterten Webseite des Staates New York begleichen konnte. Man brauchte dafür bloß das Autokennzeichen, und dank Camerons Profilfoto, das ihn bei einer Parkplatzparty während eines Spiels der Patriots vor dem Heck seines Geländewagens zeigte, kannte ich seine Fahrzeugnummer. Ich tippte sie in das Onlineportal, und es erschien der Eintrag: registriert am Montag, den 16. Dezember, um 23:56 Uhr. Am Abend vor der wichtigen Bekanntmachung von *The Herd*, ein paar Stunden nach der montäglichen Mocktailrunde, bei der Eleanor zum letzten Mal lebend gesehen worden war, hatte ein Verkehrspolizist unter die Scheibenwischer von Camerons Geländewagen einen Strafzettel geklemmt. Er hatte widerrechtlich vor einem Feuerhydranten unweit der Ecke Watts und Varick Street geparkt.

Anderthalb Blocks vom Haupteingang der Herd entfernt.

Diese Information durchfuhr mich wie ein Stromschlag – plötzlich war mein Körper voller Energie und begann, zu vibrieren und von innen heraus zu leuchten.

»Okay«, murmelte ich. »Okay, okay, okay.«

Es dauerte länger, als mir lieb war, bis meine Gedanken einen Sinn ergaben. Ich flüsterte sie vor mich hin, als würde ich sie in einem imaginären Arbeitsbereich vor mir ausbreiten.

Cameron war in der Nacht des Mordes in der Stadt.

Camerons Wagen stand in der Nähe des Tatorts.

Cameron besaß das Foto von Eleanor, das in einem Chatroom mit Hasskommentaren über sie aufgetaucht war.

Ich versuchte, Ratliff zu erreichen, und legte mit einem Seufzer wieder auf, als sich nur ihre Mailbox meldete. Also rief ich Hana an, dann Mikki, und es verstrichen kostbare Sekunden, bis bei ihnen schließlich ebenfalls die Mailbox dranging.

Wer auch immer hinter der Tat steckte – er hatte getan, was jedes intelligente Raubtier getan hätte. Er hatte uns vom Rudel getrennt und jeden in eine Ecke getrieben. Ich stand auf und starrte aus dem Fenster zum Haus der Corrigans mit den weißen Säulen hinüber, auf das Mikki uns während der Fahrt hierher aufmerksam gemacht hatte. Doch das Fenster war beschlagen. Instinktiv griff ich nach der altmodischen Verriegelung, worauf die Scheibe mit einem leisen Klicken in meine Richtung schwang.

Stille Nacht, dunkel und feucht; immer noch wirbelte Schnee von den Bäumen und Sträuchern auf die Straße. Alles war so ruhig, ja friedlich, bis …

Ein Schrei. Unüberhörbar. Bevor ich überhaupt nachdenken konnte, hatte ich schon meine Stiefel angezogen und rannte die Auffahrt hinunter; der Wind fegte durch meinen Pullover, und die kalte Luft strich mir über Kopf und Hals. Aber ich bekam davon kaum etwas mit, und es war mir auch egal, während ich plötzlich auf einem Streifen Schnee ausrutschte, auf die Knie fiel und mit feuchten Flecken über den Schienbeinen erneut losrannte.

Denn in Gedanken hörte ich immer wieder diesen Schrei, als würde er in Endlosschleife durch das winzige Wohnviertel hallen.

Denn der Schrei …

Er klang nach Hana.

VIERTER TEIL

Kapitel 20

WENN STEVE EVE WÄRE: WICHTIGE STATIONEN IN DER KARRIERE VON APPLE-GRÜNDERIN EVE JOBS

Von Katie Bradley Veröffentlicht in *Gleam On*, 24. Juni 2017

Anm. d. Red.: Am 19. Juni bezeichnete der New Yorker in einem Steckbrief *Gleam*-Gründerin Eleanor Walsh als »Steve Jobs, wenn Steve Eve wäre – jung, hübsch und fasziniert von Kosmetikprodukten«.

1985: *Als das Geschäft mit den Apple Stores zu florieren begann, erinnerte sich Eve Jobs an einen besonders schönen Sandsteingehweg, den sie auf einer Reise nach Florenz gesehen hatte. In aller Seelenruhe bestand sie darauf, dass man die Läden mit echtem Pietra Serena aus einem bestimmten Steinbruch in Firenzuola, Italien, auslegte. Einige besonnene (männliche) Vizepräsidenten der Firma wiesen darauf hin, dass man die Textur und Farbe der Steine mit Beton imitieren könne, aber Eve ließ sich nicht umstimmen und führte als Argument ihren erlesenen Geschmack an. Aufgrund ihrer Leichtfertigkeit und* *ihres mangelnden Geschäftssinns wurde sie umgehend gefeuert.*

2003: *Nachdem man bei Eve Jobs Bauchspeicheldrüsenkrebs diagnostiziert hatte, widersetzte sie sich in den folgenden neun Monaten der Empfehlung ihrer Ärzte, sich einer Operation mit anschließender Chemotherapie und Bestrahlung zu unterziehen. Stattdessen nutzte sie alternative Therapien wie Saftkuren, Akupunktur, Kräutermedizin und vegane Ernährung. Angeblich suchte sie sogar einen Hellseher auf. Aufgrund ihres übertriebenen Starrsinns und ihrer absurden, mädchenhaften Begeisterung für den viel belächelten Healthy Lifestyle wurde sie umgehend gefeuert.*

2005: *Apropos Säfte: Als in einem Whole Foods Market in Kalifornien eine ältere Mitarbeiterin einen Smoothie nicht genau nach Eve Jobs Wünschen zubereitete, bekam Eve einen Wutanfall und beschwerte sich lauthals über ihre »Inkompetenz«. Der Vorfall wurde gefilmt und führte zu Eves sofortigem Karriereende. Aufgrund ihres bösartigen, überheblichen Charakters wurde sie umgehend gefeuert.*

2008: *Apples lang erwarteter MobileMe Service, der mobile Geräte mit dem Computer der Anwender synchronisierte, war von Anfang an ein Desaster. Nachdem ein Artikel des* Wall Street Journal *kein gutes Haar daran gelassen hatte, berief Eve auf dem Apple Campus eine Mitarbeiterversammlung ein. Mit schriller Stimme, grell geschminkten Lippen und erfüllt von tiefer Verachtung beschimpfte sie mehr als eine halbe Stunde lang das Team, unter anderem mit den Worten: »Ihr solltet einander hassen, weil ihr einander enttäuscht habt.« Aufgrund ihres ungezügelten Temperaments wurde sie umgehend gefeuert.*

2010: *Auf einer Konferenz präsentierte Eve Jobs ein Tablet mit dem Namen »iPad«. Die Ankündigung rief Entsetzen, Abscheu und Spott hervor, da das Wort »pad« im Englischen auch eine Damenbinde bezeichnet. Die Produkteinführung wurde kurzfristig abgesagt, und Eve wurde aufgrund ihres mangelnden Urteilsvermögens und der Tatsache, dass sie eine Frau war, umgehend gefeuert.*

Kapitel 21

HANA

MONTAG, 23. DEZEMBER, 17:37 Uhr

Inzwischen war es wieder kalt geworden, und ein scharfer Wind wehte zarte Schneeflocken über die Straße. Da man die Gegend noch nicht geräumt hatte, lief ich vorsichtig eine Reifenspur entlang. Meine Zehen fühlten sich in meinen Winterstiefeln wie gefroren an, und ich wusste nicht, ob sie feucht oder nur kalt waren.

Katie … und Ted. Ted … und Katie. Wann … was? Ich wusste, dass sie ihn an dem Abend kennengelernt hatte, als er den Router zurückgesetzt hatte – dem Abend, bevor wir uns die Weihnachtsdekorationen angesehen hatten, was mir wie eine Ewigkeit vorkam –, aber seitdem hatte sie ihn nicht mehr erwähnt. Also was zum Henker war das? Sicher, trauernde Menschen suchten Trost bei anderen. Oder einige wandten sich dem Sex zu, so wie andere (zum Beispiel Karen) dem Alkohol. Doch ich konnte meine Empörung nicht unterdrücken: Es war nicht mal sechs Uhr, man hatte ihre Freundin vor weniger als drei Tragen tot aufgefunden, und die beiden konnten die Hände nicht voneinander lassen?

Das Fernlicht eines Wagens blitzte auf, und ich schlurfte auf den mit Schneematsch bedeckten Bordstein. Es gab hier keine Gehwege, denn die klotzigen alten Villen grenzten mit ihren gepflegten Vorgärten direkt an die Straße. Ich legte die letzten paar Meter im Eiltempo zurück und bog in die Auffahrt der Corrigans. Vom Dach des Hauses hingen Lichterketten vor den Säulen herab, aber die Fenster waren alle dunkel. Ich lief um das Gebäude zu dem weißen Ziegelsteinhäuschen auf der Rückseite und betätigte die Klingel. Kurz darauf öffnete sich die Tür, und ein Schwall warmer Luft strömte in die Nacht hinaus.

»Hi.« Er hatte seine Haare zu einem Pferdeschwanz nach hinten gebunden, und seine Wangen waren gerötet.

»Hey, Cameron.« Ich steckte meine Hände in die Taschen. »Kann ich reinkommen?«

Er hielt mir die Tür auf, und ich machte ein paar Schritte vorwärts, als mich eine weitere Stimme zusammenzucken ließ.

»Hiii, Hana!«, trällerte Mikki und beugte sich auf dem Sofa vor, das im Wohnzimmer am Ende des Flurs stand. »Was geht?«

»Oh, hey! Ich wusste nicht, dass du hier bist!« Cameron folgte mir den Flur hinunter. Ich hatte Mikkis fröhlichen Tonfall zwar erwidert, aber irgendetwas stimmte hier nicht. Abgesehen von dem offensichtlichen Chaos, das hier herrschte: Mit den Geschirrstapeln in der Spüle, den Bergen schmutziger Wäsche im Flur und den offenen Chipstüten auf dem Couchtisch sah die Wohnung aus wie die Junggesellenbude in einem Film.

»Ich brauchte mal eine Pause von Gary und Karen«, sagte sie. »Das heißt, ich sollte wohl besser sagen, ich wollte ihnen eine Pause von mir gönnen. Sie wirken erschöpft.«

»Du hast absolut recht.«

»Willst du eine Limonade?«, rief Cameron aus der Küche.

»Hast du auch was Härteres da?«, fragte ich, und als er verneinte, zuckte ich verlegen zusammen, denn als Ex-Junkie war für ihn ja völlige Abstinenz angesagt. »Ich nehme, was du dahast.« Ich ließ mich auf einen Fernsehsessel fallen und wandte mich Mikki zu: »Das habe ich auch gedacht. Über Gary und Karen. Sie haben zwar so sehr darauf bestanden, dass wir sie besuchen, aber es schien, als hätten sie es gleich wieder bereut.«

»Ja, es geht ihnen nicht gut.« Cameron gab mir eine Sprite und warf sich aufs Sofa.

Währenddessen bemerkte ich, wie Mikki zum Boden unter dem Couchtisch schaute. Ich folgte ihrem Blick, und dann sah ich ihn – einen kleinen violetten Baumwoll-Bralette, wie ihn die flachbrüstige Mikki meist trug. Ich schaute zu ihr hoch, und für eine Sekunde wirkten wir alle wie schlechte Schauspieler in einer Telenovela: Ich machte ein entgeistertes Gesicht, Mikki starrte Cameron verzweifelt und Hilfe suchend an, und er warf ihr mit leicht geneigtem Kopf und gerunzelter Stirn einen verwirrten Blick zu.

Ich hatte das Gefühl, als wäre ich von einer Kugel getroffen worden, und einen Moment lang dachte ich daran, so zu tun, als hätte ich nichts gesehen. Stattdessen begann ich zu lachen und sagte: »Ich hatte ja keine Ahnung, dass unser kleiner Trip zu einer Sexorgie ausartet.« Es tat gut, es auf diese schnoddrige Weise auszusprechen, und ich begriff, was Katie daran gefiel.

Cameron hustete. »Nein, wir haben nur …«

»Hör auf, Cameron«, sagte Mikki. »Ja, wir haben zusammen … Zeit verbracht, wenn wir uns getroffen haben. Das geht schon so seit ein paar Monaten. Tut mir leid, dass ich das nicht erzählt habe, aber ich weiß, dass du …«

Sie zögerte, und ich dachte, sie wollte sagen, *in Cameron verknallt bist.* Worauf mir natürlich nichts anderes übrig geblieben wäre, als mich oder sie oder uns alle auf der Stelle umzubringen. Cameron sah sie neugierig an, worauf sie fortfuhr: »Du bist Eleanor gegenüber sehr loyal gewesen und hättest es vielleicht seltsam gefunden, dass ich mit ihrem Ex was anfange.«

»Verstehe.« Ich sank gegen die Rückenlehne des Ledersessels. Mir war klar, dass das Auswirkungen auf das soziale Netz hatte, das ich im Geiste um Eleanor gesponnen hatte, allerdings wusste ich noch nicht, auf welche Weise. Katie und Ted, Mikki und Cameron – irgendwie war ich zum fünften Rad am Wagen geworden. »Wusste Eleanor davon?«

»Auf keinen Fall. Sie hätte das komisch gefunden.« Mikki zuckte mit den Schultern. »Ich wollte sie nicht eifersüchtig machen. Cam und ich haben uns einfach nur … auf Anhieb verstanden, das ist alles.«

Wäre Eleanor tatsächlich eifersüchtig gewesen? Sie hatte nie über Cameron gesprochen. »Wann fing das an?«

»Ich habe im Oktober Ted besucht«, sagte Cameron und gestikulierte mit seiner Dose. »Damals sind wir uns zufällig über den Weg gelaufen.«

Die beiden wechselten keinerlei verliebte Blicke und sahen einander nicht mal an. Das Ganze wirkte nicht gerade sehr romantisch.

»Und seitdem läuft das zwischen euch beiden?«

»Nein, wir haben nicht …«

»Wir haben uns seitdem kaum gesehen«, beendete Mikki den Satz. »Tut mir leid, dass wir … das geheim gehalten haben. Andererseits …«

»Ist schon okay.« Ich nahm einen großen Schluck Limonade. Ihr Geständnis fühlte sich wie ein Brandeisen auf meiner Brust an, aber ich versuchte, es mir nicht anmerken zu lassen. »Hey, wisst ihr, was komisch ist? Ich bin eben bei Ted und Katie ins Zimmer geplatzt, als sie gerade am Rummachen waren.«

»Jetzt eben?«, kreischte Mikki, während Cameron sagte: »Moment mal, Ted und wer?«

»Ja, jetzt eben. Mit meiner Schwester. Ich dachte, sie hätten kaum je zwei Worte miteinander gewechselt.«

»Oha.« Mikki schüttelte erstaunt den Kopf. »Okay, jetzt verstehe ich auch deinen Kommentar mit der Sexorgie. War es ihnen peinlich?«

»Sie hatten die verdammte Tür nicht richtig zugemacht. Wir sind alle vor Scham im Boden versunken.« Ich stieß ein Kichern aus, das in ein Schluchzen überging.

»Ach, Hana.« Mikki warf mir einen mitfühlenden Blick zu. »Das passiert mir auch ständig. Erst fühle ich mich völlig normal, und dann breche ich plötzlich in Tränen aus, weil, Scheiße …«

Ich nickte und riss mich wieder zusammen.

»Du bist also nicht mehr sauer auf Katie?«

»Na ja, ich bin natürlich immer noch sauer, aber ich wollte mit ihr reden, weil …« Ich dachte angestrengt nach, doch meine Erinnerungen trieben wie Schneeflocken umher – da waren Teds gruselige Stalker-Mappe und Karen, die wie mechanisch den Wein eingeschenkt hatte. Schließlich fiel es mir wieder ein: »Ich habe etwas sehr Merkwürdiges über Eleanor herausgefunden. Als ich ihre Jahrbücher entdeckt habe, musste ich daran denken, dass sie die siebte und achte Klasse übersprungen hat …« Ich erzählte ihnen alles, und dabei huschte mein Blick zwischen Flur und Decke und meiner Sprite hin und her, und als ich fertig war, richtete ich ihn auf Mikki. »Was, was hat es damit auf sich?«

Sie öffnete den Mund, hielt dann jedoch inne und stieß ein kurzes Lachen aus. »Ich habe das bisher niemandem anvertraut, und ich kann nicht glauben, dass du die Erste bist, die es gemerkt hat«, sagte sie. »Das alles ist nicht Eleanor passiert, sondern mir. In der Mittelstufe. Irgendwann, vielleicht im zweiten Studienjahr, habe ich ihr davon erzählt, und als sie dann Jahre später *The Herd* gründete, hat sie mich darauf angesprochen.« Sie raffte ihre Haare zusammen und strich sie sich über die Schulter. »Sie fragte mich, ob sie sich, Zitat, ›die Geschichte ausleihen‹ könne, weil sie so gut zur Firmenphilosophie passe. Außerdem seien der Post, die Pressemitteilung und alles andere sowieso bereits geschrieben, abgesegnet und zur Veröffentlichung vorbereitet.« Sie wandte den Blick ab. »Ich hatte das Gefühl, dass sie mich davon in Kenntnis setzte und nicht um Erlaubnis fragte. Dass sie mir aus Höflichkeit Bescheid sagte, so nach dem Motto: ›Ach, übrigens.‹«

Die Härchen auf meinen Oberarmen und auf meinem Rücken richteten sich auf und kribbelten unter meinem Pullover. »Und du hast nicht … mit ihr darüber diskutiert oder ihr gesagt, dass du dich unwohl dabei fühlst?«

Sie schüttelte den Kopf.

»Das ist echt beschissen«, sagte Cameron.

Mikki starrte mit undurchdringlichem Gesichtsausdruck aus dem Fenster, also hakte ich nach: »Hat sie irgendwann noch mal etwas Ähnliches mit dir gemacht?«

»Sie war als kleines Kind ziemlich frech«, erklärte Cameron. »Sie hat eine Menge Leute verärgert. Sie hat einfach ohne Grund deine Spielsachen kaputtgemacht oder deine Sandburg zerstört.«

»Mein Gott, hör auf, schlecht über eine Tote zu sprechen, Cameron.« Mikki schob die Füße unter ihren Körper.

Ich gestikulierte mit meiner Dose. »Ihre Eltern meinten, dass sie sich einfach schrecklich gelangweilt habe. Aber dass das besser wurde, nachdem sie beide Klassen übersprungen hatte.«

»Kann schon sein. Sie hing dann auf der Highschool mit coolen Leuten ab«, sagte Cameron.

»Und hörte auf, Sandburgen zu zerstören?«, sagte Mikki.

»Und kam dann mit dir zusammen«, fügte ich hinzu. »Das erste Mal.« Er zuckte leicht zusammen, und ich setzte nach, weil das kleine Kind in mir vielleicht seinen Schmerz an ihm auslassen wollte: »Warum habt ihr beiden euch getrennt? Das erste Mal?«

Sein Blick huschte zu Mikki, und er fuhr sich mit den Fingern über den Kiefer. »Na ja, ich musste daran denken, wie es im ersten Jahr auf dem College zuging. Ich fand, sie sollte die Chance haben, dort ihre eigenen Erfahrungen zu machen.«

So ein Lügner. Er bedeckte seinen Mund und wich unseren Blicken aus – er hatte sie keineswegs aus selbstlosen Motiven freigegeben, das wusste ich mit Sicherheit. Natürlich hatte Eleanor uns von ihrem Ex erzählt, davon, dass sie bis zu der Woche, in der sie aus dem Haus ihrer Eltern auszog, gewartet hatte, um sich von ihm zu trennen.

Und dann hatten sie es während unseres Abschlussjahrs in Harvard noch einmal miteinander versucht; laut Eleanor war es einfach passiert, als sie den Sommer zu Hause verbracht hatte. Aber diesmal schien sie von Cameron zunehmend frustriert: Wenn sie zusammen waren, war sie genervt, und wenn sie getrennt waren, beklagte sie sich über ihn. Soweit wir das beurteilen konnten, hatte die pure animalische Anziehungskraft die beiden wieder zusammengebracht, doch letztlich hatten Eleanors ambitionierte Pläne für *Gleam*, die Begeisterung der ersten Investoren und der krasse Gegensatz zwischen ihrem schillernden neuen Leben in New York und Camerons Existenz in Beverly zu ihrer endgültigen Trennung geführt.

»Können wir über irgendwas anderes reden?« Mikki steckte die Hände in ihre Ärmel.

»Sicher. Entschuldigung.« Ich schüttelte den Kopf. »Es ist … seltsam, dass wir darauf zu sprechen gekommen sind.«

Wir nahmen jeder einen Schluck von unserem Getränk. Die Situation war kaum auszuhalten.

»Schon komisch, dass sie Daniel geheiratet hat«, erklärte Mikki. Cameron und ich richteten uns auf, und sie zuckte mit den Achseln. »Na ja, ich durfte das nie sagen. Aber er ist merkwürdig. Ich fand ihn immer unheimlich.«

Ich glotzte sie an. »Also, *das* hast du tatsächlich nie erwähnt.«

»Nein, er ist einfach …« Sie zuckte erneut mit den Achseln. »Er war so perfekt. Und langweilig. Sind diese langweiligen Typen nicht normalerweise diejenigen, die sich als Psychopathen entpuppen? Ich meine, ich habe jede Menge Folgen von *Criminal Minds* gesehen.«

Ich schüttelte den Kopf. Begriff Mikki denn nicht, wie uneigennützig es von Daniel gewesen war, die Sache mit der Erpressung für sich zu behalten? Dass er uns aus Zuneigung zu Eleanor geschützt hatte? »Er hat sie vergöttert. Ich glaube nicht, dass er je eine offene Ehe führen wollte, aber er hat es für sie getan.«

»Und das kaufst du ihm ab? Glaubst du nicht, dass er sauer auf sie war?« Mikki schob ihr Haar hinters Ohr. »Ich fand es immer seltsam, dass sie kein Bild von ihm im Büro hatte.«

»Doch, es gab dieses Urlaubsfoto von ihnen. Das hatte sie auch als Hintergrundbild auf ihrem Handy.«

»Ach ja?« Cameron schaute sich um und lehnte sich zur Seite, um sein Handy in die Tasche zu stecken.

In diesem Moment läutete die Türklingel, und wir zuckten alle zusammen. Cameron erhob sich und stapfte den Flur hinunter.

»Es ist irgendeine Frau«, rief er, und dann hörten wir, wie ein Schloss entriegelt und die Tür schwungvoll geöffnet wurde.

Ich neigte den Kopf und konnte sie gerade so erkennen: »Ist Hana da?«

»Katie?«, rief ich und rappelte mich aus dem Fernsehsessel hoch. Ich eilte den Flur hinunter, Mikki dicht auf den Fersen.

»Hana!« Katie wirkte erleichtert, was mich verwirrte. Sie schob sich an Cameron vorbei und griff nach mir. »Mein Gott. Das muss ein Kojote oder was Ähnliches gewesen sein.«

»Was ist los? Warum hast du keinen Mantel an?«

»Ich muss mit dir reden.« Sie zog eine Augenbraue hoch und beugte sich vor. »Unter vier Augen. Und zwar sofort.«

»Moment mal, wo ist Ted?« Mikki hielt die Haustür fest, die Cameron gerade schließen wollte, und spähte nach draußen. Es hatte wieder zu schneien angefangen, dicke, feuchte Flocken.

»Ich dachte, er wäre hier rübergelaufen. Aber ich muss …« Katie blinzelte irritiert, so als würde sie sich mit den Augen räuspern.

»Wann ist Ted gegangen?« Mikki drückte die Tür zu und schlang ihre Arme um die Brust.

»Keine Ahnung, vor zehn Minuten?« Katie deutete mit dem Daumen auf das Hauptgebäude mit den Säulen. »Ist er vielleicht dort drüben?«

»Ich werde mal nachsehen.« Cameron riss seine Jacke vom Kleiderhaken und schnappte sich seine Schlüssel. »Er kann nicht weit gekommen sein.«

»Halt … Wir sollten …« Katie ließ die Schultern hängen, als er die Tür zuzog, und wandte sich in unsere Richtung. »Ich habe gerade etwas Verrücktes herausgefunden. Cameron war dort. Sein Wagen stand an dem Montag nur einen Block vom Co-Working-Space entfernt – an dem Abend, als Eleanor getötet wurde.«

»Was?« Mikki trat einen Schritt vor. »Warum?«

»Keine Ahnung, aber er versucht, das zu verheimlichen. Was ziemlich verdächtig ist.« Ihre Zähne begannen zu klappern. »Und da ist noch was. Er hat auf der Seite von The Antiherd Beiträge verfasst. Das ist diese Hassgruppe. Er hat ein altes Foto von Eleanor hochgeladen und dazu ein paar weitere … schreckliche Dinge geschrieben.«

Im nächstgelegenen Fenster blitzten Scheinwerfer auf und blendeten uns. Wir fuhren herum und kniffen die Augen zusammen, gerade noch rechtzeitig, um zu sehen, wie Camerons Geländewagen aus der Auffahrt geschossen kam und im Schnee ein halsbrecherisches Wendemanöver vollführte. Er raste die Straße hinunter und wirbelte hinter sich eine Fontäne aus Schnee und Matsch auf, bevor er mit schlingernden Hinterrädern um eine Ecke jagte. Und dann verschwand Cameron aus unserem Blickfeld.

Kapitel 22

KATIE

MONTAG, 23. DEZEMBER, 17:58 Uhr

Mikki fand als Erste die Sprache wieder: »Ist er gerade abgehauen?«

»Vielleicht sucht er nach Ted«, sagte Hana und wandte den Blick ab, als könnte sie selbst nicht fassen, wie dumm sich das anhörte.

»Warum ist er gegangen? Was ist passiert, ehe ich rübergekommen bin?« Die beiden starrten mich mit großen Augen an. Ich breitete die Hände aus. »Es muss irgendeinen Grund geben, warum er mitten in einem Schneesturm weggefahren ist.«

»Kurz bevor du geklingelt hast, hat er einen Blick auf sein Handy geworfen«, sagte Hana und verzog den Mund. »Aber ich konnte nicht erkennen, was darauf zu sehen war.«

»Wir sollten Ratliff anrufen. Oder?« Ich sah die beiden fragend an und wartete darauf, dass man mir zustimmte, doch dann wurde mir klar – nein, ich wollte, dass Hana sich um die Sache kümmerte. Wie an dem Abend während der Veranstaltung im Hielo. »Ich werde sie anrufen«, sagte ich mit klarer, ruhiger Stimme. Und für den Bruchteil einer Sekunde war ich unglaublich stolz auf mich. »Scheiße, ich habe mein Handy nicht dabei.«

»Ich hab meins hier«, sagte Hana und eilte ins Wohnzimmer zurück. Wir hörten, wie sie dort mit hoher Stimme in einem förmlichen Tonfall zu sprechen begann: »Hier ist Hana Bradley – entschuldigen Sie die Störung so kurz vor den Feiertagen. Wir sind in Beverly bei Eleanors Eltern, und wir glauben, dass ihr Jugendfreund von hier etwas mit ihrem Tod zu tun haben könnte …«

Sie telefonierten ein paar Minuten, und dann ließ Hana sich auf das Sofa fallen. »Sie wird die Wache vor Ort verständigen«, sagte sie. »Und uns auf dem Laufenden halten.«

»Werden sie einen Fahndungsaufruf starten?«, fragte ich, und es versetzte mir einen leichten Kick, den Begriff aus diversen Copserien zu benutzen. »Denn sein Verhalten ist ziemlich verdächtig.«

»Ich glaube nicht. Sie meinte, sie könne niemanden zur Fahndung ausschreiben, der, Zitat, ›mit seinem eigenen Wagen weggefahren ist‹.«

»Na klasse. Wir haben ja alle gesehen, wie besorgt die Cops waren, weil Eleanor, Zitat, ›aus freien Stücken abgehauen ist‹.« Ich verschränkte die Arme vor der Brust, und Mikki gab ein Schnaufen von sich.

Für einen Moment starrte Hana in die Ferne, dann sprang sie auf und marschierte den Flur hinunter. Mikki und ich folgten ihr und fanden sie in Camerons Schlafzimmer, wo sie unter der Matratze umhertastete und ihre Finger über die Sprungfedern gleiten ließ, bevor sie unter dem Bett nachsah.

»Äh, was zum Henker machst du da?«, fragte Mikki.

»Ich suche nach Eleanors Telefon.«

»Was?!« Mikki wankte ein paar Schritte zurück.

Hana setzte sich hin. »Vor ein paar Wochen ist ihr Handy verschwunden. An dem Morgen, als das Graffiti an der Wand stand. Die Cops glauben, dass der Dieb etwas mit der Schmiererei zu tun hatte.«

»Warum?« Mikki kniff die Augen zusammen.

»Weil man die Wände im *The-Herd*-Standort in San Francisco und auf der Baustelle in Fort Greene mit der gleichen Botschaft besprüht hat. Eleanor hatte auf ihrem Handy von allen drei Fotos, und irgendjemand hat sie an *The Gaze* geschickt. Sie wollte nicht, dass vor der Übernahme durch Titan darüber berichtet wird, also habe ich die Sache aus der Welt geschafft.«

»In den anderen Standorten stand die gleiche Botschaft? Und du hast verhindert, dass darüber berichtet wurde?« Ich war beeindruckt. »Nicht mal ich wusste, dass du eine so gute Presseagentin bist.«

Sie beugte sich auf allen vieren nach vorne und starrte unter das Bett. »Die Sache ist die: Die Cops meinten, dass die Nachrichten und E-Mails, die wir am Dienstag bekommen haben, mit ihrem neuen Handy verschickt wurden, und auch die Mail, dass sie in Mexiko sei, ein paar Tage später.«

Wir nickten.

»Und heute Abend habe ich Cameron erzählt, dass der Sperrbildschirm ein Foto von ihr und ihrem Ehemann zeigte. Was für neunundneunzig Prozent des letzten Jahres auch zutraf – aber ich habe nicht an ihr neues Handy gedacht. Denn als sie es vor ein paar Wochen gekauft hat, hat sie das Foto gegen einen der neuen *Gleam*-Hintergründe ausgetauscht.«

Ich blickte zu Mikki, um zu sehen, ob sie vielleicht schlau daraus wurde. Hatte Hana den Verstand verloren? »Ja, und?«

»Als ich das Hintergrundfoto mit Daniel erwähnt habe, war

Cameron für einen kurzen Moment irritiert. Von wegen, ›Nein, das stimmt nicht‹.« Sie stand auf und schüttelte die Kissen aus, sah unter der zerwühlten Decke nach. »Das könnte bedeuten, dass er ihr aktuelles Telefon hat. Ist nur so eine Vermutung. Vielleicht liege ich damit auch falsch.«

»Wir sollten mal einen Gang runterschalten.« Mikki schlang ihre Arme um die Taille. »Vielleicht wusste er einfach nicht, welches Bild sie für ihren Hintergrund ausgewählt hatte.«

Hana verharrte neben Camerons Kommode in ihrer Position. »Ich hoffe ja auch, dass ich mich irre. Aber er war in New York und hat sich auf dieser Hass-Website herumgetrieben – das wirft kein gutes Licht auf ihn.« Sie wühlte weiter die Socken durch. »Würdet ihr mir vielleicht mal helfen? Es könnte irgendwo hier sein.«

Mit bleiernen Beinen ging ich zum Wandschrank und zog die Schiebetür auf. Im Innern herrschte völliges Chaos – typisch Junggeselle: Hemden hingen an verbogenen Kleiderbügeln, auf dem obersten Brett türmten sich umgekippte Jeansstapel, und der Boden war mit durcheinandergewürfelten Kleidungsstücken und Schuhen übersät.

»Warum sollte er es hier verstecken?«, fragte ich und durchstöberte mit der Spitze meines Turnschuhs das Durcheinander. »Warum kann er es nicht einfach zerstört haben?«

»Keine Ahnung.« Hana kniete jetzt und berührte mit der Wange fast den Boden, während sie unter die Kommode spähte. »Ich habe das Gefühl, dass hier irgendwo was ist. Mikki …« Sie schaute auf. »Er ist doch nicht mit dir in diesem Zimmer gewesen? Ihr habt doch im Wohnzimmer rumgemacht, oder?«

»Bitte was?« Ich drehte mich so abrupt um, dass ich mit dem Ellbogen gegen mehrere leere Kleiderbügel stieß, und als ich versuchte, sie festzuhalten, gaben sie ein Klappern von sich.

Mikki, die immer noch reglos neben der Tür stand, nickte betreten. »Aber Cameron würde niemals …«

Ich lief zu Hana hinüber und legte ihr eine Hand auf die Schulter. »Du musst damit aufhören. Das ist doch absurd.« Es sah Hana gar nicht ähnlich, sich so zu verrennen. Normalerweise hatte sie ein feines Gespür für die jeweilige Situation. Sie stand auf und tastete in Camerons Bücherregal umher, ohne mich anzusehen. »Hana.«

Sie fuhr herum, in ihren Augen glitzerten Tränen. »Es … es muss hier sein …«

Ich zog sie, eine Hand auf ihren Rücken, die andere auf ihren Kopf gelegt, zu mir heran. Mit einem kieksenden Seufzer erwiderte sie meine Umarmung.

»Jinnys Mom«, sagte Mikki leise. Dann räusperte sie sich und wiederholte es, diesmal lauter: »Jinnys Mom.«

Wer war Jinny?

Hana wich zurück und starrte auf den Boden neben meinen Füßen.

»Das ist die einzige Erklärung«, sagte Mikki mit dünner, angespannter Stimme. »Celia Hurst. Wir müssen den Cops von ihr erzählen, sie müssen sie überprüfen, sie …«

»Es geht hier nicht um Jinny.« Hana drehte sich um und blickte sie an. »Sondern um Cameron. Ich weiß, dir gefällt die Vorstellung nicht, dass er dahintersteckt, doch es passt alles zusammen. Und vielleicht, keine Ahnung, vielleicht hat Ted ihm geholfen. Aber irgendeine Frau aus Appalachia hat nichts damit zu tun.«

»Was ist hier los?« Ich schaute zwischen den beiden hin und her, während mein Puls zu rasen begann.

Hana warf Mikki einen warnenden und zugleich entsetzten Blick zu. »Mikki, nicht.«

Mikki erwiderte ihren Blick, und sie sahen für eine gefühlte Ewigkeit einander an, bis Mikki sich schließlich in meine Richtung wandte: »Das ist alles meine Schuld.«

Hanas Knie gaben nach, und sie sank zu Boden. Ich spürte ein Stechen im Brustkorb. Was hatte sie … war es möglich …? Ich kniete mich neben sie. »Worum es auch geht, wir werden eine Lösung finden. Nur erzähl mir, was passiert ist.«

Sie schloss fest die Augen. Mein Herz schlug wie verrückt. Ich wollte die Pausetaste drücken, bevor ich irgendwelche schrecklichen Dinge hörte, die ich nie wieder vergessen konnte. Der Schnee prasselte gegen das Fenster, und das Licht flackerte kurz und drohte auszugehen.

Mikki kam auf Zehenspitzen herüber und setzte sich neben uns. »Wir kannten da diese Frau, sie hieß Jinny«, begann sie. »Sie hat uns regelmäßig Drogen verkauft. Vor neun Jahren ist sie dann verschwunden, nachdem sie mit uns zusammen hierhergefahren war. Nach Beverly. Zum Haus der Walshes.«

Und dann erzählten die beiden mir im Wechsel die ganze Geschichte, wobei die Worte nur so aus ihnen heraussprudelten Währenddessen malte ich mir alles aus: Wie Jinny mit rudernden Armen auf den glatten Poolfliesen ausrutschte und das Blut in das Chlorwasser lief. Wie Gary – der es als Bauunternehmer und Firmenchef gewohnt war, Anweisungen zu geben – sie in aller Ruhe aufforderte, ihre Sachen zu packen und abzureisen.

Als sie ihren Bericht beendet hatten, hing die Stille wie tiefliegende Wolken über unseren Köpfen. Schließlich schüttelte ich den Kopf. »Und niemand hat versucht, ihm zu widersprechen? Niemand hat den Notruf gewählt?«

»Eleanor meinte, dass alles wieder in Ordnung kommen würde, und wir haben ihr geglaubt.« Mikki runzelte die Stirn. »Sie ist sehr überzeugend.«

»Ihr seid also wieder zum College zurückgefahren, als wäre nichts passiert?«

Hana zuckte mit den Achseln. »Es war schrecklich. In den Nachrichten sahen wir Jinnys Bild und die herzzerreißenden Appelle ihrer Mutter an jeden, der über sachdienliche Hinweise verfüge, sich zu melden. Doch aus irgendeinem Grund … ist man davon ausgegangen, dass sie einfach abgehauen ist. Und wir steckten mitten in den Vorbereitungen für die Abschlussprüfungen. Ich weiß, es ist … unbegreiflich, aber das ist die Wahrheit.«

Erneut entstand ein langes Schweigen, und Mikki wischte eine Träne fort.

»Habt ihr deswegen ein schlechtes Gewissen?«, fragte ich.

»Natürlich«, blaffte Hana. »Wir haben uns schrecklich gefühlt. Aber was hätten wir denn tun können? Das Leben geht weiter. Für uns lief es bestens. Wir hatten tolle Jobs, das Geschäft von *Gleam* begann zu florieren …« Sie schüttelte den Kopf. »Acht Jahre lang ist nichts passiert. Bis ich dann den ersten Erpresserbrief bekam.« Sie erzählte, was wirklich geschehen war, als sie am Samstag zu Daniels Wohnung geeilt war. Wie sie Eleanors letzten Erpresserbrief mit nach Hause genommen und dabei zugesehen hatte, wie er sich in den Flammen zu Asche verwandelt hatte, während die Zeile mit der Frist zum 31. Dezember oben auf dem Blatt weiß aufgeleuchtet hatte und dann grau zerbröselt war.

Ich verschränkte die Arme vor der Brust. »Gib es keine belastenden Dokumente, die euch mit der Erpressung in Verbindung bringen?«

Mikki schüttelte den Kopf. »Wir haben alle Bitcoin-Konten. Es war erstaunlich leicht, sie einzurichten.«

»Mein Gott.« Ich rieb mir die Stirn. »Aber Eleanor wird der Zahlung nicht mehr nachkommen.«

Hana nickte. »Ich habe keine Ahnung, was am 1. passieren wird, aber das kann nichts Gutes sein.«

Plötzlich machte es bei mir klick, und mir wurde klar: Deshalb hatte Hana nach dem Abschluss alles stehen und liegen lassen und war nach L.A. gezogen. Wie Eleanor und Dad hatte sie versucht davonzulaufen.

Mikki räusperte sich. »Cameron hat mir vorhin etwas erzählt. Direkt als – nachdem wir es miteinander getrieben hatten. Ihr wisst ja, wie die Typen dann sind. Völlig schutzlos.« Sie schloss die Augen. »Er meinte, er habe von Jinny gewusst. Die ganze Zeit. Durch Gary. Ich habe keine Ahnung warum oder wie er es von ihm erfahren hat, aber er wusste Bescheid.«

»Mein Gott«, sagte Hana.

»Aber ich glaube nicht, dass er mir das erzählt hätte, wenn er uns erpressen würde.« Mikki wischte eine Träne fort und schmierte sie über die Wange. »Ich habe ihm gesagt, ich wolle nicht darüber reden. Er meinte allerdings, dass er das letzte Jahr ständig an Jinnys Mom denken musste. Sie sucht immer noch nach ihrer Tochter. Das ist echt traurig. Es geht ihr nicht besonders gut, sie hatte mit ihrer Sucht zu kämpfen; vielleicht hat Cameron deshalb in ihr eine Seelenverwandte gesehen.«

Hana sah sie entgeistert an.

»Er hat sich nicht mit ihr in Verbindung gesetzt oder so«, fuhr Mikki fort. »Offensichtlich hat er nicht mal mit Ted darüber gesprochen. Aber ich glaube, dass Cameron Eleanor letzte Weihnachten zur Rede gestellt und aufgefordert hat, mit der Wahrheit rauszurücken. Jinnys Mom zuliebe. Doch sie meinte nur: ›Scheiße, nein, und wenn du zu irgendwem was sagst, werde ich dich fertigmachen. Ich werde behaupten, dass du allein für Jinnys Tod verantwortlich bist, und die Leute werden mir glauben.‹«

»Das hat Eleanor gesagt? Sie hat Cameron gedroht?« Ich schüttelte ungläubig den Kopf.

Hana rieb sich die Schläfen. »Möglich ist das schon. Sie konnte ziemlich … rücksichtslos sein. So war sie nun mal.«

Mikki nickte. »Und dieses Jahr, um Thanksgiving herum, hat Eleanor ihrer Familie offensichtlich von der Übernahme erzählt, und das hat sich zu den Corrigans herumgesprochen. Camerons erster Gedanke – das hört sich so edel an, keine Ahnung, ob er nur Scheiße labert, aber das hat er mir gesagt –, sein erster Gedanke war: ›Wenn Eleanor stinkreich wird, muss sie für Jinny einen Gedenkfonds einrichten.‹ Um ihrer Familie zu helfen, die auseinandergebrochen ist, nachdem wir sie ihr genommen hatten.« Als Mikki aufschaute, hatte sie erneut Tränen in den Augen, doch ihre Stimme blieb ruhig. »Das hat er erzählt, und dann seid ihr vorbeigekommen.«

»Du hattest also keine Ahnung, dass er in New York war an dem Abend, als Eleanor … verschwunden ist?« *Getötet, ermordet, erstochen* – ich war momentan nicht imstande, eines dieser Wörter auszusprechen.

Sie schüttelte den Kopf.

Hana rieb die Hände aneinander. »Ich habe ihn am nächsten Tag getroffen.« Mikki und ich stöhnten entsetzt auf. »Am Tag nach Eleanors Verschwinden, meine ich. Am Mittwoch. Ich bin zu Eleanors Wohnung rübergefahren. Ich redete mir ein, dass ich dort nach Hinweisen suchen würde, doch in

Wirklichkeit suchte ich nach den Erpresserschreiben, nach irgendetwas, was uns mit Jinny in Verbindung bringen könnte. Ich hoffte zwar, dass Eleanor so schlau gewesen war, sie zu vernichten, aber ich musste trotzdem nachsehen.«

Sie begann zu weinen, und ich spürte, wie sich mein Bild von Hana in meinem Schädel wie tektonische Platten verschob. Während der letzten Woche hatte ich mich immer wieder gefragt, was Hana verheimlichte. Das hier – das hier war eine Mr. Hyde-Seite an ihr, die ich nie hatte kennenlernen wollen.

»Und dann ist Cameron in Eleanors Wohnung aufgekreuzt«, fuhr sie mit leiser Stimme fort. »Und ich ließ ihn herein. Er sagte, dass er gerade erst in der Stadt eingetroffen sei, und ich … ich war so blöd, ihm zu glauben. Er meinte, er wolle nur helfen, aber ich dachte, er sei dort, um Daniel zu verprügeln oder so – denn er war überrascht, dass Daniel nicht zu Hause war. Aber vielleicht hatte er das gar nicht vor. Vielleicht wollte er … keine Ahnung, irgendwelche Beweise vernichten.«

»Ich fasse mal zusammen«, sagte ich, denn die Fakten waren ein wenig unübersichtlich, und ich konnte sie nicht unter einen Hut bringen. »Wir wissen, dass Cameron am Montag in der Stadt war. Am Abend, als Eleanor getötet wurde. Und er war am Mittwoch immer noch da, als du ihn in Eleanors Wohnung gesehen hast.«

Hana hob den Kopf. »Als Eleanor schließlich den Termin für die Bekanntmachung zur Übernahme durch Titan angesetzt hat, hat er vielleicht beschlossen runterzufahren, um sie zu treffen. Um ihr ein letztes Mal ins Gewissen zu reden.«

»Aber glaubst du wirklich, dass er ihr etwas antun wollte?« Mikki beugte sich vor und zog die Nase hoch. »Vielleicht sehen wir die Sache völlig falsch. Vielleicht hat er sich mit Jinnys Mom in Verbindung gesetzt und irgendwas gesagt, was sie veranlasst hat, Eleanor zur Rede zu stellen. Vielleicht hat er erfahren, dass sie Eleanor etwas antun wollte, und ist runtergefahren, um sie zu beschützen.«

»Hallo?« Teds Stimme hallte durch den Flur.

Wir rührten uns nicht und starrten einander verlegen an.

»Cameron?« Ted erschien im Türrahmen, und bei seinem Anblick lief ich rot an.

»Hi, Ted!« Hana schob Mikki und mich mit einer zwanglosen, sanften Bewegung in den Flur. »Wir wollten gerade zum Haus der Walshes zurück.«

»Ist Cameron hier?« Ted reckte den Hals, um einen Blick in den Bereich hinter uns zu werfen.

Damit hatte er mir ein Stichwort gegeben: »Nein, er wollte nach dir suchen. Hast du nichts von ihm gehört?«

Inzwischen hatte Hana uns beiläufig zur Tür geführt.

Ted schüttelte den Kopf. »Ich habe ihm vorhin eine SMS geschickt, direkt nachdem – als ich von Mr. und Mrs. Walshs Haus zurückgekehrt bin.« Seine Ohren erröteten. Direkt nachdem man uns beim Fummeln gestört hatte, nachdem er mich als egoistisch bezeichnet und ich ihn zum Gehen aufgefordert hatte. »Cam hat nicht geantwortet, aber ich habe unten im Keller ein Game gespielt, darum weiß ich nicht, ob er die SMS bekommen hat. Als ich dann nach oben gegangen bin, um mir ein Bier zu holen, habe ich gesehen, dass sein Wagen nicht mehr da war und bei ihm noch Licht brannte. Ich dachte, er sei weggefahren, und wollte es ausschalten.«

»Und dann hast du unsere Jacken hier gesehen«, beendete Mikki seinen Bericht.

Mir fiel wieder ein, dass Hana gesagt hatte, er hätte einen

Blick auf sein Handy geworfen, kurz bevor ich geklingelt hatte. »Was hast du Cameron geschrieben?«, fragte ich. »In der SMS?«

Er sank ein wenig in sich zusammen und runzelte die Stirn. »Nichts Wichtiges. Hey, also wo steckt Cameron? Und warum seid ihr noch hier?«

»Was stand in der SMS?« Ich streckte ihm mein Kinn entgegen. »Ging es um mich?«

»Was? Nein.«

Ich trat einen Schritt vor. »Konntest du es etwa gar nicht abwarten, ihm mitzuteilen, was für ein Miststück ich bin? Weil ich über Eleanor schreiben wollte?« Ich wusste, dass das nicht zutraf, dass das nicht seine Art wäre, aber ich spürte sein Unbehagen und sein wachsendes Bedürfnis, die Sache richtigzustellen. »Dass ich letztlich schuld an ihrem Tod bin?«

»Nein! Herrgott noch mal! Glaubst du etwa, dass ich das denke?« Er schüttelte den Kopf. »Ich habe mich nach dem alten Foto von Eleanor erkundigt. Okay? So in der Art: ›Hey, hast du das ins Netz gestellt?‹ Ich fand das ziemlich beschissen, denn sie hat das Foto gehasst. Ich weiß nicht mal, ob er die SMS überhaupt gelesen hat – er hat mir nicht geantwortet.«

Natürlich nicht. Als Cameron die SMS sah, hat er eins und eins zusammengezählt und begriffen, dass sich die Schlinge um seinen Hals langsam zuzieht.

Ich hatte zwar keine Ahnung, was für Gesichter wir gerade machten, doch sein Blick wanderte zwischen uns dreien her. »Was, was ist los?«

»Wir gehen wieder zu den Walshes zurück«, sagte ich, ehe irgendjemand das Wort ergreifen konnte. *Wir glauben, dass dein Bruder ein Mörder ist* – für diese Art von Gespräch fühlte ich mich nicht bereit; Mikki weigerte sich, das tatsächlich als Möglichkeit in Betracht zu ziehen, und Hana behandelte die Sache wie üblich äußerst gewissenhaft … aber an diesem Abend waren wir alle völlig unberechenbar. »Warum versuchst du nicht, weiter Cameron zu erreichen? Da draußen herrscht dichtes Schneetreiben – er sollte wirklich nicht fahren.«

Ted runzelte immer noch die Stirn, doch als wir unsere Sachen nahmen, begann er zu nicken. Er schaltete das Licht aus, ging mit uns nach draußen und lief dann mit einem verlegenen Winken Richtung Hauptgebäude. Der Schnee peitschte unangenehm gegen meine Wangen, Augenlider und meinen Kopf. Irgendetwas stimmte hier ganz und gar nicht. Wo war Cameron?

Immerhin: Gary und Karen waren in der Küche und schoben Bleche mit Lachsfilets und Gemüse in den Ofen.

»Da seid ihr ja alle!«, sagte Gary um einen fröhlichen Tonfall bemüht, aber als er unsere Mienen sah, zog er ein langes Gesicht. »Was ist los?«

Ich räusperte mich. »Hier ist irgendwas Seltsames im Gange«, sagte ich. »Wir waren drüben in Camerons Häuschen, aber er … ist weggefahren.«

Karen legte ihr Messer hin. »Er ist was?«

»Er hat sich seine Schlüssel geschnappt, ist nach draußen gerannt und mit Vollgas davongerast«, sagte Hana.

»Bei diesem Wetter?« Karen hielt sich die Hand vor den Mund. »Das ist gefährlich!«

»Wir haben Detective Ratliff angerufen, weil wir ein paar merkwürdige Dinge über ihn herausgefunden haben. Was« – ich holte Luft – »was er in der Nacht von Eleanors Tod getan und warum er niemandem erzählt hat, dass er in New York war.«

»Ihr macht Witze«, stieß Gary hervor. Karen stöhnte auf und streckte die Hand nach ihm aus.

»Warum setzen wir uns nicht alle hin«, sagte Hana.

Raschelnd und quietschend zogen wir jeder einen Küchenstuhl hervor.

Obwohl ich erneut den Impuls verspürte, mich zurückzulehnen und Hana das Reden zu überlassen, ging ich mit Gary und Karen die einzelnen Hinweise durch: die seltsamen Beiträge im Forum von The Antiherd. Der Strafzettel in der Tatnacht. Sowie die Tatsache, dass Cameron mitten im Gespräch die Schlüssel genommen hatte und davongerast war, was man nicht gerade tat, wenn man unschuldig war. Immer wieder nickten Gary und Karen mit ausdruckslosen Gesichtern und leeren Blicken, während sich in der Küche der Duft von Lachs und Gemüse ausbreitete.

»Wir sollten keine voreiligen Schlüsse ziehen«, sagte Gary, als ich fertig war.

»Findet ihr nicht, dass es hier verbrannt riecht?«, sagte Karen und schob geräuschvoll ihren Stuhl zurück. Reglos sahen wir dabei zu, wie sie die Bleche aus dem Ofen zog und mit ihrem Topflappen den Rauch fortwedelte. Gary erhob sich und holte Teller aus dem Schrank; wortlos und beiläufig wie Roboter deckten wir den Tisch, füllten das Essen auf Serviertabletts und setzten uns wieder.

»Lasst uns das Tischgebet sprechen«, sagte Gary, worauf Hana, Mikki und ich irritierte Blicke austauschten, während die Walshes die Köpfe senkten: *Herr, segne uns und diese Gaben* …

Wir reichten den Pfeffer herum und machten Komplimente für die nach Knoblauch duftende Pistazienpanade, die den Lachs umhüllte. Die Walshes erkundigten sich nach unseren Plänen für Silvester, und wir antworteten ihnen der Reihe nach. Immer wieder warfen wir drei uns Blicke zu, während unsere Gabeln über die Teller klapperten. Unsere Zusammenkunft wirkte wie ein völlig kaputtes Norman-Rockwell-Tableau: zwei gesunde Eltern mit runden Gesichtern und drei wunderschöne junge Frauen, die von hübsch gemustertem Porzellan aßen, während draußen dichtes Schneetreiben herrschte.

Gary beugte sich vor, um mein Weinglas nachzufüllen, und Karen griff nach dem Wasserglas, das er dabei fast umgestoßen hätte, worauf ich ein Frösteln verspürte: Seht euch nur diese reizenden puritanischen Babyboomer an, die Eleanor, ihre Freunde und mich damals in ihrem Haus aufgenommen hatten, und dann, als diese schreckliche Sache passiert war, sämtliche Spuren beseitigt hatten. Sahen sie jede Nacht Jinnys Gesicht vor sich? Wurden sie innerlich von Schuldgefühlen zerfressen?

»Ich denke, wir werden gleich morgen früh nach New York zurückfahren«, sagte Hana, als wir alle nicht länger so taten, als würden wir essen, und die zerpflückten Reste der Mahlzeit verstreut auf unseren Tellern lagen. »Wir werden uns dort mit den Detectives in Verbindung setzen und … euch nicht länger zur Last fallen.«

Eigentlich hätte man damit rechnen können, dass sie uns – wenn auch nur aus einem reflexartigen katholischen Schuldgefühl heraus – auffordern würden zu bleiben. Aber stattdessen starrten sie bloß vor sich hin. Die Fassade, die wir errichtet hatten, fiel in sich zusammen, wir wahrten nicht länger den äußeren Schein.

»Cameron ist ein anständiger Kerl«, erklärte Gary, und wir wandten uns alle in seine Richtung. »Er ist ein anständiger Kerl.«

»Vielen Dank für eure Gastfreundschaft«, sagte Hana schließlich.

Karen nickte langsam. »Es war ein langer Tag. Ich werde mich jetzt hinlegen. Gary, lass uns gehen.«

»Wir werden hier aufräumen«, sagte ich und erhob mich, um das Geschirr zu stapeln.

Karen starrte mich an, nickte dann und schlurfte mit Gary davon.

»Was zum Henker war das denn?«, zischte Hana, sobald sie außer Hörweite waren.

»Ich dachte, das Essen geht nie zu Ende«, sagte ich. »Offensichtlich haben sie Probleme mit der Vorstellung, dass Cameron etwas mit Eleanors Tod zu tun haben könnte.«

»Sie stehen sich sehr nahe – er ist so was wie ihr Ersatzsohn.« Mikki drehte den Wasserhahn auf und hielt einen Teller darunter. Ihr Tonfall irritierte mich – verteidigte sie ihn etwa noch immer? »Sie wollen auf keinen Fall, dass er es gewesen ist.«

»Es gibt allerdings etwas, was ich nicht verstehe«, sagte ich. »Ich kenne Cameron natürlich kaum, längst nicht so gut wie ihr. Aber wenn er nach New York gefahren ist, um mit Eleanor zu reden, warum hat er dann ein Skalpell dabeigehabt? Oder irgendein anderes scharfes Werkzeug?«

»Keine Ahnung.« Hana schüttelte traurig den Kopf. »Wir wissen weder, was Eleanor gesagt hat, noch, was vorgefallen ist. Ich glaube wirklich nicht, dass die Tat geplant war.«

»Aber was ist mit dem Graffiti?«, fragte Mikki. »Und mit dem gestohlenen Handy? Das Handy, das sie hatte, bevor … bevor das alles passiert ist.«

»Ich glaube nicht, dass es da einen Zusammenhang gibt«, erwiderte ich. »Einige Leute haben sie einfach gehasst. Und *The Herd*. Das alles eben.« Ich seufzte. »Einige Leute sind einfach scheiße.«

Hana warf eine Handvoll Silberbesteck in die Spülmaschine. »Was ich auch nicht verstehe: Er wusste, dass sie versucht hat, sich einen gefälschten Pass zu besorgen, und ging davon aus, dass sie sich aus dem Staub machen wollte.« Sie stellte einen Pfannenwender um. »Wenn sie abhauen wollte, wäre das nicht die beste Lösung für ihn gewesen? Wenn sie die Stadt verlassen hätte, hätte sie ihm Jinnys Tod nicht anhängen können. Er hätte uns der Polizei ausliefern und diesen … Gedenkfonds einrichten können, falls er das vorhatte.«

Ich stellte einen Stapel Servierteller auf die Arbeitsfläche. »Sicher. Aber vielleicht hat er auch gelogen, als er meinte, dass er Jinnys Familie finanziell unter die Arme greifen wolle. Soweit wir wissen, hat er Eleanor womöglich geholfen zu verschwinden. Und ist nach New York gefahren, um ihr persönlich das Starterkit für ein neues Leben auszuhändigen.«

»Tja, hoffen wir, dass er gefunden wird und uns alles selbst erzählen kann«, sagte Hana.

Ich lehnte mich gegen die Arbeitsfläche. Voller Hingabe spritze Mikki jetzt mit dem ausziehbaren Wasserhahn das Geschirr ab.

»Ihr wisst schon, dass euch in dem Fall wegen der Sache mit Jinny eine Anklage erwartet«, sagte ich. »Für so was gibt es keine Verjährungsfrist.«

»Das wissen wir.« Mikki nickte Richtung Fliesenspiegel. Ihr Gesicht sah schrecklich aus, aber ihre Schultern entspannten sich.

»Eleanor fehlt mir«, sagte ich – obwohl sie rücksichtslos gewesen war und erst Mikki und Hana und dann Cameron bedroht hatte, um Jinnys Tod geheim zu halten. Sie hatte uns beflügelt und uns das Gefühl gegeben, geistreich und außergewöhnlich – eben großartig – zu sein. Das war eine Gabe, auch wenn sie dafür ein Leben lang den guten Menschen gespielt und gelogen hatte. Im Gegensatz zu uns Normalsterblichen war es Eleanor scheißegal gewesen, was andere über sie dachten, und dafür haben wir sie über alle Maßen bewundert.

»Sie fehlt mir auch«, murmelte Mikki, und Hana stimmte ihr zu. Ich drehte mich um und sah, dass die beiden es ehrlich meinten und genauso traurig waren wie ich, und das war irgendwie tröstlich. Während wir am Tag vor Heiligabend die Küche von Eleanors Eltern aufräumten, musste jeder von uns nur ein Drittel der Trauer auf sich nehmen.

Mikki hängte das Geschirrtuch an den Haken und ging nach oben. Während ich die glänzende Küche betrachtete, verspürte ich diese abendliche Mattigkeit, wenn man eher erschöpft als schläfrig war, so als sehnte sich mein Körper das Ende des heutigen Tages herbei.

»Ich werde dann auch mal gehen«, verkündete ich und lief den Flur hinunter. Aber nachdem ich mich bettfertig gemacht hatte, schlich ich mich nach oben und klopfte an Hanas Tür. Sie hockte zusammen mit Mikki auf dem Boden, und um sie herum lagen lauter alte Bücher verstreut – Kinderbuchklassiker, Schriften von Gloria Steinem und Jahrbücher.

Ich setzte mich in den Schneidersitz und nahm eines der Jahrbücher zur Hand. Es stammte aus Eleanors Abschlussjahr, und sie sah auf dem Foto mit ihren leuchtenden Augen bezaubernd aus. Das Zitat darunter, das sie ausgewählt hatte, stammte von Frida Kahlo (wem sonst?): *Ich habe oft mehr Sympathie für Zimmerleute, Schuster usw. als für diese dumme, angeblich zivilisierte Horde von Windbeuteln, die wir als kultivierte Menschen bezeichnen.*

»Ich frage mich, ob sie das Gefühl hatte, ein Monstrum erschaffen zu haben«, sinnierte ich. »Sie wollte diese feministische Zukunftsvision verwirklichen und hat dann unbeabsichtigt dieses … dieses Ding hervorgebracht, das noch anmaßender und selbstgefälliger war als diese schwachsinnigen Männervereine, mit denen sie nichts zu tun haben wollte. ›Windbeutel‹.« Ich drehte das Buch zu Hana und Mikki herum und zeigte auf das Zitat. »Aus meiner Zeit als Wissenschaftsjournalistin weiß ich, dass Titan von Jungs aus dem Silicon Valley geleitet wird. Die Übernahme eines feministischen Unternehmens wie *The Herd* wäre für sie eine großartige PR-Maßnahme. Aber für Eleanor und ihre ursprüngliche Vision …«

Mikki schaute auf. »Ich wette, dass man sich bei einer solchen Übernahme einer gründlichen Überprüfung unterziehen muss. Vielleicht hatte sie das Gefühl, dass man herausfinden würde, was auf dem College passiert ist, und musste deshalb verschwinden.«

Plötzlich wurde mir klar, dass ich trotz meiner eigenen Nachforschungen über Eleanor nicht die geringste Ahnung hatte. Ich spürte ein heftiges Zucken in der Brust: War das Fassungslosigkeit? Verlegenheit? Oder etwa Gelächter?

Hana lehnte sich zurück. »Wir werden mit Stephanie reden, wenn sie aus Indien zurück ist. Sie meinte, dass man die Übernahme zumindest verschieben würde. Vielleicht kann sie mit Titan darüber verhandeln, dass sie die Diversität im Unternehmen verbessern und ihr Stipendienprogramm ausbauen.«

»Gute Idee«, sagte ich. »Ich weiß, dass Titan Diversity Manager beschäftigt.«

Sie grinste. »Du kennst dich mit diesem Thema besser aus als wir. Du solltest ebenfalls mit Stephanie reden.«

»Sehr gerne.«

Mikki zog das Jahrbuch aus meinem Schoß und betrachtete lächelnd Eleanors Porträt. »So hat sie ausgesehen, als wir uns kennengelernt haben. Am Tag, als wir ins Studentenwohnheim gezogen sind.« Sie tippte auf die Seite. »Ich fand sie wahnsinnig erwachsen. Unglaublich schön, wortgewandt und intelligent – dich auch, Hana. Ich konnte nicht glauben, dass ihr beiden Zeit mit mir verbringen wolltet.«

Ich versetzte ihr einen sanften Stupser gegen den Arm. »Das ist witzig, denn als ich dich und Eleanor kennengelernt habe, dachte ich dasselbe. Nur über euch. Ich war dieser unbeholfene Teenager, und aus irgendeinem Grund habt ihr euch mit mir abgegeben.«

»So habe ich mich ehrlich gefühlt – ich war dieses seltsame Mädchen aus North Carolina, das sich mit seinen Geschwistern Fertiggerichte teilen musste. Aber dann« – ihr Mund verzog sich zu einem schwachen Lächeln – »Eleanor mochte mich und nahm mich unter ihre Fittiche. Und du auch, Hana. Ich war, keine Ahnung, eure Künstlerfreundin. Mit dem Hipsterflair.«

»Hey, du warst nicht bloß ... ein Maskottchen.« Hana runzelte die Stirn, und ich fragte mich, ob wir dasselbe dachten: Es war ein wenig merkwürdig, dass ausgerechnet sie die blonde blauäugige Mikki jetzt beruhigen musste.

»Ich weiß, ich hatte eine tolle Zeit.« Die Seiten des Jahrbuchs knisterten leise, während Mikki sie durchblätterte. »Es hat mir auch nichts ausgemacht, wenn Eleanor mich hin und wieder gebeten hat, ihren Namen in die Anwesenheitsliste einzutragen oder ihre Hausarbeiten für das Statistikseminar durchzusehen. Das heißt ... sie zu Ende zu schreiben.«

Ich hob mein Kinn. »Das hat sie?«

Sie zuckte mit den Schultern. »Ich war eine Außenseiterin, aber sie hat keine große Sache daraus gemacht. Ich dachte ... offensichtlich läuft das so im wahren Leben? Wenn ich zu dieser Clique dazugehören will. Und das wollte ich unbedingt.«

Hana und ich tauschten über Mikkis gebeugte Schultern hinweg Blicke aus. *Sie* kam sich wie eine Außenseiterin vor?

»Tut mir leid, dass du dich so gefühlt hast«, sagte Hana schließlich. »Du weißt, wie wichtig du uns bist.«

»Ich habe dich immer darum beneidet, dass du unbeirrt deinen eigenen Weg gehst«, fügte ich hinzu.

Hana nickte. »Du bist nicht auf die Anerkennung der anderen angewiesen, während ich ständig versuche, die Zuneigung der Leute zu gewinnen.«

»Bei mir ist es genauso«, sagte ich. »Nur dass ich versuche … sie zu beeindrucken, um ihre Zuneigung zu gewinnen.« Ich rieb Mikki mit der Hand über den Rücken, und sie zuckte zusammen, hob dann den Kopf und schenkte uns beiden ein zaghaftes Lächeln.

»Danke. Manchmal rede ich mir ein, dass ich die Einzige bin, die den Leuten etwas vormacht.«

»Überhaupt nicht, Schätzchen.« Hana krabbelte zu ihr und umarmte sie, und ich schlang meine Arme um die beiden.

»Danke, Bradleys«, sagte Mikki kichernd und schniefend, als wir sie wieder losließen. »Ihr beiden seid schwer in Ordnung.«

»Mehr als das«, erwiderte ich. »Wir drei sind verdammt cool.«

»Stimmt.« Sie wischte sich über die Augen und atmete aus, uff. »Okay, ich gehe jetzt schlafen.«

Wir wünschten ihr eine gute Nacht und zogen ein weiteres Buch aus dem Regal, *Die Zeitfalle*, und dann die Fortsetzungen dahinter.

»Katie?« Hana blickte mich unverwandt an. »Warum wolltest du ein Buch über Eleanor schreiben?«

Ich stützte mich auf meine Handflächen und schaute aus

dem Fenster auf die verschneite Landschaft. »Ich wollte es gar nicht schreiben«, sagte ich leise. »Aber ich bin mit *Infopocalypse* nicht weitergekommen. Ich stand mit dem Rücken zur Wand und habe verzweifelt nach einer Möglichkeit gesucht, meine Karriere zu retten.«

Ich warf einen Blick auf das vergilbte Taschenbuch in meinen Händen. Darauf prangte ein Pegasus mit breiten Schwingen, und darunter das finstere Gesicht eines rotäugigen Mannes.

»Was ist in Michigan passiert?«

»Ich schäme mich so, Hana«, antwortete ich mit brüchiger Stimme. »Ich würde das alles gerne ungeschehen machen.« Und dann erzählte ich ihr mit kurzen Unterbrechungen, was passiert war, während am Fenster grauweiße Wirbel vorbeiwehten, als stünde das Anwesen der Walshes auf dem Mond, in einer Wolke oder auf dem Meeresgrund, wo auch immer wir hier gelandet waren. »Tut mir leid«, sagte ich schließlich. »Ich baue ständig Scheiße. Ich weiß nicht, was ich zu meiner Entschuldigung vorbringen soll.«

»Ach, Katie. Es tut mir auch leid«, entgegnete sie. »Es tut mir leid, dass ich im Zug so gemein gewesen bin. Und jedes Mal, wenn ich dir das Gefühl gegeben habe, weniger wert zu sein als ich. Ich werde mich bessern.« Sie nahm mich in den Arm. Das fühlte sich wie der Abschluss von etwas an, wie das Finale eines Musikstücks, also ließ ich sie mit Eleanors Büchern allein, die um sie herum ausgebreitet waren.

Am nächsten Morgen wurde ich von Hanas Hämmern an meiner Tür aus dem Schlaf gerissen.

»Man hat Cameron gefunden«, rief sie. »Wir müssen uns auf den Weg machen.«

Kapitel 23

HANA

MONTAG, 24. DEZEMBER, 8:48 Uhr

Wie benommen packte ich meine Sachen zusammen; während ich meine ganze Konzentration auf den Stoff unter meinen Fingern richtete, faltete ich die Kleidungstücke zu kleinen, ordentlichen Rechtecken und legte sie fein säuberlich in meinen Koffer. Dann stürzte ich in Katies Zimmer und half ihr, das Bett abzuziehen und die Matratze ins Sofa zu wuchten. Ihre Bettwäsche warfen wir in die Waschküche, und plötzlich schien es, als wären wir nie hier gewesen, als wäre das alles nur ein Traum.

Ratliffs Nachricht auf meiner Mailbox hatte mir einen eiskalten Schauer über den Körper gejagt: Die Überprüfung der Nummernschilder, die bei der Zoll- und Grenzschutzbehörde in Derby, Vermont, automatisch registriert worden waren, hatte ergeben, dass Cameron gestern Abend gegen 21 Uhr nach Kanada eingereist war. Er hatte einen gefälschten Pass benutzt und einen gewaltigen Vorsprung auf uns. Endlich glaubte Ratliff uns. Wenn Eleanor uns eins gelehrt hatte, dann, dass unschuldige Menschen nicht versuchten wegzulaufen. Ratliff koordinierte mit den örtlichen Polizeistellen die Fahndung und wollte, dass wir schleunigst nach New York zurückkehrten.

Allerdings wollte sie uns keine Polizeieskorte schicken. Bei der Bahn war natürlich alles ausgebucht – sämtliche Züge, die an diesem Tag noch fuhren, selbst der um 2:30 Uhr, waren bis auf den letzten Platz besetzt. Also schlugen wir in einem Diner erst einmal die Zeit tot, bevor wir uns schließlich für einen preiswerten Expressbus entschieden, der weder schnell noch – wie sich herausstellte – preiswert war, wenn man die letzten drei verfügbaren Fahrkarten wenige Stunden vor der Abfahrt kaufte. Während wir wartend auf dem kalten Parkplatz standen und mit den Füßen aufstampften, um uns warmzuhalten, fing Mikki wieder zu weinen an, worauf ich idiotischerweise meinte, dass wir immerhin zusammensitzen könnten, weil wir die Ersten in der Schlange seien.

»Es gibt noch etwas anderes, das ich euch nicht erzählt habe«, sagte Mikki irgendwann mit brüchiger Stimme, die Hände unter die Achselhöhlen geklemmt. »Von Cameron weiß ich, dass sich Eleanor direkt vor dem Wochenende in Beverly von ihm getrennt hat. Vor dem Wochenende mit Jinny. Sie hat ihn, praktisch direkt nachdem sie mit ihren Investoren telefonisch einen Präsentationstermin vereinbart hatte, angerufen, um mit ihm Schluss zu machen. Allerdings wollte sie das ihren Eltern selbst mitteilen, da die beiden deswegen untröstlich wären. Darum sollte er die Sache zunächst für sich behalten. Ich schätze, dass ihn das schwer getroffen hat.«

»Auweia.« Ich rümpfte mitfühlend die Nase. »Ich weiß noch, dass wir ihn gefragt haben, was er an diesem Abend vorhabe, warum er nicht mit uns feiern könne, worauf Eleanor bloß meinte, dass er beschäftigt sei. Ich dachte, dass sie sich erst ein oder zwei Wochen später getrennt hätten.« Ich konnte mir gut vorstellen, wie sich das alles für Cameron angehört haben musste: *Ich brauche einen coolen Freund aus New*

York, der zu meinem neuen coolen Leben passt. Du bist nicht gut genug für mich.

»Ich weiß«, sagte Mikki. »Er hat das neun Jahre lang für sich behalten. Als er es mir erzählt hat, wirkte er einfach nur gekränkt, aber vielleicht war er auch … wütend.«

Ein Moment des Schweigens. »Wir halten Cameron also wirklich für den Täter?« Katie ließ ihren Blick zwischen uns hin und her wandern und hatte dabei die Augen wie Cosmo, wenn er gefüttert werden will, weit aufgerissen.

Mikki brach erneut in Tränen aus, und ich rieb ihr den Rücken. »Ja. Das tun wir.«

Schließlich kam der Bus quietschend vor uns zum Stehen. Mikki ließ sich auf einen Fensterplatz fallen, und ich setzte mich neben sie. Kurz darauf döste ich ein und wachte erst wieder in Jersey auf; die funkelnde, zweidimensionale Skyline Manhattans auf der anderen Seite des Hudson wirkte wie eine riesige Pappkulisse, die mit bläulichen Lichtern bestückt war. Das Empire State Building leuchtete grün und rot, was mich traurig machte. Weihnachten war nur einmal im Jahr, und die zukünftigen Weihnachten würden mich stets auf schmerzliche Weise an den heutigen Tag erinnern.

Der Bus setzte uns an der Seventh Avenue ab, und wir liefen in der Kälte unter grellen Straßenlaternen blinzelnd auf und ab.

»Sollen wir jetzt einfach nach Hause gehen?«, fragte Katie.

»Ich kann im Moment nicht allein sein«, sagte ich.

Katie nickte. »Den Heiligabend allein zu verbringen – das ist einfach zu viel. Ich weiß, dass die Feiertage nicht mehr zu retten sind, aber ich würde vorschlagen, dass wir was zu essen holen und uns irgendeine bescheuerte Fernsehsendung anschauen, um ein wenig abzuschalten.«

»Wir könnten was vom Italiener holen«, schlug ich vor. »So wie wir es letzte Woche vorhatten. Mikki, ist es okay, wenn wir zu dir gehen?« Sie zuckte mit den Schultern und erklärte sich einverstanden.

Doch die Italiener in der Gegend hatten (verständlicherweise) alle geschlossen, und wir bestellten bei einem Chinesen bergeweise Jiaozis und Krabben-Wan-Tans, um unsere Gefühle mit Öl und Salz zu betäuben. Mikki ließ *This Is Spinal Tap* laufen, ohne uns überhaupt zu fragen, was ich seltsam fand. Aber bald schon wurde ich von dem flotten Erzähltempo, den improvisierten, lässigen Dialogen in breitem britischem Akzent und den lauten, wunderbar albernen Konzertszenen mitgerissen.

Das ohrenbetäubende Kreischen einer E-Gitarre weckte Katie, die eingeschlafen war, wieder auf.

»Uff, Leute, ich muss nach Hause«, verkündete sie und schüttelte leicht den Kopf. »Wir sollten morgen irgendwas zusammen unternehmen, und wenn wir uns auch nur zu einem weiteren hirnlosen Filmmarathon treffen. Wir sollten nicht alleine sein.« Sie winkte uns von der Tür aus zu, und Mikki stand auf, um hinter ihr abzuschließen.

Ich wickelte ein paar kalte Lo-Mein-Nudeln um meine Gabel, während Mikki sich wieder setzte und die Playtaste drückte. Die letzten Tage waren furchtbar gewesen, aber in all dem Schrecken schwang leise noch etwas anderes mit: ein paar Antworten, ein Schlusspunkt, das Versprechen, dass wir im Laufe der Zeit imstande sein würden zu trauern, uns zu erholen und den Blick nach vorne zu richten. In diesem Moment huschten meine Augen zu einem Handydisplay auf dem Couchtisch, das plötzlich aufleuchtete.

»Ist das deins?« Ich deutete mit dem Kopf darauf und sah

dann, dass Mikki mit ihrem eigenen Smartphone beschäftigt war. »Das Dummerchen hat sein Telefon liegen lassen. Ich frage mich, wann sie es merkt.«

»Die gute alte Katie«, erwiderte Mikki und gähnte.

Ich nahm mein Smartphone aus der Handtasche und fragte meine E-Mails ab. Zwischen den Nachrichten mit Feiertagsangeboten war auch eine von Daniel:

Hana,
hoffentlich fragst du am Heiligabend nicht deine Mails ab. Karen hat gesagt, dass ihr heute wieder zurückgefahren seid und sie und Gary darauf warten, dass man Cameron findet. Mir geht es gut. Ich denke jetzt nur von Stunde zu Stunde. Ich habe immer noch nicht ganz realisiert, dass wir jetzt den Mistkerl kennen, der es getan hat. Die Polizistin meinte, dass sie in den Hassgruppen zu Eleanor auf eine Menge Aktivitäten von ihm gestoßen seien. Wahrscheinlich hat er die Zurückweisung nie verwunden und ihr die Schuld an seinem verkorksten Leben gegeben. Es kotzt mich an, wenn ich daran denke, dass er auf unserer Hochzeit war.

Ich schüttelte unwillkürlich den Kopf. Währenddessen marschierten die Mitglieder von Spinal Tap auf der Suche nach dem Bühneneingang einen Keller entlang, und Mikki tippte eine SMS.

Wie auch immer, wenn du wieder am Start bist, würde ich gerne deine Meinung zu etwas hören, das ich in einem der Schränke in der Diele in einer Kiste mit alten Büchern gefunden habe. (Ich habe auf der Suche nach Hinweisen die ganze Wohnung auf den Kopf gestellt.) Ich weiß nicht, was ich davon

halten soll … Müssen wir uns Gedanken um ihre psychische Gesundheit machen? Ist sie eine pathologische Lügnerin etc.? Ich will kein schlechtes Licht auf sie werfen, aber ich habe mich gefragt, warum Eleanor das aufgehoben hat. Da du damals dabei warst, dachte ich, dass du vielleicht etwas darüber weißt. Sag mir Bescheid, wenn du Zeit hast.
Daniel

Ich öffnete den Anhang: das Foto eines Blattes, leicht verkantet, die Schrift einen Hauch unscharf. Es handelte sich um den Ausdruck eines Briefes, datiert vom 18. Dezember 2016 mit Eleanor als Adressat, »verschickt per Einschreiben«. Ich zoomte heran:

Sehr geehrte Damen und Herren,
wie ich aufgrund einer kürzlichen Ankündigung erfahren habe, weist Ihre Firma, *The Herd*, große Ähnlichkeit zu meinem Businessplan für The In auf, einem Co-Working-Space ausschließlich für Frauen. Insbesondere Design, Unternehmensimage und Geschäftsmodell von *The Herd* sind nahezu identisch mit den entsprechenden Details, die in meinem Businessplan für The In aufgeführt sind.
Sämtliche Copyrights am Businessplan für The In, einem Co-Working-Space ausschließlich für Frauen (nachfolgend »Konzept« genannt), liegen bei mir. Alle Rechte am Konzept, das am 21. Mai 2010 zum ersten Mal veröffentlicht wurde, sind mir vorbehalten. Da Sie für die Nutzung meines Konzepts keine Erlaubnis eingeholt haben und ich Ihnen diese auch nicht erteilt habe, stellt Ihre unautorisierte Übernahme und Nutzung meines Konzepts einen Verstoß gegen die Urheberrechtgesetze der Vereinigten Staaten dar.

Ich fordere Sie hiermit auf, innerhalb von dreißig Tagen nach Erhalt meines Briefes die Nutzung meines Konzepts dauerhaft zu unterlassen. Sollten Sie innerhalb der angegebenen Frist meiner Forderung nicht nachkommen, sehe ich mich gezwungen, entsprechende rechtliche Schritte gegen Sie einzuleiten und sämtliche vorhandenen Schadensersatzansprüche und Rechtsmittel geltend zu machen.

Mit freundlichen Grüßen
Mikki Danziger

In der Ferne donnerte ein Schneepflug vorbei. Ich schaute langsam zu Mikki auf, und mein Herz hämmerte lauter als das Schlagzeug und der Bass, die jetzt aus ihrem Fernseher dröhnten. Mikki, die auf ihrem Display gerade nach unten scrollte, kratzte sich an der Nase und ahnte nichts von den verwirrenden Neuigkeiten, die ich in den Händen hielt.

Eleanor mit ihrer hübschen Geschichte über das Abenteuercamp, das angeblich zur Gründung von *The Herd* geführt hatte. Die sie bedenkenlos von ihrer Freundin übernommen hatte. Ich konnte mich noch daran erinnern, wie Eleanor mir mit funkelnden Augen und vor Aufregung zitternder Stimme von ihrer bahnbrechenden Idee für ein reines Frauenbüro erzählt hatte – *Hey, du musst unbedingt hierherziehen, um mir bei der Umsetzung zu helfen* –, während die Wörter immer schneller aus ihr hervorsprudelten …

»Mikki, was ist das?« Ich reichte ihr mein Handy und beobachtete, wie ihr Blick über das Display wanderte. In ihren Augen blitzte Furcht auf, und ihre untere Gesichtshälfte lief rot an.

»Nun, das ist jetzt echt superpeinlich«, sagte sie und gab mir das Handy zurück. In ihr Kichern mischte sich ein Anflug von

Schmerz. »Weißt du, was komisch ist? Ich hatte schreckliche Angst, dass die Cops das finden würden. Auf der Suche danach habe ich praktisch ihr Büro auf den Kopf gestellt. Ich habe sogar Cameron losgeschickt – ich hatte natürlich keine Ahnung, was er getan hat. Doch als er mir sagte, dass er in der Stadt sei, habe ich ihn in Eleanors Wohnung danach suchen lassen. Ich dachte, das hier wirft ein ziemlich schlechtes Licht auf mich, man würde mich für schuldig halten, obwohl ich das nicht bin. Aber jetzt, wo ich das sehe …« Sie prustete los und wandte sich ab. »Es ist lächerlich. Ich habe mir von einer Website einfach nur ein paar kostenlose Rechtsdokumente runtergeladen.«

Ich griff nach ihrem Unterarm und unterbrach sie. »Aber was ist das? Was ist The In?«

Der Wind peitschte gegen die Fenster, und Mikki drehte den Kopf Richtung Flur.

»Lass uns ein andermal darüber reden«, sagte sie mit hauchdünner Stimme.

»Ich will das wissen. Du kannst mir alles erzählen.«

Sie schniefte. »Es ist albern. Auf der Uni belegte ich das gleiche Start-up-Seminar, das Eleanor im Semester zuvor besucht hatte – dort hatte sie in Grundzügen die Idee für *Gleam* entwickelt. Als Abschlussarbeit sollte man einen kompletten Businessplan für ein Start-up konzipieren, und …« Sie schaute auf und blinzelte. »Ich hatte die Idee zu *The Herd*.«

»Was?«

»Ich habe mir sie allerdings nicht urheberrechtlich schützen lassen – es war eine Kursarbeit. Ich war wirklich stolz darauf. Co-Working-Spaces waren gerade schwer angesagt, und ich hatte die Idee, daraus gleichzeitig einen Verein für abgedrehte, intelligente, unangepasste Frauen wie mich zu machen.« Sie lächelte finster. »Ich schätze, dass ich vermitteln wollte, wie es ist, sich mit jemandem wie Eleanor zusammenzutun. So wie ich das im ersten Studienjahr getan hatte. Darum habe ich es The In genannt – wie die In-Crowd.«

Das Ganze war total schräg – mir ging das alles zu schnell, und ich kam nicht ganz mit. Ich beugte mich zu ihr vor. »Und Eleanor hat das Konzept gelesen?«

»Von A bis Z. Sie hatte eine Kopie davon. Sie hat mitbekommen, wie ich daran gearbeitet habe, und angeboten, mir Feedback zu geben.« Sie zuckte mit den Achseln. »Und dann ging das mit *Gleam* los, und ich habe The In wieder vergessen; ich arbeitete rund um die Uhr, um das Design von *Gleam* und alles für die Markteinführung fertigzustellen. Dafür habe ich zwei Jahre lang meine Kunst vernachlässigt. Dabei hätte Eleanor mir jederzeit eine Vollzeitstelle mit Krankenversicherung und bezahltem Urlaub anbieten können. Und du auch, Hana. Aber nein, ich musste mich die ganze Zeit als Freiberuflerin für sie abrackern. Ich habe für Eleanor so viele schlecht bezahlte Jobs übernommen, dass ich keine lukrativen Aufträge annehmen konnte. Im Gegensatz zu euch musste ich ein Studentendarlehen abzahlen. Außerdem hatte ich Kreditkartenschulden. Es ist weder dir noch Eleanor in den Sinn gekommen, mich mal zu fragen, ob ich mir die teuren Essen, Cocktails und Reisen mit euch überhaupt leisten kann. Ihr habt ja keine Ahnung, wie das ist.«

Irgendetwas jagte meinen Körper empor – Gallenflüssigkeit, ein Rülpser oder die Schuldgefühle, die ich jahrelang unterdrückt hatte.

»Herrgott, kannst du dir das vorstellen?«, fuhr sie fort. »›Tut mir leid, ich kann mir den Achtunddreißig-Dollar-Brunch nicht leisten, ich werde bei einem Falafelstand vorbeischauen und mich danach mit euch treffen‹ – das ist echt demütigend.

Wenn man mit euch befreundet war, musste man die ganze Zeit den äußeren Schein wahren.«

»Mikki, wir hatten ja keine Ahnung. Wir hätten das wissen müssen. Es tut mir furchtbar leid. Wirklich.«

»Ich weiß.« Sie holte keuchend tief Luft. »Ich hätte es einfach … selbst merken müssen. Aber ich freute mich so über euren Erfolg, war so euphorisch, als das mit *Gleam* richtig losging.« Sie wischte sich mit dem Ärmel über die Nase. »Ich werde nie den Tag vergessen, an dem Eleanor mich zu sich bestellte und freudig verkündete, dass sie eine zweite Firma gründen würde und ich für die grafische Gestaltung verantwortlich sei. Es war verrückt: Sie saß lächelnd da und erzählte mir von *The Herd*. Im Grunde hat sie mir nach all den Jahren noch mal mein eigenes Konzept präsentiert. Ich wartete die ganze Zeit darauf, dass sie das zugab, als wäre das alles nur ein makabrer Scherz, aber das tat sie nicht.«

Das konnte nicht sein. Das war nicht möglich.. Ich ging in Gedanken noch einmal alles durch: Wie Eleanor mir aufgeregt von *The Herd* erzählt hatte und ich ihr versprechen musste, die Sache für mich zu behalten, wie sie ihr Handy gezückt hatte, um eine mündliche Verschwiegenheitserklärung von mir aufzunehmen.

Nein – Mikki hatte sich die Vergangenheit nicht zurechtgebogen. Tief in meinem Innern wusste ich, dass sie die Wahrheit sagte, und ich wurde von Schuldgefühlen geplagt.

»Also nahm ich all meinen Mut zusammen und schickte ihr diese Unterlassungsaufforderung. Per Einschreiben. Wie auf glühenden Kohlen wartete ich auf ihr Eingeständnis, aber das … kam nicht.«

»Warum hast du sie nicht einfach darauf angesprochen? Sie persönlich zur Rede gestellt?«

»Das habe ich schließlich auch getan. Ein paar Wochen später. Aber sie meinte … sie meinte, dass sie von der Sache mit Jinny erzählen würde, falls ich an die Öffentlichkeit gehe.«

Sie begann zu schluchzen, und ich schüttelte den Kopf.

»Ich habe sie geschubst.« Plötzlich breitete sich im Wohnzimmer Stille aus.

»Du hast was?«

»Ich habe Jinny geschubst. Nur zum Spaß. Als wir draußen am Pool waren. Eleanor hat das mitbekommen und … und meinte, wir könnten nicht beweisen, dass es ein Unfall war, dass es am besten sei, wenn niemand davon erfahre. Doch dann, Jahre später, brachte sie die Sache schließlich zur Sprache: ›Wenn du verrätst, dass ich die Idee zu *The Herd* geklaut habe, erzähle ich, dass du Jinny geschubst hast.‹ Damit brachte sie mich zum Schweigen.«

Ich stieß vor Entsetzen eine Mischung aus Lachen und Husten hervor, während ich die Hände wie zum Gebet gefaltet gegen meinen Mund presste.

»Warum hast du nicht mit mir geredet?«

»Ich hab's versucht«, erwiderte sie. »Aber jedes Mal, wenn ich Eleanors Namen erwähnt habe, strahltest du übers ganze Gesicht. Du warst so begeistert von ihr – du wolltest davon nichts wissen.«

»Uff«, sagte ich. All die Jahre hatte ich Mikki um ihre scheinbar sorglose, unbeschwerte Art beneidet. Hatte ich geglaubt, dass ihr Verhältnis zu Eleanor unkompliziert und aufrichtig gewesen sei. Ein Gefühl des Bedauerns breitete sich wie ein Gähnen in meinem Körper aus.

Dann kam mir plötzlich etwas in den Sinn, ein unvorstellbarer Gedanke, die andere Hälfte jener schrecklichen Eleanor-Mikki-Gleichung. Sie hatte doch nicht etwa …?

Als hätte sie meine Gedanken gehört, sagte sie: »Obwohl mich das natürlich getroffen hat, hätte ich Eleanor nie etwas angetan. Sie fehlt mir. Trotz allem war sie mir sehr wichtig.«

Ich merkte, wie mein Verstand zu arbeiten begann. »Hat Cameron also … Ich nehme an, dass er sie nur deshalb hasste, weil sie ihn vor all den Jahren zurückgewiesen hat. Aber wusste er ebenfalls von dieser Sache? Davon, was sie dir angetan hat?«

Mikki biss sich auf die Lippen und nickte. »Ich habe bloß ihm davon erzählt. Er war der Einzige, der Eleanor ohne diesen riesigen Heiligenschein wahrgenommen hat – er hat mir geglaubt.« Sie nickte erneut. »Er ermutigte mich, für mich selbst einzustehen. Aber das tat ich nicht. Es macht mich fertig, wenn ich daran denke, dass ich … dass er …«

»Oh, Mikki.« Ich nahm sie in den Arm und spürte, wie sie zitterte. Ich strich ihr mit der Hand über das Haar. »Ist schon okay. Es ist vorbei.«

»Ich fühle mich schrecklich«, krächzte sie.

Ich schluckte. »Hat Cameron dir irgendwas erzählt? Wusstest du Bescheid?«

»Ich wusste überhaupt nichts.« Sie wich zurück, um sich die Nase abzuwischen. Vor Aufregung war sie ganz rot im Gesicht. »Ich hatte keine Ahnung, dass er in der Stadt war. Oder, mein Gott, dass er sie erstochen und auf dem Dach liegen gelassen hat. Ich hatte bis Mittwoch nichts von ihm gehört – dem Tag, nachdem wir festgestellt hatten, dass sie verschwunden war –, und er meinte, dass er herkommen würde, um zu helfen.« Sie seufzte leise. »Wie gesagt, ich habe ihn gebeten, nach der Unterlassungsaufforderung zu suchen. Ich konnte nicht klar denken, ich hatte Angst, dass man mich verdächtigen würde. Bis gestern Abend hatte ich keine Ahnung, dass er der Mörder ist. Und jetzt ist er …« Stöhnend rieb sie sich mit den Handflächen das fleckige Gesicht und stand dann auf. »Ich würde jetzt gerne ins Bett, falls das okay ist.«

»Natürlich. Wenn du Lust hast, werden wir morgen irgendwas zusammen unternehmen.« Ich ließ die Arme in meine Jacke gleiten und folgte ihr zur Tür. Sie schloss mir auf, und ich drehte mich noch einmal um und blickte ihr in die Augen. »Mikki, es tut mir wirklich leid. Ich möchte, dass du mit mir über alles reden kannst, und es tut mir unglaublich leid, wenn du das Gefühl hattest, dass das nicht möglich ist.«

Sie schniefte. »Danke.« Ich nahm sie unbeholfen in den Arm, und wir gaben ein merkwürdiges, ungleiches Paar ab – ich mit meiner Mütze und meinem offenen Parka, und Mikki mit ihrem spindeldürren, vogelartigen Körper.

Schließlich stapfte ich nach unten und sah draußen ein Taxi vorbeifahren. Ich hob den Arm – was für ein Glück, am Heiligabend ein Taxi zu erwischen –, und kurz darauf rollte der Wagen nach Norden Richtung Queens, während zu meiner Linken die Lichter von Manhattans Skyline funkelten.

Kaum dass ich im Wagen saß, rief Gary an, und auf meinem Display erschien das alberne Foto, das ich vor all den Jahren bei einem Footballspiel in Harvard von ihm gemacht hatte. Der Taxifahrer musterte mich im Rückspiegel, während ich abhob.

»Sie haben ihn gefunden, Hana«, sagte Gary mit erregter Stimme. »In einem Motel, ein paar Autostunden von Montreal entfernt. Er hat sich mit dem gefälschten Ausweis in einem schäbigen Motel ein Zimmer genommen. Als man ihn fand, war er fast tot, und in seinem Arm steckte eine Spritze. Sie sagten, dass er … er war …«

»Ist schon okay, Gary. Atme erst mal tief durch.« In meiner

Kehle stieg ein Schluchzen auf, und ich musste schwer schlucken. »Immer schön der Reihe nach. Wo bist du gerade?«

»Wir sind zu Hause. Diese Polizistin, Ratliff, hat uns angerufen. Cameron wird gerade ins Krankenhaus gebracht.«

Eine Lage Schnee rutschte von einem Baum und fiel auf das Taxidach. »Ist Cameron okay?«

»Sie meinte, sein Zustand sei stabil. Mehr wissen sie auch nicht«, brachte er stammelnd hervor. »Sie sagte, dass es eine große Menge Heroin war. Dass er versucht hat, sich umzubringen.«

»Aber sein Zustand ist stabil. Sie sagte, sein Zustand sei stabil?«

»Sie wissen allerdings nicht, ob er in der Lage sein wird zu reden. Um uns zu erzählen, was … was wirklich mit Eleanor passiert ist.«

»Ist schon okay.«

Ich wusste nicht, was ich von der ganzen Sache halten sollte, und Gary vermutlich auch nicht. Er schien große Angst um Cameron zu haben – um seinen Ersatzsohn, den Sohn, den er niemals hatte –, aber glaubte er immer noch an seine Unschuld?

»Er hatte …« Gary hielt inne und stöhnte traurig auf, worauf mir Tränen über die Wangen liefen. Er brauchte mehrere Anläufe, um seinen Satz herauszubringen. »Er hatte Eleanors Laptop dabei. Und ihr Telefon.«

»Oh, Gary. Das tut mir so leid.« Ich ließ ihn einen Moment weinen. Ich war gerührt, aber auch überrascht, dass er mich angerufen hatte. »Was kann ich für euch tun? Soll ich nach Beverly zurückkommen?«

»Nein. Ich wollte nur … Ich dachte nur, ihr solltet es wissen. Mikki auch.«

O Gott – nicht nach dem Abend, den Mikki erlebt hatte. Ich würde die Ärmste schlafen lassen. »Sie ist bereits im Bett, aber ich werde es ihr morgen sagen. Kannst du uns auf dem Laufenden halten?«

»Mach ich. Mach ich.«

»Okay. Pass auf dich auf. Und auf Katie.«

»Mach ich.«

Ich legte auf, und der Taxifahrer drehte die Musik wieder lauter.

»Wir werden eine weiße Weihnacht bekommen, Ma'am«, sagte er.

Doch ich erwiderte nichts.

Kapitel 24

KATIE

DIENSTAG, 24. DEZEMBER, 21:48 Uhr

Als ich um die Straßenecke bog, konnte ich gerade noch sehen, wie von Mikkis Haus ein Taxi davonfuhr, und stieß einen Seufzer aus. Da ich wahrscheinlich den letzten Bus verpasst hatte – was ich ohne das verdammte Telefon, das offensichtlich noch auf Mikkis Couchtisch lag, allerdings nicht überprüfen konnte –, wollte ich jetzt nur noch auf direktem Weg nach Hause fahren. Darum würde ich gleich von Mikkis Wohnung aus einen Wagen rufen. Hoffentlich war sie noch wach. Funktionierte ihre Türklingel überhaupt? Notfalls müsste ich Schneebälle gegen ihr Fenster werfen.

Ich drückte im Rhythmus von *Jingle Bells* wie eine Blöde auf die Klingel und bildete mir ein, in der kalten, stillen Nacht das Lied zu hören. Schließlich ertönte knackend Mikkis Stimme: »Hallo?«

»Hier ist Katie. Gott sei Dank bist du noch auf.«

»Du suchst dein Handy, nicht wahr? Ich kann es dir runterbringen.«

Ich hüpfte von einem Fuß auf den anderen. »Kann ich hochkommen und deine Toilette benutzen?« Und in deinem warmen Wohnzimmer auf meinen Wagen warten?

Schweigen. Schließlich betätigte sie den Türöffner, und es ertönte ein lautes Summen. Ich eilte die rissigen Marmorstufen nach oben, vorbei an roten und grünen Girlanden, Weihnachtssternen aus Papier und Schneemannscherenschnitten. Mikki wirkte leicht gestresst, als sie die Tür öffnete; sie trug immer noch ihre Jogginghose und hatte ihre Haare mit einem Gummi zurückgebunden.

»Meine Liebe«, murmelte ich, während ich mein Telefon nahm. Daneben lag eine kleine Glaspfeife, und das Gras darin qualmte noch.

»Willst du auch?«, fragte sie.

Ich schüttelte den Kopf. Marihuana machte mich paranoid – das wusste sie. »Nein, danke. Wann ist Hana gegangen?«

»Vor ein paar Minuten.« Sie rieb sich die Augen. »Ich wollte nur noch den Film zu Ende sehen und mich dann hinhauen.«

»Okay. Ich bin gleich zurück.« Ich ging Richtung Badezimmer. Die Wände im Flur waren mit gerahmten Gemälden übersät, die sie von einem dreiwöchigen Arbeitsaufenthalt in Vietnam mitgebracht hatte: Akte auf welligen Bögen Bambuspapier, auf denen ein paar schwarze Striche weibliche Körper andeuteten. Zunächst verwechselte ich ihre Schlafzimmertür mit der Badezimmertür und lief dann weiter den Flur hinunter.

Auf dem Weg zurück spähte ich erneut in ihr Zimmer. Neugierig näherte ich mich dem geräumigen Arbeitsbereich in der Ecke, wo sich wahllos Dinge stapelten und eine klobige Keramiklampe stand. Von der Feuerleiter fiel ein rechteckiger orangefarbener Lichtfleck wie von einem Scheinwerfer direkt auf diesen Bereich. Ohne die Beleuchtung einzuschalten, lief ich auf Zehenspitzen zwischen Wandschrank und Bett entlang und beugte mich hinunter, um mich dort umzusehen.

Die Collagen. *Ich fertige diese großformatigen Arbeiten an, mache dann Fotos davon und füge diese in meine Collagen ein*, hatte sie vor einigen Wochen mit freiem Oberkörper im Duschraum von *The Herd* selbstbewusst gesagt. Hier lagen keine fertigen Arbeiten, aber ich konnte ein paar brauchbare Fotosegmente entdecken: die Aufnahme einer auf den Gehweg gesprühten Maus, die in der Form einer Katze ausgeschnitten war, sowie die Darstellung weiblicher Geschlechtsorgane – Eierstöcke, Eileiter und so weiter –, die mit einer Schablone auf eine Aluminiumplatte mit den Umrissen Kaliforniens aufgetragen worden war. Ein Foto des Worts HERE in weißen bauchigen Buchstaben, die mir so bekannt vorkamen, dass ich hätte schwören können, sie schon einmal gesehen zu haben; das zweite E war mit einem akkuraten roten X durchgestrichen und die Aufnahme in der Silhouette eines Vogels ausgeschnitten.

Die grauweiße Arbeitsfläche wurde von Fotoschnipseln in Form merkwürdiger Puzzlestücke gesäumt – den buchstäblichen Schnittresten. Den Überbleibseln, den nicht verwendeten Zwischenräumen der Vorlagen. Ich nahm einen der fein säuberlich ausgeschnittenen Schnipsel, der auf einer Seite gerade und auf den anderen geschwungen und gezackt war. Ich neigte ihn ins Licht und bewegte ihn hin und her, damit er es nicht reflektierte. Eine malvenfarbige Fläche mit zarten Nadelstreifen. Der *Gleam* Room.

Großformatige Arbeiten. Ich erinnerte mich daran, wie ich zum ersten Mal den Raum betreten hatte und so entzückt von der Kollektion wunderbarer *Gleam*-Produkte gewesen war, dass ich beinahe nichts bemerkt hätte. BLÖDE FOTZEN. Aber es war nicht möglich, dass Mikki … Warum sollte sie …

Plötzlich ging die grelle Deckenlampe an, und ich fuhr herum. Im Türrahmen stand Mikki.

»Na, Kleines«, sagte sie, die Lippen zu einer Mischung aus Grinsen und Grimasse verzerrt. »Schleichst du etwa zwischen meinen Arbeitssachen herum?« Sie machte ein paar Schritte auf mich zu, blieb dann neben der offenen Schranktür stehen und lehnte sich dagegen, sodass die Hängefächer voller Modeschmuck, Federn und Perlen über das Holz glitten.

Mein Gehirn begann zu rasen – *das Graffiti, warum hat sie das getan?* –, während in meinem Körper etwas sehr viel Ursprünglicheres die Oberhand gewann: Angst. »Ich wollte mir nur deine Collagearbeiten ansehen, von denen du erzählt hast!« Ich verzog den Mund zu einem Lächeln und versuchte, einen Witz zu machen: »Deine Collegearbeiten, hätte ich fast gesagt.«

Mikki lächelte ebenfalls. »Warum hast du das Licht nicht angemacht?«

»Damit … damit du nicht denkst, ich würde hier herumschnüffeln. Allerdings habe ich genau das getan.« Ich merkte, dass ich immer noch das Foto mit dem Nadelstreifenmuster in der Hand hielt, und ließ es beiläufig auf den Tisch fallen.

»Und, was denkst du?« Sie verschränkte die Arme vor der Brust. »Ich wollte sowieso deine Meinung zu den Collagen hören.«

»Ich würde gerne eine fertige Arbeit sehen. Wo sind die?«

»Was hast du dir gerade angesehen?« Mikki kam zu mir herüber, und ich wich zurück; sie griff an mir vorbei nach dem Fotoschnipsel von der Wand aus dem *Gleam* Room. »Du hast es wiedererkannt, oder?«

»Ich bin mir nicht sicher. Also, ich sollte jetzt gehen.« Ich verlagerte mein Gewicht, doch sie schaute mich nur an, und ihr schmaler Körper wirkte irgendwie Respekt einflößend.

»Du hast es wiedererkannt, das weiß ich.« Sie warf den

Schnipsel aufs Bett, wo er sanft wie eine Schneeflocke zum Liegen kam.

Ich zuckte mit den Schultern und verwendete all meine Energie darauf, einen ungezwungenen Eindruck zu machen. »Ich weiß, ich weiß, aber ich kann es nicht zuordnen. Ist das *The Herd*?«

»Volltreffer!« Sie richtete einen Finger wie eine Pistole auf mich. »Genau dort wurde das Foto aufgenommen.«

»Es gefällt mir, dass du *The Herd* in deiner Kunst verarbeitet hast.« Ich wackelte schwungvoll mit den Schultern. »Dein wunderschönes Design findet sich dort überall, in jedem Winkel des Büros – außerdem hast du die Produktverpackungen im *Gleam* Room entworfen.« Warum hämmerte mein Herz derart heftig, dass mein ganzer Oberkörper vibrierte? Sie hatte nichts Schlimmes gesagt oder getan. Doch ich war kurz davor, die Zusammenhänge zu begreifen, die Antwort lag mir förmlich auf der Zunge. »Und jetzt hast du das alles in deiner Kunst verarbeitet. Es ist wie ein Spiegelkabinett!« Absurderweise musste ich an die Diele im Reihenhaus von Eleanor und Daniel denken, an die großen Spiegeltüren der Schränke. Daran, wie sich unzählige Mikkis, Hanas und Katies darin in der Ferne verloren.

»Könnte man so sagen.«

»Hast du die gestreifte Wand hier aufgenommen?«, fragte ich und deutete mit den Fingern auf das Bild. »Oder hast du tatsächlich das Graffiti fotografiert? Das wäre ziemlich … avantgardistisch.« *Das hättest du niemals getan*, versuchte ich ihr in Gedanken zu übermitteln. *Du hättest Eleanor niemals auf diese Weise vor den Kopf gestoßen.*

»Erzähl es niemandem, aber ich war ziemlich stolz darauf, wie ich das hingekriegt habe.« Sie lehnte sich gegen die Wand.

»Ich wusste zwar, dass Eleanor das nicht gefallen würde, aber ich dachte, das wird sie schon nicht aus der Bahn werfen. Sie hasste dieses Wort so sehr. *Fotze*. Doch warum sollte man ihm so viel Macht zubilligen? Es ist nur ein Wort. Sei keine Fotze.«

Ich grinste verschwörerisch, als wäre das ein logischer, ja geistreicher Gedanke. »Mir gefällt die Idee, das Wort für sich zu reklamieren. Hast du es selbst an die Wand gesprüht?«

»Im West Village, ja. Das war kein Problem, im Aufzug waren zwar Überwachungskameras, aber nicht auf der Treppe. Natürlich war ich nicht in San Francisco oder Fort Greene – das waren Freunde von mir. Ich wollte bis zum Ende des Jahres eine ganze Serie von Collagen fertigstellen. Ich habe auch schon einen Namen dafür: WOMEN, das W in weißer und OMEN in roter Farbe.« Sie gestikulierte mit der Hand, als würde sie vor sich an der Wand das Wort sehen.

»Toller Titel. Ziemlich unheilschwanger.«

Sie nickte. »Mit der Serie wollte ich zum Ausdruck bringen, wie beschissen Frauen in unserer Gesellschaft dran sind. Es scheint, als dürften sie nicht zu ihren Fehlern stehen, denn sie müssen schwer dafür büßen, wenn sie nicht perfekt sind. Männer hingegen dürfen ständig Scheiße bauen, ohne dass sie irgendwelche Konsequenzen zu befürchten haben. Wenn du eine Frau bist, reicht ein Fehler, und schon bist du nichts mehr wert. Eigentlich wartest du nur darauf, dass man dir alles wegnimmt, während du dir ein Bein ausreißt, um zu beweisen, dass du etwas wert bist, und dich wie verrückt bemühst, von allen gemocht und respektiert zu werden. In der Arbeit, in der Freizeit – Scheiße, nimm zum Beispiel *The Herd*: wie die Frauen darum betteln, dreihundert Dollar im Monat für die Mitgliedschaft in einem Frauenbüro ausgeben zu dürfen, obwohl man dort trotzdem erwartet, dass sie sich schick anziehen und schminken, immer hübsch lächeln und sich anpassen, und wenn du deinen Lippenstift verschmierst, irgendwas Falsches sagst oder auf der Toilette furzt, kannst du dir die Kugel geben.« Ihre Stimme wurde lauter, und die Worte brachen jetzt unkontrolliert aus ihr hervor. »Die einzige Möglichkeit, erfolgreich zu sein, die einzige beschissene Möglichkeit, es in dieser Welt als Frau zu etwas zu bringen, ist, andere Frauen auszunutzen. So wie Eleanor das bei mir getan hat.«

Mit leiser, zitternder Stimme fragte ich: »Inwiefern?«

Ohne auf mich einzugehen, starrte sie nachdenklich den Fotoschnipsel auf dem Bett an. »Ich dachte, sie würde sich die WOMEN-Serie irgendwann mal ansehen, aber sie hat nie Zeit dafür gefunden. Und inzwischen bin ich mir nicht sicher, ob ich je Gelegenheit bekommen werde, die Arbeiten zu zeigen. Das hier ist nur Kunst, aber ich will nicht wegen Mordes angeklagt werden. Ich meine, die ganze Sache war für den Arsch, als irgendein Typ ihr Telefon gestohlen und versucht hat, Fotos von unserer Arbeit in Umlauf zu bringen – das ist nie meine Absicht gewesen.«

»Die Polizei glaubt, dass das alles zusammenhängt«, sagte ich. »Das Graffiti, das gestohlene Telefon und der Mord.« Die Journalistin in mir lief jetzt auf Autopilot und hielt das Gespräch in Gang, aber in meinem Kopf hörte ich in Endlosschleife immer wieder Mikkis rätselhafte Schimpftirade. Ich wollte jetzt endlich wissen, inwiefern Eleanor sie ausgenutzt hatte.

»Ich hatte nichts damit zu tun. Wahrscheinlich ist ihr das Handy in einem Taxi aus der Tasche gefallen, und dann hat irgendein Arschloch versucht, mit den Fotos etwas Kohle zu verdienen.« Sie zuckte mit den Schultern. »Ich bin froh, dass das nicht geklappt hat. Ich wollte, dass die Leute das Graffiti zum ersten Mal auf meinen Collagen sehen.«

»Die Polizei liegt mit ihrer Vermutung also falsch. Das alles hängt doch nicht zusammen.«

»Ich denke nicht. Das mit dem Graffiti war ich. Aber das Telefon hat irgendjemand anders mitgehen lassen. Und der Mord …« Sie wandte den Blick ab und hielt ihre Tränen zurück. »Cameron hat Eleanor bloß wegen der Sache mit Jinny zur Rede gestellt.« Sie schüttelte den Kopf. »Er muss gewusst haben, dass sie verschwinden wollte. Es ist alles so … verkehrt. Sie hätte es fast geschafft, nach Mexiko abzuhauen, und er hätte es fast geschafft, mit dem Mord davonzukommen. Was verdammt noch mal hatte er mit der Leiche bloß vor? Wollte er sie auf dem Dach liegen lassen in der Hoffnung, dass niemand von seiner Fahrt nach Manhattan erfahren würde? Es ist alles so … verworren. So unsinnig.«

An ihrer Wange lief eine Träne herunter, und ich machte einen Schritt auf sie zu. »Mikki, ich habe dir noch nicht gesagt, wie leid es mir tut. Das alles, aber vor allem die Sache mit Cameron. Ich kenne ihn allerdings kaum, und ich hatte keine Ahnung, wie nahe ihr euch standet. Das alles ist … nicht leicht.« Ich streckte die Hände aus, um sie in den Arm zu nehmen, doch ihre Schultern zuckten reflexartig zurück, und eine ihrer Hände schnellte zu der großen orangefarbenen Lampe auf dem Schreibtisch. Doch sie zog die Hand wieder zurück, und während sie steif dastand, ließ sie sich von mir in den Arm nehmen.

»Ich werde mir jetzt ein Taxi rufen, okay?«, sagte ich, und für einen Moment starrte sie mich mit ausdruckslosen Augen an und nickte dann schließlich. Sie rührte sich nicht von der Stelle, und ich wandte mich zur Tür um. Nach ein paar Schritten fiel mein Blick auf die Hängefächer an der Schranktür. Und dort, in einem der Fächer, steckten dicht zusammengedrängt wie ein tödliches Bouquet, glänzend und scharf, jene Werkzeuge, die ich schon so häufig in Mikkis vollgestopftem Rucksack gesehen hatte, jene Werkzeuge, mit denen sie fein säuberlich ihre Fotos ausschnitt. Meine Brust wurde kalt wie Stahl, und ehe ich mich versah, streckte ich die Hand aus und berührte die Kappe eines der Bastelmesser, dessen Klinge darunter hell funkelte.

»Mein Gott«, sagte ich. »Es ist kein Skalpell gewesen.«

Hinter mir ertönte ein lautes Kratzgeräusch. »Du verstehst das nicht. Wenn du dort gewesen wärst, würdest du es aber.«

Etwas glühend Heißes auf meinem Hinterkopf, dann ein Schlag. Meine Beine gaben nach, und der Boden knallte gegen meine Kniescheiben.

Ich drehte mich um und erkannte undeutlich, wie Mikki mit einem großen runden orangefarbenen Gegenstand in den Händen, der wie ein Kürbis aussah, herumwirbelte. Ich bewegte mich jetzt wie in Zeitlupe, und mein Kopf sank willenlos nach hinten.

»Ich wusste nicht, dass ich es in der Hand hielt«, sagte sie. »Wir waren die Letzten im Büro, und … sie erzählte mir von der Übernahme. Ich konnte die Situation nicht länger ertragen und sagte: ›Du weißt, dass du die Idee von mir geklaut hast.‹ Worauf sie meinte: ›Aber, Mikki, das spielt doch keine Rolle. Denn ich habe die Firma gegründet, und nicht du.‹«

Ich fiel und fiel, immer tiefer und tiefer. Für einen Moment rafften sich meine Zunge, meine Lippen und Zähne zu einer gemeinsamen Anstrengung auf: »Fick dich.«

»Es war ein Reflex, wie beim Kampfsport. Als würde ich

versuchen, einen Schlag abzuwehren. Meine Hand sauste nach vorne, und erst da – mir wurde erst da klar …«

Erneut zuckte ein Licht auf, als ich auf den Boden knallte und mit dem Schädel gegen die Holzbretter schlug. Dann ein kurzes Summen, und alles wurde schwarz.

Kapitel 25

HANA

DIENSTAG, 24. DEZEMBER, 22:10 Uhr

Aus den Lautsprechern des Taxis dröhnte ein Stück von *Mannheim Steamroller*, und jede Note des Synthesizers fühlte sich in meinem Schädel wie der Schlag eines Presslufthammers an. Vor vier oder fünf Jahren hatte Cameron in einer exklusiven Klinik in Arizona eine Entziehungskur gemacht, und soweit ich wusste, hatte er seitdem keine Drogen mehr angerührt. Die Neuigkeiten erfüllten meinen Körper mit einem heftigen Kribbeln.

Wusste Daniel inzwischen Bescheid? Erneut las ich seine E-Mail mit Mikkis kläglicher Unterlassungsaufforderung. Das alles war unsagbar traurig. Von ihren Freunden ignoriert und ihrer besten Freundin hintergangen, hatte Mikki jetzt auch noch ihr heimlicher Liebhaber verlassen und eine Landesgrenze überquert, um sich ungestört umzubringen.

In diesem Moment bemerkte ich eine E-Mail von einer befreundeten PR-Managerin: Die Sache mit deiner Freundin Eleanor tut mir unglaublich leid. Sag uns Bescheid, wann die Trauerfeier stattfindet. Wahrscheinlich hast du das hier bereits gesehen, aber ich habe es gerade auf Twitter entdeckt – und dachte, ich sollte dich trotzdem vorwarnen.

Die Mail war mit einer billigen Klatschseite verlinkt, neben der *The Gaze* wie die *Times* wirkte. Ich klickte auf den Link, und mir wurde vor Übelkeit schwindelig: EXKLUSIV-VIDEO: SEHEN SIE, WIE ELEANOR WALSHS LEICHE GEFUNDEN WIRD.

Ohne nachzudenken, spielte ich es ab – es handelte sich um ein verwackeltes Handyvideo, das immer wieder unscharf wurde. Es zeigte drei Gestalten in einem erleuchteten Fenster. Uns. An jenem Freitagabend, als die Musikkapelle unten auf der Straße die Luft zum Vibrieren gebracht hatte, hatte jemand in einem der Nachbargebäude sein Smartphone auf die drei Frauen – Katie, Mikki und mich – gerichtet, die auf der anderen Seite als Silhouetten zu sehen gewesen waren. Es wurde herangezoomt, und ich verfolgte gebannt, wie mein kleiner Schattenriss sein Handy hob und gegen die Fensterscheibe drückte, dann irgendetwas sagte und auf das Handy tippte. Katie erwiderte etwas, und meine winzige Gestalt fuhr herum und verschwand im Licht.

Ich werde versuchen, es vom Dach aus zu filmen, hatte ich gesagt und war Richtung Treppe marschiert. Ab diesem Moment hatte ich die beiden Frauen am Fenster nicht mehr gesehen.

Aber jetzt, auf dem verschmierten Display meines Telefons, konnte ich alles sehen. Wie Mikki sich mit verkrampften Schultern die Hand vor den Mund hielt, bevor sie sich umdrehte und mir verstohlen ein paar Schritte hinterherlief. Wie die ahnungslose Katie begeistert und entzückt weiter ihre Stirn gegen das kalte Fenster presste, während Mikki sich mit den Händen vorm Mund auf dem Absatz umdrehte und Richtung Treppe lief.

Dann schwenkte die Kamera wackelnd nach oben, bis sie mich schließlich gefunden hatte, als ich mir meinen Weg über das Dach bahnte.

Mit zitternden Händen schloss ich das Video und rief Mikki an. Aber es meldete sich direkt die Mailbox. Rechts von mir wischte ein Schild vorbei mit der Aufschrift: LETZTE AUSFAHRT VOR DER MAUTSTELLE.

»Fahren Sie hier ab!«, brüllte ich so laut, dass ich selbst erschreckte. »Bringen Sie mich zurück nach Greenpoint.«

Ich hielt dem Fahrer eine Handvoll Geldscheine hin und stürmte die Treppe zu Mikkis Haus hinauf. Ich stemmte mich gegen die Klingel, so wie sich ein genervter Taxifahrer auf der Hupe abstützt: sinnlos, verzweifelt, unerbittlich.

»Herrgott! Wer ist denn da?«

»Hier ist Hana. Lass mich rein.«

»Ich habe schon geschlafen. Hast du auch irgendwas vergessen?«

»Lass mich rein.«

»Warum bist du hier?«

»Mikki, du wusstest, dass Eleanor auf dem Dach war.« Ich beugte mich zum Lautsprecher vor und lauschte ihrem Darth-Vader-Atem. »Warum deckst du Cameron?«

Aus der Sprechanlage drang ein Schluchzen, bruchstückhaft und knisternd. »Lass mich schlafen, Hana. Lass mich einfach in Ruhe.«

»Mach auf, oder ich rufe Ratliff an.«

Erneut war ihr Weinen zu hören, und dann, neben mir, so laut, dass ich zusammenzuckte, das Summen der Tür, die entriegelt wurde.

Behutsam zog Mikki die Tür auf. Der trübe Schein einer Lampe warf Schatten in die Ecken des Eingangsbereichs, und der Rest der Wohnung – der Flur, der Fernseher, die Luft um uns herum – lag im Dunkeln. Mikki trug ein Kapuzenshirt über ihrem Schlafanzug, und ihre verquollenen Augen waren schmale Schlitze, die wie zwei Stücke Puffreis aussahen.

»Mikki, es ist okay.«

Sie steckte ihre Hände in die Vordertasche des Kapuzenshirts und warf sich aufs Sofa. Über den Couchtisch verstreut lagen ein Feuerzeug, eine Pfeife und ein paar Krümel Gras.

Ich hockte mich aufs Sofa. »Rede mit mir! Ich will nicht, dass du Schwierigkeiten bekommst. Ich will dir helfen.«

Sie holte stockend tief Luft. »Wie hast du es herausgefunden?«

Ich hielt ihr mein Telefon hin. »Das Video hier. Du wolltest nicht, dass ich aufs Dach gehe.«

Der Wind rüttelte am Fenster, während wir es uns ansahen. Schließlich drückte sie das Display gegen ihr Knie und schloss die Augen. »Ich bin das nicht gewesen.«

»Aber du wusstest, dass sie dort lag.«

»Können wir morgen darüber reden?«

»Mikki.«

Sie wischte eine Träne fort. »Ich habe keine Ahnung, warum ich ihm geholfen habe.«

Ich wartete. Ihre Heizung begann zu klappern, als würde sie ebenfalls die Geduld verlieren.

»Er hat mich angerufen und mir erzählt, was er getan hat.« Sie rieb sich mit dem Ärmel die Nase. »Er meinte, er würde das Licht ausschalten und alle Türen abschließen. Und aus dem Abstellraum des Hausmeisters das Putzzeug holen, um das Blut wegzuwischen. Ich versprach ihm, sofort vorbeizukommen.«

Sag nein zu Cameron, Mikki, flehte ich stumm, als könnte sie den Ausgang der Ereignisse noch ändern. *Sag Cameron, er soll dich am Arsch lecken.* »Warum?«

Sie wandte sich mir zu. »Warum was?«

»Warum bist du zu ihm gefahren?«

Mikki runzelte die Stirn. »Keine Ahnung. Er wusste von der Sache mit Jinny. Und wir waren ... wir haben täglich miteinander gesprochen. Wenn wir uns sahen, dann ... knisterte es zwischen uns. Wir haben zwar nie davon gesprochen, ernsthaft was miteinander anzufangen, aber ...« Sie zuckte mit den Schultern. »Wenn man verliebt ist, macht man verrückte Sachen.« Sie wischte sich über die Augen und betrachtete dann die Tränen, die auf ihrem Zeigefinger glitzerten. »Als ich dort ankam, war Cameron ganz ruhig. Er hatte sich einen Plan zurechtgelegt. Er sagte, wir könnten sie nicht aus dem Gebäude bringen, weil man uns dabei sehen würde. Es war der Beginn der Kältewelle, und er wollte sie auf dem Dach verstecken, um in der Nacht zurückzukehren und sie fortzuschaffen.«

In meiner Kehle stieg ein saurer, fauliger Geschmack auf, doch ich hörte weiter zu.

»Er hat sie dann nach oben getragen und hinter die gestapelten Gartenstühle gelegt, und ich half ihm beim Saubermachen. Er sagte ständig, wir müssten dafür sorgen, dass man den Tatort erst untersucht, nachdem sich ein paar weitere Leute dort aufgehalten hätten. Aber natürlich gab es immer noch das Problem, dass alle nach ihr suchten. Denn am nächsten Tag sollte sie diese Präsentation abhalten.«

Ich griff mir unters Kinn und bohrte meinen Daumen in die Luftröhre. Nein, nein, nein, nein.

Mikkis Gesicht entspannte sich. »Aber Cameron hatte eine Idee. Offensichtlich hatte Eleanor sich bei ihm wegen eines gefälschten Passes erkundigt. Er wusste also, dass sie irgendetwas verheimlichte. Wir schnappten uns ihr Telefon, und Cameron rannte damit aufs Dach zurück, um es per Face-ID zu entsperren.« Ihre Augenbrauen zuckten. »Wir konnten es nicht fassen, als wir darauf die ganzen Infos zu ihrem Umzug nach Mexiko fanden. Aber das war ein Geschenk des Himmels. Wenn wir den Eindruck erwecken könnten, dass sie noch lebte, während die Leute von ihren Plänen erfuhren, wären wir aus dem Schneider.«

Sie schwieg einen Moment, und ich räusperte mich. Mikki hatte also Zugriff auf Eleanors Pläne für ihren Rückzug nach Mexiko gehabt – ich konnte es nicht glauben, aber das bot mir Gelegenheit, sie zu fragen, was ich Eleanor selbst nicht mehr fragen konnte. »Stand dort, warum sie verschwinden wollte? Wegen der Erpressung? Weil sie glaubte, dass man sie verpfeifen würde?«

Mikki starrte mich mit versteinertem Blick an, während sie Mund und Nase verzog. »Ich weiß es nicht. Das stand dort nicht. Ich habe keine Ahnung, warum Eleanor getan hat, was sie getan hat.« Sie redete jetzt schneller, als wollte sie das hier rasch hinter sich bringen. »Du weißt ja, was dann passiert ist. Cameron hat am nächsten Tag mit ihrem Telefon ein paar E-Mails und Nachrichten versendet. Und nachdem du und Katie von ihren Mexikoplänen erfahren hattet, verschickte er von ihrem Laptop eine letzte E-Mail. Allerdings wussten wir immer noch nicht, was wir mit der Leiche anstellen sollten. Unser Schicksal hing jetzt von den Überwachungskameras ab: Also stellte ich eine Menge Fragen und fand schließlich heraus, dass sie wieder funktionierten.«

»Oh, Mikki.« Die Luft um uns herum vibrierte vor Spannung, war erfüllt von dem Wissen, dass dies der letzte Moment sein würde, in dem die Dinge noch in Ordnung waren. Ob sie es auch spürte?

»Nachdem du sie gefunden hattest, lebte ich nur noch von

Stunde zu Stunde. Ich war untröstlich – fast so, als hätte ich mir bis dahin eingeredet, dass sie tatsächlich in Mexiko sei. Als die Walshes uns dann über Weihnachten nach Beverly einluden, dachte ich, dass es mir guttun würde, aus New York rauszukommen – außerdem konnte ich bei Cameron vorbeischauen, um mich zu vergewissern, dass bei ihm alles okay sei. Aber es war schrecklich, Gary und Karen zu sehen. Ich weiß nicht, was ich mir bloß gedacht habe. Ich habe überhaupt nichts gedacht.«

Für ein paar Sekunden saßen wir einfach nur da, und die Heizung gab ein Zischen von sich.

»Das musst du Ratliff erzählen«, sagte ich. »Ich werde dich begleiten – wir werden den Cops alles erzählen. Es ist besser, wenn du kooperierst und als Belastungszeugin aussagst.« Mit einem Anflug von Angst registrierte ich, dass sie mein Telefon von ihrem Schoß unter ihren Oberschenkel – außer Reichweite – geschoben hatte.

»Aber Cameron ist verschwunden – und ich kann nicht beweisen, dass er es gewesen ist. Das bringt doch alles nichts.«

Ich glaubte, im Flur einen dumpfen Schlag gehört zu haben, und wir blickten beide in diese Richtung. Aber es war zu kalt, zu spät und zu dunkel; die Nacht wich immer mehr vor mir zurück.

Ich beugte mich vor. »Mikki, man hat Cameron gefunden. In Kanada. Gary hat mich vorhin angerufen.«

»Nein.«

»Doch. Er wurde verhaftet.«

Erneut ertönte ein dumpfer Schlag. Ich richtete mich auf und verdrehte meinen Oberkörper, und als ich mich wieder Mikki zuwandte, konnte ich gerade noch sehen, wie sie ihre Hand aus dem Kapuzenshirt zog.

Sie bewegte sich so schnell und zielgerichtet, als hätte sie für diesen Moment trainiert. Mit einem kurzen Schrei ließ sie ihren Arm nach vorne schnellen, worauf ich an den unteren Rippen auf der rechten Seite einen heftigen Stoß verspürte. Ich riss den Kopf nach unten, um zu sehen, was passiert war: Die Klinge steckte unterhalb meines BHs vollständig in meinem Körper, ringsum quoll Blut hervor. Komischerweise musste ich an Mom denken, an den Tumor in ihrer Brust, an die Skalpelle, die nach dem krankhaften Gewebe suchten.

Eine Sekunde verstrich, und eine weitere, dann verspürte ich einen plötzlichen, heftigen Schmerz. Das Letzte, was ich sah, waren Mikkis Finger, die den Griff des Bastelmessers umklammerten, während sie es aus meinem Körper zogen.

Kapitel 26

KATIE

DIENSTAG, 24. DEZEMBER, 22:25 Uhr

Ein Erdbeben.

Ich hielt die Augen geschlossen, denn die Erde zitterte, tektonische Platten verschoben sich, und ich wollte nicht, dass mir die Decke auf den Kopf fiel oder ich in eine Spalte rutschte und vollständig verschluckt wurde. Also drückte ich die Augen fest zu, doch dann dachte ich:

Öffne sie.

Es war nicht die Erde, die zitterte, sondern ich. Ich lag gekrümmt wie ein Embryo da, und die Hände vor meinem Gesicht hatten eine merkwürdige helle Orangefärbung angenommen. Ich konnte sie nicht richtig erkennen, denn sie zitterten, und mein Kopf auch, selbst mein Blickfeld, alles zitterte.

Ich versuchte, den Kopf nach hinten zu neigen, und verspürte an der Rückseite ein Brennen wie von einem Brandeisen, während ich mit zitterndem Kiefer ein Stöhnen hervorstieß. Vergeblich versuchte ich, mich aufzusetzen, und knallte mit der Wange auf das Eisen unter mir.

Eisen – Eisenstäbe, unter und vor mir. Ich schaute zwischen ihnen hindurch und konnte ein paar Schritte entfernt eine Backsteinwand erkennen, die in der Dunkelheit von einem orangefarbenen Licht angestrahlt wurde. Mein Verstand begann zu arbeiten und fügte alles zusammen: Ich war draußen in der Eiseskälte, ohne Jacke. Ich war … dann begriff ich plötzlich, ich lag auf Mikkis Feuerleiter, die ich von ihrem Schlafzimmer aus gesehen hatte, allein dem Tod überlassen. *Warum bin ich hier draußen? Warum tut mein Kopf … Sie hat mich geschlagen, oder?* Ich versuchte erneut, meinen Hals zu bewegen, und tastete nach der glühend heißen Stelle.

Ich musste nachdenken. Allerdings war das gar nicht so leicht, meine Gedanken waren zäh und träge wie Maschinenöl in einem eiskalten Motor. Zunächst einmal musste ich mich aufwärmen. Und ich musste ins Innere gelangen. Ich befahl meinen Händen, sich unter meinen Körper zu schieben, doch zu meiner Beunruhigung wollten sie mir nicht richtig gehorchen. Ich riss meine klappernden Kiefer auseinander und versuchte zu schreien, aber es kam nur ein trockenes Krächzen heraus, eine weiße Wolke, die sich sofort wieder verflüchtigte. Die Wärme – die Wärme aus meinem Körper, aus meiner Lunge, ich musste sie zurückhalten.

Auf die Unterarme gestützt, krabbelte ich unbeholfen über die kalten Eisenstäbe, bis ich mit der Schulter gegen das Fenster stieß. Ich versuchte, einen Blick ins Innere zu werfen: Dort war es dunkel und die Tür zwischen Schlafzimmer und Flur geschlossen. Ich schwankte zurück und warf mich gegen die Scheibe, einmal, zweimal, und ein heftiger Schmerz durchzuckte meinen Körper und mit ihm die Erkenntnis, dass das nicht klappen würde – auf diese Weise würde ich weder das Fenster öffnen noch Aufmerksamkeit erregen, niemand würde mich in der Kälte hören, da die Fenster fest verschlossen waren; wenn es doch nur Sommer wäre, im Sommer waren die Menschen …

Konzentrier dich. Ich befand mich im dritten Stock. Zu weit oben, um zu springen, und in meinem Zustand – meine Arme und Beine zitterten heftig, und ich konnte nicht richtig sehen – würde ich es nicht die Leiter hinunterschaffen. Am liebsten hätte ich geweint, geschrien, mich dem Zittern überlassen und mich über den Rand gerollt.

Ein Stockwerk: Ich musste nur ein Stockwerk hinunterklettern, um die Feuerleiter einer anderen Wohnung zu erreichen. Für einen Moment schloss ich die Augen und lauschte meinem keuchenden Atmen und dem pulsierenden Blut in meinen Ohren. Ich konnte entfernte Weihnachtsmusik hören, das Kreischen einer Hupe. Ich sprach ein stummes Gebet und setzte mich in Bewegung.

Ich schaffte es zwei Sprossen hinunter, bevor meine Hände, die steif wie die einer Barbiepuppe waren, mich im Stich ließen und ich mit voller Wucht aufs Steißbein fiel. Der Aufprall schüttelte mich kräftig durch, aber ich hatte keine Schmerzen, und ich ahnte, dass das nichts Gutes zu bedeuten hatte. Ich starrte zu den Sternen über mir empor, von denen einige selbst in dieser riesigen Stadt zu sehen waren, trotz all der Lichter, der Luftverschmutzung und Menschen; Menschen waren Müll, und auf den Straßen lag so viel Müll, der durch die Luft flog und an einem hängen blieb und …

Es ertönte ein seltsames Kratzgeräusch. »Alles okay?« Das war die Stimme eines Mädchens, eines Kindes oder Teenagers. Es dauerte einen Moment, bis ich begriff, dass man mir eine Frage gestellt hatte und ich antworten musste.

»Iiug.« Ich wusste nicht, was ich eigentlich sagen wollte, aber das kam aus meinem Mund. Ich hörte, wie das Mädchen keuchend vom Fenster wegging, und begann zu weinen: *bitte lass mich nicht allein, bitte bleib hier und …*

»Ja, hallo, da ist eine Frau auf unserer Feuerleiter, offensichtlich ist sie beim Runterklettern gestürzt. Sie hat keine Jacke an und zittert ziemlich heftig, vielleicht ist sie – Ma'am, sind Sie betrunken? Alles okay?« Das war die Stimme einer Frau, einer Erwachsenen.

Als sie mit dem Telefon am Ohr über mir auftauchte, deutete ich mit zitternder Hand auf meinen Hinterkopf, saugte die kalte Luft in meine Lunge und sagte das eine Wort, das ich all die Monate nicht über die Lippen gebracht hatte: »Hilfe.«

Die Frau und ihre Tochter verfrachteten mich in ihre Wohnung und legten mich in eine Decke gehüllt und mit einem Kissen unter dem Kopf auf den Boden. Sobald die Wärme, heiß und leuchtend wie Feuerwerkskörper, wieder in meine Glieder zurückkehrte, begann ich, noch heftiger zu zittern. Mein Hirn war immer noch wie benebelt, träge und langsam. Ich hörte Sirenen durch die Nacht hallen, und zum ersten Mal seit Monaten blieb ich bei ihrem Klang entspannt, ohne Gedanken an Chris und den wilden Ansturm aus Scham und Trauer heraufzubeschwören. Ich war froh, dass sie kamen. Ich wollte unbedingt ins Krankenhaus. Dann könnte ich erzählen …

Die Sanitäter betraten das Zimmer, doch keiner von ihnen hörte mir zu, konnte verstehen, was ich versuchte, ihnen mitzuteilen. Ich zeigte immer wieder zur Wohnung über mir, ohne dass sie mir Beachtung schenkten. Schließlich setzte ich mich auf und griff nach der Wunde an meinem Hinterkopf, worauf ich zusammenzuckte.

»Mikki, oben, in der Wohnung über dieser – sie war es«, sagte ich. »Sie müssen sie sofort verhaften – ich glaube, dass sie meine Freundin umgebracht hat.«

Aber Sanitäter waren keine Cops, also sagten sie mir, dass sie einen Streifenwagen in der Nähe verständigen würden, und als sie mich auf einer Trage ins Heck des Rettungswagens hievten, traf mit Blaulicht bereits die Polizei ein. Nachdem man mich festgeschnallt und die Türen zugeschlagen hatte, entstand erneut Unruhe; es waren Rufe, das Rauschen und Knacken von Walkie-Talkies und die Sanitäter zu hören, die aus dem Gebäude geeilt kamen. Die Frau aus der Wohnung oben – mein rettender Engel, sie hieß Sue, und ich sollte sie nie wiedersehen – wollte mich eigentlich begleiten, aber als sie meinen beunruhigten Gesichtsausdruck bemerkte, erklärte sie, dass sie nachsehen werde, was da los sei.

Auf einmal wurde die Tür des Rettungswagens aufgerissen und ein weiterer Körper, eine fremde Person, hineingehoben. Wer zum Henker war das? Ich beobachtete, wie die Trage mit der Person neben mir befestigt wurde.

Und dann folgte, wie die Schlusswendung in einem Film, die große Erkenntnis, verwirrend und überraschend zugleich, jener Paukenschlag, so unerwartet, dass man beinahe ein Gefühl freudiger Erregung verspürte, weil man begriff, dass man die ganze Zeit falschgelegen hatte.

Das war nicht irgendein Körper. Das war Hana.

Kapitel 27

HANA

MITTWOCH, 25. DEZEMBER, 6:51 Uhr

In meiner Wahrnehmung war Katie in ihrem Leben nur dreimal älter geworden; eine Weile passierte nichts, und dann machte sie plötzlich einen gewaltigen Sprung: einmal während ich als Teenager in Kalifornien gewohnt hatte, ein weiteres Mal während ihrer Collegezeit an der NYU und schließlich, als sie sich in Kalamazoo um Mom gekümmert hatte. In diesen Phasen wurde der disneyartige Bann, der über ihr lag, durchbrochen, und wenn ich sie dann nach Monaten wiedersah, wirkte sie verändert, älter und reifer. Den Rest der Zeit blieb sie dieselbe, als könnten ihr die verheerende Wirkung der UV-Strahlung, Sorgen und all dessen, was sonst noch bei jedem seine Spuren hinterließ, nichts anhaben.

Doch als ich sie jetzt schlafend in diesem Krankenhausbett liegen sah, bemerkte ich erneut, dass sich ihr friedliches Gesicht verändert hatte. Offenbar über Nacht, oder ich hatte nicht aufgepasst, nicht genau hingeschaut. Ihre Haut war zwar immer noch glatt und makellos, aber sie war nicht mehr die jugendliche kleine Schwester, die ich in ihr gesehen hatte.

Ich konnte nicht anders, ich musste ihr einfach über den Haaransatz streichen, und sie kam zu sich.

»Ich bin so froh, dass du wach bist.«

Sie sah mich mit ausdruckslosen Augen an, dann ließ sie ihren Blick durchs Zimmer wandern und lauschte dem Piepen eines Monitors, das im Rhythmus ihres Herzens schneller wurde.

»Alles okay, Katie. Es ist alles okay.« Ich tätschelte ihr das Kinn. »Du hast eine Gehirnerschütterung und ein paar Erfrierungen erlitten, aber es geht dir gut.«

»Und wie geht es dir?«

Ich lächelte. »Du hast mir das Leben gerettet.«

Sie runzelte die Stirn und schüttelte verwirrt den Kopf, dann stöhnte sie auf und griff sich an den Kopf.

»Du hast wirklich eine schwere Gehirnerschütterung«, wiederholte ich aus irgendeinem Grund die Worte des Arztes. »Dort, wo du einen Schlag abbekommen hast.«

»Von Mikki.«

»Ja.«

»Wo ist sie jetzt?«

»In einer Arrestzelle. Man hat sie verhaftet.« Ich hob mein Hemd an, um ihr den Verband unter meinem BH zu zeigen. »Nachdem sie mir das hier angetan hat.«

»Ich dachte, du wärst tot.«

»Oje, mein Schätzchen.« Ich nahm ihre Hand. »Du hast einen heftigen Schlag auf den Kopf bekommen und das Bewusstsein verloren – für schätzungsweise mindestens zwanzig Minuten. Und die meiste Zeit hast du ohne Jacke im Freien gelegen, sodass du dich unterkühlt hast. Man hat mir erklärt, es sei völlig normal, wenn du durcheinander bist.«

Sie sah mich mit zusammengekniffenen Augen an. »Aber du warst auch im Krankenwagen.«

»Ja.« Ich holte tief Luft. »Ich bin noch mal zu Mikkis Wohnung gefahren, um sie etwas zu fragen. Sie meinte, du seist bereits gegangen, doch in Wirklichkeit warst du ohnmächtig, und sie hatte dich auf die Feuerleiter verfrachtet – offensichtlich wollte sie dich dort liegen lassen, bis sie mich wieder losgeworden war.« Ich legte meine andere Hand auf ihre und nahm sie zwischen die Handflächen. Dort, wo Katie an den Fingerspitzen Erfrierungen erlitten hatte, trug sie einen Verband. »Aber du bist wieder zu dir gekommen und hast Hilfe geholt. Es ist echt unglaublich, ich habe keine Ahnung, wie du es nach unten geschafft hast, ohne dabei draufzugehen. Als die Nachbarn einen Krankenwagen gerufen haben, hast du sie gebeten, auch die Polizei zu verständigen. Wegen Mikki.« Ich schüttelte den Kopf. »Ich weiß nicht, was passiert wäre, wenn die Polizei ein paar Minuten später eingetroffen wäre. Ich hatte Mikki zur Rede gestellt, und sie … sie zückte …«

»Ein Bastelmesser! Kein Skalpell!«

»Genau.«

Wir nickten einander zu.

Mir kamen die Tränen, und ich wandte den Kopf ab und tat so, als wäre das, was ich erzählte, jemand anderem passiert. »Das Messer verfehlte knapp meine Lunge, und als Mikki ein paar Schritte zurücktrat, als würde sie überlegen, was sie als Nächstes tun sollte, trafen die Cops ein. Sie hämmerten hinter mir gegen die Tür, und ich rief um Hilfe und versuchte, das Schloss zu öffnen, um sie hereinzulassen. Die gute Nachricht ist: Eine Frau, die um Hilfe ruft, ist ein hinreichender Verdacht, um eine Wohnung zu stürmen.« Ich versuchte, einen unbeschwerten Tonfall anzuschlagen, was mir jedoch gründlich misslang.

Katie machte ein entsetztes Gesicht. »Warum hat Mikki das getan?«

»Es gibt eine Menge Dinge, die wir nicht wissen. Aber offensichtlich hat sie den Mord an Eleanor gestanden.«

Sie dachte darüber nach und nickte dann. »Wie lange sind wir jetzt hier?«

»Nun, es ist fast sieben, also … schon eine ganze Weile.« Ich zupfte an einer meiner Locken und wandte erneut den Blick ab. »Mom ist auf dem Weg hierher. Ihre Maschine müsste gegen Mittag eintreffen.«

»Okay.« Sie runzelte die Stirn. »Es ist also Weihnachten.«

»Ja. Frohe Weihnachten, Katie.«

»Warum bist du …« Der Herzmonitor meldete sich erneut lautstark zu Wort. *Piep! Piep! Piep!* »Warum bist du noch mal zu Mikki zurückgefahren?«

Ich erzählte ihr von der Unterlassungserklärung, die Daniel gefunden hatte – davon, wie Mikki sich herausgeredet und beteuert hatte, nichts über Cameron zu wissen, und mich in dem Glauben an ihre Unschuld in die Nacht entlassen hatte. Dann erzählte ich Katie von dem Handyvideo, das, wie ich inzwischen erfahren hatte, von einem Typen stammte, der in einem Start-up auf der anderen Straßenseite arbeitete; er hatte wie wir die Musikkapelle gefilmt und dann die drei Frauen gegenüber bemerkt. Ihm wurde erst klar, was er da aufgenommen hatte, als die Nachricht von Eleanors Tod an die Öffentlichkeit drang. (Worauf er mit wahrem Unternehmergeist den Clip an den Meistbietenden verhökerte, statt ihn der Polizei zu übergeben.)

»Sie wusste, dass Eleanors Leiche auf dem Dach war; das war offensichtlich. Darum wollte ich wissen, warum sie Cameron deckte«, sagte ich. »Sie erzählte mir, dass sie zu *The Herd* gefahren sei und ihm geholfen habe, die Leiche zu verstecken. Als ich ihr dann sagte, Cameron sei am Leben und man habe ihn verhaftet, drehte sie völlig durch.« Ich seufzte. »Allerdings habe ich nicht erwähnt, dass er bewusstlos und halb tot war. Anscheinend glaubte sie, er würde anfangen zu reden – und das Spiel sei aus. Als die Cops eintrafen, hielt sie das Messer immer noch in der Hand und sagte, es sei ein Reflex gewesen.«

»Und wie geht es Cameron?«

»Es geht ihm gut – er ist wieder bei Bewusstsein und kooperiert mit den Behörden«, sagte ich. »Vorhin hat Ratliff angerufen und mir mitgeteilt, dass er ein umfassendes Geständnis abgelegt habe, um Strafmilderung zu bekommen.«

Inzwischen war klar, dass alles, was Mikki mir letzte Nacht erzählt hatte – von den verzweifelten Bemühungen, die Leiche zu verstecken und die Beweise zu beseitigen – der Wahrheit entsprach. Allerdings mit dem entscheidenden Unterschied – Ratliff erwartete von den Handydaten eine Bestätigung dafür, dass Mikki mit Eleanor in ihren letzten Momenten allein gewesen und Cameron ihr zu Hilfe geeilt war.

Ich lächelte und strich Katie sanft übers Haar. »Jedenfalls hast du mir das Leben gerettet. Dir habe ich es zu verdanken, dass man mich rechtzeitig in einen Krankenwagen verfrachtet hat.«

»Ich dachte, ich würde sterben«, erwiderte sie.

Es klopfte am Türrahmen, und ich stand auf, um Ratliff und Herrera zu begrüßen.

»Tut mir leid, dass – äh, danke, dass Sie trotz der Feiertage gekommen sind«, sagte ich. Als Vorsatz fürs neue Jahr hatte ich mir vorgenommen, mich nicht mehr für Dinge zu entschuldigen, die nicht meine Schuld waren.

»Ich bin Jüdin, also kein Problem.« Ein Lächeln huschte über Ratliffs Lippen. Dann wandte sie sich Katie zu. »Wie geht es Ihnen?«

»Mir ist ganz weihnachtlich zumute«, sagte sie mit stoischer Miene.

Ratliff berührte Katie am Arm. »Nun, wir sind froh, dass Sie wohlauf sind, und dankbar für Ihr beherztes Eingreifen.«

Katie zog sich in die Sitzposition und stöhnte auf; sie hatte sich außerdem das Steißbein geprellt. »Was ist mit Mikki?«

»Ms. Danziger befindet sich auf dem Revier in einer Arrestzelle. Wir werden sie nachher befragen.«

»Hat sie irgendwas gesagt?«, fragte Katie.

Ratliff verlagerte ihr Gewicht. »Sie hat gestern Abend eine kurze Aussage gemacht. Heute Nachmittag sieht sie ihren Pflichtverteidiger. Aber dank Mr. Corrigan haben wir ein ziemlich klares Bild vom Tathergang. Man hat ihn in ein Krankenhaus in Cambridge gebracht.«

»Sie meinen Cameron, oder?«, unterbrach Katie sie.

Ratliff bejahte ihre Frage und fügte hinzu: »Ted geht es gut. Er ist noch bei seinen Eltern, und Gary und Karen haben heute Morgen mit ihm gesprochen.«

»Sehr gut.« Katie schluckte.

Plötzlich drehte sich Herrera in meine Richtung. »Hana, können wir mit Ihnen draußen im Flur reden?«

Ich sah zu Katie. Ihre Augen blitzten beunruhigt auf, und ich warf ihr ein beschwichtigendes Lächeln zu. »Wir sind gleich wieder zurück.«

Draußen im kalten blau-weißen Flur sah ich die beiden ruhig an, während mein Herz heftig hämmerte. Es pulsierte in meinen Ohren angesichts dessen, was sie gleich zur Sprache bringen würden: die Erpressung und Jinnys Mom. Den kalten, schlanken Körper ihrer Tochter. Die verhedderte Plane auf dem Pool. Gary und Karen, die mit versteinertem Blick dabei zugesehen hatten, wie wir mit diesem ungeheuerlichen

Geheimnis in unseren Herzen aus ihrer Auffahrt gefahren waren.

»Wir werden aufgrund von Ms. Danzigers Aussage die Ermittlungen in einem ungeklärten Fall wieder aufnehmen«, sagte Ratliff. »Vom Mai 2010.«

Atme. Atme. Atme. Entspann deine Augen, nimm die Schultern runter.

»Sie hat erklärt, dass sie und Ms. Walsh in den Unfalltod einer jungen Frau in der Gegend von Boston verwickelt gewesen seien. Es handelt sich um einen Vermisstenfall.«

Was hatte Cameron ihnen erzählt? Und Daniel? Über das Erpresserschreiben, das er nie hätte sehen sollen? Ich kräuselte die Stirn. »Aus dem Jahr 2010. Als wir in Harvard studiert haben?«

»Genau.« Ratliff starrte mich an und beugte sich zu mir vor. »In der Gegend von Boston war eine junge Frau verschwunden. Sie hieß Virginia Hurst. Wissen Sie irgendetwas über sie?«

Ich neigte den Kopf. »Ich habe von dem Fall gehört. Es kam ja überall in den Nachrichten, und es ist natürlich beängstigend, wenn in der Gegend eine junge Frau verschwindet. Aber ich habe daran nicht mehr gedacht seit … meine Güte, seit fast zehn Jahren.« Ich konnte meinen Pulsschlag jetzt noch lauter hören, laut wie Meeresrauschen, als würden in Hals, Füßen und Fingerspitzen lauter winzige Herzen pochen.

Ratliffs Blick wurde etwas nachsichtiger. »Tut mir leid, dass ich Ihnen das alles erzähle, aber selbstverständlich müssen wir dieser Aussage nachgehen. Mikki hat uns erzählt, dass diese junge Frau bei einem Unfall im Pool von Ms. Walshs Haus an jenem Abend ertrunken ist.«

Ich trat einen Schritt zurück und griff mir mit der Hand ans Herz. Das war gut – ich konnte meiner Panik in Form von Entsetzen Luft machen. »Nein. Das ist nicht möglich.«

»Wir haben die Detectives kontaktiert, die den Fall damals bearbeitet haben. Sie suchen die Akten heraus. Es ist nicht – wir können das noch nicht mit Sicherheit sagen, aber es scheint alles zusammenzupassen. Ich wollte, dass Sie Bescheid wissen, bevor wir irgendwelche Informationen herausgeben. Falls sich die Sache bestätigt, werden wir die Familie benachrichtigen.«

Die Familie – Celia Hurst, Jinnys Mom aus Tennessee, die krank vor Trauer ihre Erpresserbriefe verschickt hatte. Würde Ratliff die Erpressung ansprechen? Oder wusste sie noch nichts davon? Der Absender hätte die Erpressung und hohen Zahlungen bestimmt nicht erwähnt.

»Ich kann es nicht fassen. Sie ist ertrunken?« Ich berührte mit dem Daumen meine Lippen. »Das war im … letzten Studienjahr. Eleanor hatte damals eine kleine Wohnung in der Mass Avenue. Wie konnte da jemand ertrinken?«

»Es ist im Haus ihrer Eltern passiert«, warf Herrera ein. »In Beverly.«

Ich zog die Augenbrauen hoch. »In Beverly? Wo wir gerade waren?« *Dort gibt es einen Pool*, hätte ich beinahe hervorgestoßen, hielt mich jedoch zurück. »Hat sie erzählt, wie es passiert ist?« Während ich den Cops ins Gesicht log, musste ich gegen einen inneren Impuls ankämpfen, gegen all die Verhaltensweisen, die ich mir im Laufe meines Lebens angeeignet hatte: Senk den Blick, und sprich mit ruhiger Stimme, sei respektvoll, und sag die Wahrheit. Und zeig deine Hände.

»Bald wissen wir mehr. Offensichtlich ist sie ertrunken, und Mr. Corrigan hat dabei geholfen, die Leiche zu beseitigen.«

Cameron? Diesmal war der Ausdruck der Überraschung in meinem Gesicht echt. Die Lüge schwirrte wie eine Spielzeugeisenbahn durch meinen Kopf: Vor neun Jahren hatten Gary und Karen uns weggeschickt und sich um die Leiche gekümmert. Wozu diese Lüge? Was hatte Cameron den Cops erzählt? Aber vor allem, warum deckte Mikki mich? Plötzlich füllten sich meine Augen mit Tränen, und ich machte meinen heftigen Gefühlen – Erleichterung und Entsetzen, Schuld und Panik – mit ungestümen Schluchzern Luft.

Herrera trat einen Schritt zurück, aber Ratliff legte ihre Hand auf meinen Unterarm. »Das ist bestimmt nicht leicht für Sie. Wir wissen, dass Sie drei sich sehr nahestanden«, sagte sie. »Wir fragen Sie jetzt – ganz inoffiziell –, ob Sie uns irgendetwas mitteilen wollen.«

Statt zu antworten, weinte ich einfach weiter. Eine Krankenschwester schob eine frischgebackene Mutter in einem Rollstuhl an uns vorbei. Als ich nach unten schaute, sah ich, wie sich das Neugeborene mit rosig glänzender Wange an ihre Brust schmiegte.

Schließlich schüttelte ich den Kopf. »Aber danke, dass Sie mir das erzählt haben.«

»Also gut.« Ratliff stemmte die Hände in die Hüften. »Wir werden uns melden, um Ihre offizielle Aussage noch zu Protokoll zu nehmen. Sie können jetzt wieder zu Ihrer Schwester.« Sie schenkte mir ein freundliches Lächeln. »Sie braucht Sie.«

Als ich in Katies Krankenzimmer trat und die Tür hinter mir zudrückte, begann ich am ganzen Körper heftig zu zittern, so als wäre meine Temperatur schlagartig gesunken.

»Was ist los?«, rief Katie und versuchte, sich erneut aufzusetzen.

Ich ging zu ihrem Bett und hockte mich auf die Kante, nahm ihre Hand und drückte sie mit beiden Handflächen. »Mikki hat ihnen von Jinny erzählt«, flüsterte ich.

»Nein. O mein Gott. Ich will dich nicht auch noch …«

Ich bedeutete ihr zu schweigen. »Sie hat mich nicht erwähnt. Und Gary und Karen auch nicht. Sie hat für alle den Kopf hingehalten.« Ich musste schwer schlucken und merkte, dass meine Hände, mit denen ich die von Katie festhielt, immer noch zitterten. »Außer für Cameron. Sie hat ihn mit dem Fall in Verbindung gebracht. Keine Ahnung, warum.«

Katie beugte sich zu mir vor und murmelte: »Aber wird er nicht die Wahrheit sagen?«

Ich seufzte. »Ich weiß es nicht. Gary und Karen sind uns allen wichtig. Vielleicht haben Mikki und Cameron beschlossen, zuallererst die Familie Walsh zu schützen.« Ich tupfte mir mit dem Ärmel die Tränen ab. »Sie haben schon genug durchgemacht – außerdem wird man bald den Namen ihrer toten Tochter in den Schmutz ziehen. Sie haben uns gedeckt. Warum sollten Mikki und Cameron die beiden jetzt ausliefern?«

»Aber was ist mit Cameron?«

»Die Entscheidung liegt jetzt bei ihm.«

Sie dachte darüber nach. »Wissen die Cops nicht von der Erpressung?«

»Das hat Mikki auch nicht erwähnt. Wenn Daniel ihnen nichts von dem Schreiben erzählt, das er gesehen hat, dann … Ich glaube nicht, dass jemand davon erfahren wird.« Ich schluckte. »Ich meine, wenn Jinny jetzt endlich Gerechtigkeit widerfährt, wird es keine weiteren Briefe geben. Ich wüsste nicht, warum ihre Mutter uns weiter erpressen sollte.«

Katie sah mich einen Moment lang an, dann wandte sie den Blick ab.

»Katie?«

»Ja?«

Meine Stimme war jetzt ganz leise. »Du darfst niemandem von Jinny erzählen.«

Sie starrte aus dem Fenster, zu einem kahlen Ast, der sich im Wind nach unten neigte, bevor sie sich schließlich wieder zu mir umdrehte. »Wer ist Jinny?«

Kapitel 28

KATIE

MITTWOCH, 31. DEZEMBER, 18:00 Uhr

Für die Presse waren die Neuigkeiten natürlich ein gefundenes Fressen, aber Hana handhabte die Sache mit äußerster Souveränität; es waren die Tage zwischen Weihnachten und Neujahr, jene tristen Tage, in denen die Leute den Nachrichten kaum Beachtung schenkten, sodass sich die Aufregung erstaunlich rasch wieder legte. *The Herd* sollte am 21. Januar, nach dem Martin Luther King Day, wieder öffnen, mit Stephanie (die endlich aus Goa zurückgekehrt war) als kommissarischer Geschäftsführerin, und die Suche nach einem neuen Führungsteam war in vollem Gange. Die Bauarbeiten in Fort Greene und die Übernahme durch Titan schritten, wenn auch mit Verzögerung, weiter voran. Hana erzählte, dass ein Konferenzraum in dem Standort in Fort Greene nach Eleanor benannt werden sollte, was ich irgendwie seltsam fand.

Nachdem Hana mit Mom und mir eine kleine Ansprache geprobt hatte, teilte sie Stephanie mit, dass sie bis Ende Februar bei der Wiedereröffnung helfen und dann *The Herd* als Kunden aufgeben werde – allerdings werde sie dort Mitglied bleiben, betonte sie immer wieder, und helfe gerne bei der

Suche nach einer neuen Presseagentin. Stephanie unterstützte sie, wie Hana hinterher berichtete, in ihrer Entscheidung und war keineswegs überrascht.

Außerdem teilte Stephanie mir mit, dass man meine Bewerbung bis zur Wiedereröffnung bearbeiten werde. Ich musste lachen, als ich ihre E-Mail las – bei all der Aufregung hätte ich fast vergessen, dass die Entscheidung über meine Mitgliedschaft noch ausstand. Ich bedankte mich und erklärte ihr, dass ich an einer Mitgliedschaft nicht mehr interessiert sei. Es gab noch andere Co-Working-Spaces, andere Möglichkeiten, Kontakte zu knüpfen, andere Orte, an denen leidenschaftliche Frauen und marginalisierte Geschlechter zusammenkamen, und falls doch nicht, würden wir eines Tages vielleicht einen solchen Ort ins Leben rufen.

Hana mietete über Airbnb in ihrem Haus für Mom eine Wohnung an, und wir drei waren wohl alle erstaunt, wie gut die Sache lief. Da Hana und ich völlig antriebslos und todtraurig waren, übernahm Mom die Rolle der Haushälterin; sie wärmte Dosensuppen auf und kaufte in einem kleinem Supermarkt Lebensmittel. Mir wurde klar, dass Hana und Mom sich, seit wir erwachsen waren, immer nur in Kalamazoo gesehen hatten, in dem Minenfeld aus Weihnachtsessen und Krankenbetreuung. Mom mäkelte zwar immer noch an Hana herum (»Machst du da drin jemals sauber?«, hatte sie mit dem Kopf in Hanas Mikrowelle irgendwann gerufen, und für einen kurzen Moment schien es, als hätte Hana das Gerät am liebsten eingeschaltet), aber offensichtlich war meine Schwester inzwischen eher bereit, mit einem Lachen das Thema zu wechseln und sich anderen Dingen zuzuwenden. Als wäre sie nicht länger auf Moms zweifelhafte Bestätigung angewiesen. Weil wir uns hier jede in unsere eigene Unterkunft zurückziehen konnten, kamen wir mit der Situation gut zurecht.

In manchen Nächten träumte ich davon, wie ich in Mikkis Schlafzimmer das Bewusstsein verloren hatte. Zwar konnte ich mich nicht mehr daran erinnern, doch in den Träumen wurde ich in einen Strudel aus stechendem Schmerz und Verwirrung gehüllt, worauf das Licht von blaugrau zu weißgelb wechselte und die Ereignisse plötzlich ihrer eigenen Traumlogik folgten: So befand ich mich etwa in Chris' Schlafzimmer, und da war der Rettungswagen mit seiner Sirene und dem Blaulicht, oder ich trug einen Schneeanzug und spielte mit der jungen Hana in den Wäldern hinter unserem Haus in Kalamazoo, oder ich erschien an meinem ersten Tag zum Vorstellungsgespräch bei *The Herd* und merkte im letzten Moment, dass ich statt der Stöckelschuhe, die ich eigentlich tragen sollte, Stiefel angezogen hatte.

In anderen Nächten hatte ich Albträume von Beamten der Spezialeinheit, die Hanas Wohnung stürmten, ihr Handschellen anlegten und sie in die Nacht hinausführten.

Ich hatte die Sache mit Jinny für mich behalten, und ihr Tod wurde jetzt allein Eleanor, Mikki und Cameron zur Last gelegt – aber bestimmt würde jemand einknicken, bestimmt würde Cameron zu reden anfangen, während er als Kronzeuge seinem Prozess entgegensah. Ich hatte das beklemmende Gefühl, dass Hanas Verhaftung unausweichlich war. Doch sie erwähnte das Thema nicht und wirkte keineswegs übermäßig besorgt. Schließlich sprach ich sie direkt darauf an, und sie versicherte mir, dass ihr nichts passieren könne.

»Aber ich hoffe, dass man Jinny findet«, sagte sie ernst und strich mir übers Haar. »Diese Sache hat mich so lange verfolgt, und jetzt, wo alles vorbei ist, wird mir klar, wie idiotisch es war, sich nicht früher darum zu kümmern.«

»Wirst du den Cops von Gary und Karen erzählen?«, fragte ich.

Sie blickte mir in die Augen und machte ein argwöhnisches Gesicht. »Du verstehst nicht, wie wichtig die beiden für mich sind. Und für Mikki. Und für Cameron.«

Ich nickte und versprach, nie wieder danach zu fragen.

Offensichtlich ging Mikkis Rechnung auf: Obwohl das wenig glaubwürdig klang, behauptete sie, dass sie sich nicht nur in einem, sondern in zwei Fällen der fahrlässigen Tötung schuldig gemacht und ihr guter Freund Cameron beide Male die Spuren beseitigt habe. Statt eines Verbrecherfotos war in den Artikeln der Zeitungen, den Onlineberichten und Abendnachrichten eine hübsche Porträtaufnahme von der *The-Herd*-Website zu sehen. So gefiel Mikki sich am besten: das Kinn hervorgestreckt, mit wilder blonder Mähne, leuchtenden Sommersprossen und strahlend blauen Augen, die mit der Entschlossenheit einer Löwin direkt in die Kamera blickten.

Meine Literaturagentin Erin schickte mir eine E-Mail, als die Neuigkeiten über Eleanor und Mikki bekannt wurden, und bat mich um ein Treffen im neuen Jahr. Ich hatte mir inzwischen zurechtgelegt, was ich ihr sagen würde, und sah der ganzen Sache erstaunlich entspannt entgegen. Dann bekam ich zu meiner Überraschung von Gary und Karen eine E-Mail, in der sie mir die Exklusivrechte für Eleanors Biografie, oder *ihre* Geschichte, einräumten (*Wir haben keine Ahnung, wie so was läuft, aber eine Frau von Hachette spricht uns ständig auf die Mailbox*), vorausgesetzt, sie hatten dabei das letzte Wort. Was vermutlich bedeutete, dass ich weder Jinny noch Mikki erwähnen durfte, vielleicht noch nicht einmal Cameron.

Dann klingelte an Silvester mein Telefon. Normalerweise nahm ich von unbekannten Nummern keine Anrufe entgegen, aber es handelte sich um einen örtlichen Festnetzanschluss, und ich war einfach zu neugierig.

Eine Bandaufnahme wurde abgespielt: »Dieses Gespräch wird mitgehört und aufgezeichnet. Sie haben ein R-Gespräch von … Mikki Danziger.« Bei der Erwähnung ihres Namens zuckte ich zusammen. »… einer Insassin der Bedford Hills Correction Facility. Wenn Sie dieses R-Gespräch entgegennehmen wollen, drücken Sie bitte die Eins.«

Blitzschnell zerrte ich in einer einzigen wilden Aktion einen digitalen Rekorder hervor, nahm den Anruf entgegen und schaltete sie auf Lautsprecher.

»Mikki?«

Es ertönte ein Rauschen. »Katie? Bist du das?«

»O mein Gott. Kannst du mich hören?«

»Ja. Danke, dass du drangegangen bist.«

Ich saß da und starrte auf das Telefon. Passierte das wirklich? »Die Frostbeulen an meinen Fingern und Ohren sind inzwischen verheilt – auch danke der Nachfrage.«

»Tut mir leid. Wirklich. Das alles.«

»Ach ja?«

»Ehrlich.« Ihre Stimme zitterte. »Ich kann dir gar nicht sagen, wie leid es mir tut. Und wie schrecklich ich mich fühle. Ich bin kein schlechter Mensch. Ich will das alles bei dir und Hana wiedergutmachen, und, und bei allen anderen. Deshalb … deshalb bin *ich* hier.« Sie betonte das Wort so dezent, dass es der Rekorder nicht aufzeichnen konnte, aber mir war das nicht entgangen: *Ich bin hier alleine eingesperrt, ohne Hana, ohne Gary und Karen, ohne all die Schuldigen, die ich hätte belasten können. Ich halte für sie den Kopf hin.*

»Ich weiß nicht, was ich sagen soll, Mikki.« Ein Dankeschön war nicht angebracht. Durch meinen Körper brandete ein Gefühl unsagbarer Traurigkeit.

»Ich würde gerne noch mehr sagen. Aber … aber das werde ich nicht tun. Tut mir leid. Allerdings habe ich eine Frage.«

»Was denn?«

Es war ein pulsierendes Rauschen zu hören, während sie ein und aus atmete. »Es gibt hier eine Frau, eine Prostituierte, die ihren Zuhälter erschossen hat – und eine Journalistin hört sich ihre Lebensgeschichte an, um aufgrund der Interviews unter ihren beiden Namen ihre Autobiografie zu schreiben.«

Ich runzelte die Stirn. »Okay.«

»Ich habe jede Menge Anfragen von Journalisten, auf die ich nicht eingehe. Aber ich dachte, dass du mit mir vielleicht eine Biografie schreiben möchtest. Du bist die Einzige, der ich so etwas anvertrauen würde. Und ich weiß, dass du immer noch vorhast, ein Buch zu schreiben.«

Mir kam Capotes *Kaltblütig* in den Sinn – ich könnte meinen eigenen True-Crime-Thriller schreiben. Allerdings wäre ich darin selbst eine der Figuren, diejenige, die auf dem Höhepunkt der Geschichte einen Schlag auf den Schädel bekommen hatte. Unwillkürlich begann mein Gehirn, Beschreibungen des Geschehens auszuspucken, eine Schilderung jener Szene, als ich auf der Feuerleiter, zitternd wie ein Presslufthammer, wieder zu mir gekommen war. Der plötzliche Gedankenstrom war faszinierend und schrecklich zugleich.

»Ich weiß nicht, Mikki. Was … was du mich da fragst, ist ziemlich verrückt.«

»Ich könnte damit natürlich kein Geld verdienen. Aber denk einfach drüber nach, okay?«, sagte sie. »Sprich mit deiner

Agentin. Das wäre … heilsam für mich. Und gut für dich. Das ist das Mindeste, was ich tun kann.«

»Allerdings«, erwiderte ich, jetzt in einem nachgiebigeren Tonfall. Eine Bandansage forderte mich auf, die Kosten für die Fortsetzung des Telefonats zu übernehmen, doch ich legte auf und blinzelte in mein kaltes, dunkles Zimmer.

An diesem Abend traf ich um kurz nach sechs in Hanas Wohnung ein. Ich hatte einen Kuchen dabei, den ich aus einer Teigmischung gebacken hatte, und beinahe hätte ich ihn fallen lassen, als ich in die Hocke ging, um Cosmo hinter den Ohren zu kraulen. Hana hatte das Glöckchen an seinem Halsband durch eine kleine Discokugel ersetzt, und ich sagte zu ihm, dass er damit sehr feierlich aussehe.

Wir wollten das neue Jahr mit einem beschaulichen Abend in Hanas Wohnung einläuten und bereiteten für uns und Mom würzige Fischtacos zu. Das Rezept hatten wir während unserer Hängerphase kurz nach meinem Umzug recht erfolgreich ausprobiert, was mir inzwischen vorkam, als wäre es Jahre her gewesen. Während Hana und ich in der Küche herumwerkelten, besprachen wir die Zubereitung des Essens und schlürften die Old Fashioned, die ich uns gemixt hatte.

Schließlich holte ich tief Luft. »Ich muss dir etwas sagen.«

»Ach ja?«

»Ich werde *Infopocalypse* schreiben. Also, falls noch Interesse besteht.«

»Wirklich?« Hana lehnte sich gegen die Kücheninsel.

Ich nickte. »Das habe ich beschlossen. Es wird zum Teil autobiografisch sein, und ich will beschreiben, wie einsam und unglücklich ich mich bei meiner Recherche in Wirklichkeit gefühlt habe, obwohl ich in den sozialen Medien den Eindruck erweckt habe, dass alles bestens läuft. Es wird in dem Buch um die Fake-News-Kultur insgesamt gehen – auch in unserem Privatleben. Darum, wie wir Information auswählen und bearbeiten, weil wir unser tatsächliches Leben, unsere Persönlichkeit für unzureichend halten.«

»Wow.« Hana nickte bedächtig. »Das gefällt mir. Woher der Sinneswandel?«

Ich zuckte mit den Schultern. »Ich habe mir die ganze Zeit eingeredet, dass ich das Buch nicht schreiben wollte, weil ich nicht genug Material dafür hatte, nachdem meine Interviewpartner den Kontakt zu mir abgebrochen hatten. Aber das stimmt nicht – mir war das Ganze einfach nur peinlich. Ich habe mir so viele Gedanken darum gemacht, was die anderen von mir halten könnten, dass irgendwelche Leute von der Highschool das Buch lesen, es grottenschlecht finden und mich für eine Loserin halten würden. Völlig bescheuert.« Cosmo schlich an uns vorbei, und ich beugte mich hinunter, um ihm den Rücken zu streicheln. »Ich will mir an Eleanor ein Vorbild nehmen. Es war ihr scheißegal, was andere über sie dachten … aber ich will das auf meine eigene, rücksichtsvolle Art tun.«

Es war schrecklich, wie Eleanor auf Mikki und anderen Frauen herumgetrampelt war – obwohl ich diesen Teil von Eleanors Persönlichkeit am liebsten ausgeblendet hätte, wusste ich, dass er genauso real war wie die Eleanor, die ich kannte, und die »Teleanor«, die sie der Öffentlichkeit vorgespielt hatte. Aber ich würde es anders machen. Ich würde mich an ihre wunderbaren Seiten erinnern, an die Wirkung ihres Selbstvertrauens und überschäumenden Lachens, ihre Fähigkeit, anderen das Gefühl zu geben, kreativ, talentiert und unbesiegbar zu sein … und ich würde meinen eigenen Weg finden, mich einen

Scheiß um andere scheren. Allerdings ohne dabei die Menschen in meinem Umfeld zu zerstören.

Hana lächelte und beglückwünschte mich beiläufig. Ich zog ein Küchenbrett unter der Spüle hervor und legte es auf die Arbeitsfläche. »Und da ist noch was.«

Hana hatte ihr Gesicht in den Kühlschrank gesteckt, sodass es in den gelben Schein der Glühbirne getaucht wurde. »Ach ja?«

»Weißt du noch, dass ich dich nach meiner Entlassung aus dem Krankenhaus gebeten habe, mir das Datum und die Transaktionsnummer eurer letzten Bitcoinzahlung zu geben?«

Sie zog das Gemüsefach heraus und nahm einen großen Rotkohl. »Und?«

»Ich … ich weiß ein wenig über Kryptowährung. Es gibt so eine Art riesiges Kassenbuch, in dem jede Transaktion registriert wird – anonym, versteht sich.« Da ich während meiner Zeit für *Rocket* in die Berichterstattung über Kryptowährung hineingeschnuppert hatte, wusste ich, wie man die Blockchain durchforstete, um die Daten einer bestimmten Transaktion zu ermitteln. »Und ich habe etwas herausgefunden.«

Langsam schloss Hana die Kühlschranktür und drehte sich zu mir um. Sie umklammerte mit beiden Händen den Kohl und machte ein finsteres Gesicht. Es war ihr bestimmt nicht entgangen, dass heute die Frist für die letzte Forderung ablief. Und bestimmt fragte sie sich, was um Mitternacht passieren würde.

»Hana, es gab lediglich zwei Einzahlungen«, sagte ich. Sie blinzelte, und ich wiederholte es: »Von zwei Konten wurde Geld an den Erpresser überwiesen. Nicht von drei. Jeweils zehntausend Dollar am Ende des Quartals.«

Als sie begriff, leuchteten ihre Augen auf wie ein Holzspan, den man entzündet hatte. »Es war Mikki«, sagte sie, »die ganze

Zeit. Sie hat es mir erzählt. Sie hat mir erzählt, dass sie einen Berg Schulden hatte und alles tun würde, um sie zu begleichen. O mein Gott.« Sie fasste sich mit den Fingern an die Schläfen. »Sie ist irgendwann in Eleanors Büro aufgekreuzt und hat uns erzählt, dass sie ebenfalls einen Brief erhalten habe. Aber natürlich steckte sie dahinter. Sie meinte allerdings, dass Jinnys Mom offensichtlich dafür verantwortlich sei. Wegen des Poststempels aus Tennessee und weil sie angeblich Mikkis Profil auf LinkedIn aufgerufen hatte. Wir haben nie daran gezweifelt.« Sie stieß ein bellendes, angespanntes Lachen aus.

»Offensichtlich ist es kein Problem, einen Versandservice damit zu beauftragen, etwas für dich auszudrucken und zu verschicken. Sodass man keine Spur hinterlässt.« Niemand hatte daran gedacht, auf Google danach zu suchen. Niemand hatte Mikkis Aussage infrage gestellt.

Hana schüttelte den Kopf. »Wow. Es ist also wirklich vorbei.«

»Es ist vorbei.« Ich seufzte. »Kann ich dich was fragen?«

»Ja. Aber das Angebot gilt nur bis Ende 2019.«

»Dann wird alles anders – hab schon verstanden.« Ich zog ein Messer aus dem Block. »Glaubst du, dass Eleanor wirklich weggehen wollte? Nach Mexiko?«

Sie hielt den Kohl unter den Wasserhahn und schüttelte ihn. »Ich glaube, sie wollte nur wissen, dass die Möglichkeit besteht. Dass sie alles stehen und liegen lassen und jederzeit verschwinden konnte. Meiner Meinung nach hatte die Erpressung etwas damit zu tun. Ihr war klar, dass dieser schreckliche Unfall aus ihrer Vergangenheit sie ständig verfolgen würde.«

»Es ist schon ironisch: Mikki wollte auch nicht, dass die Wahrheit herauskommt. Sie wollte nur das Geld.«

»Und beiden raubte die Rolle, die sie spielten, die Luft zum Atmen.« Sie deutete auf mich. »Genau davon wird dein Buch handeln. Mir gefällt dieser neue Ansatz unglaublich gut. Diese Art von Botschaft haben wir dringend nötig.«

Ich erzählte ihr weder von Gary und Karens Angebot noch von Mikkis Vorschlag. Das waren eingefrorene Guthaben, die momentan für mich wertlos waren. Stattdessen fragte ich sie, wann Mom zum Essen vorbeikommen würde (»jede Minute«), und sie erkundigte sich geistesabwesend, was Mom letztes Jahr an Silvester gemacht habe.

»Sie ist bei Tante Emmy gewesen.« Mit gerunzelter Stirn betrachtete ich die Limonen vor mir und fragte mich, wie ich sie aufschneiden sollte. »Ich weiß nicht mehr, ob noch andere Leute dort waren oder nur die beiden.«

Hana schaltete eine Herdplatte und die Dunstabzugshaube an, und sie musste jetzt brüllen, um sich verständlich zu machen. »Weißt du noch, wie Mom und Dad diese große Silvesterparty ausgerichtet haben?«, rief sie. »Dass sie meinen Musiklehrer, Mr. Zimmerman, eingeladen haben und er völlig betrunken war?«

Ich lachte, während ich die Limettenscheiben in eine Schüssel füllte. »Hast du heute schon mit Dad gesprochen?«

Sie warf mir über die Schulter einen Blick zu. »Ich habe mit Dad das ganze Jahr über nicht gesprochen.«

Ich nahm die Tortillas aus der Verpackung und trottete zum Ofen hinüber. »Ich auch nicht. Aber vielleicht sollten wir ihm eine SMS schicken.« Sie antwortete nicht, und ich musste schlucken. »Was ist das zwischen euch beiden?«

Sie wendete zwei Barschfilets und schaltete die Dunstabzugshaube aus. Sofort wurde es im Raum kühler. »Wusstest du, dass Dad Mom überreden musste, mich zu adoptieren?«

Sie stieß ein schwaches Lachen hervor. »So was kommt wohl nur selten vor. Normalerweise will die Frau ein Kind adoptieren, und der Mann sagt dann so was wie: ›Vergiss es, ich werde nicht den Nachwuchs anderer Leute großziehen.‹ So einen Steinzeitschwachsinn eben. Aber sie wollten beide Kinder haben, und es hat nicht geklappt. Offensichtlich hatte Dad es irgendwann satt, es weiter zu versuchen. Und dann erschien ich auf der Bildfläche.« Die Filets brutzelten in der Pfanne und wurden in Rauch gehüllt, weil die Dunstabzugshaube ausgeschaltet war. »Und als ich drei Jahre alt war, wurde Mom plötzlich schwanger. Wahrscheinlich habe ich mir das nur eingebildet, aber ich könnte schwören, dass sie es mir irgendwann erzählt und dabei auf ihren Bauch gezeigt hat, was mich ziemlich verwirrte.« Sie stupste mit einem Pfannenwender den Fisch an. »Und als die beiden sich trennten, war ich besonders unausstehlich. Natürlich wollte ich zu Dad nach Los Angeles ziehen. Kalifornien oder Kalamazoo? Die Frage stellt sich nicht, wenn man vierzehn ist.«

»Du hast mich dort zurückgelassen«, sagte ich wie das zehnjährige Mädchen, das ich damals gewesen war. »Es war schon schlimm genug, dass Dad uns im Stich gelassen hat. Und dann bist du auch noch gegangen.«

»Ach, Katie.« Sie legte den Pfannenwender hin und nahm mich in den Arm. »Das tut mir leid. Vierzehnjährige Mädchen sind dumm.« Sie strich mir übers Haar. »Ich dachte, dass du zurechtkommst, weil du Mom so nahestandst.«

»Aber du bist meine Schwester.«

»Ich weiß. Darum bin ich nach New York gezogen. Denn mir wurde klar, wie blöd ich gewesen war. Außerdem wollte Eleanor unbedingt, dass ich ihr bei der Gründung von *The Herd* helfe.« Plötzlich bemerkte sie, dass der Barsch zu qualmen begann, und schaltete die Dunstabzugshaube wieder ein. »Oje.«

»Verkohlter Barsch ist gerade total angesagt. À la Cajun-Küche.«

Sie lächelte. »Sollen wir jetzt …«

Zu ihrer Überraschung nahm ich sie erneut in den Arm, und ich konnte neben meiner Schulter ihr leises Kichern und Schluchzen hören. Als sie wieder von mir abließ, lachten und weinten wir beide. In diesem Moment klopfte es laut an die Tür, gefolgt vom Läuten der Türklingel, und wir wischten uns über die Augen und holten tief Luft.

»Was machen wir jetzt, Katie?« Hana rieb sich die Nase.

»Keine Ahnung«, sagte ich. »Aber immerhin sind wir alle zusammen.«

Kurz nach elf schlief Mom auf dem Zweiersofa ein, und Hana und ich quetschten uns, eingehüllt in eine Kunstfelldecke, nebeneinander auf die Couch und machten uns mit Gabeln über den Kuchen mit bunten Streuseln her. Hana rief auf YouTube alte Weihnachtssendungen auf, von denen wir uns als Kinder jedes Jahr Aufzeichnungen angesehen hatten: *Frosty the Snowman*, *Garfield* und diese merkwürdigen Animationsfilme mit Rosinen aus Knete von Claymation California Raisins (»Na, das nenn ich Schleichwerbung«, meinte ich). Irgendwann summte mein Handy auf dem Polster neben mir – eine SMS von Ted. Es war das erste Mal, dass ich seit unserem Aufenthalt in Beverly von ihm hörte. Vermutlich war er immer noch in Massachusetts, wegen Eleanors anstehender Beerdigung. Dort würde ich ihn wiedersehen, mit traurigem Gesicht und geröteten Augen, aber ich hatte nicht zu hoffen gewagt, ihn noch einmal privat zu treffen.

Auf ein glücklicheres 2020, las ich. Dich kennenzulernen war ein Lichtblick in einem sonst beschissenen Jahr.

Ich lächelte und überlegte, was ich ihm Witziges antworten könnte. Doch stattdessen schrieb ich: Geht mir auch so. Einen guten Rutsch. 😀

Ich warf einen Blick auf die Uhr. »Schnell, Hana! Sonst verpassen wir noch, wie sie am Times Square die Kugel runterlassen.«

Sie schaltete zur Liveübertragung des ohrenbetäubenden Spektakels, und ich weckte Mom, während Hana in die Küche stürzte, um eine Flasche Champagner zu öffnen. Zusammen zählten wir die Sekunden herunter, und ausnahmsweise lief die Zeit diesmal rückwärts, und wir waren wieder unbekümmerte kleine Kinder, die im Schnee Bänke aufstellten, um in ihre kunstvollen Fantasiewelten abzutauchen. Als wir bei null angelangt waren, stießen wir jubelnd an und lächelten einander zu, während auf Hanas und meinem Handy eine SMS von Daniel einging: Frohes neues Jahr! Sofort erwiderte ich seinen Neujahrsgruß. Hana hatte mir erzählt, dass er bei seinen Eltern sei und es ihm gut gehe.

»Mom, wie sagen wir immer so schön?«, fragte ich.

Mom grinste. »Auf die alten Zeiten!«

Auf die alten Zeiten. Auf die schlaue kleine Eleanor und ihren Nachbar Cameron, die mit Fahrrädern zwischen ihren prächtigen Hauseingängen hin und her fuhren. Auf das unbeholfene Mädchen Mikki, die begeistert war, zum ersten Mal in ihrem Leben Mitglied einer Clique zu sein. Auf Hana und mich, die auf der festlichen Silvesterparty ihrer Eltern Käsewürfel und Kekse mit roten Streuseln vom Tisch stibitzten und unter dem Weihnachtsbaum hockend all die selbstbewussten Erwachsenen in ihren Blusen, Kleidern und Jacketts beobachteten, die mit ihren Gläsern voller schäumendem Champagner unglaublich kultiviert wirkten.

Hana füllte unsere Gläser auf, und wir stießen erneut an.

Epilog

Karen saß mit einem flauschigen weißen Morgenrock und bequemen Hausschuhen mit Korksohlen in der Küche. Es war inzwischen März, aber die Fenster und das Gras hinter der Terrasse und dem Pool waren immer noch mit Reif bedeckt. Sie war mit Gary gerade von einem zweiwöchigen Aufenthalt in Saint Martin zurückgekehrt; sie hatten dort ein paar warme Sonnentage am Strand verbracht und von einem ihrer zwei Balkone aus immer wieder die auf- und untergehende Sonne beobachtet.

Es war Garys Idee gewesen, sich nach dem Horror der Weihnachtsfeiertage ein wenig Erholung zu gönnen, um sich wieder näherzukommen – nach der Beerdigung ihrer hübschen Tochter, dem traurigsten Tag ihres Lebens. Nach dem plötzlichen Verlust ihrer besten Freunde, den Corrigans, die etwas weiter die Straße runter wohnten – zum Glück war vor ihrer Villa mit den weißen Säulen vor Kurzem ein »Zu verkaufen«-Schild aufgestellt worden. Und dann waren da diese seltsamen Wochen voller Anspannung gewesen, in denen ständig Detectives aufgekreuzt waren, um erneut Fragen zu einem Wochenende im Jahr 2010 zu stellen, an das sich Gary und Karen ja wohl unmöglich noch erinnern konnten. Schließlich führte keiner der beiden Tagebuch oder hob seine alten

Terminkalender auf. Aber die Polizei nahm die schlimmen Vorwürfe von Eleanors Mörderin zweifellos ernst. Eines Tages hatte Karen auf Garys Laptop die Wettervorhersage aufrufen wollen und als letzte Suchanfrage bei Google den Eintrag »posthumer Prozess« gefunden, worauf sie zur Toilette gestürzt war und sich übergeben hatte: Die Vorstellung, dass man Eleanor nach ihrem Tod wegen eines grauenvollen Verbrechens anklagen könnte, war einfach zu schrecklich. Allerdings hatte sie Gary von diesem Zwischenfall nie erzählt, und schließlich ließen die Detectives sich nicht mehr blicken.

Obwohl die Sonne erst in ein paar Stunden untergehen würde, war es bestimmt schon spät genug, um sich ein Gläschen Wein zu gönnen. Karen durchstöberte den Kühlschrank und die Küchenschränke, und als sie dort nicht fündig wurde, öffnete sie die Tür zum Keller und schaltete das Licht an. Sie hasste es, dort hinunterzugehen, vorbei an dem renovierten Bereich mit dem Ledersofa und riesigen Fernseher – sie hasste es, durch die Falttüren den feuchten, kalten Raum zu betreten, in dem nackte Glühbirnen mit Zugschnüren von der Decke hingen. Aber vor allem hasste sie die Stelle, wo früher die Tiefkühltruhe gestanden hatte und sich jetzt vier Regale voller Krempel befanden. Sie eilte daran vorbei, zu dem Gestell mit staubigen Flaschen, und nahm einen 2015er Cabernet Sauvignon aus dem Sonoma Valley heraus. Dann zog sie an der Schnur neben ihrem Kopf, um das Licht auszuschalten, und gerade als sie wieder gehen wollte, fiel ihr Blick auf ein Gesicht, das sie aus einem der Regale heraus anstarrte.

Sie stieß einen Schrei hervor und ließ die Flasche fallen, sodass der Wein auf ihre Hausschuhe spritzte und sich über den Betonboden verteilte. Sie fuchtelte wild mit den Armen, bis sie die Schnur der Glühbirne gefunden hatte und zog erneut daran, worauf der Bereich in helles Licht getaucht wurde. Mit hämmerndem Herzen trat sie einen Schritt vor und kniff die Augen zusammen, doch sie konnte nicht erkennen, welcher der Gegenstände im Regal – Bücher, Skiausrüstung, Kisten, alte Zeitschriften, ein Behälter mit kaum benutzten Geschenktüten und zerknitterten Dekoschleifen – auf sie wie ein Gesicht gewirkt hatte. Die Weinlache auf dem Boden durchweichte eine Kiste, die in der Nähe stand, und Karen eilte nach oben, um eine Küchenrolle zu holen.

Als sie die Rolle von der Wand riss, beschwor ihre Erinnerung plötzlich ein Bild herauf, von dem sie jeden Abend inständig hoffte, dass sie es nicht zu sehen bekommen würde: von diesem hübschen Mädchen mit den ausrasierten schwarzen Haaren, dessen weiche Haut mit Reif überzogen war, als wäre sie mit Mehl bestäubt, und das reglos in der Tiefkühltruhe lag, während Gary Eleanor fortschickte und verzweifelt aufzählte, woran man eine Leiche identifizieren konnte: Kleidung, Zähne, Muttermale und Finger. Einen Fluch murmelnd knallte er die Tür der Tiefkühltruhe zu, während Karen ein völlig unbedeutendes Detail nicht mehr aus dem Kopf ging, das ihr selbst jetzt noch in ihren Träumen erschien – die wunderschönen Nägel des Mädchens, schwarz lackiert, mit winzigen weißen Sternen. Wie deutlich sich das Schwarz von ihren zierlichen, blassen Fingern abhob. Gary war immer wieder auf und ab gegangen und hatte folgende Worte wie ein Mantra wiederholt: *Kleidungzähnemuttermalefinger. Kleidungzähnemuttermalefinger.* Wie ein Rätsel, das es zu lösen galt.

Und irgendwie war ihm das tatsächlich gelungen, wenn er Karen auch nie erzählt hatte, wie. Eines Nachts – offensichtlich hatte Gary angenommen, dass sie fest schlief – hatten er und Cameron sich um die Angelegenheit gekümmert, und am nächsten Morgen hatte Karen ihm zuliebe gute Miene zum bösen Spiel gemacht. Danach war Cameron, der Ärmste, nicht mehr derselbe – er erschien nicht zur Arbeit und stieg von Schmerzmitteln auf Heroin um; es war, als würde er mit einem Auto direkt auf einen Abgrund zurasen. All das nur für Eleanor. Für ihr brillantes kleines Mädchen. Für Eleanor, die im Alter von dreißig gestorben war.

Karen hatte Gary auch nie von ihrem schrecklichen Geheimnis erzählt. Das hätte damals keinen Zweck gehabt, als sie nach ihrer Rückkehr in der Essecke direkt vor der Terrassentür die Leiche gefunden hatten. Sie hörte sich die Geschichte der Mädchen an und überprüfte die verpassten Anrufe und Mailboxnachrichten auf Garys Handy, um den zeitlichen Ablauf zu rekonstruieren und festzustellen, wann genau Mikki, Hana und Eleanor aufgehört hatten zu telefonieren und schlafen gegangen waren. Aber Karen wusste, wie lange es dauerte, bis die Totenstarre einsetzte, bis ein weicher Körper steif wurde; als Krankenschwester war sie mit diesem eigentümlichen biologischen Vorgang vertraut. Und die Geschichte der Mädchen konnte nicht stimmen. Als Karen mit ihren Fingern an dem blassen Hals den Puls fühlte, war er noch weich. Der reglose Körper, den sie in den Keller trugen, nachdem die Mädchen ihre Sachen gepackt hatten und gefahren waren, hätte viel steifer sein müssen. Doch Karen war klar, dass ihre Tochter und ihre Freundinnen nicht gelogen hatten; als sie in ihrem verkaterten Zustand nach oben gegangen waren, hatten sie das Mädchen tatsächlich für tot gehalten. Welchen Sinn hätte es gehabt, sie nachträglich eines Besseren zu belehren?

Karen zwang sich, erneut in den Keller zu gehen. Mist – ihre Hausschuhe hatten auf dem Teppichboden Weinflecken hinterlassen, dunkelrote Fußabdrücke, die die Farbe von Blut hatten. Keuchend betrachtete sie die gezackten roten Ovale, die am Sofa vorbei abwechselnd nach oben, ins Licht, in die Freiheit führten.

Sie lief zu der Lache, die inzwischen die Umrisse einer Niere, eines Babys in Embryonalhaltung angenommen hatte. Langsam sank sie auf die Knie und sah dabei zu, wie der Wein ihren Morgenmantel durchnässte. Sie streckte die Hände aus und bekam kaum mit, wie die Glasscherben ihre Handflächen aufschlitzten. Dann legte sie sich, den Kopf gegen den Unterarm gestützt, auf die Seite und begann zu weinen, während die nackte Glühbirne über ihr weiter vor sich hin summte.

Danksagung

Zunächst einmal möchte ich mich bei euch, den Leser*-innen, bedanken. Ich habe beim Schreiben an euch gedacht, und meine Worte haben in euren Köpfen winzige Spuren hinterlassen – für eine Autorin gibt es nichts Großartigeres. Trotz der unzähligen Bücher (und all der Dinge, die ihr sonst noch mit eurer Zeit anfangen könntet) habt ihr euch entschieden, dieses Buch zu lesen, und ich kann gar nicht sagen, wie viel mir das bedeutet. Ich hoffe, die Geschichte hat euch nicht losgelassen. Danke, danke, danke.

Außerdem möchte ich mich bei meiner großartigen und liebevollen großen Schwester, Julia, bedanken, die mir gezeigt hat, dass Schwestern auch beste Freundinnen sein können, die mit mir als Kind Schneeburgen gebaut hat und in kunstvolle Fantasiewelten abgetaucht ist. Ich danke dir, dass du stets so hilfsbereit und verständnisvoll gewesen bist. Ich kann mich wirklich glücklich schätzen.

Ich wüsste nicht, was ich ohne meine unerschrockenen Testleserinnen machen würde – Megan Brown und Leah Konen, die mich kurzerhand mit ihren fundierten Anmerkungen versorgt haben, als die erste Fassung noch völlig unausgegoren war. Ich kann euch gar nicht genug für eure Zeit, Hilfe und Unterstützung danken. Ein dickes Dankeschön geht auch an die Vorableserinnen Jennifer Keishin Armstrong, Erin DeYoung, Alanna Greco und Jinny VanZanten für eure Großzügigkeit und eure Anregungen. Es ist ein großes Glück, jede einzelne von euch zu kennen, und das nicht nur, weil ihr so wunderbar mit Sprache umgehen könnt.

Außerdem kann ich mich unendlich glücklich schätzen, dass es in New York, Milwaukee und anderswo all diese großartigen Frauen gibt (mit denen mich eine aufrichtige Freundschaft verbindet). Lianna Bishop, Blaire Briody, Kate Dietrick, Katherine Pettit, Abbi Libers, Kate Lord, Anna Maltby, Erin Pastrana, Katie Scott, Nicole Stahl, Jen Weber und andere (ihr wisst schon, wer gemeint ist) – ihr bedeutet mir alle so viel.

Manchmal wache ich immer noch auf und denke, dass ein Versehen vorliegt und die sagenhafte Alexandra Machinist in Wirklichkeit gar nicht meine Literaturagentin ist – aber dann setzt du dich für mich auf eine Weise ein, die meine kühnsten Vorstellungen übertrifft, und lässt selbst meine aberwitzigsten Träume wahr werden. Es ist mir eine Ehre, mit einer so liebenswürdigen, bodenständigen, unfassbar talentierten und unerschrockenen Frau zusammenzuarbeiten. Das gilt auch für all die Mitarbeiter von ICM Partners, wie Ruth Landry und Josie Freedman: Ihr seid einfach fantastisch und leistet tolle Arbeit, und außerdem seid ihr auch noch wunderbare Menschen; ich würde euch ja hassen, wenn ich euch nicht so sehr bewundern würde.

Apropos unbeirrbare Frauen, mir fehlen die Worte, um auszudrücken, wie dankbar ich meiner Lektorin, Hilary Rubin Teeman, bin, die bereits wusste, wie ein Andrea-Bartz-Thriller aussehen muss, bevor mir das selbst überhaupt klar war. Es ist eine wahre Freude, für dich zu schreiben und von deinen brillanten Fähigkeiten zu lernen. Ein Riesendankeschön geht an die wunderbare Angeline Rodriguez – es ist ein Privileg (und Vergnügen!), mit dir zusammenzuarbeiten. Sarah Breivogel lässt jeden anderen Presseagenten auf diesem Planeten alt aussehen, und sie muss wissen, dass ich meinen größten Stimmungsumschwung während der Arbeit an diesem Buch erlebte, als ich erfuhr, dass ich zu einem anderen Imprint wechseln würde, und annahm, damit auch zu einer anderen PR-Abteilung 😟, bevor ich feststellte, dass wir erneut zusammenarbeiten würden! 😀😀😀 Ich kann dir – und dem grandiosen Ballantine-Team – gar nicht genug danken. Das gilt für die Grafiker*innen, Lektor*innen, Korrekturleser*innen und all die anderen unbesungenen Held*innen, die geholfen haben, mein Worddokument in ein Buch zu verwandeln. Ein besonderer Dank geht an die Person, die dafür verantwortlich ist, dass hier jetzt lauter Smileys zu sehen sind. Ich kenne dich zwar nicht, aber ich liebe dich. 😀

Ich habe das große Glück gehabt, in den letzten Jahren so viele freundliche, großzügige, einfühlsame und talentierte Kolleginnen kennenzulernen. Ein großes Dankeschön geht an Megan Collins *(The Winter Sister)*, Kate Hope Day *(If, Then)*, Angie Kim *(Miracle Creek)*, Julie Langsdorf *(White Elephant)*, Nicole Mabry *(Past This Point)*, Daniela Petrova *(Her Daughter's Mother)*, Julia Phillips *(Das Verschwinden der Erde)*, Melissa Rivero *(The Affair of the Falcóns)* und all die Debütautorinnen von 2019 für eure Aufmunterung, Kameradschaft und Unterstützung während dieses verrückten Arbeitsprozesses. (Liebe Leser*in, tu dir einen Gefallen, und kauf ihre großartigen Romane!)

Tausend Dank an all die Kämpfer für soziale Gerechtigkeit und die intersektionalen Feministinnen, die dafür streiten, diese Welt zu einem freundlicheren, gerechteren Ort für Frauen und marginalisierte Gruppen zu machen. Es sind beängstigende

Zeiten für Frauen, vor allem für diejenigen, die sich erheben und gegen Ungleichbehandlung und Ungerechtigkeit kämpfen. Wir stehen hinter euch.

Zu guter Letzt möchte ich mich noch bei meinen Eltern, Großeltern und beim Rest der Familie bedanken – eure Unterstützung und Ermutigung bedeuten mir alles. Ich liebe euch.